MODERN HUMANITIES RESEARCH ASSOCIATION
CRITICAL TEXTS
VOLUME 26

EDITOR
MALCOLM COOK
(FRENCH)

EUGÉNIE ET MATHILDE,
OU MÉMOIRES DE LA FAMILLE
DU COMTE DE REVEL

MADAME DE SOUZA

Eugénie et Mathilde, ou mémoires de la famille du comte de Revel

by

MADAME DE SOUZA

Edited by

KIRSTY CARPENTER

Modern Humanities Research Association
2014

Published by

The Modern Humanities Research Association,
1 Carlton House Terrace
London SW1Y 5AF
United Kingdom

First published 2014

ISBN 978-1-907322-13-6

Copies may be ordered from www.criticaltexts.mhra.org.uk

CONTENTS

ACKNOWLEDGEMENTS

I would like to acknowledge the contribution and support of my colleagues in the Institut d'histoire de la Révolution française, Paris I, and in the School of Humanities at Massey University, in particular Professor Emeritus Glynnis Cropp. Jean-Philippe Chaumont, chargé d'études at the Centre Historique des Archives Nationales, and colleagues from the George Rudé Seminar have also given generous critiques. I am much indebted to my publishing manager, Gerard Lowe, and the Series Editor, Malcolm Cook, for their encouragement. My husband Andrew and daughters, Georgi and Henrietta always deserve my heartfelt thanks.

INTRODUCTION

~

'Le seul point sur lequel on s'accorde, c'est que le roman d'Eugénie et Mathilde est une production très-distinguée, qui a et qui mérite un grand succès.'[1]

Madame de Souza's 1811 novel *Eugénie et Mathilde* was one of the most important French novels published prior to 1815. It explores the trauma of revolutionary France, and the angst associated with dislocation in war. It looks at the plight of the refugees, and the misery of financial destitution. It is, first and foremost, a political metaphor for the Revolution in France, and a testimony to what actually happened during the turbulent years of emigration (1789–1802). Madame de Souza wrote a subtle mixture of biographical sketches, travel accounts, political polemics and moral reflections having the advantage of escaping the censorship that silenced her contemporary Madame de Staël's *De l'Allemagne* just a year before.[2] It provided an eye witness's account of the revolutionary years, of the hardships of emigration and the other side of the Jacobin or Republican revolutionary equation. It also provided the testimony to the bravery and patriotism of those who found themselves in emigration. The historical aspect of this novel is more inescapable for the fact that the author could not write her opinions and accounts of emigration without using fictional characters if she wanted to avoid consequences for her family. Her son, Charles de Flahaut, was an officer in Napoleon's Grande Armée and his career prospects and social ambitions were his mother's first priority.[3]

---

[1] Marie-Joseph Chénier, *Tableau historique de la littérature française, Œuvres posthumes*, tome III (Paris: Guillaume, 1824), p. 225.

[2] The number of printers in the city of Paris had reduced from 200 in the 1790s to just 80 in 1811. See Colin Jones, *Paris, Biography of a City* (London: Allen Lane, 2004), p. 281. On Madame de Staël see Angelica Goodden, *Madame de Staël, The Dangerous Exile* (Oxford: Oxford University Press, 2008), pp. 192–93. The proofs of the *De l'Allemagne* manuscript were seized on the basis that it was not a purely literary work. The two women were well known to each other in Paris before the Revolution, they were rivals for the love of Talleyrand and later fellow femmes-auteurs. Madame de Staël based the character of Madame d'Arbigny in *Corinne* on the comtesse de Flahaut, aided her during emigration, and used a line from *Adèle de Sénange* as the final line in her novel *Delphine*. See Kirsty Carpenter, *The novels of Madame de Souza in Social and Political Perspective* (Oxford: Peter Lang, 2007), pp. 17–18.

[3] On Charles de Flahaut de la Billarderie http://www.charles-de-flahaut.fr and *Papiers du général Charles de Flahaut et de sa famille. Flahaut, Filleul, Du Buisson, Marigny, de Souza, Keith, Lansdowne et Lavalette. Inventaire Analytique 565 AP* par Jean-Philippe Chaumont, Chargé d'études documentaires aux Archives nationales (Paris: Centre Historique des Archives Nationales, 2002), p. v. Further references use the abbreviation CHAN.

History

In suggesting that making History is about noble families and their personal experience Souza presents an argument that can be found in the most contemporary historians' work: 'that old staple of court culture, family politics, that motivated the liberal nobles on the eve of the revolution'.[4] The family experience of emigration and lost nobility was common to many émigrés.[5] Tragedy was a central theme of emigration for all families, and it lent itself well to the novel that Madame de Souza wrote in the third person from the perspective of an all-seeing God. This was usually enhanced by death and fear of receiving news of death or disappearance of loved ones. It is by no accident that the themes of the revisionist French Revolution historians Michel Vovelle and Roger Chartier, inserting cultural history back into the classic themes of rupture, conjoncture and the *longue durée* find a particular relevance in Souza's story.[6] The novel is the on-going story of the Revel family that changes and evolves in emigration, and becomes a different family at the end of the story ready for another phase of its history. In regard to the emigration, it is necessary to at least ask the question: to what extent is Madame de Souza writing as an historian? What sources does she use, are they reliable, and how do they relate or compare to other documentary evidence and accounts of events?[7]

Souza's records are memories, her own and those of her friends recounted to her in the salons of Paris before the Revolution, in London Brussels, Hamburg and Switzerland during the emigration, then back in Paris after the Revolution. In one sense this novel can be seen as a bona fide form of eighteenth century oral history. It is important that she foreshadows things that did not become a topic for scholarly research until the late twentieth century, for instance the role of the rural peasantry in the social history of France during

---

[4] This affirmation by Daniel Wick was first published in 1980 in an article, 'The Court Nobility and the French Revolution: The Example of the Society of Thirty', in *Eighteenth Century Studies*, 13 (1980), pp. 263–84 (this article has been widely reproduced and greatly admired by French Revolution historians), also in D. Wick, *A Conspiracy of Well-intentioned Men, The Society of Thirty and the French Revolution* (New York and London: Garland, 1987). It is cited by Munro Price, 'Nobility and the Origins of the French Revolution', in H. Scott and B. Simms, eds, *Cultures of Power in Europe during the Long Eighteenth Century* (Cambridge: Cambridge University Press, 2007) p. 271.

[5] See William Doyle, 'The French Revolution and the abolition of nobility', in Hamish Scott and Brendan Simms, eds, *Cultures of Power in Europe during the Long Eighteenth Century* (Cambridge: Cambridge University Press, 2007).

[6] See also, T. C. W. Blanning, *The Culture of Power and the Power of Culture: Old Regime Europe 1660–1789* (Oxford: Oxford University Press, 2002).

[7] It is worthy of note that Isabelle Vissière asks similar questions about Isabelle de Charrière, writing 'jamais la frontière entre la literature et la vie n'aura été aussi incertaine.' She compares the writing of Charrière to journalism. Marie-France Silver, 'Le Roman Féminin des années révolutionnaires', in *Eighteenth Century Fiction*, vol. 6, no. 4 (July 1994), 309–26 (p. 313).

the Revolution. The Edinburgh Review pronounced her to 'have the good taste not to distinguish her facts from her fancies by pedantic reference to authorities, it is still satisfactory to trace the accuracy of her allusions, and to observe how, in this wedlock between History and Fiction, she has contrived to preserve all the wild beauties of the latter, without sacrificing to them any of the masculine dignity of the former.'[8]

Another feature that sets this novel apart from other novels of the period is its distance from events. Unlike other novels that are grouped together as émigré novels on the basis of their broad subject matter (most of them written between 1792–1800),[9] Madame de Souza's novel was written almost two decades after the events took place. The Revolution was more than just a structure of this novel — it masked a powerful protest recording the lived experience of ordinary émigrés for posterity in fictional form to contradict the very negative perceptions of the émigrés that had circulated inside France since 1793.[10] By 1811 only those émigrés actively involved in trying to restore Louis XVIII were still persecuted.

The novel has a completely factual and geographic foundation. The route travelled was also based on first-hand knowledge of the real roads, places, distances, cost and dangers of travel. The journey took the Revel family from Paris (via Alsace) to Brussels, The Hague, and then Cuxhaven (Ritzebüttel is a village that in 1794 was outside Cuxhaven) and finally to Kiel on the Baltic Sea (a contemporary distance of 1100 km) and the émigrés travelled by coach, and by boat-ferry from Cuxhaven. The dangers of sea travel are also woven into the plot particularly from the point of view of those waiting for news or watching events unfold. Similar accounts of crossing the Channel to get to England by the Abbé Baston testify to just what a risky business that was in small boats and winter conditions, and lives were lost.[11]

---

[8] *Edinburgh Review, or Critical Journal*, vol. 34 (November 1820), p. 382.
[9] See the work of Malcolm Cook, Brigitte Louichon, and most recently, Katherine Astbury *Narrative Responses the the Trauma of the French Revolution* (Oxford: Legenda, 2012).
[10] The emigration had been closely linked to Counter-Revolution, to espionage, to the British and all of these had been demonised since 1793. See Simon Burrows, 'The émigrés and conspiracy in the French Revolution, 1789–99', in Peter Campbell, ed., *Conspiracy in the French Revolution* (Manchester: Manchester University Press, 2007).
[11] This can be read in the mémoires of the clergy regarding travel to England. E.g., Abbé Baston, *Mémoires de l'abbé Baston* (2 tomes, Paris : 1977), tome II, Années d'exil, pp. 5–9. See also Carpenter, *Refugees of the French Revolution, Émigrés in London, 1789–1802* (London: Macmillan Press, 1999), pp. 29–30.

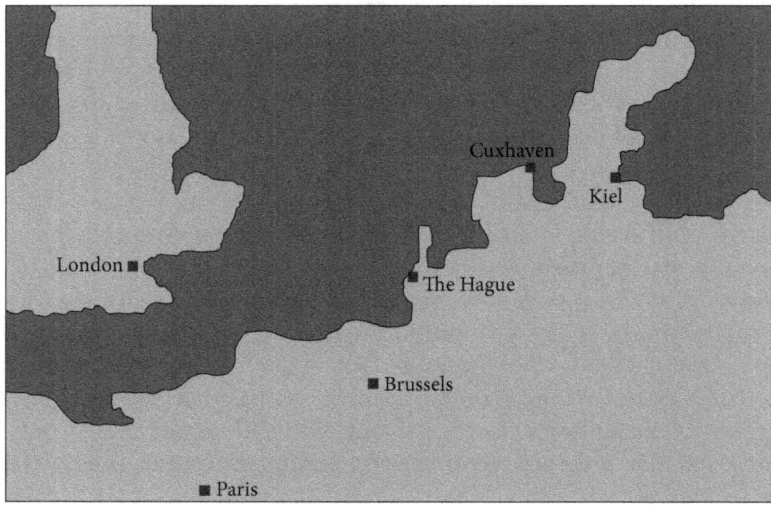

The travel writing aspect of this novel is noteworthy coming as it did in the wake of *Corinne* by Madame de Staël, but there is no similar attempt to make *Eugénie et Mathilde* into an historical travel guide, beyond discussing the towns and countries the Revel family visit or reside in. The places in the novel were not imaginary lands but real towns the émigrés had settled in: Brussels, The Hague, Cuxhaven and Kiel. Often more is written about the reception of the émigré family by the town's people than the town itself. It is a good illustration of the fact that without it being the determining focus of the novel, details about life outside France (outside Paris) and observation of other cultures are important. Madame de Souza privileges the human factor over the geography — and there is an irony about this as she is profoundly Parisian, missing Paris, and underscoring that what makes Paris so incomparable with any other place in the world is its people — not the beauty of its buildings and monuments. On a deeper level it is about missing home, and home being about the people in it, and human emotions — not place or empty space. Louise de Prusse, princesse Radziwill wrote to Madame de Souza:

> 'Le sejour de Ritzebüttel, de Kiel cette mer au bord de laquelle nous allions pendant trois ans aussi regretter le bonheur, le sort d'Edmond. Tout a retracé à mon cœur de douloureux souvenirs et vous m'avez fait verser bien des larmes.'[12]

'Scraps of reality' might be a good way to describe the reaction of Madame de Souza's audience to *Eugénie et Mathilde* in 1811. Her novel is also about travel under forced circumstances and political duress rather than travel for pleasure

---

[12] CHAN 565, AP 6, dossier 22.

freely embarked upon as is the travel portrayed in *Corinne* and Madame de Krüdener's *Valérie*. There is far more than just traditional notions of wandering.[13] It is about voyages undertaken under political duress that produce stress rather than enjoyment and social interaction for the travellers. It is about political and cultural trauma and endurance of a sort that was not chosen or desired, or even known about at the outset of the story, as was the case with the Emigration where French families left their homes not knowing how long they would be away from them or their loved ones. *Eugénie et Mathilde* was Souza's realist account of counter-revolution and her Eugénie was more believable, and ideologically traumatic than the flamboyantly irresistible, self-exiled Corinne.[14]

> 'There is a mere step between early travel literature and fiction. Imagination is never pure — it feeds on scraps of reality, selects what lies at the edge of credibility and novelty, and transforms it into differing forms of fantasy.'[15]

Many details in this novel are significant statements that testify to the emotional and psychological toll of emigration on those who emigrated. Some of these details appear only upon historical reflection. It is important for instance that Monsieur de Revel chose to go to Kiel and not to London where news of the events in Paris was much easier to get and there were more émigrés. Monsieur de Revel, contrary to Ernestine's wishes, wished to isolate his family not only from Revolutionary France, but also from the society of other French families in Emigration in London (see Chap. 46, '… je veux fuir la misère que je ne puis secourir, et la pitié dont je ne veux rien recevoir'). News and getting news from France and back to France is a constant part of the story as are newspapers and their accuracy or reliability.[16] This novel also stresses the risks taken by people like Monsieur Muller quite willingly to help the émigrés receive news. Perhaps most important of all is Souza's secular insistence upon the importance of History (made by people in government, family and State) in building the present, and securing a path for the State (or family) towards the future. She presents ways of making collective and inclusive decisions and shows that they can work (Chap. 23).

---

[13] See argument for wandering (*l'errance*) that lacks a political dimension in Brigitte Louichon, *Romancières Senitmentales* (Saint Denis: Presses Universitaires de Vincennes, 2009), pp. 93–95.

[14] Angelica Goodden, *Madame de Staël, The Dangerous Exile* (Oxford: Oxford University Press, 2008), p. 153.

[15] John Dunmore, 'New Zealand and Early French Literature', in John Dunmore, ed., *New Zealand and the French Two Centuries of Contact* (Palmerston NZ: North, Heritage Press, 1990), p. 50.

[16] In places where the émigrés stayed long enough, like London, they published their own newspapers, but in other places were reliant on the local press. See Simon Burrows, 'The Cultural Politics of Exile: French émigré literary journalism in London, 1793–1814', *Journal of European Studies*, 29 (1999), 157–77.

The novel also contains a spread of minor characters of historical significance. These include figures who appear and have brief but important minor roles in different geographic places like Antoine the overseer (who while appearing to be loyal to the family was overheard boasting that he would buy the Revel land as a confiscated émigré property introducing issues concerning *biens nationaux* in Chap. 24), the tenant farmer and his son in Alsace who helped them to escape across the border. These characters directly reflect the politics of 1792. In emigration, characters like Monsieur de Trèmes in Brussels (Chap. 27), and Monsieur and Madame Muller (Chap. 61) are used to portray details about both how the émigré French behaved, and how they were received by foreigners. Prior to this, only one or two major figures, hero and heroine, figured in the novels of courtship of the eighteenth century.

Eugénie et Mathilde is Souza's first attempt at a multi-generational approach to portraying Emigration during the French Revolution. Unlike her other books, it is the story of an extended family and concerned with collective identities. All the threads of the different individuals were woven in to form a jigsaw with complex interlocking pieces. They are all connected and family harmony is achieved only when the interlocking pieces make a good fit. This gives the novel a breadth that sets it apart from other works that appeared like Senhac de Meihan's *L'Émigré* which has only one unattached and independent main character.[17] Souza's principal character can be considered to be the collective body of the family — a family of five — and there is also good reason to suggest that Madame de Souza was making a parallel between the family and the State during the Directory period (1795–1799). France had been governed by five Directors before Napoleon came to power, and many Republicans were not supportive of the executive and legislative arms of government being merged in the hands of one man as they were from 1804 under the Empire. This political allusion would have been plain to any reader of the work before 1830.

Not only did Souza take a family, but one where there were only daughters (Monsieur de Revel having no sons is disguised as a complete accident of nature). The intrigue-loving Souza apparently only accidentally violates conventional gender expectations and roles for women! This is far from the first time that Souza had deliberately abandoned the accepted social roles of her female characters on the excuse of circumstances or in this case the Revolution having made them redundant.[18] By making daughters function (albeit in the absence of sons) as sons,

---

[17] Malcolm Cook, 'Utopian Fiction of the French Revolution', *Nottingham French Studies*, No. 45 (2006), 104–13 (p. 104).

[18] All Souza's previous novels present stories of female characters breaking free of social conventions or constructs that impede their independence and happiness, Adèle in *Adèle de Senange*, Emilie of *Emilie et Alphonse*, Marie of *Charles et Marie*, Athénais in *Eugène de Rothelin*.

she created a very egalitarian feminist narrative. The well-intentioned Monsieur de Revel had contrived to secure good prospects for his two eldest daughters. Ernestine, the eldest, could not inherit her father's estates entailed away on a cousin as they were, so she became heiress to her grandmother's fortune. Mathilde, the middle daughter, her father contrived to have marry the cousin destined to inherit his own fortune, and the youngest, Eugénie, he put into a convent very young and intended her to remain there. Each of the daughters moreover acquired a new sort of independent status in the novel after the Revolution had begun. Ernestine by separation from her husband in emigration, Mathilde because she was widowed by the civil war in the Vendée, and Eugénie's vows to the Church had been made void (at least in a secular sense) by the Revolution's disestablishment of the religious houses, 13 February 1790. Had the Revolution not interfered with the father's plans by dissolving the monasteries and outlawing the émigrés, the three women would have led ordinary Ancien Régime lives — and Eugénie would not have left the convent where her aunt, who had suffered a similar fate in her own family, was the Abbess. With the coming of the Revolution, the ordinary life of these three women became suddenly very different to the one that their father or anyone else might have expected them to live.

The speed of change, the fact that it was completely unexpected, unanticipated and chaotically imposed in ways that had near draconian consequences is the author's historical point.[19] Souza underscores the extent to which the manipulations of men and fathers affected the lives of women in ways that had very damaging consequences, without thought or due consideration for the inappropriate nature of their behaviours. Her critique of patriarchal behaviours (be they on the part of father, Church or State) as self-serving rather than appropriate to the circumstances, and of judgements which rarely impacted with full force upon those who made poor judgements for apparently honourable over-arching reasons is perceptible throughout. This includes the deputies responsible for the émigré legislation who were the Jacobin leaders of the New Republic and the architects of the Terror.[20]

There are many aspects of this story that are loaded with historical and family as well as identity-exploring significance. Eugénie, the youngest and least valued of Monsieur de Revel's three children (and chronologically the last), ends up helping all the family members. Mathilde by a process of compromise is

---

[19] Simonin particularly stressed this point when writing about Vichy, 'c'est la différence d'intention, d'échelle, de radicalité des unes et des autres qui doit, selon moi, être établie et analysée pour faire apparaître la fracture irréductible existant entre l'idée républicaine et l'idéologie de Vichy.' Anne Simonin. *Le Déshonneur dans la République. Une histoire de l'indignité 1791–1958* (Paris : Grasset, 2008), p. 31.
[20] See Anne Simonin, *Le Déshonneur dans la République*, op. cit., pp. 37–42.

responsible for restoring the family finances. The eldest daughter, Ernestine, who wanted to be the family saviour returning from emigration with the hope of salvaging family properties in France failed, served no other very useful purpose in the story. Her arranged marriage from before the Revolution to a much older man who did not emigrate saw her lose respect for him, for marriage, and led her to reject her grandmother's authority. She returned alone to France, she had no children. It is very easy to read the three estates of Ancien Régime France in the different chronological position and roles of the three daughters, but while Ernestine has all the traits of nobility, Eugénie of the clergy, and Mathilde of the third estate, it is significant that like the clergy that contained nobility and the third estate members within it ranks, so Eugénie in many ways represents the clergy uniting with the third estate as it did in 1789.

What is very important about the role of Eugénie in this novel, is that she was initially a nun by the choice of her father and not of her own volition, yet she embodies all that is humanitarian and good about the Church. The author makes it clear that she acquired these characteristics through the sheer accident of taking to heart what she believed were her father's best intentions — irrespective of whether they really were good. At the same time she shows the conspiratorial behaviour of the Abbess who ensured that Eugénie was prepared for a role in society like the young girls who were in the convent only until they were married. Eugénie's abrupt separation from the Church was therefore also accidental, another parallel of the political situation.[21] She believed in her own choices, in the reasoning that her choices were based upon, and in her family — arguably through lack of alternative, but that did not really affect her pattern of reasoning. If she thought about herself at all, she believed she had served her family by serving her God, and any deviation from that path was a revolution that she could not contemplate, let alone willingly embark upon (to which death was preferable). This can also be read as a metaphorical parallel of the position of the staunchly royalist émigrés. They preferred to risk death in a foreign country fighting to restore the Bourbon monarchy than life in Republican France ruled by a government that represented a betrayal of all they held dear.

Madame de Souza has been credited with letting her readers optimistically believe that Eugénie's life in the convent does not preclude accidental good or individual happiness, but the reality of the novel's story implies very clearly that it does. Brigitte Louichon writes; 'Sa force (Souza) c'est de donner à croire à ses lecteurs que ni les imperfections de la société ni celles des individus n'empêchent le bonheur individuel.'[22] This is in some respects naïve, because Souza was

---

[21] See Dale Van der Kley, 'The Ancien Régime, Catholic Europe and the Revolution's Religious Schism', in Peter McPhee, ed., *A Companion to the French Revolution* (Oxford: Wiley-Blackwell, 2013).
[22] Brigitte Louichon, *Romancières Sentimentales 1789–1825*. op. cit., p. 90.

projecting this impression while in fact suggesting through the action of the characters in the novel almost completely the opposite, and that the historical imperfections of society actually prevented individual happiness.

The novel is carefully divided into three parts, and into eighty-three chapters that fit the patterns of the historical events. The first part takes place in France in 1789 before emigration and ends with the Revel family's departure into emigration in 1790 (Chaps. 1–25), the second is the first stage of the family's emigration when they have funds to live on, 1792–1793 (Chaps. 26–56), and the third, when the destitution of emigration had set in and the family was not trying to keep up a semblance of its former nobility, but just trying to survive in Kiel and hoping to return to France (Chaps. 57–83). It is also important that the ending is ambiguous. It is not stated that the Revel family returns to France, but the fact that Napoleon's amnesty allowed the vast majority of émigrés to return in 1802 makes it a reasonable assumption that they might have done. They may also have returned earlier (like Madame de Souza in late 1796/early 1797) using Ladislas's money to bribe officials and get themselves taken off the list of émigrés.[23]

The author seems to invite the reader to decide whether this novel fits the category of drama or melodrama — if it has a tragic or happy ending. One interpretation can assume the Revels return to France saved from complete destitution by Ladislas's fortune with which they could live comfortably and purchase new property. Yet it is made very clear to the reader that they will never recover their lifestyle of the pre-Revolutionary years. Madame de Couci the author suggests would be attached to this extended Mathilde-Ladislas family for what remains of her life (but she would not ever again enjoy the luxury of her former French existence, and the same for Monsieur and Madame Revel). Ernestine had already received anonymous charity from Ladislas, so she was dependent on Mathilde and Ladislas. Eugénie died as a result of mental stress at the disruption of her life as a nun, manifested physically as consumption brought on by poor diet and overwork in order to make money for her family in emigration. Mathilde too hardly looked forward to a better life than her former one as the wife of a presented member of the French *noblesse*. She had lost her beloved Edmond, and was coerced into a new life with Ladislas — him adopting Edmond's child — as a compromise that seemed to deliver some promise of a tolerable existence and, perhaps, happiness at some later point. It should be noted that at the end of the novel, the idea of marrying Ladislas was shocking, almost

---

[23] Émigrés had to obtain and provide documents to prove that they had not left France. These could only be forged prior to 1802. That year an amnesty for the émigrés was part of the Treaty of Amiens that ended the war with Britain (until May 1803). See Emmanuel de Waresquiel's article. 'Joseph Fouché et la question de l'amnistie des émigrés 1799–1802', *Annales historiques de la Révolution Française*, 372 (2013), 105–20.

repulsive, to Mathilde who only agreed because it was Eugénie's dying wish (Chap. 83). This, like the fate of the émigrés when they were finally permitted to return to France, was a very questionable degree of happy ending.

Furthermore, the purity of Eugénie's character creates a contrasting pole to the absolute authority of her father and the human misery of the novel's emotional plot is created by the two conflicting sorts of extremes, emphasising Souza's plea for compromise of a political and emotional sort. Eugénie will not compromise her position to marry Ladislas, and by doing so secure the financial position of the family and her own happiness, and Monsieur de Revel will not accept Ladislas's financial help while he is an outsider. Note that in emigration Monsieur de Revel's family authority returns to its original despotic or Ancien Régime patriarchal position — democracy, or inclusive family politics, showed itself to be only a temporary state of affairs that lasted only while the family were leaving France in unusual circumstances. Again the parallel is with the French State which after the Revolution and Directory period returned to the oppressive control of the Napoleonic regime.

Madame de Souza's philosophy about the Catholic Church also creates a vehicle for great irony in the novel. It is significant that the author greatly valued a remark by Madame de Genlis to the effect that she had not ever written anything against religion or 'mœurs'.[24] It is the secular importance of belief and commitment that Madame de Souza admires and cultivates rather than the mystic reliance on an unseen God.[25] Eugénie is tied to the Church by the strength of her own conviction, and a determination to be true to a second renewed set of vows she took of her own volition after the Revolution had begun. What matters to Eugénie, is not perjuring herself in a very existential — and in 1789 a masculine way; what matters is being honourable. This is very contemporary and completely Ancien Régime. She could have been absolved of the original vows made at the time of her entry into the convent, but not the second ones that she made freely, even if it were possible to argue that in 1790 she had hardly made an objective choice when the crowd invaded the convent. To Eugénie, the church was her life, first by the choice of her parents whom she could not bring herself to do other than respect, and then by her second renewed vows that not even her subsequent love for Ladislas could convince her that she had the right to break. Her death at the end of the novel underscores the total nature of her commitment (that the laws passed during the Revolution have no impact upon) but it also enables her to demand that Ladislas marry the newly-widowed Mathilde, and by doing so secures his fortune as a means of providing for all remaining family members.

---

[24] CHAN 565 AP, dossier 9, pièce 173, quoted in Carpenter, *The Novels of Madame de Souza*, op. cit., p. 258.

[25] Note the stark contrast to Chateaubriand's *Génie du Christianisme* (first published in France in 1802) celebrating the mysticism of religion.

This is a politically brave assertion of the right of an individual to resist laws passed under conditions of duress and outside any collaborative or democratic context. For a woman writer at this 1810–1811 point of the Napoleonic wars, with the Napoleonic Code in place depriving women of control of their property and even control of themselves once married, this is more than riskily revolutionary.[26]

The novel is a social history concerned with family relationships, the trauma of parting, and the uncertainty of not knowing about the welfare of the loved one — the dilemma of the mother in wartime uncertain of the fate of her son (or of the wife unsure of the safety of her husband as in the case of Mathilde). This underscored the panoply of mixed emotions experienced by women that is typical of Souza's feminism embracing motherhood as a state not incompatible with independent action, but inextricably, emotionally and financially linked to other family members. The Vendée and its entry into the story also typify male commitment to a royalist cause. Soldiers like Edmond were serving voluntarily (not as a result of conscription) and Ladislas being Polish had come to fight alongside his friend for a royalist cause he wanted to see triumph over the republican politics of the revolutionaries. His was a personal link of fraternity with Edmond, and Souza in showing this foreshadows much more recent work suggesting that fraternity was as much a part of the Counter-revolutionary motivation as the Revolutionary one.[27] Importantly too, it was a civil war where French men (and women) fought their own nation to uphold their local beliefs, history and traditions.[28] Sainte-Beuve recognised her achievement;

> 'Dans Eugénie et Mathilde, madame de Souza s'est épanchée personnellement plus peut-être que partout ailleurs. Je n'ai jamais lu sans émotion une page que je demande la permission de citer pour la faire ressortir. C'est le cri du cœur de bien des mères sous l'Empire, que madame de Souza, par un retour sur elle-même et sur son fils, n'a pu s'empêcher d'exhaler.'[29]

While the plot can seem overly dramatic, the fact that the main protagonists are all feminine stereotypes is important. Emigration was a theatrically public and invariably male statement of opposition to the Revolution. Once the full package of émigré legislation was in place (from 28 March–5 April 1793) the

---

[26] On the Napoleonic Code see Peter McPhee and Philip Dwyer, eds, *The French Revolution and Napoleon, A Sourcebook* (London: Routlege, 2002), pp. 155–56. This provides in English translation the relevant extracts of the Rights and Respective Duties of Husband and Wife.

[27] Anne Simonin, *Le Déshonneur dans la République*, op. cit., p. 38.

[28] See Jean-Clément Martin, 'The Vendée, Chouannerie and the State, 1791–1799', in Peter McPhee, ed., *A Companion to the French Revolution* (Oxford: Wiley-Blackwell, 2013).

[29] *Œuvres de Madame de Souza*, Nouvelle Edition, précédée d'une notice sur l'auteur et ses ouvrages par M Sainte Beuve (Paris: Charpentier, 1840). See the passage referred to in the quote on p. 65.

room for manoeuvre or negotiation on the part of the condemned émigré was minimal, and the consequences for émigrés caught on French soil, dire. Immense stealth, wide-ranging personal contacts as well as luck were required to circumvent the émigré laws and obtain radiation from (getting oneself taken off) the lists of émigrés.[30] The émigrés were the self-styled heroic victims of this drama in the European sphere in which it took place — and, in fact, many foreigners too believed them to be heroes. Emigration offered a suspended reality — a suspended French existence in which a substitute reality and a substitute country had to be endured until such time as there was change to that fundamental political structure that condemned the émigrés. All French émigrés endured emigration, and for women it was a particularly painful experience by comparison with the life they might have lived inside France. It is the contrast with a life that could be 'known' because it could very easily be imagined that was so stark. The places and people longed for were familiar, and that made the tragedy of the situation more acute than had the émigrés not been able to imagine life or family life in France uninterrupted by the Revolution. Emigration also stripped away any social or family support networks that these women might have had and enjoyed inside France.

The subtext was thus profoundly dramatic in its moral nature (as well as its legal aspects) because there was no going back for any family member. Once outside France any person over 14 years of age categorised as an émigré was condemned to death without right of appeal on French soil. This provided, if nothing else, substance to the aspect of 'drame' and a hard core of reality to contrast with the sentimentalism of the pre-Revolutionary period. Souza was not advocating effusions of sentimentality, but the calm pursuit of truth and sincerity in relations, personal and political, under grim economic conditions. Demonstrations of unnecessary emotional excesses in the novel are rarely performed by the two central women characters. Women who are the least practical (or economic), i.e. the mother, grandmother and eldest daughter Ernestine, are the most prone to effusions of sentiment. Mathilde and Eugénie are women who persevere and get the job done (e.g. Chap. 3).

The subtext was without doubt to underscore that without the political excesses of Revolution much human damage would have been avoided. This novel has an anti-Revolution as well as an anti-Romance theme.[31] The real romance is the one that doesn't take place between Ladislas and Eugénie, and the novel ends with Ladislas marrying Mathilde as a compromise that legally and financially saves the

---

[30] On émigré legislation see Kirsty Carpenter, 'Emigration in Politics and Imaginations' in David Andress, ed., *The New Oxford History of the French Revolution* (Oxford: Oxford University Press, 2013).

[31] Josephine Donovan, *Women and the Rise of the Novel, 1405–1725* (New York: St Martin's Press, 1999), p. 114.

whole family.[32] At the point of writing Madame de Souza does not know that the Empire will give way to a Restoration that would be a political compromise between absolute and constitutional monarchy, but many in her circle were hoping for a more moderate form of constitutional Bonapartism.[33]

The timing of this novel is extremely pertinent. It appeared in 1811 the year that Marie Joseph Chénier died, Madame de Genlis wrote *De l'influence des femmes sur la littérature française*, and on the eve of Napoleon's Russian campaign. It was a time when the French Empire, like the émigré family portrayed, was exhausted, and increasingly extreme in its decisions as the conflict continued to evolve. Both were hurting and the end of the novel was a plug for the benefits of compromise being recognised early on, and the rejection of extremes from whatever side they might occur. Extreme obsessions and obsessive behaviours are represented by both heroes of the story, and that makes this novel a very subtle plea for change to the fundamentals of the hierarchical, fanatical, one-party state model — radical stuff indeed. This novel ends on a compromise between factions, and between men and women — it advocates balanced priorities, and negotiation of rights at a time when the political priorities of France were looking distinctly imbalanced, and the economic situation, a tableau of financial disaster.

Conciliation and confraternity therefore in Madame de Souza's ending resolved the separation and dislocation of the plot — and by association the historical events. It is also very important that the novel does not portray Eugénie's death as a waste. Madame de Souza underlined that waste of life did not begin with the Revolutionary and Napoleonic period, and that children had been being interred in convents for the material benefit of those on the outside for at least the seventeenth and eighteenth centuries. While Souza emphasised that ecclesiastics making self-serving decisions prejudiced by material concerns added very little to the social mix, she also provided a way to come to terms with the past and move forward to a more conciliatory future — where fraternity was the answer.[34] The death of Eugénie can even be constructed to shift her from being the object of Ladislas's love to a fraternal role consistent with the gender-switching at the start of the novel. Death in her case serves a purpose by enlightening, shaping and facilitating the remaining people and events and the

---

[32] Note that Monsieur de Revel will not accept Ladislas's help while he is not a member of the family.

[33] See Philip Mansel, *Louis XVIII* (London: Blond and Briggs, 1981), Chapter VIII.

[34] There is much written about the sentiment of Fraternity, but in revolutionary France this had undergone a metamorphosis from being a universal Enlightenment principle into a Republican-only sentiment post 1792. A good example of the argument for this can be found in Marcel David, *Fraternité et Révolution française* (Paris: Aubier, 1987). For the Republicans fraternity and royalism are incompatible and Madame de Souza is showing the flaw in this argument in her novel as early as 1811.

reader is directed to consider the impact of her death on the living rather than any preoccupation with a religious afterlife. The dramatic quality of this ending leaving some hope for the future is also something that suggests that Madame de Souza thought deeply about her stories in dramatic forms, but only published one play *La duchesse de Guise* in 1832 and left another unedited.[35]

Souza stated very plainly that women needed to have a representative voice in the decisions that determined their lives. The Church needed to place appropriate boundaries around its activities where there were none, particularly regarding intrusion into private lives, and the State needed to ensure that it did act responsibly and fairly towards those under its protection. She focused on the way the decision-making process was conducted and constructed, assuming that, were that point of departure addressed, less aberrant decisions would prevent damaging consequences in the future. For someone who had witnessed the Revolution from inside Paris and from politically close-up, this was a sobering and stinging criticism. Souza was in fact closer to pronouncing the Revolution a series of political and social blunders — an analysis associated with the way Connolly describes the Napoleonic campaigns as 'Blundering to Glory'.[36]

Fiction

Eugénie et Mathilde was also critically important because it marks a transitional period in the development of the novel written in the third person as opposed to epistolary form, and it had a good spread of minor characters all significant in the unravelling of the plot. It had a wide and varied readership, and was reprinted twice more (1840 and 1865) before the Third Republic, thus retaining an influence long past the author's death in Paris in 1836.[37] It also cemented its author's reputation as a serious writer in a period when writing for publication was a form of élite feminism in itself.[38] It signalled that the woman author had something to say beyond her domestic circle of friends and her private letters — and Madame de Souza's private correspondence was prolific with influential friends scattered across Europe, including members of the political and diplomatic élites of Britain, Austria, Italy and the Germanic states.[39] It should also be noted that Madame de Souza had a profound esteem for and took delight in the letters of Madame de Sévigné that she recommended to her son and friends

---

[35] Published by Librairie de Charles Gosselin, rue Saint-Germain des Près, 1832.

[36] Owen Connolly, *Blundering to Glory, Napoleon's Military Campaigns* (Wilmington De: SR Books, 1999).

[37] She is buried alongside her second husband in the cemetery of Père Lachaise at the edge of the twentieth division.

[38] See Natalie Heinich, *L'Élite Artiste, Excellence et singularité en régime démocratique* (Paris: Gallimard, 2005).

[39] These letters are preserved in CHAN 565 AP 6.

as a source of infinite wisdom. Her own letters are peppered with quotes (e.g. in April of 1816 she wrote to her son Charles ; 'Je suis toujours dans les profondeurs de ma solitude et dans mes ennuis, je lisais dans Mme de Sévigné qu'on se trait de l'ennui comme des mauvais chemins où l'on ne sortait jamais.').[40] These quotes suggest Madame de Souza not only styled herself on Madame de Sévigné, but that she cultivated letter writing, and considered it a literary art form as well as a source of public information or journalism. Most importantly this also shows that she was interested in literary form and aware of stylistic differences, some of which came from the highly literate company she had been exposed to from the time she left her convent and joined her sister Julie, marquise de Ménars et de Marigny, embracing a court lifestyle that shaped her life until her emigration.[41]

In the hands of Madame de Souza the novel was a form of anti-fiction. It was a way of protesting that her sex was as capable as men of writing serious criticism, but that the way it was expressed was not in the newspaper press or the habitual literary forms of male political journalists. Education (and money) had been a key factor in her adoption of the form of the novel. She was, and had been, since her debut in society acutely aware of her own lack of education compared to the men of her generation, and this, given her relationship with Talleyrand[42] and other well-educated men like the American Gouverneur Morris,[43] made her keenly aware of women's very real literary disadvantage. And this despite the fact that she was thought to be an intelligent woman and her critical appraisal much admired in Paris before the Revolution. Gouverneur Morris's first impression when he met her with Madame Angivilliers in 1789 was 'She speaks English and is a pleasing woman; if I might judge from appearances not a sworn enemy to intrigue.'[44] He later wrote on the subject of a letter to Talleyrand that she let him read of her:

> deep knowledge of the human character and acquaintance with the world which arises from reflection on the hearts of those who live in it, and the most just conclusions of the regulation of his conduct, enforced by the tenderness

[40] CHAN 565 AP 9 dossier 3, pièce. 40.

[41] Jean-Philippe Chaumont, *Inventaire Analytique 565 AP*, op. cit, Introduction, p. iii, Julie, marquise de Ménars et de Marigny, puis de Bourzac (1751–1822). Also, Baron de Maricourt. *Madame de Souza et sa famille, Les Marigny, Les Flahaut, Auguste de Morney 1761–1836* (Paris: Emile-Paul, 1907), pp. 33–38.

[42] Recent study of Talleyrand: Emmanuel de Waresquiel, *Talleyrand, Le prince immobile* (Paris: Fayard, 2002) passes very lightly over the paternity of Charles de Flahaut (b. 1785), always attributed to Talleyrand though he was recognised by her husband Charles François, comte de Flahaut de La Billarderie, and this avoided scandal.

[43] See Anne Cary Morris ed., *The Diary and Letters of Gouverneur Morris, Minister of the United States to France, Member of the Constitutional Convention, etc.*, 2 vols (London: Kegan Paul Trench, 1857).

[44] Anne Cary Morris, ed., *The Diary and Letters of Gouverneur Morris*, op. cit., vol. I, p. 42.

of female friendship … I thought well of myself, but I submit frankly to a
superiority which I feel.[45]

While it can be certain that Gouverneur Morris was a little in love with her, he as
a celebrated foreigner was being treated to a feast of Paris salon society and the
women of its élite, so there is reason to believe that he was contrasting her to
those around her and finding her the most intellectually stimulating women in
his acquaintance. Her penchant for intrigue later became legendary. She not only
loved to gamble, but she actively participated in schemes to make things appear
other than as they were, including the parentage of her grand-son, Auguste de
Morny.[46] She was instrumental in persuading her son Charles not to go to Saint
Helena with Napoleon, but to retire instead to Britain where he married heiress
Margaret Mercer, daughter of Admiral Lord Keith.

The eighty-three chapters of *Eugénie et Mathilde* mark a turning point in
Madame de Souza's career as a woman writer. In writing this novel, she wrote in
chapters as in a modern novel, so the author of *Adèle de Sénange* (as she was still
widely referred to) departed from the genre of writing a journal for the
consumption of others appealing directly to public opinion and involving the
reader in the story. In the context of revolutionary France, appealing to an
audience outside established government channels or directly to the people had
been used many times and had led to the flourishing of the newspaper press
during the Revolution.[47] It had created a precedent for making the case directly
to the public rather than through any official authority. By 1811 the Napoleonic
code had already denied even elite and propertied women a semblance of equality
with men,[48] so this was Souza's clandestine way of appealing directly to her public
suggesting that she knew exactly who would be likely to read her novel and this
included her British and European friends.

This novel fits a pattern where the culturally imposed patterns of male power
and female powerlessness prevail, but Souza works hard to show that the
powerlessness is often male as well as female and that the politics of power,
though more often patriarchally male, can be matriarchal as well. She challenges
overly masculinised notions of reality, and encourages her reader to seek the

---

[45] Ibid., vol. I, p. 185.

[46] On Auguste de Morny, see Baron de Maricourt, *Madame de Souza et sa famille, Les Marigny,
Les Flahaut, Auguste de Morney 1761–1836* (Paris : Emile-Paul, 1907), also Claude Francis
Fernande Gontier, *Mathilde de Morny 1862–1944 La scandaleuse marquise* (Paris: Perrin,
2000).

[47] See Jeremy Popkin, *Revolutionary News 1789–1799* (Durham, Nth Carolina: Duke University
Press, 1990) and, *The right-wing press in France 1792–1800* (Durham: North Carolina Press,
1980).

[48] See Carla Hesse, *The Other Enlightenment: How French Women became Modern* (Princeton:
Princeton University Pres, 2001), Chapter One, 'The Perils of Eloquence'.

hidden reasons behind behaviours, both masculine or feminine.[49] It must be remembered also that Adèle Filleul, as she was before her first marriage, had a strong mother of her own, and she had only one sibling, a much older sister. Souza was a very independent younger child, and she chaffed against a world determined by male power of which her first experience was the unhappiness of her sister's marriage, the death through suicide of her father (brought on by debt) and her own first marriage that was somewhat less happy than the picture presented of an older husband in *Adèle de Sénange*. She was inclined to scorn social conventions that enticed people into impossible dilemmas or relationships often later passed off as acts of fate or God.[50]

Eugénie et Mathilde is full of multiple political and rights-based messages even if it does not have a hard political line. It urges its readers to make up their own minds, and seduces by the circumstances of the characters, and emphasises the changes that they undergo during their travels around Europe. The major characters, Eugénie and Mathilde, are woman whose fates are inextricably intertwined, and who are crucially affected by choices made for them not always with their consent or consultation. It is a story about the consequences and disasters consequent on choices largely made by those who should initially have made more responsible moral and family choices. This is precisely a metaphor offered by de Souza for the French revolutionary years. Had the decrees been passed in a more humane political system including women, rather than as they were, many lives would have been significantly different. Despite that essential obstacle of being betrayed, and used by the very parents she was supposed to be able to trust to be her guardians, the outcome and its contradictions are ultimately the adult Eugénie's to assume. By the time she is an adult in Emigration, her own choices are mixed up along with those her family have made for her, and further complicated by her trust in the Church and in the vows she made to an unseen God.

Eugénie is also a metaphor for French women as a collective, submissively obedient, for the most part poorly educated, and prepared to take more responsibility than they should for the deeds of others — of men on the one hand as fathers and husbands but also of the State and the Church. It is made clear that had Eugénie been in a position to make more intelligent choices for herself about her own fate earlier on, the outcome would very likely have been different, and her life happier. This is one of the most important metaphors of the whole novel and for Madame de Souza who wrote 'had I had a better education I could have

---

[49] On masculinity see Katherine Astbury and Marie-Emmanuelle Plagnol-Diéval, eds, *Le mâle en France 1715–1830* (Oxford: Peter Lang, 2004).
[50] Baron de Maricourt, *Madame de Souza et sa famille, Les Marigny, Les Flahaut, Auguste de Morney 1761–1836* (Emile-Paul, Paris, 1907), contains the best published account of her early life.

achieved much more'.[51] Had the French Nation been inclusive and fully representative of its women, there may have been a very different manifestation of Revolution, and the Napoleonic wars, that caused so much hardship, waste of life, and human damage, particularly to women who lost their children and loved ones, may have come to an end much sooner.

Women writers during the French Revolution are a very disparate group often lacking in central unity, or even good grounds for comparison. The small number of women who shared common experience, education or purpose inhibit sweeping comparisons, but women novelists were growing in number.[52] It is in this context that Madame de Souza was referred to as one of a group of cosmopolitan luminaries along with Madame de Genlis, the Duchess of Polignac, Madame de Staël and Madame de la Charrière.[53] No novel written by a man in the period is deemed to surpass the quality of these women writers.[54] Men tended to avoid novel writing considering their talents better suited to polemics, newspapers or political writings of various sorts, and they were not so reliant on public perceptions and approvals for their social credentials. Women led the way without question into this field where the emotions could be added to the political mix via the imaginary, and the past merged with the present to create a recipe for a more inclusive future. 'De tous les genres reconnus, c'est le dernier né, le moins canonique, le genre Romanesque, qui est le seul genre qui ait traversé la Révolution et qui ait présenté les mêmes caractères en 1760, en 1790, en 1800 et en 1820, malgré la presque disparition des titres nouveaux en 1793 et 1794.'[55] Research in this area is only just beginning to take into account the impact of emotions and psychological human experience and its impact on collective political events.[56]

The realism of Madame de Souza was one of the principal traits for which she was recognised and praised by Sismondi.[57] The author's own life when she wrote *Eugénie et Mathilde* was stable and secure and her emigration was behind her to be reflected upon, but her son was still with his regiment (in East Prussia). It was the years of Napoleon's second marriage to Maria Theresa of Austria, the birth

[51] Letter to Adrien-Jean-Baptiste Le Roi dated 22 July 1823, cited by Baron de Maricourt, *Madame de Souza et sa famille*, op. cit., p. 346.

[52] Carla Hesse, *The Other Enlightenment, How French Women became Modern* (Princeton and Oxford: Princeton University Press, 2001), p. 154.

[53] Ibid., p. 41.

[54] Timothy Unwin, ed., *The Cambridge Companion to the French Novel; from 1800 to the Present* (Cambridge: Cambridge University Press, 1997), p. 54.

[55] Huguette Krief, *Vivre libre et écrire, Anthologie des romancières de la période révolutionnaire* (Oxford: Voltaire Foundation, 2005), p. vi.

[56] See David Andress, ed., *Experiencing the French Revolution* (Oxford: Voltaire Foundation, 2013).

[57] Kirsty Carpenter, *The Novels of Madame de Souza in Social and Political Perspective*, p. 255.

of the King of Rome, and before the real unwinding of the Napoleonic glory in Russia in 1812. Madame de Souza was resident in Paris where she and her husband, a retired Portuguese diplomat, enjoyed their peaceful Parisian seclusion. Her days were mundane: attending to her roses, educating her (illegitimate) grandson, Auguste de Morny, writing to her son and her friends and devoting herself to her novel in between times. She had started writing for money in London, and had reached a point where she was writing as a leisure activity with the complete support of her husband for her literary endeavours.

It is important that Madame de Souza in this period enjoyed a much wider acclaim and reputation than she had done earlier in her life, and she was reasonably well off, though particularly fond of gambling. She had an art collection of some twenty-five large works, and was at the pinnacle of her success as a woman, an author and a hostess in Parisian society. Yet she gave only small dinners at the home that she and her husband referred to as 'la casa' preferring the company of a select small group of old friends with whom she corresponded when they were not in Paris. Madame de Souza did not ever possess a country estate. Her second husband owned a large family estate in Portugal the Casa de Mateus in Vila Real, but Madame de Souza never visited Portugal.[58] They were both profoundly Parisian and lived all their life in modestly fashionable Parisian surroundings.

If *Eugène de Rothelin* had been her guide to a young man's education in French society, *Eugénie et Mathilde* is without doubt her political treatise, and her advice to the French State (that she wanted) to include women within its political and legal horizons, and to cease to subordinate women unjustly to the domination of men or the Church who, when subject to no legal limits, used their power inappropriately. The law and its flaws or the flaws of the (French) government were undeniably the hidden subtext of this novel. The laws of the French Revolution were made by men for men without consideration for women who were expected to comply obediently. Women were expected to concur with Madame Rolland and her view that politics was not a place for women to venture into, or a process for them to interfere with, or they did deserve to be guillotined like Olympe de Gouges. This was the prevailing attitude to women and this cloying conservativeness left little room for those women (particularly aristocratic) women who were prepared to be proud of their difference and to assert that they might have something to add in a political arena that might not be complementary to those in power. These women were left to adopt the one literary form that was not already identified with men in 1789 and where they could disguise their more radical views. Madame de Souza's novel presented her critiques in a way that masked the vitriol of their political criticism of the State and the Church.

---

[58] See http://www.casademateus.com/apresentacao.htm.

The shift to writing in the third person is particularly important for Madame de Souza because it also marked a move from the more subjective first person of the journal style of novel writing to an authoritative third person. This let the author claim or stake her claim to a greater knowledge or authority towards events. It was a tendency anticipated by her novel *Emilie et Alphonse,* but that earlier effort was not well received in the political climate and that novel did not have numbered chapters.[59] In *Eugénie et Mathilde* not only do the chapters have numbers, but there is a significant trend towards using direct speech. Not only is this a way of introducing more reality into the discussion being had in the novel, but it is also a way of varying the political colour of the novel. This is particularly interesting as the way of presenting direct speech was at that point evolving, and the grammatical presentation contains far more anomalies than the contemporary way of writing direct speech. Direct speech is not split out onto separate lines, but run one speaker into another in the same paragraph occasionally making it difficult to distinguish which person is the speaker. It would however have been clear, or clearer, when reading the passage aloud, which was a popular practice at the time.

The strong characters in the novel are those whose expectations of political participation in family or state life are not high to begin with. Ladislas has been made powerless in his own native Poland, but is able to help the Revel family in exile. Eugénie has been rendered powerless by separation from her convent, but contributes very meaningfully to her family. Certainly a recurring message is that one's personal contribution rarely occurs in ways or areas where one might expect, and that may simply express the surprise that Madame de Souza felt at having a son in the service of Napoleon when her own life had revolved almost exclusively around the Ancien Régime court.[60]

Eugénie et Mathilde as part of Madame de Souza's *Œurvres Complètes* has survived into the twenty-first century. When it was first published it enjoyed a limited Parisian success accorded to it almost by right as a work by 'the author of Adèle de Sénange'. Yet the novel also suffered the same fate as the émigrés who were without doubt its most fervent admirers — it was quickly overtaken by fast moving French politics and relegated to obscurity. Émigrés were not fashionable French citizens, and after 1815 they were forced to blend quietly into a very cosmopolitan French court society or seek seclusion in the provinces. Louis XVIII did not indemnify the émigrés, and the upheavals of society during the Hundred Days meant that there was another expulsion of those (like Madame de Souza's son, Charles) who were too closely linked with Napoleon for the comfort of the

---

[59] See Kirsty Carpenter, *The Novels of Madame de Souza in Social and Political Perspective* (Oxford: Peter Lang, 2007), Chapter 3, p. 49–81.
[60] For the French Court, see Philip Mansel, *The Court of France, 1789–1830* (Cambridge: Cambridge University Press, 1988).

restored monarchy's new administration. Madame de Souza's novel had a readership that, prior to the fall of Napoleon, was more firmly based in the Provinces and outside France, and after 1815 even this audience was inclined to ignore its political message in favour of seeing it as a delightful form of literary entertainment. The critic of the *Mercure de France* in April 1811 admired the mature themes of love (traced through Souza's work from *Adèle de Sénange*) to which was added that of reason in *Eugénie et Mathilde*, but he mentioned no history or politics in the review that appeared on its publication.[61] The novel was (particularly inside France) both limited and liberated by its categorisation as a romance or as fiction. It was not ever considered at the time to be a purely political work and that was the very reason that the author knew she could publish her opinions freely mixed into the fake-imaginary fabric of her émigré story. Using the novel to convey a political message in this clandestine way succeeded very well, because there were no published reviews to disclose the author's intentions, and Madame de Souza herself posed no danger — she was not under suspicion.

The purpose of this edition is to reveal just how close the links are between this novel and its French Revolution History. It is also important to think about just how we gauge the contribution of a writer like Madame de Souza to the legal and voting rights that came for French women only with the Fourth and Fifth Republics.[62] Adèle de Flahaut-Souza was profoundly Parisian and profoundly European in her outlook, and the contradiction between being European and being French emerged at this point where only some French could claim to be, or might have wanted to be, Europeans. The transition from a mentality that was Franco-European that could travel with ease from Paris to St Petersburg and find fellow Europeans who shared the same outlook to one that was narrow-mindedly Franco-centric had taken place across the Revolutionary years, and Madame de Souza was not a fan of this new France that did not seek to speak a language other than its own Republican one. She brought up her own son to speak English and German and to pass in any society as a native, and she was profoundly committed to the principles of enlightened and educated democracy. She was a woman involved in her time, and ahead of her time and *Eugénie et Mathilde* was the least romanesque of her novels, fulfilling Marie-Joseph Chénier's contention that '... parmi les bons romans, les moins romanesque sont les meilleurs.'[63]

[61] Kirsty Carpenter, *The Novels of Madame de Souza in Social and Political Perspective*, p. 163
[62] See Susan Foley, *Women in France since 1789, The Meanings of Difference* (Houndsmills, Basingstoke: Palgrave, Macmillan, 2004), p. 235–58.
[63] Marie Joséph Chénier, *Tableau historique de la Littérature Française, Œuvres posthumes de M. J. Chénier, membre de l'Institut : revue, corrigées et augmentées de beaucoup de morceaux inédits, précédées d'une notice sur Chénier par M. Daunou* (Paris: Guillaume Librairie, 1814), tome III, p. 248.

SELECT BIBLIOGRAPHICAL INFORMATION

~

There is not an extensive literature on the **French Emigration**. This is partly due to the geographic spread of emigration and the number of archives involved in covering all the places where the émigrés settled. Fernand Baldensperger, *Le mouvement des idées dans l'émigration française 1789-1814* (Paris: Plon, 1924), is still a very widely respected comparative literary study of the memoires of the period. Donald Greer, *The incidence of Emigration during the French Revolution* (Cambridge: Cambridge University Press, 1983) is an in-depth reconstruction of the statistics from the émigré lists. Kirsty Carpenter and Philip Mansel, eds, *The French Émigrés in Europe and the struggle against Revolution 1789-1814* (London: Macmillan Press, 1999), covers the major places and countries where the émigrés settled outside France. Britain had the largest population of émigrés and there, Dominic Aidan Bellenger, *The French Exiled Clergy* (Bath: Downside Abbey, 1986) studies the ecclesiastics who settled in Britain. Simon Burrows, *French Exile Journalism and European politics, 1792-1814* (Suffolk: Royal Historical Society, 2000), looks at the newspapers and the link to the counter-revolution particularly through the newspapers published in Britain that Napoleon could not shut down. Kirsty Carpenter, *Refugees of the French Revolution, Émigrés in London 1789-1802* (London: Macmillan Press, 1999), looks at the ordinary life and culture of the non-ecclesiastic émigré population in Britain. Philip Mansel, *Paris Between Empires, 1814-1852* (London: John Murray, 2001), and *Louis XVIII* (revised edition, London: John Murray, 2005), both address Emigration and its politics. Louis XVIII lived in Britain from 1808 until the monarchy was restored in 1814. Doina Pasca Harsanyi in *Lessons from America Liberal French Nobles in Exile 1793-1797* (Pennsylvania: Pennsylvania State University Press, 2010), and the work of Tom Sosnowski on the United States published as a chapter in Carpenter and Mansel eds, *The French Émigrés in Europe* provides the American episode on the émigrés. In French older works include, Ghislain de Diesbach, *Histoire de l'émigration* (Paris: Perrin, 1975), and the more detailed three volume Henri Forneron, *Histoire générale des émigrés pendant la Révolution Française* (Paris: Plon, 1884-1890) are indispensable.

Revolution background to the emigration can be found in William Doyle, *Aristocracy and its Enemies in the Age of Revolution* (Oxford: Oxford University Press, 2009). Philippe Bourdin, ed., *La Révolution 1789-1791. Écriture d'une Histoire immédiate* (Clermont-Ferrand: Presses Universitaires Blaise-Pascal, 2008). This collection of papers from the conference at Vizille contains chapters on emigration by Karine Rance who has written on the émigrés in the Germanic states as does Michel Biard, ed., *La Révolution française. Une histoire toujours vivante* (Paris: Tallandier, 2010). Sylvie Aprile, *Le siècle des exilés, Bannis et proscrits de 1789 à la Commune* (Paris: CNRS Editions, 2010), puts the emigration in a wider chronological context. Jean Clément Martin, ed., *La Contre-révolution en Europe, XVIII–XIX siècles, réalités politiques et sociales, résonances culturelles et idéologiques* (Rennes: Presses universitaires de Rennes, 2001), is also useful on this period as is, *La Révolte Brisée : Femmes dans la Révolution française et l'Europe* (Paris: Armand Colin, 2008). Anne Simonin, *Le Déshonneur dans la République. Une histoire de l'indignité 1791–1958* (Paris: Grasset, 2008) shows how the Republic constructed those who did not fit within its new ideology, and Greg Burgess, *Refuge in the Land of Liberty: France and its refugees from the Revolution to end of asylum 1787–1939* (London: Palgrave, Macmillan, 2009) provides detailed analysis of immigration to France, and shows how the French government hosted Republican refugees and how it treated them. Ian Coller's *Arab France, Islam and the making of Modern Europe 1798–1831* (Berkeley, LA: University of California Press, 2011) sheds light on how France treated other minority groups. Ladan Boroumand, 'Emigration and the Rights of Man: French Revolutionary Legislators Equivocate in *The Journal of Modern History*, vol. 72, no. 1 (March 2000), pp. 67–108, sets the rights issues of the émigrés in contemporary context. David Andress, ed., *The Oxford Handbook of the French Revolution* (Oxford: Oxford University Press, 2014) contains a chapter on Emigration.

There is much writing on the French Revolution that contains relevant topics or topics that interweave with emigration. Work on the Counter-Revolution or the revolts in the provinces by Jean-Clément Martin and his successor in the chair of the Institut d'histoire de la Révolution Française, Pierre Serna. Alan Forrest's work on conscripts and deserters in the army, and his article 'Adversaire honorable ou barbare vicieux? La perception de l'ennemi sous la Révolution et l'Empire', in *Annales historiques de la Révolution française*, 3 (2012), pp. 5–25. Sophie Wahnich's work on emotions *Les émotions, la Révolution française et le présent* (Paris: Editions du CNRS, 2009), and in English, '*In Defence of the Terror: Liberty or Death in the French Revolution*' provides good context for the émigré situation. Peter McPhee's *A Companion to the French Revolution* (Oxford: Wiley-Blackwell, 2013) contains contributions by Sara Maza, Susan Desean and Jean-Clément Martin, all of direct relevance to this topic. David Andress's *Experiencing the French Revolution* (Oxford: Voltaire Foundation, 2013), also contains sections that cover 'Reactions to Revolution' and 'Revolutionary Experiences beyond France'. Newcomers to the Napoleonic period are well advised to read Philip Dwyer's *Napoleon: The Path to Power, 1769–1799* and its second volume, *Citizen Emperor, Napoleon in Power* (London: Bloomsbury, 2007 & 2013 respectively). Philip Mansel's work on the French court, Napoleon, *Prince of Europe: The Life of Charles-Joseph de Ligne 1735–1814)* (London: Weidenfeld & Nicolson, 2003) and on the Restoration period *Paris between Empires 1815–1848* (London: St Martin's Press, 2003) is without equal.

There are an increasing number of **re-editions of the mémoires** of the period and work on some of the most prominent émigrées (see Baldensperger for list). Angelica Goodden's work *The Sweetness of Life, A biography of Louise Elisabeth Vigée Le Brun* (London: André Deutsch, 1997) and *Madame de Staël, the Dangerous Exile* (Oxford: Oxford University Press, 2008) provides personal accounts of the emigration years from the perspectives of an artist and a writer. Caroline Moorhead's *Dancing to the Precipice, Lucie de la Tour du Pin and the French Revolution* (London: Chatto & Windus, 2009) presents a commentary on the diary of Madame de la Tour du Pin that provides significant accounts of life in London and America. Reproduced mémoires widely available recount life in emigration, like those of la comtesse de Boigne, née Osmond, in two volumes (Paris: Mercure de France 1986). Biographies of counter-revolutionaries, envoys and deputies of the French governments in the period are also appearing in greater number and they shed light on this period of emigration and on the politics inside France. These include Emmanuel de Waresquiel, *Talleyrand le Prince immobile* (Paris: Fayard, 2007), and Simon Burrows, *A King's Ransom: The Life of Charles Theveneau de Morande, Blackmailer, Scandalmonger and Master-Spy* (London: Continuum, 2010).

On Madame de Souza there is the work by the André de Baron Maricourt, *Madame de Souza et sa famille, Les Marigny, Les Flahauts, Auguste de Morny 1871–1836* (Paris: Émile-Paul, 1907) and the very good brief account at the beginning of the Archive guide to the 565 AP papers, *Archives du Général Charles de Flahaut et de sa Famille Inventaire Analytique 565 AP*, by Jean-Philippe Chaumont (Paris: CHAN, 2005). Carpenter, *The Novels of Madame de Souza in social and political perspective* (Oxford: Peter Lang, 2007) also contains a résumé of her life. *Romans de Femmes du XVIIIième Siècle*, Textes établis, présentés et annotés par Raymond Trousson (Bruxelles: Robert Lafont, 1996), presents Madame de Souza in his introduction to her 1794 novel, *Adèle de Sénange*. The same novel was reproduced by Slatkine with an introduction by Alix S. Deguise, in 1995. Brigitte Louichon has written, «Lire *Adèle de Sénange* de Madame de Souza: point de vue masculin, point de vue féminin», in Suzan van Dijk, Madeleine van Strien-Chardonneau, eds, *Féminités et masculinités dans le texte narratif avant 1800. La question du 'gender'* (Louvain and Paris: Peeters, 2002), pp. 403–15. Paul Pelckmans' article, 'Adèle de Sénange ou les intermittences du sentiment', appeared in the *Bulletin de la Société Néophilologique, Bulletin of the Modern Language Society*, 93, 3–4 (Helsinki, 1992), pp. 365–76. There is also an MA thesis by Laure Philip, that looks at *Adèle de Sénange* and *Eugénie et Mathilde* entitled, 'The impact of the French Revolution and emigration in two novels of Madame de Souza: the search for an acceptable identity via literature' (University of Warwick, 2011). Brigitte Louichon, *Romancières Sentimentales 1789–1825*

(Saint-Denis: Presses Universitaires de Vincennes, 2009) includes the work of Madame de Souza alongside that of other French women writers. M.-J. Fassiotto, 'La comtesse de Flahaut et son cercle. Un exemple de salon politique sous la Révolution', in *Studies on Voltaire and the Eighteenth Century*, no. 303 (1992), pp. 344–48, looks at her circle of friends. Kirsty Carpenter, *The Novels of Madame de Souza in Social and Political Perspective* (Oxford: Peter Lang, 2007) contains an analysis of *Eugénie et Mathilde*, pp. 119–63.

On Women during the French Revolution there is an ever increasing body of scholarship. Prominent French Revolution authors who treat women and topics relevant to emigration include Eliane Viennot's *La France, les Femmes et le Pouvoir* (Paris: Perrin, 2008), Carla Hesse, *The Other Enlightenment, How French Women became Modern* (Princeton and Oxford: Princeton University Press, 2001). Lynn Hunt's work, *The Family Romance of the French Revolution* (Berkeley, LA: University of California Press, 1992) is critically important. Sara Maza, *Private Lives and Public Affairs, The Causes Célèbres of Pre-revolutionary France* (Berkeley, LA: University of California Press, 1993), and Marilyn Yalom, *Blood Sisters: The French Revolution in Women's Memory* (London: Pandora, 1995). Madelyn Gutwirth's *Twilight of Goddesses: Women and Representation in the Revolutionary Era* (New Brunswick: Rutgers University Press, 1992). Dena Goodman's work *The Republic of Letters: A Cultural History of the French Enlightenment* (Ithaca & London: Cornell University Press, 1994) and *Becoming a Woman in the Age of Letters* (Ithaca & London: Cornell University Press, 2009) are invaluable for the period. Jolanta Pekacz's, *Conservative Tradition in Pre-revolutionary France: Paris Salon Women* (New York: Peter Lang, 1999) sheds light on Ancien Régime practices and habits on the eve of the Revolution. Another indispensable discussion on women and French Revolution history can be found in the final 2009 issue of the *Annales historiques de la Révolution française*, no. 358 (2009), featuring Dominique Godineau, Lynn Hunt, Jean-Clément Martin, Anne Verjus and Martine Lapied in a written round table on 'femmes, genre, Révolution'. What is also important in regard to writing about the emigration is to set the picture of women in France alongside the situation of women in other countries outside France. Sarah Knott and Barbara Taylor, eds, *Women, Gender and Enlightenment* (Houndsmills, Basingstoke: Palgrave Macmillan, 2005) does this very well.

For novel publishing and fiction by French women authors and the rise of the novel: Huguette Krief, *Entre terreur et vertu. Et la fiction se fit politique ... 1789–1800* (Paris: Honoré Champion, 2010), and *Vivre libre et écrire, Anthologie des romancières de la période révolutionaire 1789–1833* (Oxford: Voltaire Foundation, 2005). Stéphanie Genand, *Romans de l'émigration 1797–1803* (Paris: Champion, 2008) and Marie-France Silver, 'Le roman feminin des années révolutonnaires', in *Eighteenth Century Fiction*, vol. 6, no. 4, July (1994), pp. 309–26, treats novels in the revolutionary period. Katherine Astbury, 'The

Trans-National Dimensions of the Émigré Novel during the French Revolution',
in *Eighteenth-Century Fiction*, vol. 23, no. 4 (2011), article 7, pp. 801–32, usefully
considers the European dimension of the Emigration. This is further developed
in her book Katharine Astbury, *Narrative Responses to the French Revolution*
(Oxford: Legenda, 2012). Margaret Cohen *Why were there no French Women
Realists?* (Princeton: Princeton University Press, 1997), and her chapter in *The
Cambridge Companion to the French novel, From 1800 to the Present* (Cambridge:
Cambridge University Press, 1997) sets sentimental novels in a nineteenth
century context. Caroline Franklin, *The Female Romantics, Nineteenth-century
Women Novelists and Byronism* (London: Routledge, 2013) sets the novel in a
European context and builds a picture of networks and friendships at play in the
evolution of the novel. This European aspect of female writing has already been
the subject of works such as, Matthew Grenby, *The Anti-Jacobin Novel: British
Conservatism and the French Revolution* (Cambridge: Cambridge University
Press, 2001). William Ray, *Story and History: Narrative Authority and Social
Identity in the Eighteenth Century French and English Novel* (Oxford: Basil
Blackwell, 1990). Malcolm Cook, *Fictional France: Social Reality in the French
novel 1775–1800* (Oxford: Berg, Providence, 1993) and the earlier *Politics in the
Fiction of the Revolution 1789–1794* (Oxford: Voltaire Foundation, 1982) remain
key works for understanding the development of the French novel.

Publication details can be teased out of the newspaper and publishing accounts,
and archives of the specialist French language typesetters in London and Europe.
Simon Burrow's database on the *French Book Trade in Enlightenment Europe
database* is invaluable to help understand the distribution patterns of women's
publishing, circulation patterns and reading tastes before the Revolution. Of
relationships between Madame de Souza and her publishers, only snippets of
correspondence remain. The fact that she had the consent of her second husband
for her publishing activity meant she acted effectively independently in seeking
to publish her novels, but she did not manage to secure contracts for her complete
works to be published in Britain.

Notes on the French text

The text is taken from the 1821 edition of Madame de Souza's Complete works
that is available through book collectors or in the national library collections of
Britain and France. The 1811 text is used for the notes in Part III to show the
slight differences between the two versions.

Eugénie et Mathilde, ou mémoires de la famille du Comte de Revel / par l'auteur
d'Adèle de Sénange Mme de Souza, Paris : F. Schoell : Haussmann et d'Hautel,
1811, 3 vol. in-16. A scanned version of this edition is available on Ebay and
Google Scholar.

Oeuvres complètes de Mme de Souza , revues, corrigées … imprimées sous les yeux de l'auteur [Texte imprimé] / Adelaide de Souza, Paris : A. Eymery, cop. 1821–1822 I. Adèle de Sénange. [Aglaé.] Charles et Marie ; II–III. Eugénie et Mathilde. Eugène de Rothelin ; IV. La Comtesse de Fargy ; V. Émilie et Alphonse ; VI. Mademoiselle de Tournon. This edition is also available on Ebay and Google Scholar.

Minimal changes have been made to the 1821 text. The spelling of plural forms of words ending in: -ant, -ent, as -ans and -ens without a final 't' have been retained, but imperfect verb tenses ending in 'oit' have been changed to the modern 'ait' spelling for ease of reading. Punctuation of direct speech has been slightly amended, only where absolutely necessary, so that the comment clause ('dit-il' etc) is left outside the speech marks in order to facilitate clarity.

ŒUVRES

COMPLÈTES

DE

MADAME DE SOUZA,

Revues, corrigées, augmentées, imprimées sous les yeux
de l'auteur, et ornées de gravures.

TOME DEUXIÈME.

EUGÉNIE ET MATHILDE.

PARIS.

ALEXIS EYMERY, LIBRAIRE-ÉDITEUR,
RUE MAZARINE, N° 30.

1821.

Mᴀᴅᴀᴍᴇ ᴅᴇ Sᴏᴜᴢᴀ, précédemment ᴍᴀᴅᴀᴍᴇ ʟᴀ ᴄᴏᴍᴛᴇssᴇ ᴅᴇ Fʟᴀʜᴀᴜʟᴛ, m'ayant cédé *l'entière propriété* de ses OEuvres, je place la présente édition sous la sauve-garde des lois, et je déclare que je poursuivrai tous contrefacteurs ou débitans d'éditions contrefaites ou non revêtues de ma signature.

Paris, le 15 octobre 1821.

OEᴜᴠʀᴇs ᴄᴏᴍᴘʟᴇᴛᴇs de Mᴀᴅᴀᴍᴇ ᴅᴇ Sᴏᴜᴢᴀ ; nouvelle édition, revue, corrigée par l'auteur, et augmentée d'un ouvrage inédit ; 5 vol. in-8° et 10 vol. in-12, ornés de figures.

ᴄᴇs ᴏᴇᴜᴠʀᴇs sᴇ ᴄᴏᴍᴘᴏsᴇɴᴛ ᴅᴇ :

Adèle de Sénange. — Emilie et Alphonse. — Charles et Marie. — Eugène de Rothelin. — Eugénie et Mathilde. — Mademoiselle de Tournon. — L'Ouvrage inédit.

Prix des 5 vol. in-8., 30 fr.; et des 10 vol. in-12, 27 fr. Il sera tiré du papier vélin pour l'in-8. Prix, 60 fr. Vingt exemplaires seulement seront imprimés sur papier vélin double satiné, gravures avant la lettre, les eaux-fortes en regard. Prix, 100 fr. — L'ouvrage paraîtra en cinq livraisons d'un volume in-8. et de deux in-12. Le prix de chaque livraison, pour l'in-8., est fixé à 6 fr.; et, pour l'in-12, à 5 fr. 40 c. — La première livraison est en vente.

IMPRIMERIE DE BAUDOUIN FILS,
Rue de Vaugirard, n. 36.

Eugénie et Mathilde, ou Mémoires de la famille du Comte de Revel

Text from the 1821 edition

EUGÉNIE ET MATHILDE, OU MÉMOIRES DE LA FAMILLE DU COMTE DE REVEL;

PAR L'AUTEUR D'ADÈLE DE SÉNANGE

~

Tome I

Chapitre Premier

Le comte de Revel s'était marié fort jeune à mademoiselle de Couci.[1] Il jouissait d'une fortune considérable, substituée, à défaut d'enfant mâle, à une autre branche de sa maison; aussi désirait-il vivement un fils qui pût conserver ces grands biens dans sa famille. Mais la naissance d'une fille vint tromper ses espérances, et il sentit à peine la joie qui donne toujours un premier enfant.[2]

Madame de Couci offrit de se charger de la petite Ernestine. Elle pensa que, dans l'isolement de la vieillesse, cet enfant lui ouvrirait un nouvel avenir, en créant pour elle de nouveaux intérêts; mais elle mit pour condition à sa générosité, qu'Ernestine ne dépendrait que d'elle seule. Monsieur de Revel accepta la proposition de sa belle mère. Sa femme se rappelait avec inquiétude que son enfance n'avait pas été heureuse; et l'extrême sévérité de madame de Couci

---

[1] Criticism for arranged marriages among the nobility was already being made through works such as Choderlos de Laclos's novel *Liaisons Dangereuses* (1782). Here interestingly Madame de Souza starts her novel as if to note not only the youth of the woman, but the young age of the comte de Revel. See Jean-Paul Bertaud, *Choderlos de Laclos, L'auteur des Liaisons dangereuses* (Paris: Fayard, 2003), pp. 107–08.

[2] The opening of the novel is heavy with Ancien Régime historical significance, and the beginnings of the author's complex messages to her readers. The father figure, the Comte de Revel (for whom the metaphorical reference to Louis XVI would not have been lost), was already at the beginning of the story captive to expectations — his own and those of others whom he was bound to want to impress. He was young and wanted to produce an heir to secure his fortune rather than have it entailed away. His first born being a girl was an acute blow to his pride. Madame de Souza shows right from the outset that such reactions created rippling effects that were very damaging in the emotional fabric of the family. Munro Price's chapter, 'The court nobility and the origins of the French Revolution', in H. Scott and B. Simms, eds, *Cultures of Power in Europe during the Long Eighteenth Century* (Cambridge: Cambridge University Press, 2007), sets out just how close the links were between family, court and politics in France prior to and leading up to the Revolution.

l'effrayait pour sa fille.[3] Cependant elle aimait trop son mari, et craignait trop sa mère pour résister à leurs volontés.

L'année suivante, madame de Revel eut une seconde fille qui fut aussi mal reçue par son jeune père. Cette fois elle se montra plus courageuse, et déclara qu'elle se voulait garder Mathilde près d'elle. Monsieur de Revel y consentit, parce qu'il ne trouva aucune bonne raison de s'y opposer.

Il espérait toujours ce fils, cet héritier de son nom, objet idéal de son amour. Il éloignait de sa pensée le souvenir des familles qui avaient vu s'éteindre des noms illustres, et passer leur fortune dans des maisons étrangères: aussi son désespoir fut-il extrême, lorsque la naissance d'une troisième fille vint faire évanouir encore les rêves de son ambition.

Madame de Revel partageait la douleur de son mari: sa santé s'en ressentit; une fièvre continue l'accablait, et ne lui permettait pas de s'occuper de son enfant.

La petite Eugénie fut nourrie à la campagne dans une terre de ses parens. Sa mère, toujours infirme et languissante, la voyait peu. D'ailleurs le chagrin de monsieur de Revel avait fini par lui donner à elle-même de l'humeur contre cette petite fille. Cependant, loin de s'aveugler sur son injustice, elle se la reprochait; et, pour se tranquilliser, elle se disait qu'avec le temps Eugénie lui deviendrait aussi chère que ses sœurs. En attendant que l'avenir la ramenât à des sentimens plus naturels, elle s'abandonnait à toute sa faiblesse.[4] Non-seulement elle aimait mieux Mathilde qu'Eugénie, mais elle lui préférait même Ernestine, quoique madame de Couci, jalouse de son autorité, la rendît presque étrangère à la maison paternelle.[5]

Lorsque Eugénie eut deux ans, monsieur de Revel proposa à sa femme de la confier à sa tante, abbesse de ***. Il se voyait à vingt-quatre ans père de trois filles qui ne pouvaient attendre de lui que très-peu de fortune, puisque tous ses biens étaient substitués; et il pensait avec douleur combien il lui serait difficile de les

---

[3] Childhood in the eighteenth century is a focus for research and in regard to the French Revolution works are appearing on the childhood of leading figures: Robespierre (Peter McPhee), Talleyrand (Emmanuel de Waresquiel), Marie Antoinette (Antonia Fraser), to show how formative their early years were. For a résumé of family law at the time see Suzanne Desan, 'The French Revolution and the Family', in Peter McPhee, ed., *A Companion to the French Revolution* (Chichester: Wiley-Blackwell, 2013), pp. 470–85. Also by the same author, 'The Family as cultural battleground: Religion versus Republic under the Terror', in Keith Baker, ed., *The French Revolution and the Creation of the Modern Political Culture*, vol. 4 (Oxford: Oxford University Press, 1994).

[4] It is important to note that weakness in the novel is not confined to male characters but communicated and reflected in the actions of dependent female family members.

[5] Madame de Souza shows here that expressions of family injustice were not confined to the male gender. In this case Madame de Revel, whose health was already undermined by her husband's thinly disguised displeasure at her inability to produce a son, was equally unjust to her daughters in her turn. This is not a side of eighteenth-century conduct that is generally presented to the reader or researched.

marier un jour dans le rang où leur naissance les plaçait.[6] Il espéra donc qu'en mettant Eugénie au couvent, loin du luxe et des dissipations, elle aurait des goûts plus simples, et par la suite se résignerait plus facilement à tout ce qu'il aurait décidé pour elle. Il conjura sa femme de ne pas s'opposer à un projet si raisonnable. Il avait le droit d'ordonner, et il priait![7] Madame de Revel, soumise, mais affligée de se voir ainsi enlever ses enfans, n'avait pas la force de prononcer un consentement trop douloureux. Elle jeta un triste regard sur Mathilde, qui jouait à ses côtés: 'Au moins,' lui dit-elle en soupirant, 'puisqu'on ne me laisse que toi à aimer, je te rendrai parfaitement heureuse!' — Monsieur de Revel interpréta ces paroles comme un aveu; il prit Mathilde, et la mit dans les bras de sa mère. Les larmes que madame de Revel donnait à Eugénie coulaient sur le petit visage de Mathilde, et bientôt à ces larmes succédèrent les plus douces caresses. Madame de Revel, dans son cœur, dans sa pensée, dans ses yeux, disait encore: 'Au moins tu seras heureuse!'

Monsieur de Revel éprouvait souvent le besoin de répéter qu'il ne sacrifiait point ses enfans. — A qui confiait-il Ernestine? A la mère de sa femme. Eugénie passerait ses premières années chez une tante, bonne, respectable et généralement estimée. Il se persuadait encore que, nièce de l'abbesse, les religieuses la combleraient de tendresse et de soins; et il ne craignait pour elle qu'une trop grande indulgence. Mais ne restait-il pas maître d'adoucir les petits chagrins d'Ernestine, de surveiller l'éducation de sa sœur? — Il finit par s'applaudir du parti qu'il avait pris; et madame de Revel s'accoutuma insensiblement à ne voir et à n'aimer que Mathilde.[8]

---

[6] See Chris Roulston, *Narrating Marriage in Eighteenth-Century England and France* (Aldershot: Ashgate, 2010).

[7] This is the first reference to the abuse of authority being excused or justified by the Catholic religion. On religious practices at the end of the eighteenth century, and the (Catholic) church during the French Revolution see Timothy Tackett, *Religion, Revolution and Regional Culture in Eighteenth Century France: The Ecclesiastical Oath of 1791* (Princeton, 1986), Nigel Aston, *Religion and Revolution in France, 1780–1804* (Basingstoke: Macmillan Press Ltd, Houndsmills, 2000), and Dale van der Kley, *The Religious Origins of the French Revolution* (New Haven: Yale University Press, 1996).

[8] The chapter ends emphasising that the blindness of the Comte de Revel to his own faults was a practised and studied state of mind. Souza stresses the need of the weak father repeatedly to convince himself that he has acted in the best interests of others and for very virtuous reasons. She shows his willingness deliberately to misrepresent bad decisions as good ones, and his background awareness of his responsibility for his own actions. This is perhaps also a reminder of Marie-Joseph Chénier's play *Charles IX* which had also been seen by many Parisians between 1789 anÉin an existential sense. In *Charles IX* the parallel is between Louis XVI and the weak king Charles IX. It would not be going too far to call this novel as Madame de Souza's *Charles IX*.

Chapitre II

L'enfance de madame de Revel ne lui avait laissé aucun souvenir agréable. Toujours sous les yeux d'une mère sévère, qui ne lui parlait qu'en grondant, elle avait été accablée de maîtres de tout genre, qui avaient fatigué son esprit sans l'éclairer. Aussi elle détestait l'étude; et, lorsqu'qu'à quinze ans on la maria, un de ses premiers plaisirs fut de penser qu'elle allait perdre tout son temps, sans que personne le trouvât mauvais.[9]

Madame de Couci n'avait pas vu sans regret qu'une éducation qu'elle croyait merveilleuse, eût si peu satisfait sa vanité. Cependant elle suivit le même système avec Ernestine. Seulement pour que sa petite fille ne pût comparer la contrainte qu'elle lui imposait avec la liberté accordée à Mathilde, elle ne l'amenait chez madame de Revel que les jours consacrés aux visites d'égards et de respect; car une des maximes de madame de Couci était que les relations de parenté peuvent ne pas plaire, mais que l'esprit de famille doit se conserver.[10]

Elle fit d'Ernestine une personne tout factice et pénétrée de son propre mérite. Si jeune encore, elle se croyait des opinions à elle, des aperçus nouveaux; grave,

---

[9] There are many accounts of aristocratic childhood in the eighteenth century being a less than happy experience. However here it is interestingly attributed to the excess of education rather than the lack of it. The author is unique in suggesting that education for a genuinely lazy female mind is just as unwelcome as it is to that of an idle male disposition. Straightaway she is bringing in the problems of human equality and readying the reader for her own almost egalitarian Revolutionary sentiments in regard to Rights.

[10] From this early point in the novel, Madame de Couci represents an older generation of the Ancien Régime and their experience of the Revolution. She belongs to a generation that cannot accept the Revolution and that cannot imagine change to ways that they consider to be normal. This is also a nuanced way of showing that while Madame de Couci is not wrong to want her grand-daughter given the best education available by her Ancien Régime standards, the education is not at all well-adapted to the individual. Because in the novel Souza uses female characters instead of male characters, she was also by association criticising the norms of male education. She shows with perception that the social problems that linked education to the Catholic church were deeply embedded in the fabric of the Ancien Régime well prior to 1789. Most of the work on education during the early part of the Revolution is related to committee work of the Constituent Assembly. For an overview of the beginning of the nineteenth century position see Martyn Lyons, *Napoleon Bonaparte and the Legacy of the French Revolution* (New York: St Martin's Press, 1994), pp. 104–10, Robert Gildea, *Education in Provincial France 1800– 1914, A Study of Three Departments* (Oxford: Clarendon Press, 1983), pp. 29–33, and Emmet Kennedy, *A Cultural History of the French Revolution* (London: Yale University Press, 1989) contains a chapter on Educating that usefully shows just how intertwined and how blurred the distinctions between, Theatre, Festival, Publishing, and the Catholic Church were when it came to influencing the French population. In all that related to Ancien Régime education, the Catholic Church had a controlling influence prior to the Dechristianisation. See Michel Vovelle, *La Révolution contre l'Église, de la Raison à l'Être Suprême* (Paris: Editions Complexe, 1988), translated, *The Revolution Against the Church: From Reason to the Supreme Being* (Cambridge: Polity Press, 1991).

affectée, sa parure toujours recherchée n'avait aucune grâce; son maintien froid, dédaigneux, inspirait une sorte d'éloignement. Se trouvait-elle avec des personnes de son âge? sa présence arrêtait le rire et suspendait la joie. Enfin c'était un petit composé de toutes les prétentions, que dès quinze ans on eût voulu rajeunir.

Madame de Revel apercevait les inconvéniens de l'éducation qu'Ernestine recevait chez sa mère; pour les éviter, elle se jetait dans un excès contraire. Ernestine était gênée dans tout ses mouvemens; une légère mousseline pressait à peine la taille élégante de Mathilde. Sa sœur ne parlait que lorsqu'un regard de sa grand'mère l'y autorisait; Mathilde riait et chantait suivant sa fantaisie. Née avec beaucoup d'esprit, il était impossible de se fâcher, à peine même de conserver du sérieux avec elle.[11]

Mathilde était jolie, gaie, naturelle, remplie de grâces; mais Mathilde était vive, étourdie ; et pour s'excuser, elle croyait donner une raison admirable en disant: *Je suis comme cela* … Sans timidité, sans orgueil 'je suis comme cela' répondait à tout. 'Telle je suis née, telle je mourrai,' disait-elle; — 'mais la nature veut que tout change; vous êtes jolie, et vous deviendrez laide.' — Mathilde fuyait, appelant un ennemi personnel celui qui inspirait une pensée triste. La mort, le malheur étaient des objets sur lesquels elle n'osait fixer son attention. Cependant, lorsque madame de Revel la conduisait au spectacle, une belle tragédie l'intéressait; car de grands criminels lui paraissaient appartenir aux générations d'un monde qui avait fini: c'étaient les peines d'une vie ordinaire qui lui semblaient un supplice dont il fallait détourner les yeux.

Que Mathilde était séduisante! ses qualités qu'elle devait au hasard d'une heureuse nature venaient du cœur, et ses impressions étaient si rapides que ses défauts se laissaient à peine sentir. Loin d'inquiéter, ils promettaient du bonheur. Qu'elle aime! se disait-on; et un mot, un regard les fera disparaître.[12]

Chapitre III

Pendant qu'Ernestine et Mathilde étaient élevées d'une manière si différente, Eugénie restait près de sa tante à l'abbaye de ***. Monsieur de Revel la voyait rarement. Dans les premières années, il s'était dit qu'un enfan était suffisamment soigné par des femmes, et qu'il s'en occuperait à l'âge où la surveillance d'un père

---

[11] Here the reader finds Souza's first real criticism of excess. Madame de Revel is motivated to embrace an extreme degree of liberty in her formation of Mathilde in order to flagrantly oppose her mother, and the severity practised by Madame de Couci in educating herself as well as Ernestine.

[12] A stinging critique of Rousseau's *Emile* leads Souza to highlight the defaults of Mathilde's impulsive free character, formation and education precisely at a time when Rousseau was widely admired. Mathilde can be unthinkingly unguarded in her speech and actions, despite the almost irresistible charm that goes with her naturalness. Her '*I am as I am*' apology Souza shows to amount to naïve indifference even if for the most part, she is loving and well-meaning.

lui deviendrait utile; mais l'âge et le temps les rendirent chaque jour plus étrangers l'un à l'autre.[13]

Eugénie, élevée loin de son père, le craignait plus qu'elle ne l'aimait. Monsieur de Revel, n'ayant jamais reçu d'elle ces émotions vives d'espérance ou d'inquiétude qui éveillent et nourrissent l'amour paternel, oubliait souvent qu'il avait une troisième fille. Quelquefois, des questions indiscrètes de la société, le silence de ses amis, lui faisaient juger que sa conduite envers elle n'était pas approuvée; et ce sentiment pénible ajoutait à l'indifférence qu'Eugénie lui inspirait.

Seize années se passèrent, sans que monsieur et madame de Revel songeassent à déterminer le sort de leurs enfans. Ernestine avait obtenu toute l'affection de madame de Couci: peu à peu madame de Revel s'était habituée à ne se croire mère que de Mathilde; et son père portait sur elle seule tout son intérêt.

La plus grande partie de ses biens était substituée à son cousin le comte Edmond de Revel. Cette substitution lui donnait contre ce jeune homme une humeur qui avait été fort augmentée par plusieurs procès qu'il avait eu à soutenir contre ses tuteurs. Mais occupé du bonheur de Mathilde, il songea qu'en la mariant avec Edmond, elle jouirait de cette grande fortune; et il ne pensa plus qu'aux moyens de se rapprocher de lui, sans avoir trop l'air de le rechercher.[14]

Monsieur de Revel espérait qu'Eugénie, accoutumée à la retraite, consentirait sans peine à rester au couvent. Il voulait insensiblement lui en inspirer le désir; et il s'arrangeait pour que tout ce qui lui venait du dehors ne lui donnât que des impressions désagréables, et que tout ce qu'elle voyait dans le cloître ne lui offrît que des sentimens doux.

Monsieur de Revel était comme sont les caractères faibles: uniquement occupé de parvenir à son but, sans bruit, sans obstacle, il craignait autant ses propres réflexions que celles des autres; une fois décidé, il ne se permettait plus d'examiner si le temps ou les circonstances ne devaient rien changer à ses résolutions. Ne pouvant établir convenablement ses trois filles, il s'appuyait sur les nombreux exemples de maisons qui, dans la crainte de se mésallier, avaient consacré leurs

---

[13] Souza opens this chapter with one of her favourite education themes — divided educational responsibilities. She is highly critical of the long-term effect of leaving a child's education solely to its mother with the father almost entirely absent (in this case for sixteen years), then the father replacing the mother's influence entirely with a severe male authority more to be feared than loved. Souza shows her distaste for excesses in either direction, and makes a distinct plea for educational and parental moderation.

[14] It is shown clearly here that the match is sought by the father with a deliberate intention to withhold his role and keep his ulterior motives secret. What is emphasised by the author is the double standards of Ancien Régime family life that made it common for a father to deceive a daughter and to manipulate a child's fate in a way that allowed despotism to be passed off as concerned interest with no responsibility for any negative consequences, particularly emotional ones.

enfans à l'état religieux. Ce motif n'avait-il pas déterminé sa tante à prendre le voile? Sa conduite lui paraissait une autorité qu'il opposait aux timides représentations de madame de Revel. Ce projet l'occupait sans doute depuis long-temps; car dès que la santé de madame de Revel avait été rétablie, il l'avait conduite lui-même à la grille du couvent pour voir Eugénie; et depuis, il n'avait jamais souffert que sa fille en sortît un instant.[15]

Mathilde aimait beaucoup mieux Eugénie qu'Ernestine; et souvent elle obtenait que madame de Revel l'envoyât passer quelques heures dans l'intérieure du cloître. Là, toujours en présence des religieuses, enchantée des jeux de la classe, elle était loin de trouver sa sœur malheureuse. Eugénie même ne croyait pas l'être. Seulement lorsqu'elle voyait les autres pensionnaires aller dans leur famille, elle s'étonnait de ne pas être désirée dans la sienne. Mais on cherchait à la distraire d'un sentiment si naturel, en lui disant que vouée dès l'enfance à la religion, elle ne devait pas connaître le monde, ce monde trompeur dont sa tante ne lui parlait point, et que les autres religieuses peignaient avec des couleurs effrayantes.

On avait persuadée à ses compagnes qu'étant destinée au cloître, il serait cruel de lui donner des regrets. Ces jeunes personnes, accoutumées à une obéissance entière envers leurs parens, n'imaginaient même pas qu'Eugénie pût résister à la volonté de son père. Par bonté, par affection, elles entraient dans l'espèce de ligue qui devait l'entraîner. D'ailleurs, si elles étaient plus chéries de leurs familles, Eugénie l'était davantage dans le cloître. Nièce de l'abbesse, toute les religieuses s'empressaient à lui plaire, et jamais enfance n'avait été plus heureuse.[16]

L'abbesse aurait souhaité que sa nièce fit un grand mariage; mais les intentions de monsieur de Revel lui étaient connues, pour s'y soumettre, elle se disait: 'Est-il bien sûr que le bonheur existe?' Elle se rappelait toutes ces jeunes pensionnaires qu'elle avait vues, charmées de sortir du couvent, de paraître dans un monde dont elles se faisaient une idée enchanteresse, et qui, bientôt après, revenaient lui conter leurs chagrins: 'Car, disait-elle, chaque état a ses peines. Si peu à peu, et sans regret, Eugénie pouvait prendre le goût du cloître, pourquoi ne pas assurer une

---

[15] Souza goes further to show that in many cases damaging emotional behaviours often recurred through generations of the same family. Not only is Eugénie going to be duped into taking the veil and thinking the convent is the best place for her, but her Aunt was subject to the same pressure. The Aunt's example was then used to counter any objections from Eugénie's mother showing just how strong a woman's protest had to be to refute purportedly reasoned opposition. There is an attempt to show that damage is done by weak characters in positions of authority rather than by any one gender in particular, and Souza impresses the importance of a sound moral education for both sexes.

[16] The conspiratorial silence in the duplicity of Eugénie is made clear by the author. Eugénie is duped into ignorance and into thinking that she is happy in the convent that she is not allowed to leave, and her Aunt does her best to make her happy in captivity. The Aunt is both promoting the family conspiracy and undermining it by giving Eugénie the same education as girls who were destined to leave the convent and marry.

vie tranquille à celle dont l'âme douce et tendre est si facilement contente, et à qui près de moi, un beau jour, un sourire suffit?'[17]

Cependant, sans trop examiner à quoi serviraient des talens agréables, elle lui donna les meilleures maîtres. — 'Le dessin, disait-elle, l'occupera dans la solitude … La musique est un amusement bien innocent! … Eugénie a la voix belle; et lorsque cette voix fraîche et pure se fera entendre à la prière, chaque religieuse en deviendra plus fervente. L'orgue touché par Eugénie nous donnera une idée des concerts des anges.' — 'Et la danse? demanda l'austère maîtresse des novices.' — 'Oh répondit l'abbesse, cette maison est petite; ma nièce, encore enfant, a besoin d'exercice pour développer sa taille et fortifier sa santé.' — Eugénie suivit donc les mêmes leçons qui préparait des succès à ses jeunes compagnes, et leur inspiraient le désir de plaire.[18]

Les habitudes d'Eugénie étaient toutes pour le cloître; ses occupations toutes pour le monde. Mais sa tante lui donnait avec soin les principes qui devaient la préparer à l'état religieux. Chaque soir, elle lui faisait examiner sa journée. Les actions les plus frivoles n'échappaient point à sa viliglance; les motifs inaperçus étaient recherchés avec attention. A peine sortie de l'enfance, Eugénie existait déjà de cette vie intérieure qui n'est bien connue que dans le cloître. Déjà elle avait ce doute, cette crainte d'elle-même qui lui rendait l'obéissance plus sûre que sa raison. Eugénie à seize ans réunissait ce que le monde a de séduisant, ce que la religion a de céleste.[19]

Chapitre IV

Dès qu'Ernestine eut dix-huit ans, madame de Couci songea à la marier, et choisit pour elle un de ses anciens amis, un homme de cinquante ans, distingué par son rang et ses places.[20] Le marquis de Sanzei, haut, vain, dédaigneux, était si rempli de lui-même, qu'il n'y avait aucune circonstance qui ne lui fournît d'heureux

---

[17] Here is a good example of the author showing that the fact that Eugénie was not directly made unhappy in the short term by the decision justified its being made as it was, and no wider consideration was required. There was no one to care or to intercede when her mother did not object to the father's decision.

[18] Here Souza emphasises that the desire to please was at the centre of the education of girls during the Ancien Régime. That desire to please and later to please their husbands rendered them less able to resist a corrupt influence. This same argument is elaborated by feminist historian Gerder Lerner, *The Creation of Patriarchy* (Oxford: Oxford University Press, 1986) and also by Eliane Viennot, *La France, les femmes et le pouvoir. Les résistances de la société XVII–XVIIIième siècle* (Paris: Perrin, 2008).

[19] Souza's heroine therefore represented an ideal compromise between secular and religious instruction.

[20] Note the use of the word 'places' meaning places at court or honours. For a list of these see Philip Mansel, *The Court of France 1789–1830* (Cambridge: Cambridge University Press, 1988), p. 197

rapprochemens avec sa conduite, aucune conversation où il ne trouvât le moyen de parler de lui. Louait-on un ministre? il aurait fait davantage, et regrettait qu'on ne l'eût pas consulté. Si l'on vantait un jeune homme, à cet âge il avait bien autrement réussi. Admirait-on un livre nouveau? l'auteur le lui avait lu, et tenait de lui ses meilleures idées; un ouvrage ancien? il s'étonnait qu'on en fît tant de bruit, et n'y voyait rien de fort remarquable. En l'écoutant avec attention il était facile de découvrir qu'il se jugeait fort supérieur à l'âge présent, et pensait avoir manqué aux siècles passés. Mais, dans une société dont la grande affaire est surtout d'éviter l'ennui, on aime mieux croire que d'examiner; et on ne chercher guère d'où vient l'idée qu'on a des gens à qui l'on ne porte ni affection ni haine. Monsieur de Sanzei était donc estimé sur sa parole: il jouissait même d'une considération assez imposante.

Madame de Couci et monsieur de Sanzei se convenaient parfaitement. Lorsqu'ils se trouvaient dans le monde, il l'approuvait toujours, et elle le louait à tout propos; ils appelaient cela former l'opinion: et ces mêmes éloges leur fournissaient ensuite le sujet du plus agréable entretien lorsqu'ils étaient ensemble. Elle disait de lui qu'il était né sage. En effet, jamais il n'avait laissé craindre ces élans de l'âme, ces vertus généreuses qui peuvent compromettre; on ne lui avait jamais vu ce bruit, cette folie de jeunesse qu'on blâme en souriant. La vie de monsieur de Sanzei avait été occupée à bien savoir ce qu'il devait attendre des autres, et jusqu'à quel point il pouvait leur manquer sans se nuire. Avec Ernestine et sa grand'mère c'était toujours: *un homme comme moi.* — Parlait-on de naissance? des gens comme nous. — Enfin, lorsqu'ils étaient entr'eux, *je, moi, nous,* revenaient sans cesse. Madame de Couci s'exprimait très-bien, en appelant cette union un mariage de convenance.[21]

Elle donna à sa petite-fille toute sa fortune. Monsieur et madame de Revel connurent trop tard qu'ils auraient mieux fait d'élever Ernestine eux-mêmes: alors elle n'eût pas été préférée par sa grand'mère, et Mathilde aurait pu avoir les mêmes droits à son intérêt. Madame de Couci en exaltant le respect, l'obéissance de sa petite-fille, ne négligeait point de faire sentir à madame de Revel qu'elle la punissait de s'être soustraite trop tôt à une dépendance qu'elle avait cru devoir être sans terme.[22]

Les noces d'Ernestine se firent avec tout l'éclat, toute la dignité des anciens usages. Les parens, les alliés y furent invités. On les fêta même plus que monsieur

---

[21] The author stresses through her irony that the qualities Madame de Couci admires in Monsieur de Sanzei are the flaws in her own character presented as virtues, and that these are not socially or morally admirable human qualities but confined to a small group completely oblivious to their hypocrisy.

[22] Souza makes a point of showing the vindictive and punitive nature of mother–daughter relationships when the despotic authority of the older woman is escaped by the younger woman.

et madame de Revel, qui n'étaient que des objets secondaires pour leur fille, et paraissaient presque étrangers à ces réjouissances.

L'orgueil de madame de Couci, l'indifférence d'Ernestine blessaient et affligeaient monsieur et madame de Revel. Ils se promirent de leur prouver qu'ils pouvaient aussi rendre Mathilde heureuse, et ils résolurent de la marier plus tôt qu'ils n'en avaient eu l'intention. Pour y parvenir, il fallait engager Eugénie à prononcer ses vœux; monsieur de Revel ne voulait point qu'elle vînt diminuer la dot de Mathilde, en partageant la légère partie de sa fortune dont il pouvait disposer.[23]

Quelquefois il prévoyait une scène de résistance, de pleurs; et cette pensée le troublait. D'autres fois il se flattait qu'Eugénie aurait le désir de suivre l'exemple de sa tante, qui s'était faite religieuse par déférence pour ses parens; et cet exemple venait affaiblir en lui le sentiment de pitié qu'il avait d'abord éprouvé. Dans cette pénible agitation, il alla à l'abbaye de ***, disant en lui-même qu'il serait peut-être mieux de reprendre Eugénie chez lui pendant quelques jours, pour lui faire connaître sa situation, et la déterminer à prendre le voile, plutôt que de traîner dans le monde une existence obscure, et y vivre pauvre ou mésalliée. D'ailleurs il craignait depuis long-temps, que la tendresse de sa tante pour elle, que surtout l'éducation brillante qu'elle lui donnait, ne la disposât point à la retraite. Il se décida donc à l'emmener, si elle ne se rendait pas d'elle-même aux calculs de la raison.[24]

Lorsqu'Eugénie sut que son père la demandait et qu'il était seul, une terreur inexplicable la saisit: elle ne l'avait jamais vu qu'accompagné de madame de Revel. Près de la porte, la main appuyée sur la clef, elle ne pouvait se résoudre à entrer dans le parloir. Cette terreur ne la préparait que trop à se soumettre à la volonté de son père. Que devint-elle, lorsqu'en approchant de la grille, elle trouva l'abbesse en larmes? C'étaient les premières qu'elle lui voyait répandre. A la vue de ces larmes, son cœur fut rempli d'effroi. Elle se demandait quelle peine pouvait à ce point troubler sa tante toujours si maîtresse d'elle-même?

'Venez, mon enfant, lui dit-elle; votre père veut vous reprendre avec lui.' — Eugénie essaya de lever les yeux sur son père; son air sévère les lui fit baisser aussitôt, et il lui sembla qu'en quittant sa tante elle allait commencer une vie toute de malheurs. 'Je sais, dit monsieur de Revel, qu'ici, loin de vous consacrer à de pieux devoirs, vous recevez une éducation mondaine, qu'on vous apprend la

---

[23] While exact sums of money involved are not mentioned, the manipulations of fortune and family politics of marriage are clearly alluded to.

[24] This is a period when a good education was widely believed unnecessary for a woman and detrimental to her happiness. Through the 1790s and during the revolutionary period much had been written and said on the education of women and any progress from this period had been overturned largely by the attitudes of male deputies during the Terror. Souza is constantly poking fun at the difference or distinction between education and reason which in a man were considered to be compatible qualities, but in a woman mutually exclusive.

danse, la musique, la peinture. Du moins vous reprendrez près de moi les habitudes aux-quelles vous devez vous destiner.' — 'Il me sera facile, répondit-elle, d'oublier des études que vous condamnez. Les bontés de ma tante m'ont fait souvent désirer de passer mes jours près d'elle. Si vous me permettez de rester dans cette maison, j'y prononcerai des vœux dès qu'on voudra les recevoir.' Eugénie n'avait que seize ans; elle ignorait ce qu'est un long avenir, et disposait d'elle sans rien prévoir ni rien regretter.[25]

Un consentement si prompt, si facile, étonna d'autant plus monsieur de Revel, qu'il en savait mieux qu'elle l'importance. Il avait obtenu tout ce qu'il désirait; et cependant il sentait des remords qui jusque-là lui avaient été inconnus. Il voulait que sa fille fût heureuse au couvent, et il aurait eu besoin de lui trouver plus d'opposition à ses volontés; si elle eût résisté, au moins un instant, son consentement lui eût paru plus libre. Il baissa les yeux à son tour; le courage pensa lui manquer. Un long silence régna entre ces trois personnes; et la moins émue était celle pour qui les deux autres tremblaient. Il s'en alla; mais le souvenir de sa fille le poursuivait malgré lui.[26]

La crainte de vivre avec des parens qui s'étaient toujours montrés si peu sensibles pour elle, décida Eugénie à rester dans le cloître; et dès le lendemain, elle fut admise parmi les novices. Son père n'osa point la revoir pendant le temps des épreuves; mais, pour la première fois, il la combla de ces petits présens dont les religieuses se font de si grandes jouissances. Eugénie les donnait à ses compagnes. Toutes l'aimaient, et parce qu'elle était aimable, et parce que leur bien-être, leurs plaisirs venaient d'elle. Chérie de tout le couvent, elle était trop entourée pour avoir le temps de réfléchir. Hé, qu'il est naturel de voir sans inquiétude son avenir fixé dans une maison où aucun jour n'a laissé de souvenir douloureux! Prête à renoncer à la liberté, à sa famille et à elle-même, elle ne s'était pas dit un seul instant que sa vie était à peine commencée. Sans vocation, mais sans retour vers le monde; sans piété ardente, mais respectant son état et ses devoirs, elle allait se préparer à des vœux éternels.[27]

Le jour où une jeune novice prend le voile, on la pare avec éclat. Le mépris des pompes du monde devient plus solennel, quand on la voit rejeter une robe brillante, pour prendre l'humble vêtement qu'elle portera jusqu'à la mort. Le

---

[25] Good decision-making was key, and at sixteen years of age a decision made in fear of an authoritarian father's displeasure was not a good basis to make a decision that would affect the rest of Eugénie's life. Souza makes a powerful plea for socially responsible family decision-making. The distress of the emigration years made those who lived through them particularly aware of the consequences of actions taken in haste without practical knowledge of the probable consequences.

[26] Souza makes the reader fully aware that the father knows exactly what he is committing his daughter to, and that he is consciously deceiving himself and her.

[27] Souza shows how little religious conviction contributes to Eugénie's decision to enter the convent. No vocation, no piety just respect for her duty as a daughter and a lack of alternative.

matin du jour où Eugénie devait se consacrer à Dieu, Mathilde obtint la permission d'aller présider à sa parure. Elle lui mit un tissu d'argent pareil à celui qu'Ernestine avait à son mariage. Ses cheveux étaient retenus par une couronne de roses blanches. Le contraste de cette robe magnifique et ce cette couronne, symbole de pureté et de sacrifice, donnait à sa beauté un charme inexprimable. Mathilde la contemplait avec ravissement. 'Ma sœur, lui dit-elle, vous êtes-vous jamais admirée?' — 'A peine regardée,' répondit la jeune religieuse. — Mathilde l'entraîna devant un grand miroir; elle examinait avec émotion la surprise de sa sœur.... La sévère maîtresse des novices s'empressa de réprimer ce léger mouvement d'orgueil, en disant à Mathilde: 'Cette Eugénie qui semble vous apparaître ce matin comme une personne nouvelle, ne sera plus la même dans quelques heures: à la timide pensionnaire, va succéder la pieuse et modeste novice.' Elle les éloigna de la glace; et, sans trop le savoir, Eugénie regretta de voir si promptement s'évanouir des traits qui la frappaient pour la première fois.

Elles se rendirent à l'église où les religieuses les attendaient en prières. Le rideau de la grille était ouvert; on voyait du dehors cet asile de repos et d'innocence. Monsieur et madame de Revel, madame de Couci, Ernestine, étaient placés près du chœur; Mathilde resta dans l'intérieur du couvent avec Eugénie. Monsieur de Revel, en apercevant sa fille, avait besoin de se rappeler les peines de la vie; de se dire que personne n'était heureux, et que si un jour Eugénie se trouvait à plaindre, elle n'aurait cependant que le sort commun à tous.[28]

Lorsqu'elle eut pris place sur une estrade élevée pour elle dans le milieu de l'église, l'évêque de L*** prononça un sermon sur les douceurs d'une vie uniforme et toute vertueuse, d'une vie où chaque jour assure et les devoirs et la paix du jour qui le suit; où inaccessible au tumulte des passions, consacrée à Dieu seul, les souvenirs deviennent autant d'espérances. Mathilde, les yeux fixés sur sa sœur, n'écoutait point ces paroles consolantes. Monsieur de Revel les saisissait comme l'excuse ou le pardon du sacrifice qu'il avait obtenu. Eugénie, accoutumée à ces pieux discours, recueillait avec respect les promesses du ministre de l'évangile.

Après le sermon, elle sortit de la grille, et s'approcha de l'autel pour l'offrande. A genoux, au moment où l'évêque allait couper une boucle de ses cheveux, un rayon de soleil l'éclaira tout entière. Il s'éleva dans l'église un long murmure d'admiration et de pitié; on se rapprochait involontairement.... Eugénie surprise de s'entendre louer, d'inspirer un intérêt si nouveau, s'arrêta un instant avant de descendre les marches de l'autel, et jeta un premier et dernier regard sur cette nombreuse assemblée. Un trouble intérieur semblait l'avertir; une voix secrète lui répétait les mots *famille … bonheur …* Tremblante, incertaine, ses genoux fléchissaient et ne pouvaient la soutenir. Mais aussitôt effrayée, craignant d'avoir

---

[28] Souza has already shown Monsieur de Revel to be a weak character, but here she shows how he universalises his own negative behaviour the better to excuse it.

donné quelque regret à un monde qui finissait pour elle, elle se hâta de repasser
la grille qui devait l'en séparer pour toujours. Revenue à sa place, elle se prosterna
contre terre: les religieuses commencèrent le chant des morts, et la couvrirent
d'un drap funèbre, image du renoncement à cette vie périssable qu'elle allait jurer.
Mathilde inquiète, hors d'elle-même, s'élança vers sa sœur, la conjurant tout bas
d'attendre une seconde année d'épreuves. La jeune novice ne l'écoutait plus; elle
se releva, et prit la voile qu'elle ne devait jamais quitter.

Chapitre V

C'était pour assurer un sort brillant à Mathilde, que monsieur de Revel avait
déterminé sa fille à entrer dans le cloître; et Mathilde se reprochait à elle-même
la rigueur de son père. Elle lui déclara qu'à l'avenir elle voulait voir Eugénie
chaque jour, et veiller au peu de bonheur qui lui restait. Son âme ardente, sa tête
vive étaient si frappées de l'idée que sa sœur lui avait été sacrifiée, qu'elle ne
pouvait plus s'éloigner d'elle. Lorsque son père cherchait à la retenir, elle lui disait:
'N'oublions pas que ses peines lui viennent de moi: Eugénie l'ignore; mais il me
suffit de le savoir pour me dévouer à elle.

Cette pensée s'empara tellement de son esprit, qu'entraînée par la grande idée
du sacrifice de soi-même, qui flatte tant la jeunesse; confuse de se montrer dans
le monde parée des dépouilles de sa sœur, elle annonça qu'elle voulait aussi être
religieuse. Elle éprouvait une sorte d'effroi lorsqu'elle pensait à la douleur qu'en
aurait sa mère; mais elle tâchait d'écarter cette impression funeste qui eût pu
l'arrêter, en se disant qu'il resterait à sa mère un époux chéri, une famille, des
amis, un état brillant, et qu'elle pourrait venir chaque jour passer quelques heures
à la grille. Cependant Mathilde se disait en soupirant: 'Des heures!' et, pour se
rassurer, elle ajoutait: 'Hé! n'est-ce pas dans la société tout ce qu'une mère donne
à sa fille, lorsqu'elle l'a mariée hors de la maison paternelle?'

Satisfaite d'avoir trouvé cette consolation pour sa mère, elle ne voyait plus que
la honte d'accepter la fortune d'Eugénie, que la gloire de s'enfermer avec elle. Elle
jouissait même de tout ce que cette résolution pourrait lui coûter d'efforts et de
regrets; car à cet âge, l'âme a presqu'autant besoin de peines que de bonheur.

Madame de Revel, désespérée, sentait trop tard combien il est insensé
d'épargner à l'enfance ces légères contrariétés qu'elle prend souvent pour des
caprices, parce qu'elle ne peut les juger, mais qui l'accoutument de bonne heure
à se soumettre à l'autorité des parens. Elle n'avait jamais su faire plier le caractère
de Mathilde; et les mots *nécessaire, impossible* lui étaient inconnus. Dans ses
premières années, lorsqu'il lui venait quelques fantaisies qu'on ne pouvait
satisfaire, sa mère, trop facile, et craignant de l'affliger, s'était bornée à porter ses
désirs vers d'autres objets. Mathilde avait été distraite et point soumise. Aussi
cette première volonté se montra-t-elle avec une décision qui paraissait
insurmontable.

Monsieur de Revel, poursuivi par les plaintes de Mathilde, désolé de la douleur de sa femme, était encore fatigué des éternels reproches de madame de Couci. — 'Si d'après mes avis, disait-elle, vous aviez habitué Mathilde à obéir sans répliquer, comme Ernestine elle se marierait sans réfléchir.' — Cette Ernestine, présentée pour modèle, n'offrait jamais à son père un sentiment doux, jamais un cœur où le sien pût s'épancher.

Un matin, plus tourmenté que de coutume, il sortit pour fuir sa maison. Un sentiment dont il ne se rendait pas compte, lui fit porter ses pas vers le couvent d'Eugénie. Il monta au parloir, sans se demander ce qu'il venait lui dire, ce qu'il attendait d'elle. Lorsqu'elle parut à la grille, monsieur de Revel cacha sa tête dans ses mains. — 'Eugénie, lui dit-il, votre sœur me cause bien de peines! — Elle est donc bien à plaindre! répondit la jeune religieuse.' — Monsieur de Revel n'osait regarder sa fille; enfin, ce cri du cœur lui échappa: — 'Mathilde vient de nous quitter. Sa mère en mourra, et ma vieillesse restera sans consolation.' Eugénie ne put s'empêcher de penser qu'elle eût été bien heureuse de soigner ses parens: mais éloignant un souvenir qui lui était défendu, elle pria son père de lui apprendre les torts ou les chagrins de Mathilde.

Monsieur de Revel s'exprima d'abord avec ménagement; puis, oubliant bientôt devant qui il exhalait sa douleur, il s'écria: — 'Mathilde enfermée dans un cloître, perdue pour nous, soumise à des austérités dont elle n'a aucune idée, privée des soins dont nous avons comblé son enfance! …' — A cette peinture de l'amour de ses parens, Eugénie se leva: 'Mon père, lui dit-elle d'un air suppliant, laissez-moi encore aimer cette maison: envoyez ici Mathilde; mon père, c'est moi qui vous la rendrai.' Monsieur de Revel, effrayé d'avoir peut-être détruit le repos d'Eugénie, s'appuya contre la grille. Ému, troublé ne pouvant retenir ses larmes, il dit à sa fille: 'Mon enfant, excusez votre père; l'exemple, l'amitié de votre tante …' — Eugénie ne le laissa pas achever: tombant à genoux, elle prit la main de son père à travers la grille, et la couvrit de baisers et de larmes. 'J'étais tranquille, lui dit-elle, mais rassurez-vous, je serai heureuse en vous rendant Mathilde.' Monsieur de Revel connut trop tard le bien qu'il avait perdu. Eugénie revenue dans sa cellule, pria, non pour obtenir le bonheur, non pour refuser les peines; son cœur soumis acceptait la souffrance, mais elle demandait de ne jamais éprouver de regrets.

L'après-dînée, Mathilde vint au couvent. Après avoir été ensemble saluer l'abbesse, les deux sœurs allèrent dans le jardin; et là, sans se communiquer leurs sentimens, chacune d'elles commença à détruire l'idée qu'elle savait occuper l'autre; elles ne s'étaient point parlé, et se répondaient. Avec quelle chaleur Mathilde représentait l'ennui de la société, le vide de ses plaisirs, la fatigue de ses succès! Elle s'était si bien instruite de tout ce qui devait donner le dégoût du monde! Eugénie peignit, mais en tremblant, les chagrins du cloître. Elle voulait les apprendre à Mathilde, et n'osait les entrevoir. Toutes deux se devinaient …

Eugénie, d'un air doux et caressant, dit à Mathilde: 'Ma sœur, ne me faites pas craindre pour vous un état que je dois aimer pour moi. Depuis que mon père m'a parlé de vous, j'ai bien souffert! Inquiète sur votre sort, j'ai jeté un regard en arrière, et n'ai plus su si j'étais heureuse.' — Mathilde la serra dans ses bras, lui répétant qu'elle ne la quitterait jamais. 'Pensez-vous, s'écriait-elle, que les insipides distractions du monde puissant être comparées à la satisfaction de me dévouer à celle qu'on m'a sacrifiée?' — 'Sacrifiée! reprit douloureusement Eugénie, sentez-vous combien ce mot est cruel?' Mathilde, épouvantée de ce mot qui lui était échappé, tomba aux pieds de sa sœur. 'Non, non, ma chère Eugénie, nous ne nous quitterons plus; nous remplirons les mêmes devoirs … Ces mêmes pieux exercices suffiront à mon âme … je serai tout pour Eugénie. Hé! quel est dans le monde le cœur qu'on puisse se flatter d'occuper tout entier!'

Eugénie fit asseoir sa sœur près d'elle; accoutumée dès sa plus tendre jeunesse à modérer ses mouvemens, elle resta quelque temps en silence; enfin elle lui dit: 'Bonne Mathilde, je ne vous parlerai pas aujourd'hui de respect, de soumission pour nos parens; mais je vous rappellerai votre heureuse enfance. A qui ma mère demandera-t-elle de lui rendre ses soins, sa bonté, ses espérances ? … Moi! Mathilde, j'ai été élevée dans cette maison: mes jeunes années sont toujours présentés à ma mémoire.[29] Ma tante m'a chérie comme sa fille; chaque jour elle est ma première pensée; je me dis: *J'ai quatorze ans de bonheur dont je dois lui tenir compte* … En me voyant soigner ma tante, le cri de votre conscience vous rappellerait une mère…. Bonne Mathilde, qu'un excès de générosité ne t'aveugle pas: retourne à ta famille, je t'en supplie … D'ailleurs, il ne faut pas te tromper; jamais ma tante en souffrira que tu prennes le voile dans cette abbaye. Je serai la première à m'y opposer. Ne crois pas que nous consentions à enlever à mes parens l'enfant de leur prédilection. Si Dieu t'inspire, si Dieu t'appelle, un autre couvent recevra tes vœux.' — Sa sœur voulut se récrier, l'interrompre; Eugénie mit sa main sur ses lèvres. — 'Retourne, Mathilde, je t'en conjure; que ma mère ignore s'il m'a fallu te prier pour te ramener vers elle. Lorsque mon père te verra heureuse et soumise, ne prononce pas mon nom, Mathilde; ne parle de moi que s'ils ont d'autres peines.' — 'Ma chère Eugénie, je te l'avoue, ton souvenir vient toujours se placer entre eux et moi; il a détruit d'avance les plaisirs que désirait ma jeunesse. Ta fortune que mon père me destine me fait horreur.' — 'Mathilde,' reprit Eugénie, 'je te demande, au nom de notre amitié, de cacher à mon père ces impressions. Je veux, sans qu'il s'en doute, contribuer à son bonheur. Je veux le tien aussi: et pour ce que tu appelles ma part de fortune, je te la confie; tu secourras les malheureux, et tu viendras me le dire.'

Mathilde se jeta dans les bras de sa sœur; elle ne pouvait la quitter; cependant elle lui promit de ne plus affliger son père. D'ailleurs l'espoir de passer ses jours

---

[29] The need for a continuity of experience, for memory and history is clearly stated.

près d'elle, de lui porter quelques consolations, l'avait seul déterminée à prendre le voile. Dès qu'Eugénie lui eut déclaré qu'elle ne serait pas reçue à l'abbaye de ***, elle ne sentit plus que le besoin de rester avec sa mère.

Chapitre VI

Lorsque Mathilde revint, elle embrassa madame de Revel, en lui disant tout bas: 'Maman, si vous m'aimez, aimez beaucoup Eugénie.' — Ella alla embrasser son père: ses regards lui disaient: 'Votre fille vous est rendue.' Mais pour obéir à sa sœur, elle ne prononça pas son nom.

Monsieur de Revel se persuada qu'un voyage effacerait de l'esprit de Mathilde cette cérémonie religieuse qui l'avait tant frappée. Il fit ordonner à sa femme les eaux de Spa, et partit aussitôt. Le soir de leur arrivée, en lisant la liste des personnes qui s'y trouvaient, madame de Revel remarqua le nom du comte Edmond de Revel: 'Il sera sûrement fort embarrassé en nous voyant, dit-elle à son mari.' — 'Je le crois, répondit-il; car j'ai toujours eu pour ce jeune homme un éloignement peut-être injuste, mais que je ne pensais pas être obligé de vaincre.' — 'Il me semble, dit Mathilde, qu'on ne peut le rendre responsable du tort que nos ancêtres nous ont fait.' — 'On n'est point condamné à voir ni à aimer tout le monde, répliqua sèchement monsieur de Revel.' — Mathilde s'aperçut qu'elle avait offensé son père; mais, comme de coutume, suivant sa première impression, elle n'avait pas remarqué si elle blessait en passant.

Le lendemain, à la redoute, Mathilde eut besoin de se contraindre pour ne pas saluer Edmond la première, tant elle craignait que l'accueil de son père ne fût pas assez obligeant. Il aborda monsieur et madame de Revel avec respect, et leur demanda la permission de danser avec sa cousine. Ils y consentiront d'un air de bienveillance qui semblait vouloir effacer le souvenir de leurs anciennes préventions.

Edmond n'avait que vingt-trois ans: il joignait à la plus charmante figure un caractère si heureux qu'il ne s'occupait jamais de lui, et pensait encore du bien de tout le monde. Une sorte de douceur, d'abandon, lui donnait une grâce particulière. Loin d'être pressé de parler, lorsqu'il disait un mot spirituel ou fin, c'était avec tant d'insouciance, qu'on avait envie de le lui répéter, pour qu'il en jouit comme les autres. Il avait de ces tons, de ces manières à soi, qui restent dans la tête, comme les airs qu'on ne sépare plus des paroles. Jusque-là il n'avait éprouvé que de légers intérêts, accordé qu'une demi-attention à toute chose. Cet air indifférent le rendait même plus aimable; on se disait: Il dépend de lui d'être mieux encore; et on souhaitait qu'il pût aimer.

Mathilde écrivait souvent à sa sœur. Ses premières lettres exprimaient le regret de n'être pas restée près d'elle. Son esprit la suivait toujours; et une douce tristesse régnait sur ce joli visage, quoiqu'elle y parût étrangère: ce n'était pas du chagrin, mais une tendre rêverie.

Cependant la présence d'Edmond la rappelait à elle-même. Mathilde aurait été bien fâchée qu'il eût pris un air préoccupé pour de la malveillance. Elle aurait rougi qu'il eût crue capable de lui savoir mauvais gré d'une substitution dont on ne pouvait l'accuser. La crainte de n'être pas assez polie envers Edmond lui fit passer promptement les bornes d'une simple connaissance; en peu de jours tous deux eurent les dehors de l'amitié.

En cela Mathilde trouvait qu'elle se conduisait à merveille; et elle était fort contente d'elle-même. Son cœur était si pur, ses sentimens si généreux! D'ailleurs à cet âge l'oubli de ses intérêts ne parait qu'un simple devoir. Edmond était comme enchanté par les grâces de Mathilde. Il aimait pour la première fois; heureux, confiant, il aimait, sans prévoir un moment d'inquiétude ou d'humeur. Les amusemens de chaque jour s'arrangeaient la veille: en se retrouvant, Edmond et Mathilde semblaient s'être attendus; leurs premiers mots étaient toujours la suite d'une conversation précédente.

Tous les matins, Mathilde montait à cheval avec son père; Edmond l'accompagnait: le soir il dansait avec elle; enfin ils ne se quittaient point. La liberté des eaux permet d'être souvent ensemble; et cette manière d'être, commune à tous, devenait pour eux un bonheur particulier.

Il y avait déjà plus d'un mois que Mathilde était à Spa: elle s'y amusait beaucoup, et monsieur de Revel, la voyant si gaie, la crut tout-à-fait revenue de l'idée de s'enfermer avec sa sœur. Un soir, qu'il n'imaginait pas être entendu par sa fille, occupée à faire de la musique, son secret lui échappa. Il dit à madame de Revel, avec cet air important que donne souvent la prévoyance: 'Je savais qu'Edmond était à Spa. Vous vous rappelez que des amis communs me représentent depuis long-temps que je devrais lui donner ma fille, et réunir ainsi les deux branches de notre maison; car l'éloignement qui existe entre nous nuit à l'un comme à l'autre. Ici, ayant vu ce jeune homme, à toute heure, j'ai été à portée de le bien connaître; il me convient. Je m'aperçois avec plaisir qu'il s'attache à Mathilde et paraît lui plaire. Du moins, par ce mariage, elle retrouverait la fortune que mes ancêtres ont jugé à propos de lui ôter.

Dès que monsieur de Revel eut prononcé le nom d'Edmond, Mathilde suivit attentivement toutes ses paroles: 'Quoi! disait-elle, lorsque je voulais seulement rassurer Edmond, prévenir son embarras, ma gaieté aura l'air factice; mon rire lui paraîtra de la coquetterie; le plaisir que j'ai témoigné à le voir, un projet de l'attirer!' — Elle en frémissait, et, toujours extrême, elle se promit de ne plus lui parler. — 'Dorénavant je danserai avec tous les autres; il me verra mille fois plus aimable pour l'homme le plus ennuyeux, que je ne l'ai jamais été pour lui.'

En effet, quand elle le rencontra, Edmond resta confondu d'une manière d'être qu'il ne pouvait expliquer. Ses yeux étaient distraits, ses réponses vagues: il la regardait, et ne savait pas si c'était bien la même personne que, la veille, il avait laissée si aimable. Edmond examinait sa conduite et jusqu'à ses pensées, sans trouver rien qui pût motiver un pareil changement.

Comme à l'ordinaire, il lui apportait un bouquet; Mathilde le refusa, en disant que les fleurs lui faisaient mal. — Le soir, il la pria de danser. — Elle était engagée. — Il osa demander en quoi il avait pu déplaire ? — Elle parut surprise, et lui demanda à son tour pourquoi elle serait obligée de lui rende compte de ses idées. Edmond s'éloigna, étonné de voir à dix-sept ans un caprice inoui, suivi hautement, et sans même se donner la peine de le dissimuler. La seule chose qui le consolât, c'est que Mathilde avait l'air de la plus mauvaise humeur, et que l'humeur était en elle un état trop extraordinaire pour durer.

Les jours suivans, même empressement de la part d'Edmond, même sécheresse de la part de Mathilde. L'envie d'être aimable pour les autres lui donnait mille grâces nouvelles. Jusqu'alors on l'avait admirée sans la rechercher; à présent tous s'empressaient à lui plaire. Ces succès amusaient assez Mathilde; mais les louanges ne la flattaient que lorsqu'Edmond pouvait les entendre. Comme elle était coquette, pour éviter qu'il ne l'accusât de coquetterie! Il eût été bien rassuré, s'il eût su qu'elle ne concevait pas qu'on pût la soupçonner de vouloir plaire à un autre qu'à lui.

Chapitre VII

Edmond ne concevait pas ce qui avait pu en un instant lui nuire dans l'esprit de Mathilde. Ce doute, cette incertitude, dont il ne s'était fait aucune idée, devint un supplice, et une sombre tristesse remplaçait sa gaieté. Souvent il surprenait dans les yeux de Mathilde un intérêt plus tendre; mais dès que leurs regards se rencontraient, elle affectait un air distrait, insouciant, et il n'osait lui demander aucune explication … Combien il se trouvait malheureux d'aimer! Cependant il la cherchait toujours, et s'attachait à tous ses pas. Il lui était bien facile de rester près d'elle; car plus elle lui montrait d'éloignement, plus monsieur et madame de Revel semblaient redoubler de prévenances et d'affection pour lui.

Un jour qu'il avait diné chez eux, madame de Revel lui proposa une promenade en calèche avec elle et Mathilde. Ils allèrent fort loin dans la campagne. Sur la lisière d'un bois, ils aperçurent une jeune fille qui portait sur sa tête de petites branches sèches; il en était tombé plusieurs qu'elle n'osait reprendre, dans la crainte que le reste n'échappât. Appuyée contre un arbre, les yeux fixes sur les petits morceaux de bois qui étaient à ses pieds, une main sur sa tête, de l'autre tenant un enfant de deux à trois ans, elle semblait attendre que quelqu'un la secourût. Mathilde la vit la première: 'Pauvre petite,' dit-elle, et la calèche passait. — Edmond devina sa pensée, fit arrêter, et envoya un des gens ramasser pour cette jeune fille le bois que sans doute elle portait à sa mère; en même temps il lui jeta un louis, disant tristement: 'Va, pauvre petite, tu as long-temps à vivre; je veux que cette journée te fasse croire à des bonheurs inattendus.'

La calèche repartie, Mathilde ne voyait plus ni l'enfant ni la contrée. Attendrie par la bonté d'Edmond, elle se reprochait de l'avoir affligé; mais qui l'empêchait de réparer? … Avec elle, penser et agir est une même chose. Depuis huit jours ils ne s'étaient point parlé: les premiers mots de Mathilde furent: 'Vous êtes bien bon,' et voulaient dire : 'Vous êtes meilleur que moi.' Pendant le reste de la promenade, elle fut silencieuse; mais ses yeux avaient repris leur douceur, le sourire était revenu sur ses lèvres: Edmond était heureux; avaient-ils besoin de parler pour s'entendre?

A leur retour, il était tard; et madame de Revel monta aussitôt dans sa chambre pour faire sa toilette: c'était l'heure de l'assemblée. Mathilde, oubliant sa parure, entra dans le jardin; Edmond la suivit. Encore timide, pour être souffert il avançait en disant qu'il s'en allait … Tous deux émus, leur crainte, leur trouble étaient une explication plus sûre que ce qu'ils avaient à dire pour s'excuser.

Mathilde, plus vive, rompit le silence. — 'M'avez-vous trouvée bien extraordinaire, lui dit-elle?' — 'Quels étaient mes torts, répondit Edmond, avec l'air d'un tendre reproche?' — 'Vos torts ne m'auraient pas fâchée si long-temps; c'étaient les miens que je voulais punir.' — 'Les vôtres! S'écria-t-il surpris; ah de grâce, parles moi avec confiance; vous m'avez fait tant de mal! 'Que lui dire? Comment avouer les projets de son père! Mathilde s'aperçut encore trop tard qu'elle s'était jetée dans un embarras mille fois plus grand que celui dont elle venait de sortir. Edmond la conjurait de s'expliquer. Elle lui demanda d'attendre quelques jours; et ses regards lui disaient que c'était une complaisance dont elle lui saurait gré. Tous deux commençaient à s'avouer que leur bonheur allait dépendre de leur mutuelle affection.[30]

Il voulait toujours se justifier; car, dans ce moment, loin de croire Mathilde injuste, il se persuadait qu'elle s'était laissé prévenir par quelques-unes de ces fausses apparences, de ces combinaisons bizarres que personne ne peut prévoir. 'Accusez-moi, disait-il, je n'aspire qu'à me défendre.' — Dans son inquiétude, il lui peignait le charme qu'il avait trouvé près d'elle, la douleur que lui causait encore cet éloignement subit. 'Vous m'avez fait éprouver toute la joie, toute la peine que mon cœur pouvait ressentir.' Il osa parler d'amour, de mariage heureux.

Mathilde appuya son bras sur le dos du banc où elle était assise, et détournant sa tête pour cacher son émotion, elle s'empressa de l'interrompre. — 'Demanderais-je trop, lui dit-elle, si je vous priais d'effacer de votre esprit tout ce qui, dans ma conduite, vous a paru inexplicable?' Edmond n'y pouvait consentir sans s'être justifié; elle ajouta: 'Promettez-moi que nous n'en parlerons jamais.' — 'Au moins, répondit-il, nommez donc vous-même le jour où je dois reprendre mes souvenirs….' — Mathilde, les yeux baissés, mais en souriant, fit le bel accord, qu'il ne se rappelât du passé que ce qu'il souhaitait ne pas oublier. Edmond transporté la supplia de lui dire s'il lui était permis de donner à ces paroles toute l'étendue que son cœur désirait? Mathilde, par une sorte d'instinct, regarda

---

[30] This idea of mutual affection is outside the norms of the time, and almost a scandalous thing to suggest but typical of post-emigration attitudes to attachment.

l'appartement de sa mère, et l'aperçut à la fenêtre, attentive à les observer: 'Ma mère nous voit, lui dit-elle; il faut aussi qu'elle m'entende.' — Se levant aussitôt, elle se mit à fuir, et laissa Edmond qui avait retrouvé à son tour un bonheur inattendu.

Chapitre VIII

Madame de Revel avait eu constamment les yeux sur sa fille pendant cet entretien; elle cherchait à interpréter ses mouvemens, à deviner ses pensées. 'Ils se parlent d'un air de confiance, se disait-elle avec joie: Edmond supplie … Mathilde est émue; …' et cette bonne mère demandait au ciel qu'Edmond et Mathilde pussent s'entendre et être unis pour toujours. Dès qu'elle vit sa fille se lever, elle descendit pour la joindre. Mathilde courait faire sa toilette; elle embrassa sa mère en passant … Mais que ce baiser à sa mère voulait dire de choses! … D'abord: 'J'ai eu tort d'avoir eu une humeur bizarre …' Peut-être disait-il aussi: 'Soyez contente, j'espère être heureuse.' — Quelle est la jeune fille qui ne croie que sa mère doit la remercier lorsqu'elle espère être heureuse?

Madame de Revel trouva Edmond, qui ne comprenait pas encore comment il avait osé avouer à Mathilde qu'il l'aimait. Il prit la main de madame de Revel, et la baisa avec un respect vraiment filial. 'Le père de Mathilde n'est pas ici, lui dit-elle; il nous attend à l'assemblée.' — Puis, avec ce sourire angélique qui semble éclairer la figure d'une mère lorsqu'elle entrevoit le bonheur de sa fille, elle ajouta: 'Viendrez-vous avec nous?'

Mathilde reparut: sa toilette n'avait duré qu'un instant; à peine savait-elle la couleur de sa robe, quelles fleurs attachaient ses cheveux. Sûre d'être aimé, elle ne pensait plus que la parure ou la mode pût ajouter aux moyens de plaire. Madame de Revel, Mathilde, Edmond entrèrent ensemble dans la salle de la redoute. Tous trios éprouvaient un repos, un calme enchanteur. Monsieur de Revel alla au-devant de sa femme, qui lui serra la main: il regarda sa fille, et comprit qu'il pouvait reprendre pour elle des espérances qui lui étaient si chères.

Elle dansa avec Edmond, ne dansa qu'avec lui, ne parla à personne, ne remarqua même pas si elle attirait tous les regards: Edmond ignorait également s'il excitait l'envie. Le lendemain, il vint demander à monsieur de Revel la main de sa fille. Elle lui fut aussitôt accordée. Monsieur et madame de Revel, au comble de leurs vœux, ne cessaient de répéter avec quelle sécurité ils confiaient leur fille au noble caractère Edmond. Le mariage fut fixé au mois suivant, après leur retour à Paris.

Mathilde prétendait qu'elle était fort mécontente de l'empressement avec lequel ses parens avaient accueilli une demande sur laquelle ils auraient dû la consulter: on se rassurait en voyant son air satisfait; et ni sa famille ni Edmond n'écoutaient ses plaintes. Elle ne trouvait point, disait-elle, qu'on lui eût laissé le temps d'éprouver l'affection d'Edmond, de lui causer mille petits chagrins qu'elle aurait pu se permettre en sûreté de conscience; ne savait-elle pas combien elle l'aimait? Elle ajoutait qu'on lui enlevait aussi le plaisir si doux de lui plaire, de le charmer … Edmond riait de ces regrets qu'elle exprimait en riant comme lui, mais qui n'en avaient pas moins quelque chose de réel.

Monsieur de Revel ne voulait pas retarder un mariage si convenable sous tous les rapports. Il avait déjà vu l'assemblée des notables; on parlait pour l'année suivante des États-généraux.[31] Il craignait quelquefois, non le bouleversement de l'État, mais un peu de gêne, d'embarras dans les fortunes; et il trouvait sage de fixer le sort de sa fille sans délai.

Edmond, quoique transporté de joie en apprenant cette résolution, n'oubliait pas ses chagrins passés. Il revenait toujours prier Mathilde de lui apprendre les motifs du caprice qui l'avait tourmenté. Elle ne lui parla point du projet de monsieur de Revel; c'était le secret de son père. Mais combien elle se félicitait que le respect et la soumission filiale lui fissent un devoir de les cacher à Edmond! Qui sait si un jour ce plan de lui faire retrouver une fortune substituée ne l'eût pas inquiété sur ses sentimens? Elle en rougissait avec elle-même. Mathilde se borna donc à lui apprendre le désir qu'elle avait eu de se faire religieuse, bien sûre que ce désir ajouterait à l'attachement qu'elle lui avait inspire. Elle prenait, comme on fait dans l'amour, toutes les formes d'un grand courage pour avouer ses qualités; ce n'est que l'amitié qui confie des torts. Elle ne s'était point trompée. Edmond ravi de la générosité de Mathilde, ne se lassait pas de lui faire répéter des détails qui la lui rendaient mille fois plus chère. Tous deux se promirent de combler Eugénie d'affection et de soins.

En s'exprimant avec un intérêt si vrai, Mathilde se rappela qu'il y avait long-temps qu'elle ne lui avait écrit. Lorsqu'elle se croyait brouillée avec Edmond, elle ne s'occupait que de lui; à présent qu'elle voit son bonheur assuré, elle ne sait comment l'apprendre à sa sœur. Elle va dans le jardin, y fait porter son écritoire, et veut lui écrire une longue lettre. Après avoir tracé ces premiers mots, *ma chère Eugénie*, elle s'arrête embarrassée. De quoi peut-elle lui parler … des inquiétudes de l'amour? sa sœur les dédaignerait … des espérances attachées à un mariage de gout? il eût été cruel de les lui faire regretter … de la campagne? des près? des bois? d'une rivière? toutes les beautés de la nature étaient inconnues à Eugénie … Enfermée dans un cloître depuis l'enfance, elle n'était jamais sortie du très petit enclos de la maison. Mathilde se souvenait encore du triste étonnement qu'elle avait éprouvé, lorsqu'un jour Eugénie lui dit de venir voir son jardin, et lui montra avec joie quelques belles fleurs sur sa fenêtre. 'Que lui écrire sans risque de l'éclairer?' se disait-elle. En cherchant dans sa tête ce qui devait intéresser sa sœur, elle lève involontairement les yeux vers le ciel, et sent que de là seulement il peut lui venir des idées qui leur soient communes.

---

[31] This makes the year 1788. The Assemblée des notables met in February 1787 and the États généraux was convened in May 1789.

Cependant, résolue à écrire, elle lui annonce son prochain mariage. Mais tremblant qu'Eugénie ne fasse un triste retour sur elle-même, elle ne veut pas arrêter sa pensée sur une félicité qu'il ne lui est plus permis d'entrevoir; elle ne lui dit que quelques mots sur cette union qu'elle présente comme un ancien projet de son père ... Si elle n'eût pas craint d'en être punie, elle aurait osé médire de l'amour, pour affaiblir l'image de son bonheur ... Ah! ce n'était qu'à genoux devant sa sœur, qu'elle pourrait se faire pardonner une situation achetée par sa part de fortune et de liberté.

Eugénie lut cette lettre avec un peu de chagrin — 'Quoi! disait-elle, lorsque la crainte que Mathilde ne se sacrifiât pour moi me tourmente encore, elle a déjà oublié ce moment qui m'a laissé un souvenir si vif et si cher! ... déjà!' Bientôt elle se reprocha un sentiment trop personnel. Hélas, c'était la première, la plus grande faute d'une vie si pure! Depuis cet instant, Eugénie allait tous les jours dans le jardin, à cette même place où sa sœur lui avait déclaré qu'elle voulait toujours rester avec elle; et là, se rappelait ce dévouement d'une amitié si rare, elle bénissait Mathilde et faisait des vœux pour elle.

Chapitre IX

Monsieur et madame de Revel, après être restés encore huit jours à Spa, se mirent en route pour Paris. Edmond les accompagna. Dès le lendemain de leur arrivée, ils s'empressèrent d'aller faire part à madame de Couci du mariage de Mathilde. Monsieur de Revel pensait avec un secret plaisir qu'elle serait bien forcée de le trouver préférable à celui d'Ernestine. Edmond, jeune, riche, beau, aimable, avait une réputation si bien établie, que toutes les mères lui auraient confié avec joie le bonheur de leur fille.

En parlant à madame de Couci, monsieur de Revel pesait sur ces avantages. Madame de Revel, regardant tristement Ernestine, ne manqua pas de dire qu'elle n'aurait jamais donné à Mathilde un mari qu'il eût été difficile d'aimer. Enfin, sans se permettre aucune réflexion dont madame de Couci pût raisonnablement se fâcher, ce père, cette mère trop imprudens, lui rendirent tous les mots piquans, tous les sous-entendus dont elle les avait accablés au mariage d'Ernestine. Madame de Couci était furieuse; et la jalousie des parens ajouta encore à l'éloignement que leurs injustes préférences avaient fait naître entre leurs enfans.

Lorsque Mathilde alla à l'abbaye de ***, Eugénie la conduisit sur le banc où elle avait témoigné le désir de ne la jamais quitter. Pendant l'absence de sa sœur, la jeune religieuse l'avait fait entourer d'arbres verts et de fleurs. — 'Ces arbres ressemblent à mes souvenirs, lui dit-elle; rien ne peut les changer.' — 'Mathilde rougit en se rappelant combien le désir de se dévouer à sa sœur avait été peu durable. — 'Les arbres verts seront pour vous, répondit-elle; pour moi les fleurs les plus passagères.' — 'Ne parle pas ainsi, bonne Mathilde, reprit Eugénie d'un air doux et tendre: je te connais mieux; et je sais que, si j'avais abusé de ta générosité, tu serais ici pour la vie. Mais j'adopte ta pensée; après la saison des fleurs, ces arbres verts resteront pour moi qui resterai toujours dans cette maison, sans plaisirs, sans peines trop vives.' Elle ajouta, souriant tristement; 'Comme ces arbres, je n'aurai pas de belle saison; mais l'hiver viendra sans être aperçu.'

Les yeux de Mathilde se remplirent de larmes. Eugénie, pour la distraire, lui parla d'Edmond. Avec quel vif intérêt elle s'informait de son caractère, de son humeur! Mathilde essaya de peindre les qualités brillantes qui l'avaient enchantée. Sa figure s'embellissait; ses expressions vives, animées, avaient toute l'exultation de l'amour. Eugénie la regardait avec surprise, et croyait entendre une langue étrangère. La félicité de sa sœur l'effrayait. 'Pauvre petite, disait-elle intérieurement, que deviendrais-tu, si la mort enlevait Edmond!' — 'Ce malheur lui semblait le seul à redouter; car si elle n'avait pas imaginé qu'on pût aimer aussi vivement, elle croyait encore moins que l'on pût cesser d'aimer.

Le jour suivant, monsieur et madame de Revel amenèrent Edmond à l'abbesse. Eugénie, appelée à la grille, examinait avec anxiété si les traits d'Edmond peignaient cette âme noble et pure qu'elle lui désirait. Elle contemplait Edmond et Mathilde uniquement occupés l'un de l'autre, et leur trouvait un air de joie, de contentement si parfait, qu'un instant elle cessa de demander le bonheur de sa sœur. Une vague inquiétude lui faisait sentir qu'elle n'avait à prier que pour le sien.

La semaine d'après, Edmond et Mathilde furent unis. Monsieur de Revel voulut que la magnificence de cette noce surpassât celle que madame de Couci avait déployée au mariage d'Ernestine. Les mois suivans se passèrent en visites, en présentations. Un nuage effrayant s'étendait sur la France, et cependant n'empêchait encore aucun des plaisirs de la société.

Mathilde allait souvent voir Eugénie, mais ne restait avec elle que des momens. L'année s'écoulait; et les diverses opinions politiques commençaient à troubler les familles. Elles intéressaient assez Edmond pour lui faire un peu négliger Mathilde; ce premier chagrin la ramena vers sa sœur.

Déjà l'abolition des droits féodaux avait fait perdre à madame de Couci une partie de sa fortune. Les premiers décrets sur la substitutions menaçaient d'enlever à Edmond ses plus brillantes espérances. On avait brûlé le château de monsieur de Sanzei.[32] Madame de Couci ne se croyant pas en sûreté dans ses terres, était venue avec Ernestine et son mari se réfugier chez monsieur de Revel, qui s'était retiré dans une fort belle maison à quelques lieues de Paris.

---

[32] On the Great Fear see Georges Lefevre, *The Great Fear of 1789* (London: NLB, 1973). This was a popular movement that began in order to verify the documents that were the evidential proof of the taxes and dues to be paid by the tenants to their landlords. It in practice led to mass looting and violence that spread unpredictably across the French countryside because there were no police to keep order just the army.

Là, tous les matins, après le déjeuner, les nouvelles de la veille excitaient des disputes interminables. La journée se passait dans le silence ou l'aigreur; le soir, on se quittait fatigués les uns des autres; et le lendemain, on se rejoignait n'ayant rien à se dire, jusqu'à l'instant où la lecture des journaux établissait de nouveaux points de discussion.[33]

Au milieu d'aussi grands objets que le bouleversement ou la régénération d'un empire, il n'était plus possible à l'esprit de s'arrêter aux intérêts ordinaires; ils paraissaient insipides, et l'on ne comprenait même pas qu'ils eussent tenu quelque place dans la vie. La révolution détruisait tout: chaque jour de nouvelles lois imposaient de nouveaux sacrifices, créaient des devoirs nouveaux, fomentaient de nouvelles haines.[34]

Les nobles quittaient la France; Edmond désirait les suivre.[35] Mais Mathilde était grosse, et trop souffrante pour l'exposer aux fatigues d'un voyage; et il ne pouvait se résoudre à l'affliger, en partant sans elle. Cependant, absorbé par cette pensée dominante qu'il s'efforçait de lui cacher, ses paroles ne venaient plus qu'avec effort; ses regards étaient toujours distraits, et Mathilde ne se trouvait plus heureuse.

Un soir, le journal annonça que les couvens étaient ouverts et les vœux annulés.[36] — 'Quoi s'écria madame de Couci, nous allons revoir la taciturne abbesse de *** et sa merveilleuse Eugénie?' — 'Il est sûr, reprit monsieur de Revel, que ce n'est point lorsque les fortunes s'écroulent de toutes parts, qu'on peut sans inquiétude retrouver une nouvelle famille dont on croyait au moins le sort fixé.' — 'Et de plus, répliqua madame de Couci, il est assez incommode de voir arriver tout-à-coup une demoiselle de dix-huit ans qui n'aura aucune de nos habitudes, ne concevra point nos goûts, n'entendra rien à nos intérêts.' — Ernestine observa que, si les enfans tombaient ainsi dans les familles, tout grands, tout élevés, ils

---

[33] Note the importance and prominence of newspapers in the family's routine in emigration. Getting news and its accuracy was a preoccupation for many émigrés. See Simon Burrows, *French Exile Journalism and European politics, 1792–1814* (Suffolk: Royal Historical Society, 2000).

[34] The blank destructiveness of the early Revolution in Paris is not something that has been given much attention by historians up until William Doyle, *Aristocracy and its Enemies in the Age of Revolution* (Oxford: Oxford University Press, 2009). Souza presents very clearly that the Revolution was destructive from the very start.

[35] The first wave of aristocratic emigration began in 1789. The waves of emigration are presented in various studies, but there is no one study of emigration in English equivalent to Ghislain de Diesbach, *Histoire de l'émigration* (Paris: Perrin, 1975), and the older but more detailed three volume H. Henri Forneron, *Histoire générale des émigrés pendant la Révolution Française* (Paris, 1884–1890).

[36] First mention of closure of the convents, 13 February 1790. By the decree of that date, 'all monasteries and convents containing regular clergy except those dedicated to educational and charitable work were declared dissolved.' See Nigel Aston, *Religion and Revolution in France, 1780–1804* (Basingstoke: Macmillan Press Ltd, Houndsmills, 2000), p. 134.

paraîtraient assez embarrassans; … qu'on s'y attachait, parce qu'ils se faisaient place par degrés, et sans que l'on s'en aperçût.

'Il me semble, dit sèchement Edmond, que si quelqu'un pouvait se fâcher du retour d'Eugénie, ce devrait être moi; car elle ne pensait point à se faire religieuse lorsque monsieur de Sanzei s'est marié, ses vœux étaient prononcés quand j'ai épousé Mathilde. Cependant, je la recevrai avec un vrai plaisir.' — 'Et moi, s'écria Mathilde, je la recevrai dans toute la joie de mon âme. C'est la seule chose que j'aime de cette révolution qui m'ennuie à l'excès quand elle ne me désole pas.'

Madame de Couci lança un regard d'indignation sur Mathilde. Après un long silence, elle demanda à monsieur de Revel quel parti il comptait prendre à l'égard d'Eugénie? — 'Mais, répondit-il, elle nous écrira sûrement; alors nous verrons.' — 'Il me paraît répliqua madame de Couci, que, jusqu'à ce que l'ordre soit rétabli, vous devriez l'envoyer avec sa tante dans une des terres que vous n'habitez point. La solitude de la campagne remplacerait pour toutes deux la retraite du cloître, et les empêcherait de prendre le goût du monde. Ceci ne peut durer long-temps: c'est d'après cette idée qu'il faut se conduire.' Chacun, préoccupé de ce nouvel incident, se retira, n'ayant plus envie de disputer.

Chapitre X

Le lendemain matin, Mathilde ne parut point. Lorsque monsieur de Revel la demanda, Edmond dit qu'elle était allée voir sa sœur et qu'elle reviendrait pour diner. 'Assurément observa madame de Couci, c'est bien, de toute la famille, celle qui peut le moins faire envisager à Eugénie sa situation actuelle sous son véritable point de vue.' — 'Au moins, répondit Edmond, leur ancienne amitié la rend plus capable qu'aucun de nous de l'en consoler.' — Madame de Revel ayant contracté depuis vingt ans l'habitude de l'obéissance la plus absolue envers son mari, attendait qu'il s'expliquât avant d'énoncer son opinion. Cependant, elle était beaucoup plus tourmentée de l'effet que produirait sur lui la démarche de Mathilde, qu'elle n'était occupée d'Eugénie.

'Hé bien! monsieur, que décidez-vous?' dit madame de Couci à son gendre. — 'Hé bien! Madame, vous avez une fureur de prendre des décisions; ces déterminations; rien n'est plus fatigant. Nous verrons' — 'Comment! nous verrons? Il me semble que tout est vu, et qu'il est facile de voir que si Eugénie reste dans le monde, elle se soumettra avec peine à la solitude du cloître, lorsqu'il faudra y retourner.' — 'Certainement,' répliqua monsieur de Revel avec humeur, 'lorsqu'une fois mon parti est arrêté, personne n'y tient plus que moi. Ce n'est pas que je ne m'en sois souvent repenti; mais il faut avoir du caractère.'

Cet homme, qui prétendait à tant de caractère, était, de tous les hommes, celui à qui il coûtait le plus de former une résolution. A la vérité, celle qu'il déclarait devenait irrévocable, par l'excès même de sa faiblesse; et alors, il se jetait dans l'avenir les yeux fermés, sans consentir à rien examiner.

Pour éviter les observations de sa belle-mère, il demanda le thé, prétexta divers ordres à donner à ses gens, afin qu'ils restassent tant que durerait le déjeuner; et immédiatement après, il partit pour la chasse. Tout en marchant, il reconnaissait que madame de Couci ne se trompait pas, lorsqu'elle pensait qu'Eugénie prendrait peut-être dans le monde, le goût de la dissipation; ou qu'au moins, elle s'attacherait à sa famille, et que, par la suite, il lui serait trop difficile de la quitter.

Monsieur de Revel, ne voulant ni renoncer à une seule de ses habitudes, ni diminuer le train de sa maison, voyait sa fortune se détériorer chaque jour. Il ne se dissimulait pas que la présence de sa fille et celle de sa tante lui seraient fort à charge. Importuné par ces difficultés qu'il ne pouvait résoudre, il finit par se dire à lui-même: Nous verrons.

Mathilde, en arrivant au couvent, trouva l'abbesse désespérée. 'Voilà notre ordre détruit, lui dit-elle: il nous est défendu de recevoir de nouvelles religieuses … Eugénie doit me succéder dans le gouvernement de cette maison; et quel avenir lui est préparé! … Il lui est interdit de former des novices pour lui adoucir les peines de la vieillesse. Si jeune encore, elle nous survivra sans doute; et, après avoir consolé chacune de nous, elle restera seule et la dernière, sans consolation!' L'abbesse ne pouvait retenir ses larmes. Hélas! cet avenir inconnu qui nous cache tant de peines, nous empêche aussi de savoir que tel chagrin, dont la seule pensée nous effraie, n'est cependant pas celui dont nous devons souffrir.

Mathilde était accourue avec l'espoir d'emmener sa sœur; mais elle lui vit, pour la première fois, un air sévère qui lui inspira une sorte de crainte. N'osant pas lui parler de la permission qu'on donnait aux religieuses de sortir, elle hasarda seulement quelques phrases indirectes sur la possibilité de vivre aussi retiré au milieu du monde que dans le cloître. Si Eugénie parut la comprendre, ce fut parce qu'elle désira se séparer d'elle plus tôt que de coutume. 'Aujourd'hui, lui dit-elle, je veux rester près de ma tante: ce jour est consacré à la retraite; car ce soir, nous devons toutes nous réunir à l'église, et répondre à cette liberté qu'on nous offre, en renouvelant chacune nos vœux.'

Mathilde, avant de quitter Eugénie, l'embrassa, comme si elle la perdait de nouveau. Des larmes tombaient de ses yeux. 'Par amitié, par pitié pour moi, dit-elle à sa sœur, ne répète pas ces vœux une seconde fois; la première te suffit. Je t'en conjure, ne répète plus ces paroles qui m'ont fait tant de mal.' Eugénie soupira. 'Si j'en crois les sinistres prédictions de l'âge et de l'expérience, répondit-elle, de grands malheurs nous menacent. Laisse-moi, bonne Mathilde, une conscience assez pure pour qu'il me reste toujours et la prière et l'espérance.

Chapitre XI

En revenant de l'abbaye de ***, Mathilde trouva monsieur de Revel à table avec sa famille. On était au dessert; made de Revel fit reservir le dîner. Sa mère en montra de l'humeur. — 'Je n'imaginais pas, dit-elle à son gendre, que vous dussiez attendre vos enfans.' — Mathilde s'excusa avec une douceur qui ne put désarmer madame de Couci. Renvoyant, sans y toucher, tout ce qu'on lui avait apporté, elle prit seulement quelques fruits qu'elle eut l'air de manger par complaisance pour Edmond.

On passa dans le salon. Monsieur de Revel fit asseoir Mathilde près de lui, sur un canapé un peu à l'écart, et lui demanda des nouvelles d'Eugénie. Quoique bien aise d'apprendre que les couvens n'étaient pas supprimés, il se sentait ému par la résignation et les vertus de sa fille. — Regardant madame de Couci, il dit à Mathilde: 'Si votre sœur s'était fait de belles chimères sur le charme de vivre en famille, il suffirait, pour l'en guérir, de lui faire entendre quelques-unes des agréables discussions qu'il y a ici tous les jours.

Il se leva sans attendre de réponse; car il ne voulait point autoriser sa fille à blâmer sa grand'mère, quoiqu'il ne se gênât pas lui-même pour témoigner l'ennui qu'elle lui inspirait. Lorsqu'il se fut retiré, madame de Couci, demanda à Mathilde s'il était possible de savoir ce que l'abbesse de *** et Eugénie allaient devenir? — 'Le décret permet seulement de sortir, et il faudrait qu'il ordonnât pour espérer de les revoir.' — 'C'est assurément fort heureux, repartit madame de Couci. Je conçois pourtant vos regrets; la nouveauté de les avoir ici vous aurait fort agitée. Il y a des personnes qui sont tellement à la recherche des émotions, qu'elles aiment mieux un malheur qu'une situation tranquille.' — En parlant ainsi, elle regardait avec complaisance madame de Sanzei, qui tous les jours, après dîner, travaillait trois et quatre heures à remplir au petit point le fond d'un meuble en tapisserie.

A tout propos, madame de Couci vantait la sagesse et la raison d'Ernestine. Cependant, quoiqu'aux yeux de tous elle parût paisible et soumise, avec plus d'attention on pouvait juger qu'elle s'ennuyait fort d'une vie si monotone. Souvent l'agitation de ses pensées lui donnait, contre son ouvrage, une impatience qui dévoilait son humeur.

Mathilde, mécontente d'être sans cesse blâmée avec amertume par sa grand'mère, désolée surtout de voir approcher l'heure où Eugénie devait renouveler ses vœux, s'en alla dans le parc. Elle chercha l'endroit le plus solitaire; et là, passant bientôt des peines de sa sœur à ses propres chagrins, elle se mit à réfléchir sur les promesses décevantes de l'amour et de la jeunesse. — 'Pour quoi, se disait-elle, ces vœux qu'Eugénie va renouveler redoublent-ils la pitié qu'elle m'inspire …? Qu'a donc le monde de si désirable …? Depuis que ces horribles divisions politiques agitent les esprits, Edmond s'occupe-t-il de moi? Quand il ne dispute point avec ma grand'mère, ne vient-il pas m'entretenir de ces grands intérêts que je ne comprends pas? Si je réponds en lui parlant de moi, il s'étonne … de lui! je parais l'ennuyer, … Edmond ne m'aime plus … Que ma sœur est heureuse de n'avoir pas connu le charme d'une mutuelle et parfaite affection! Je ne l'ai entrevue que pour la regretter toujours.'

Mathilde se rappelait avec tristesse ces momens de félicité qui avaient précédé leur mariage; ces rêves enchanteurs des premiers jours de leur union, où ils

espéraient, pour chaque âge de la vie, un bonheur sans mélange! Mais Edmond
ne l'aime plus …! Elle pleure; son cœur se brise, et elle se répète sans cesse:
'Edmond ne m'aime plus.' Mathilde se répétant ces cruelles paroles, et pleurant,
avait fait de ses doutes une certitude, de son chagrin un malheur.

Cependant cet Edmond à qui Mathilde croyait être devenue indifférente, la
cherchait dans le parc, avec l'anxiété d'un jeune amant qui craint de voir souffrir
ce qu'il aime. Que devint-il lorsqu'il trouva les yeux baignés de larmes! … Comme
il maudissait madame de Couci à laquelle il attribuait sa douleur! — 'Ce n'est pas
elle qui m'afflige, dit Mathilde; c'est vous, Edmond.' — 'Moi!' s'écria-t-il. — 'Vous!
— Eh! grand Dieu! qu'ai-je fait que mon cœur ne brûle de réparer?' — Vous ne
m'aimez plus.' — 'Ah! reprit-il en respirant, me voilà bien tranquille.' Il voulut la
presser contre son cœur, la plaisanter sur sa folle inquiétude. — 'Non, non,
aujourd'hui vous ne pouvez plus me consoler, Edmond, vous ne m'aimez plus:
mes larmes vous touchent encore; mais ma gaieté ne vous fait plus sourire.
Toujours triste, préoccupé, vous ne m'écoutez jamais que d'un air distrait. Il y a,
entre vous et moi, une pensée que je ne puis pénétrer, un pressentiment qui me
menace, et que je ne m'explique pas.'

Lorsque Edmond avait voulu presser Mathilde dans ses bras, elle s'était retirée
pour lui faire entendre sa douce plainte; mais après craintive, ne sachant s'il
voudrait se justifier, elle se rapprocha de lui, et, pour l'écouter, posa sa tête sur
son cœur. — 'Mon Edmond, lui disait-elle, souffrons de la même peine, et ne me
cachez plus un seul de vos sentimens.' — 'Si Mathilde était raisonnable,' répondit-
il d'un air timide … et il s'arrêta.

Avec quelle tendresse elle le conjurait de lui rendre sa confiance! — 'Mais,'
reprit-il bien bas … et il hésitait … voulait parler … la regardait … ne pouvait
prononcer le mot qui devait l'affliger … Elle sut lui persuader qu'elle était soumise
à tout, excepté à l'horrible idée d'avoir perdu son affection; et il finit par lui avouer
le désir qu'il avait de sortir de France. — 'Eh! pourquoi ne pas l'avoir dit plus tôt?
Mon cher Edmond, nous serions déjà loin.' — 'Votre père, votre mère vous
laisseraient-ils me suivre? — 'Non, mais je les engagerai à nous accompagner.' —
'Et leur fortune?' — 'Nous la retrouverons.'

Ce parti, qui paraissait à Edmond une affaire importante, ne semblait à
Mathilde qu'un voyage. Qu'il était touché de cette disposition à lui tout sacrifier!
— 'Ecoutez, lui dit-elle, dans quatre mois je serai en état de vous suivre.' —
'Mathilde, répliqua-t-il d'un air grave, lorsque ceux de notre ordre retourneront,
que dira ma femme, la mère de mon enfant, si son époux, son ami n'a point suivi
l'étendard de la noblesse?' — 'Est-il donc bien sûr, reprit-elle, qu'ils aient eu raison
de partir? Le roi est encore ici.' — 'A mon âge, répondit Edmond, on doit faire
comme les siens; je les imite, sans savoir si je les approuve. Mathilde, ma chère
Mathilde, laissez-moi profiter de ce moment, me montrer un seul jour à Bruxelles;
et je reviendrai aussitôt pour être près de vous à l'instant de vos couches.' — 'Ah!'
s'écria-t-elle, 'que tout-à-l'heure j'étais heureuse au milieu de mes larmes! … Non,

Edmond, vous ne m'abandonnerez pas. Séparés l'un de l'autre, le malheur peut nous frapper; et cet enfant qui n'existe que de ma vie, me condamnerez-vous à le nourrir d'angoisses et de pleurs?'

Mathilde, à qui d'abord tout était facile pour suivre Edmond, ne parlait plus que de craintes, de périls, dès qu'il voulait partir seul. Vainement cherchait-il à la rassurer, en répétant qu'il reviendrait. — 'Au nom de toutes les douleurs que je dois éprouver, Edmond, ne dites plus *je reviendrai;* promettez-moi de m'attendre.' — Edmond désespéré s'écria: 'Laissez-moi suivre les miens, ou me cacher pour toujours.' Des sanglots furent la seule réponse de Mathilde. Edmond se jeta à ses pieds: 'Mon amie, lui disait-il, dans votre état vous ne pouvez me suivre, et je ne puis rester. Consentez à une séparation d'un mois seulement, le temps de me faire voir, d'annoncer votre arriver; et je reviens pour ne plus vous quitter.'

Mathilde n'osait refuser, et lui aurait été impossible de consentir. Comme elle se reprochait d'avoir voulu pénétrer son secret! Combien elle regrettait cette vague inquiétude qui dans ce moment lui semblait le bonheur! — Les yeux fermés, appuyée sur le cœur d'Edmond, elle aimait à se sentir près de lui; et cependant, effrayée de l'avenir, craignant de nouvelles instances, elle n'avait plus la force ni de l'entendre, ni de lui répondre; le son de sa voix lui faisait mal. 'Restons l'un près de l'autre, lui disait-elle, mais restons en silence.' — 'Il la tenait dans ses bras, regardait son visage baigné de larmes, et pensait à son enfant qui ne voyait pas encore le jour, et pouvait déjà souffrir. Il ne savait plus si son premier devoir n'était pas de rendre Mathilde heureuse. Enfin, il l'appela de ce cri de l'âme qui répond à toute la pensée. — Mathilde ouvrit les yeux; elle sentit qu'il lui donnait le droit de l'arrêter: mais il avait parlé d'honneur, et son honneur lui était plus cher que la vie.[37] Elle crut demander assez, en le priant d'attendre qu'elle eût retrouvé du courage et de la raison.

Chapitre XII

Depuis qu'Edmond avait avoué ses projets à Mathilde, il ne la quittait plus. Ils se confiaient et leurs espérances et leurs craintes; rien de caché, ni sur le passé ni pour l'avenir. Occupés sans cesse de départ, mais toujours ensemble, chaque instant rendait leur séparation plus difficile. Ils revenaient sur leurs jeunes amours, et se félicitaient et s'être aimés. Prévoyant l'absence, ils cherchaient à graver sur toute chose des souvenirs. Les yeux de l'un appelaient les regards de l'autre. Jouissaient-ils d'un beau jour? ils regrettaient d'avance tous ceux qui s'écrouleraient avant de se réunir. Voyaient-ils un orage? ils redoutaient, sans trop y croire, ceux qui pouvaient les atteindre lorsqu'ils seraient séparés. Que leur

---

[37] Honour and peer pressure to be honourable was what inspired men especially young men to emigrate. Emigration was referred to among the nobility as the *'chemin de l'honneur'*.

peine était douce! mais qu'elle touchait de près au malheur! Cependant Edmond ne tremblait que pour Mathilde; et Mathilde elle-même, considérant son état, se croyait seule menacée. Aimée d'Edmond, comment ne pas chérir la vie? ... D'accord sur l'obligation de l'éloigner, ils retardaient toujours l'instant où il faudrait se dire adieu.

Les lettres des amis qu'Edmond avait hors de France, se succédaient rapidement. Les uns, touchés d'un véritable intérêt, l'invitaient à ne plus différer de les rejoindre; d'autres, moins indulgens, blâmaient sa faiblesse; tous le rappelaient à sa bannière. Un jour que toute la famille était réunie, on apporta à Edmond une boîte marquée d'un timbre étranger. Il s'empressa de l'ouvrir: que devint-il en trouvant une épée brisée? ... 'Dieu! grand Dieu!' s'écria-t-il indigné.[38] Mathilde se jeta dans ses bras, et l'entraîna dans son appartement.

Dès qu'ils furent seuls, Edmond lui déclara qu'il partirait sans délai; mais il renouvela la promesse de revenir dans un mois, et la conjura d'avoir soin de son enfant et d'elle-même. — 'Ah! reprit-elle, jurez-moi plutôt que si je meurs, vous ne lui donnerez jamais une autre mère.' — 'Cruelle, cruelle Mathilde, lui dit-il avec effroi, pourquoi attacher à cet adieu des idées si horrible? ... Elle pleurait. Avec quelle tendre affection il cherchait à calmer sa douleur! Frappé malgré lui de tristesse, pour se rassurer il regardait la fraîcheur, la jeunesse de Mathilde, et lui reprochait de penser à la mort. — 'Près de vous, lui dit-elle, loin de la craindre, elle me paraît impossible. Oh! si j'étais au moment de mourir, je sens que votre voix arrêterait mon âme; tandis que séparés, il me semble si naturel de cesser de vivre!' Edmond renouvela le serment de revenir pour le temps de ses couches, et Mathilde consentit qu'il partît le lendemain; mais elle le pria de ne le dire à personne. — 'Je ne pourrais supporter les observations de madame de Couci, les faux éloges de monsieur de Sanzei, et jusqu'à la satisfaction secrète qu'éprouvera ma sœur; tous me blesseraient également.'

Edmond s'engagea volontiers à ne point parler d'un voyage que les craintes de Mathilde avaient environné de sinistres pressentimens. A l'heure du souper, il se mit à table, affectant une gaité qui était bien loin de son cœur. Quels doux regards il jetait sur Mathilde! Que de tendres soins! Hélas! Ils pensaient en même temps, et sans oser se le dire, que le lendemain les trouverait séparés sans consolation ni appui contre le malheur!

Lorsqu'on eut envoyé les gens, madame de Couci demanda à Edmond s'il était enfin décidé? — 'J'y penserai, madame,' répondit-il; charmé, en lui cachant ses projets, de n'avoir pas l'air de les soumettre à d'autres qu'à Mathilde. — 'Il me semble cependant que vous n'avez plus de temps à perdre.' — 'Mais s'écria Mathilde hors d'elle-même, Edmond attend l'exemple de monsieur de Sanzei.'

---

[38] Souza emphasises the peer pressure to conform to an expectation of emigration as the only honourable course of action, and the huge stigma attached to not choosing to emigrate.

— Il s'empressa de répondre: 'Mon âge ni ma santé ne me permettent pas l'espoir d'être utile;' et il ajouta avec amertume: 'Puisque vous m'avez interpellé, madame, je dirai mon avis tout entier. J'avouerai que si j'avais eu la jeunesse d'Edmond, j'aurais été un des premiers à Bruxelles; et qu'aucun sacrifice ne m'eût coûté pour soutenir la cause que j'aurais pu servir.' — Edmond offensé, allait répliquer, lorsque Mathilde se hâta de le prévenir, en disant avec aigreur à monsieur de Sanzei: 'Vraiment, je vois bien que vous comptez pour peu de chose les sacrifices des autres: l'esprit de parti a cela d'admirable; chacun voudrait que son voisin fût martyr. Au surplus, j'observerai, monsieur, que si votre bras ne peut plus être utile, vos conseils, votre fortune seraient d'un grand secours; et vous pourriez les offrir, sans vous occuper de nous.' — Madame de Revel, qui voyait la colère de madame de Couci prête à tomber sur Mathilde, se leva, et l'on sortit de table.

Monsieur de Sanzei, madame de Couci, Ernestine se rapprochèrent en murmurant … On entendait les mots…. *sans mesure … inconcevable … gâtée depuis l'enfance.*… Mathilde ne s'en embarrassait guère; Edmond allait la quitter, et personne ne pouvait ajouter à sa peine. Cependant, si quelqu'un lui eût demandé le motif de ses craintes, elle n'aurait pu le dire. Le succès de la cause qu'Edmond défendrait ne lui paraissait pas douteux: d'ailleurs elle se flattait qu'il n'aurait pas le temps de combattre; que l'ordre se rétablirait de lui-même. Ah! si elle avait pu le suivre, ce voyage ne lui eût paru qu'une course de plaisir et de curiosité.[39]

Chapitre XIII

Lorsqu'on sut le matin qu'Edmond était parti madame de Couci ne vit dans ce départ, sans prendre congé d'elle, qu'un manque de respect inexcusable. Madame de Revel pensa que la crainte d'affliger Mathilde avait causé ce mystère. Monsieur de Revel fut intérieurement blessé que son gendre eût dédaigné de le consulter; et monsieur de Sanzei, se rappelant sa vivacité de la veille, craignit qu'Edmond ne lui fît des ennemis parmi les émigrés. Enfin chacun, suivant son caractère ou ses intérêts, regrettait de ne l'avoir pas vu au moment de se quitter, de n'avoir pas attaché au dernier adieu l'impression qui devait durer.

Mathilde, évitant tous les regards, s'en alla de grand matin trouver sa sœur à l'abbaye; Eugénie essuyait ses larmes sans chercher à les arrêter. Elle entrait dans sa douleur, et devinait tous ces mouvemens d'un cœur qui se rappelle et ses plaisirs et ses peines; elle écoutait ces repentirs d'une humeur quelquefois inégale, d'une affection souvent inquiète. Avec quelle secrète complaisance Mathilde exagérait ses torts, pour ajouter à l'éloge d'Edmond.

---

[39] The prospect of pure adventure and change of scenery involved in emigration appealed immediately to Mathilde, and made her eager to follow him as a number of women did in fact do. See Jean Clément Martin, *La révolte brisée, Femmes dans la Révolution Française et l'Empire* (Paris: Armand Colin, 2008).

Le soir, à son retour, elle trouva une lettre qu'il lui avait écrite de la première poste. Plaisir inattendu, source de nouvelles larmes! Il est vrai qu'Edmond a promis d'écrire un mot chaque jour; mais, dans l'absence, chaque jour n'apporte pas un souvenir. Madame de Revel rapprocha à sa fille d'avoir été chercher loin d'elle des consolations. Mathilde lui persuada facilement que, si elle eût été seule, c'est près d'une mère si tendre que sa fille serait venue pleurer.

Les jours suivans se passèrent sans confiance, mais sans nouvelles discussion, jusqu'à l'instant où on reçut une lettre d'Edmond. Il était arrivé à Bruxelles. La gaieté, la jeunesse, l'espérance aveuglaient sur le présent, et embellissaient l'avenir. Entre gens de même rang, c'était presque une vie de château; on se voyait tous les jours et à toute heure. Plusieurs maisons illustres jouissaient encore de leur ancienne opulence. Elles tenaient un état qui étonnait les voyageurs, et peut-être un peu les gens du pays. Dans ces premiers temps, les Français ne pouvant se croire étrangers, faisaient l'agrément et même les honneurs des lieux où ils s'établissaient.

Edmond écrivait à monsieur de Revel: 'Je ne vous parlerai point des esprits profonds, ni des grands politiques, ni des graves personnages qui ne daignent pas me faire part de leurs projets, m'admettre à leurs entretiens. Je vous parlerai de nos jeunes gens si braves, de ces femmes charmantes qui n'ont jamais été plus gaies. Ici, loin de nous rien disputer, notre embarras ne porte que sur les moyens d'ajouter aux raisons ou à l'espoir de chacun. Dieu me garde de présenter une seule des modifications qu'en France j'entendais agiter si souvent et si longuement. Dans nos cercles joyeux, lorsqu'on m'interroge, moi le dernier arrivé, l'on ne me dit point: *Vous qui étiez présent, comment tel fait s'est-il passé?* — 'Non; mais on me crie de toutes parts: *N'est-il pas vrai que c'est comme je le dis?* – En vérité, j'aime à me persuader que de loin ils ont su des choses qui de près m'ont échappé.

Quand vous arriverez ici, ne vous attendez pas à me voir encore livré à ces discussions qui désolaient Mathilde, vous fâchaient quelquefois, et nous laissaient toujours plus attachés à nos opinions. Depuis que j'ai quitté mon pays, que j'ai pu me séparer de ma famille, je ne pense plus à convaincre les autres, ou à les ramener. Je craindrais même que, dans la dispute, un mot, une réflexion ne vînt m'inquiéter sur l'avenir; et je me sens comme un malade qui ne veut savoir de son état que ce qui le flatte.'

Dans toutes les lettres qu'Edmond écrivait à Mathilde, il ne lui parlait que du désir de la revoir et de l'amener à Bruxelles. Un soir qu'elle était seule, et se plaisait à regarder les petites parures qu'elle destinait à son enfant, la porte s'ouvre: elle voit Edmond. Les bras étendus vers lui, elle ne respire plus; et son Bonheur ne peut s'exprimer: 'Est-ce pour rester avec moi?' lui demande-t-elle d'un air timide; car elle n'osait s'en flatter.' 'Pas encore,' répondit Edmond en soupirant; ' ce n'est qu'à l'instant de vos couches, qu'il me sera permis de revenir près de vous. Dans ce moment quelques jeunes gens ont parié qu'ils viendraient ici au spectacle; je les ai accompagnés pour voir Mathilde.'

En effet il ne la quitta point, et soupa avec sa famille. Ernestine raconta qu'elle avait été à l'Opéra; et que ces mêmes jeunes gens qui croyaient devoir se cacher dans les loges grillées, n'en parcouraient pas moins les corridors de la salle, pour aller voir les personnes de leur connaissance. Madame de Couci très-scandalisée les blâmait, en répétant qu'elle ne pouvait les comprendre. Edmond riait de sa gravité, riait de leur imprudence. 'J'ai pris une devise, dit-il à sa grand'mère, qui est comme moi assez sage sans en avoir l'air: c'est le dernier vers d'un quatrain fait pour des enfans qui courent sur la glace:

Glissez n'appuyez pas.
(Sur un mince cristal l'hiver conduit vos pas;
Telle est de vos plaisirs la légère surface:
Le précipice est sous la glace;
Glissez, mortels, n'appuyez pas.)[40]

A minuit, ses camarades vinrent le chercher. Quel fracas! Plusieurs voitures, des chevaux de poste, des couriers, des cris … le tout pour cacher cette course secrète … Sourire de Mathilde, regard funeste de madame de Couci, vous fûtes leur adieu!

Edmond promit à Mathilde de revenir la surprendre au premier jour. Il traitait si lestement ce voyage, que du moins elle ne sentait plus l'effroi que son premier départ lui avait causé. Elle éprouvait encore la peine de l'absence, mais en s'affligeant, elle n'osait pas se croire aussi malheureuse.

Chapitre XIV

Le lendemain, Mathilde alla conter à sa sœur cette visite inattendue. Avec quel ravissement elle peignait l'air satisfait d'Edmond! Eugénie pensait que sa grand'mère n'avait pas tout-à-fait tort de trouver cette gaieté un peu extraordinaire; mais elle s'en étonnait sans la blâmer. Peut-être enviait-elle tout bas ceux qui se berçaient ainsi d'heureuses chimères.

Cependant l'orage s'étendait sur la France. Un second décret ôta aux religieuses leurs biens, et les réduisit à une pension qui leur laissait à peine les moyens de subsister.[41] L'abbesse, accoutumée à gouverner cette maison, savait mieux que ses religieuses quelle infortune les attendait. La plupart avaient prononcé leur vœux entre ses mains. Quoique assurément elle n'eût jamais cherché à influer sur leur vocation, en voyant leur malheur, elle regrettait quelquefois de ne les avoir pas détournées de pendre le voile.

---

[40] Pierre-Charles Roy (1683–1764), satirist and playwright wrote these verses under an engraving of people skating. Samuel Johnson translated it as: O'er the ice the rapid skater flies, With sport above and death below, Where mischief lurks in gay disguise, Thus lightly touch and quickly go.
[41] This refers again to the decree of 13 February 1790 and its consequences.

Elle ne put supporter des peines si accablantes, aggravées par une prévoyance plus douloureuse encore, et elle tomba malade. Sentant sa fin approcher, elle bénit Eugénie et lui dit: 'Mon enfant, la révolution voudra peut-être altérer tous les devoirs. Souvenez-vous que, nommée pour me remplacer à la tête de cette maison, votre conduite sera l'exemple ou l'excuse de vos religieuses ... Promettez-moi, quoique bien jeune, de ne jamais porter votre pensée au-delà de chaque jour.... Laissez ma fille, laissez tout l'avenir à Dieu qui voit tout... Croyez-en mon expérience. Lorsque vous considérerez chaque jour comme une vie passagère et séparée du jour qui peut suivre, les plus austères vertus vous deviendront faciles; et l'existence même alors vous paraîtra bien fugitive....' Elle ajouta: 'Ma chère enfant, puissent toutes vos actions, tous vos souvenirs, vous conduire à une fin tranquille!' Eugénie à genoux près du lit de sa tante, regardait avec surprise et douleur ce visage où se peignait un si grand détachement de soi-même. Un moment la malade perdit connaissance: en reprenant ses esprits, elle s'étonna d'exister encore; et retrouva la vie sans plaisir, comme elle attendait la mort sans crainte.

Lorsqu'elle ne fut plus, Eugénie fit graver sur sa tombe, non l'inscription fastueuse des vertus étrangères à l'humble état qu'elle avait embrassé, mais un éloge pur et simple comme sa vie. Souvent prosternée sur cette tombe, Eugénie allait y répandre des larmes de regret et de reconnaissance. Que de fois elle y trouva une sorte de consolation, en pensant combien sa tante aurait gémi du bouleversement général. D'autres fois, debout, les yeux fixés sur ce marbre insensible, elle se perdait dans ses réflexions, et disait en soupirant: 'Du moins son repos ne sera plus troublé! Les tombeaux seront inaccessibles au tumulte du monde, aux agitations de la vie.'

Chapitre XV

Mathilde touchait au dernier mois de sa grossesse. Prévoyant mieux qu'Edmond les dangers auxquels ce mot d'*émigré* l'exposerait, elle lui écrivait sans cesse, pour le conjurer de l'attendre à Bruxelles, sans risquer de venir la joindre. La famille n'avait plus de disputes politiques; leurs sentimens, leurs opinions ne différaient plus. Les journaux, attendus avec inquiétude, se lisaient bas et en tremblant: chacun regardait tristement venir l'orage.

Mathilde seule dans son appartement, seule dans ses promenades, pensait à Edmond: elle rendait ses peines plus vives, en rêvant au bonheur dont elle aurait joui dans d'autres temps. Madame de Revel souffrait de la tristesse de sa fille, et avait l'injustice d'être un peu jalouse de l'extrême affection de Mathilde pour son mari. — 'Qu'elle l'aime!' se disait-elle; 'je le veux; elle le doit: mais qu'il se soit emparé de toute son âme! ... que sa mère n'ait même plus le pouvoir d'adoucir ses chagrins! Voilà ce qui me désespère.' — Sensible à la douleur de sa fille, madame de Revel en blâmant l'excès; et plusieurs fois elle s'était permis de lui faire de tendres reproches. Alors Mathilde s'efforçait de se contraindre; et cette gêne, si opposée à son caractère, en lui causant une sort d'embarras, augmentait la froideur dont sa mère s'affligeait.

Madame de Revel s'attendrissant sur elle-même, ne pouvait s'empêcher de plaindre les mères qui n'ont que des filles. Dès qu'elles sont mariées, disait-elle, leurs intérêts, et leur nom même les séparent de leur famille … Pour la première fois, depuis la naissance de Mathilde, elle regrettait de n'avoir pas eu un fils … Insensée! comme alors ses chagrins eussent été plus graves, ses inquiétudes plus vives! — Pauvres mères! vos fils, dans l'enfance, absorbent toutes vos pensées, embrassent tout votre avenir: et, lorsque vous croyez obtenir la récompense de tant d'années, en les voyant heureux, ils vous échappent. Leur active jeunesse, leurs folles passions les emportent et les égarent. Vous êtes ressaisies tout-à-coup par des angoisses inconnues jusqu'alors.

Pauvres mères! il n'est pas un des mouvemens de leur cœur qui ne fasse battre le vôtre. Hier enfant, ce fils est devenu un homme; il veut être libre, se croit son maître, prétend aller seul dans le monde … Jusqu'à ce qu'il ait acheté son expérience, vos yeux ne trouveront plus le sommeil que vous ne l'ayez entendu revenir … Vous serez éveillées bien long-temps avant lui: et ces tendres soins d'une affection infatigable, ne les montrez jamais. Par combien de détours, de charmes, il faudra cacher votre surveillance à sa tête jeune et indépendante!

Dorénavant, tout vous agitera. Cherchez sur la figure de l'homme en place si votre fils n'a pas compromis son avancement ou sa fortune; regardez sur le visage de ces femmes légères qui vont lui sourire, regardez si un amour trompeur ou malheureux ne l'entraîne pas.

Pauvres mères! vous n'êtes plus à vous-mêmes. Toujours préoccupées, répondant d'un air distrait, votre oreille reçoit quelques mots échappés à votre fils dans la chambre voisine … Sa voix s'élève … la conversation s'échauffe … peut-être s'est-il fait un ennemi implacable, un ami dangereux, une querelle mortelle … Cette première année, vous le savez, mais il l'ignore, son bonheur et sa vie peuvent dépendre de chaque minute, de chaque pas. Pauvres mères! pauvres mères! n'avancez qu'en tremblant.

Il part pour l'armée! … douleur inexprimable! inquiétude sans repos, sans relâche! inquiétude qui s'attache au cœur et le déchire! … Cependant si, après sa première campagne, il revient du tumulte des camps, avide de gloire, et pourtant satisfait, dans votre paisible demeure; s'il est encore doux et facile pour vos anciens domestiques, soigneux et gai avec vos vieux amis; si son regard serein, son rire encore enfant, sa tendresse attentive et soumise vous font sentir qu'il se plaît près de vous … Oh! heureuse, heureuse mère![42]

---

[42] This passage is the most frequently cited in the novel. Madame de Souza's love for her own son is completely transparent here. Mathilde is in many ways a femininised version of Charles

Ces réflexions qui nous échappent, madame de Revel les faisait aussi, lorsque Mathilde était restée plus long-temps avec elle, il est vrai, à parler toujours d'Edmond; mais enfin lorsqu'elle s'était montrée plus attentive, plus tendre pour sa mère. Alors madame de Revel se reprochait sa jalouse tendresse: cependant, comment consentir à n'être plus qu'une affection secondaire pour l'enfant dont on a fait tout le bonheur!

Mathilde, en adorant sa mère, sentait le besoin d'une amie de son âge, qui ne disputât rien à sa peine. Madame de Revel, pour la plaindre selon ses désirs, savait trop bien ce que le temps efface, et comme il console. Sa fille était semblable, à ces malades qui dans la force de leurs souffrances, s'ils espèrent vivre, veulent au moins qu'on croie leur maladie mortelle.

Mathilde ne se trouvait satisfaite qu'auprès de sa sœur; là seulement elle était bien entendue. Eugénie croyait à l'éternité des passions, comme à immortalité de l'âme. Elle n'eût pas écouté le mot d'amour; mais elle recevait avec avidité la peinture d'un hymen heureux ... Eugénie plaignait sa sœur d'être séparé d'Edmond, et trouvait à ses chagrins un charme inexprimable ... 'Je la plains, se disait-elle avec un soupir qu'elle ne pouvait renfermer dans son cœur; je la plains, et cependant elle l'attend! ... Moi! aujourd'hui, demain, les jours qui suivront ... toujours seule!'

Chapitre XVI

Un jour que Mathilde, plus souffrante qu'à l'ordinaire, n'était point sortie de sa chambre, madame de Couci entra chez elle avec violence. — 'Vous voilà bien contente,' lui dit-elle. — 'Oh!' s'écria Mathilde, à la fois heureuse et craintive, 'Edmond reviendrait-il?' — 'Dans l'état des choses, je ne crois pas que vous puissiez le désirer, répondit sa grand'mère. Mais on vient de m'annoncer que les différens décrets sur les couvens n'ont pu satisfaire l'assemblée. Hier, elle en a ordonné l'entière suppression; les religieuses vont sans doute retomber chez leurs parens.' Aussitôt Mathilde sonna vivement ses femmes; elle voulait se lever, courir à Paris et aller à l'abbaye de ***. — 'Calmez cet empressement,' dit sa grand'mère; 'tâchez d'écouter la raison, s'il vous est possible de l'entendre.'

Comme madame de Couci s'établissait dans son fauteuil, pour lui faire un discours préparé d'avance, les femmes, les domestiques de Mathilde, effrayés de

---

de Flahaut involving the emotional transfer of Madame de Souza's feelings for her only son to the love that animates Madame de Revel for Mathilde. As Madame de Flahaut Souza had only one child and Madame de Revel has only one child after the eldest and youngest have been taken away from her. At the time of writing *Eugénie et Mathilde*, Charles was serving with the Grande Armée in East Prussia and the nostalgia of this passage echoes her own sense of acute loss. See Jean-Philippe Chaumont, *Archives du Général Charles de Flahaut et de sa famille 565 AP, Inventaire* (Paris: Centre Historique des Archives Nationales, 2005), pp. 12–16.

la force avec laquelle on les avait sonnés, accoururent tous à la fois. — 'Mes chevaux,' dit-elle aux uns; 'ma toilette,' aux autres. — 'Sortez,' reprit sévèrement madame de Couci.

'Ma fille!' — A ce titre, qu'elle lui donnait pour la première fois, Mathilde sentit qu'elle avait le projet de la subjuguer, et se mit en garde contre tout ce qu'elle pourrait lui dire. Le respect seul l'empêchait de l'interrompre, tant elle était pressée d'aller trouver sa sœur. — 'Ma fille, vous croyez aimer beaucoup Eugénie, parce que vous l'avez toujours protégée.' — 'Quelle expression, maman! Les droits d'Eugénie ne devraient-ils pas égaler les miens? Moi! protéger ma sœur!' — 'Mathilde, cette expression est plus juste que vous ne pensiez; mais n'insistons pas. Si dans le temps brillant de sa fortune, votre père la jugeait insuffisante pour établir convenablement ses trois filles, que deviendra-t-il aujourd'hui que les nouvelles lois lui laissent à peine le tiers du revenu dont il jouissait jadis?' — 'Je lui rapporterai ma dot.' — Vous parlez comme un enfant qui ne réfléchit point que dans peu il lui faudra agir en mère. D'ailleurs, il est facile de prévoir que le retour de cette jeune personne portera le trouble dans notre famille. Accoutumée aux respects de ses religieuses, pénétrée de son mérite, s'imaginant avoir été sacrifiée, toutes ses paroles seront des leçons, tous ses regards des reproches.' — 'Non, maman, chacun de ses regards vous remerciera de l'avoir reçue lorsqu'elle était sans asile.' — 'Mathilde, point d'exagération de sentimens. Si Eugénie consentait à rester avec ses compagnes, pourquoi la détourneriez-vous d'une résolution prudente et louable?'

Madame de Revel entra dans ce moment. Elle avait appris le nouveau décret, et sa mère lui répéta tout ce qu'elle venait de dire à Mathilde. 'Il est sûr,' reprit madame de Revel, 'que je ne verrai pas Eugénie sans une sorte d'embarras … j'aurais dû l'élever,' ajouta-t-elle en soupirant.

Monsieur de Revel vint à son tour; il écoutait avec attention les motifs que présentait sa belle-mère pour éloigner Eugénie. Madame de Couci, se voyant en quelque sorte consultée par monsieur et madame de Revel, dévoila ses froids calculs. Il ne s'agissait plus de ne pas détourner Eugénie de rester avec ses religieuses, si elle paraissait le désirer: on devait l'y engager par le souvenir de ses vœux; se réservant après de la traiter avec affection, de la recevoir, en visite, quand elle serait établie dans une maison séculière. 'Ce qu'il faut avant tout,' disait-elle, de cet air important qui paraît le résultat d'une grande expérience, 'ce qu'il faut, c'est l'empêcher de quitter ses compagnes, afin qu'elles rentrent toutes ensemble dans le cloître, lorsque ceci sera fini.'

Si Mathilde eût pu s'échapper à l'instant, elle n'aurait pas écouté une minute des projets qui blessaient si vivement son cœur. Mais il fallait se lever, s'habiller, sortir. Pendant ce temps, madame de Couci pouvait la précéder au couvent, effrayer sa chère Eugénie. Elle pouvait aussi décider monsieur de Revel à prononcer que ce parti, qui semblait laisser sa fille aux mêmes devoirs, était le meilleur.

Mathilde avait réfléchi à tous ces dangers, pendant que sa grand'mère avait longuement développé ses observations. De crainte que monsieur de Revel ne déclarât une volonté, elle se hâta d'ajouter aux motifs de madame de Couci, et de glisser un mot qui satisfit son père, en lui présentant comme éloigné le moment de prendre une décision. Enfin, elle trouvait une raison bonne pour les sentimens de chacun. Elle disait à madame de Couci, qu'Eugénie avait toujours montré un profond respect pour ses vœux … à son père, qu'à la vérité le décret était prononcé; mais que jusqu'à l'exécution, il avait le temps d'examiner ce qu'il jugerait convenable à ses enfans … à sa mère, qu'Eugénie la chérissait; et que, dès ses premières années, on avait su la convaincre que c'était pour son avantage qu'elle avait été destinée à la place d'abbesse de ***.

Monsieur de Revel respira en pensant qu'il avait encore jusqu'au lendemain avant de prendre une résolution. Sa femme, qui venait d'entendre qu'Eugénie croyait être heureuse, redoutait moins sa présence. Madame de Couci n'était pas si facile à persuader. Elle regardait Mathilde d'un œil inquiet, et ne comprenait pas qu'elle pût renoncer si aisément au plaisir d'avoir Eugénie près d'elle. Peut-être se serait-elle méfiée de ce prompt retour, sans le secret penchant qui la portait à croire Mathilde inconséquente et légère.

Elle resta encore long-temps à côté du lit de sa petite fille, qui, ne paraissant plus songer à se lever, affectait un air tranquille, tandis que l'impatience la dévorait. Madame de Couci, après avoir répété mille fois les mêmes choses, sortit pour aller apprendre à madame de Sanzei qu'il lui avait fallu peu d'efforts pour engager Mathilde à abandonner sa sœur. Par combien de phrases dérisoires elle se moqua des sentimens exaltés, généralement peu durables!

Pendant qu'elle se félicitait de ses succès, Mathilde se leva bien vite, passa une robe à la hâte, descendit par un petit escalier dérobé, trouva sa voiture que madame de Couci avait oublié de faire renvoyer, et partit pour le couvent. Tout émue, pouvant à peine contenir les battements de son cœur, elle arriva ainsi à l'abbaye: 'Ma bonne Eugénie', dit-elle à sa sœur en l'embrassant, 'nous ne nous quitterons plus.'

Déjà les officiers publics étaient dans le cloître. Les religieuses fuyaient devant eux. Ils ne rencontraient personne, et auraient pu se croire dans une maison déserte, si l'abbesse et les deux plus anciennes religieuses n'avaient pas cru devoir les accompagner. L'exécution du décret sur les couvens avait été ordonnée le matin même; et sous prétexte d'empêcher qu'on ne détournât rien d'une propriété nationale, ils faisaient le modeste inventaire de cette maison. Toutes leurs paroles étaient entremêlées de réflexions sur l'intérêt que les religieuses inspireraient à la nation, en se soumettant promptement à ses lois.

Dès qu'ils furent partis, l'abbesse assembla son chapitre, pour délibérer sur ce que l'on devait faire dans cette circonstance. Il fut décidé qu'on sortirait au plutôt du monastère dont la clôture n'était plus respectée. Celles qui avaient un asile chez leurs parens devaient s'y rendre; les autres se réuniraient dans une demeure obscure, pour laisser passer l'orage.

Pendant qu'elles étaient réunies, Mathilde que ces retards inquiétaient, fit demander la permission d'être admise. Elle avait, disait-elle, des secours et des consolations à offrir aux plus infortunées. Dans ce moment de crise, toutes passèrent par-dessus l'usage qui ne permettait pas aux séculiers d'entrer dans cette salle; toutes voulurent écouter Mathilde. 'Il ne s'agit pas,' leur dit-elle, 'd'espérer ou de résister. Il faut se soumettre, et s'arranger pour que votre situation ne soit pas aussi malheureuse que vous pouvez le craindre … En vous faisant sortir de vos retraites, on a proclamé de nouveau votre mort au monde. Une seconde fois déshéritées d'avance, il vous est défendu de rien espérer de l'avenir … Mes sœurs, ne laissez pas à vos familles le temps d'examiner s'il est un autre parti à prendre que celui de vous recevoir. Demain matin; que chacune de vous se rende chez ses parens. Vous pourrez toujours vous réunir, si leur accueil vous blesse. Quant à ma sœur, je voudrais revenir la chercher, afin qu'elle ne quittât le cloître qu'avec vous; mais je suis à la campagne … Mon état me fait craindre les courses éloignées … Si vous le jugiez convenable, je l'emmènerais dès aujourd'hui.' — 'Non, non,' s'écria la jeune et modeste abbesse; 'je dois rester la dernière, et m'assurer du sort de toutes, avant de songer au mien.' — 'Ici, dans cette salle,' reprit Mathilde, 'vous n'avez que votre voix; et d'un regard caressant, elle ajouta: 'Laissez-moi plaider ma cause, et que la vôtre se décide à la pluralité.' — Alors cherchant à déterminer les religieuses par leur intérêt: 'Mes sœurs, leur dit-elle, s'il en est parmi vous qui soient repoussées par leurs parens, qu'elles viennent me trouver; nous serons deux pour les consoler. Mais sûrement, il n'est aucune de vous, qui ne sente qu'Eugénie doit se rendre près de mon père, se remettre sous son autorité, enfin recevoir de lui le moyen et le droit d'aider ses campagnes.'

Toutes les religieuses pensèrent que Mathilde avait raison. La plupart étaient pauvres, et voyaient en monsieur de Revel un appui dans leur détresse. La prieure, qui, par son grand âge, avait cru pouvoir prétendre à la dignité d'abbesse et conservait une profonde rancune d'avoir été soumise à une personne aussi jeune que l'était Eugénie; la prieure ne négligea point cette occasion de lui dire: 'Madame, il n'est plus temps de commander, il faut obéir.' — 'Mais du moins, reprit Eugénie, si j'écrivais à mon père?.. sa volonté doit me guider aujourd'hui.' — ' Cela ne lui paraîtrait qu'un retard inutile,' s'écria Mathilde; et de ce ton qu'elle trouvait toujours lorsqu'il fallait persuader ou convaincre, elle s'empressa d'ajouter: 'Madame la prieure, si ancienne dans le couvent, vous remplacera près des dames religieuses; et, par son âge et par son expérience, discutera mieux que vous les intérêts de cette maison, auprès des différentes autorités.' — 'Assurément,' répondit la prieure, relevant sa tête appesantie, redressant sa taille courbée, et dissimulant mal la joie qu'elle avait de gouverner cette maison, ne fût-ce qu'un jour.

Mathilde, qui savait les difficultés qu'elle éprouverait à garder Eugénie près d'elle, si par son arrivée imprévue elle ne surprenait pas sa grand'mère, fit un dernier effort pour engager la communauté à prononcer qu'elle devait emmener sa sœur à l'instant même. Le matin, elle avait trouvé le mot le plus propre à calmer l'inquiétude de sa famille: le soir, elle ne négligea rien de ce qui pouvait accroître l'anxiété de ces pieuses solitaires. Hélas! il était bien facile d'agiter de malheureuse femmes qui se voyaient jetées dans le monde comme dans une terre inconnue.

Eugénie suppliait qu'on lui laissât un jour, un seul jour. Une voix secrète semblait l'avertir qu'elle devait attendre les ordres de son père. On ne l'écoutait plus … Mathilde et toute la communauté la conduisirent dans sa cellule. Là sans lui laisser un instant pour réfléchir, on lui fit quitter l'habit religieux. Sa sœur lui mit une robe noire qu'elle avait apportée, couvrit sa tête d'un voile de dentelle, et l'emmena.

Avant de passer la porte du cloître, Eugénie entra dans l'église. Prosternée devant Dieu, elle lui offrit encore sa soumission, et renouvela le serment de ne jamais enfreindre ses vœux. Les religieuses la conduisirent jusqu'à la porte du couvent. Elles se rappelaient son aimable enfance, sa douceur, la dignité d'abbesse tempérée par la grâce de sa jeunesse; elles se mirent à genoux en lui disant adieu. Les unes baisaient ses mains; d'autres s'attachaient à ses vêtemens: toutes voulaient qu'elle s'en allât; aucune ne pouvait la quitter. Mathilde arracha sa sœur à une situation si douloureuse. Elles montrèrent en voiture; et Eugénie se cachant sous sons voile, ne laissa plus entendre que ses sanglots.

Chapitre XVII

Il était huit heures du soir: elles avaient cinq grandes lieues à faire. C'était la première fois qu'Eugénie passait l'humble porte du monastère; et cependant elle ne voyait rien, ne remarquait rien autour d'elle. Couverte de son voile, tremblante, interdite, elle ne parlait même pas à sa sœur.

Mathilde n'était guère en état de la distraire, trop occupée elle-même de la manière dont Eugénie serait reçue dans sa famille. Quoique assez volontaire, elle ne pouvait concevoir le coup d'autorité qu'elle se permettait, et commençait à reconnaître l'imprudence de sa conduite. — Elle avait trompé tous les siens; il est vrai pour l'avantage de tous, car elle désirait que ses parens fussent justes et bons autant qu'elle tenait au bonheur d'Eugénie; mais enfin elle les avait trompés … Et cette pauvre Eugénie qui faisait un effort sur elle-même, croyait obéir à son père, dans quelle situation se trouvera-t-elle lorsqu'elle apprendra que sa présence va le braver?

Mathilde prévoyait la colère de ses parens, la douleur de sa sœur, quand il n'était plus temps de rien prévenir … 'Mon cœur m'approuve, disait-elle, et tous vont me blâmer.' — Accablée par ses réflexions, elle ne voyait plus aucun moyen de sortir d'embarras, et se répétait: 'S'ils ne veulent point la recevoir, nous repartirons ensemble.' — Un profond soupir s'échappait de son cœur; elle se rappelait sa mère, son excellente mère. Pourquoi ne lui avoir point confié sa démarche? Les moindres désirs de Mathilde ne deviennent-ils pas toujours les plus fortes volontés de sa mère? Enfin, au comble de l'agitation, elle ne pouvait plus soutenir le trouble de ses pensées.

Il était nuit lorsqu'elles arrivèrent. Mathilde fit arrêter la voiture un peu avant la maison, pour qu'on ne l'entendît pas rentrer; et prenant la main de sa sœur, elle la conduisit vers ce même escalier dérobé par lequel elle était sortie. Elle fit asseoir Eugénie dans sa chambre: et après l'avoir rassurée consolée, elle lui demanda la permission de la laisser seule un instant, pour aller prévenir la famille de son arrivée. Elle entra dans le salon, où ses parens se trouvaient réunis: elle était émue; ses genoux fléchissaient; une pâleur soudaine couvrit son visage. Madame de Revel s'en aperçut la première. Tremblante pour sa fille, elle courut au-devant d'elle, et la pressa dans ses bras; elle n'attendait qu'un mot de Mathilde pour la défendre ou pour l'excuser.

Monsieur de Revel était inquiet de l'état de sa fille qui pleurait sans pouvoir parler. Souvent elle avait baisé sa main par reconnaissance, mais jamais encore pour l'implorer. Cette fois, elle prit la main de son père, et la baisa avec un respect si doux, une affection si tendre, qu'il éprouvait une sensation toute nouvelle. ' Votre père est bon, lui dit madame de Revel.' — 'Ah! maman, reprit Mathilde, priez-le d'être trop bon.' — Les yeux baignés de larmes, elle appuya sa tête sur lui, et d'une voix suppliante lui dit: 'Pardonnez-moi.' — Monsieur de Revel était touché; mais il craignait d'avoir des torts à apprendre, et s'efforçait de cacher son émotion pour résister à sa fille, s'il était nécessaire. 'Edmond a-t-il fait quelques folies?' s'écria madame de Couci. — 'Il n'en fera jamais,' répondit Mathilde avec hauteur; et se rappelant aussitôt qu'elle avait besoin de n'aigrir personne, elle ajouta doucement: 'Quels que soient mes chagrins, je ne puis les avouer qu'à mon père.' Elle le conjura de passer dans sa bibliothèque pour l'entendre.

A peine monsieur de Revel fut-il assis, que Mathilde se mit à genoux devant lui. 'Pardonnez-moi,' s'écria-t-elle encore. — 'Au moins, répondit-il, expliquez-vous; parlez avec confiance.' — 'Oh! prononcez d'abord que vous me pardonnez; je ne me relèverai pas, que vous ne m'ayez accordé grâce entière.' — Madame de Couci parut. Mathilde, joignant ses mains, dit tout bas à son père: 'Je ne veux dépendre que de vous, n'être entendue que par vous.' — Alors il fit signe à madame de Couci de le laisser seul avec sa fille: madame de Revel s'était d'elle-même arrêtée près de la porte.

'Mon père,' dit Mathilde, 'j'ai trouvé ma pauvre sœur au moment d'être renvoyée de sa maison … Déjà les officiers publics étaient entrés dans le couvent …' A chaque mot, la figure de monsieur de Revel devenait plus sombre. Mathilde attentive l'examinait, cherchait à lire dans ses yeux, et répondait comme elle pouvait aux différentes expressions de cette physionomie qu'elle désirait tant voir s'adoucir. Elle s'empressa d'ajouter: 'Ma sœur veut se retirer à la campagne. Mais dans ce premier instant, je n'ai pas cru que votre fille dût attendre qu'on la mît hors de sa retraite … je vous l'ai amenée …' — 'Comment, s'écria-t-il, sans avoir daigné seulement m'annoncer qu'elle allait arriver?' Madame de Revel s'élança dans la chambre. Quoique mécontente de n'avoir pas été consultée par sa fille, elle sentait cependant qu'il fallait parer au premier mouvement de la colère de son mari: 'Je pense,' lui dit-elle, 'que Mathilde a eu raison de n'exposer votre nom à aucune humiliation, et qu'elle a bien fait d'amener sa sœur pour prendre vos ordres.'

Monsieur de Revel était révolté de cette légèreté, de ce manque d'égards. Il voyait les deux sœurs, unies pour le braver: Eugénie lui semblait même plus coupable, puisqu'elle paraissait avoir été guidée par son intérêt, et que Mathilde avait été entraînée par son bon cœur. Madame de Revel représentait en vain que l'arrivée d'Eugénie était imprévue, et que sa sortie du couvent avait été le seul parti à prendre; monsieur de Revel ne l'écoutait point. Il ne pouvait supporter l'idée que sa belle-mère le crût gouverné par sa femme, dominé par sa fille, enfin compté pour rien chez lui.[43] Il entendait déjà les sarcasmes de madame de Couci. Que lui répondre, lorsqu'elle lui ferait observer que les deux sœurs n'avaient pas eu pour leur père la déférence que le moindre particulier aurait le droit d'attendre?

Peut-être ne pardonnait-il pas à ses enfans, parce qu'il ne lui venait rien à dire pour les excuser; tandis que si Mathilde l'eût prévenu, ou qu'Eugénie, en lui faisant part de sa situation, lui eût demandé ses ordres, ou du moins ses conseils, il aurait été lui-même la chercher, et l'aurait conduite dans sa maison, et présentée à sa belle-mère avec l'autorité d'un chef de famille et la bonté d'un père.[44] — 'Que sont devenues les autres religieuses?' demanda-t-il impérieusement. — 'Demain,' répondit Mathilde, 'elles doivent se rendre aussi dans leurs familles.' — 'Quoi!' reprit monsieur de Revel, 'Eugénie aura eu la faiblesse d'abandonner ses compagnes, dans une situation sûrement plus malheureuse que n'est la sienne! On dira que ma fille, à la tête de sa maison, en est sortie la première. Il n'en sera pas ainsi,' s'écria-t-il indigné. 'Qu'elle retourne à l'abbaye; qu'elle s'informe du sort des religieuses qui lui ont été confiées; qu'elle y préside encore, voilà son devoir: et le mien est de vous rappeler, à l'une et à l'autre, le respect qu'à tout âge les enfans doivent à leur père. Demain, de grand matin, Eugénie se rendra à son couvent; j'y serai aussitôt qu'elle. D'ici là,

---

[43] This makes clear the sort of egotism that dictated events in Ancien Régime households, and that Souza held responsible for many family abuses. Here she shows the need for the father to acquiesce and his acute difficulty in doing so.

[44] Paternal authority, and the historic right of the father to assume it and to dispense bounty as he sees fit, is what is under scrutiny here. But it is also important that Monsieur de Revel is more worried about being ridiculed by his own mother than the loss of authority per se. It puts family decision-making in a very subjective perspective.

Mathilde, puissé-je avoir oublié que votre conduite m'a fait trouver les conseils de madame de Couci bons à suivre!'

Mathilde ne put résister à un arrêt si rigoureux; ses sanglots la suffoquaient … 'O ma pauvre Eugénie! s'écria-t-elle. Que va-t-elle dire? que pensera-t-elle de moi, en apprenant que je l'ai trompée?' — 'Comment trompée ?' demanda madame de Revel. — 'Qui trompée, entraînée. Elle voulait rester la dernière au couvent; elle espérait recevoir de mon père le moyen de venir au secours des plus infortunées; elle voulait attendre ses ordres. C'est moi qui, redoutant les représentations de ma grand'mère, ai dit à ma sœur que mon père la demandait.'

— Cet aveu, échappé dans un moment d'angoisse où la vérité se montre, pour ainsi dire, malgré soi, cet aveu satisfit en partie monsieur de Revel; mais sa volonté était prononcée. — 'Qu'Eugénie parte demain,' répéta-t-il d'un ton plus indulgent, 'je tâcherai de la rendre heureuse. Cependant n'oubliez plus qu'elle doit dépendre de moi.'

'Au moins' dit madame de Revel, cachez à ma mère la faute de Mathilde. Qu'elle n'ajoute pas à mes chagrins celui de comparer toujours Ernestine avec ma fille. Eugénie partira demain, puisque vous l'ordonnez; mais que madame de Couci ignore son arrivée ici, qu'elle ignore même vôtre sévérité.' — 'Ma sévérité est admirable! s'écria-t-il: eh! Où prenez-vous, madame, qu'un père soit trop sévère, pour vouloir être respecté par ses enfans? C'est trop prétendre véritablement que de désirer être consulté chez soi!.. Madame, ce sont ces expressions hasardées qui ont persuadé à votre fille que, quoi qu'elle fît, elle trouverait toujours un appui dans sa mère.[45]

Le caractère faible de monsieur de Revel lui faisait exhaler son humeur contre sa femme, plus faible encore, et qu'il avait toujours trouvée soumise; tandis qu'il redoutait les pleurs, les représentations de Mathilde, peut-être même une sorte de révolte dans son esprit.[46] Il adressa donc à madame de Revel les reproches qu'il n'osait faire à sa fille. Puis il se retourna vers Mathilde avec plus de douceur, et ajouta: 'Assurez Eugénie que demain je serai à l'abbaye.' Sa voix même prit une inflexion plus tendre, en disant: 'Elle aurait dû m'y attendre avec confiance.' Mais, dans la crainte de ne pouvoir résister plus long-temps aux prières de Mathilde, il sortit aussitôt.

Il passa dans le salon, et trouva madame de Couci et monsieur de Sanzei qui jouaient ensemble au piquet. Ernestine travaillait près d'eux. Dès qu'ils aperçurent

---

[45] These notions of good fathering, parallel contemporary notions of good kingship. What must be respected and what degree of severity can reasonably be challenged? See Lynn Hunt, *The Family Romance of the French Revolution* (Berkeley: University of California Press, 1992).
[46] The use of the word 'revolte' is significant in the contemporary context of this novel. Monsieur de Revel had an authority that he could legitimately and legally abuse at will over his wife, so he was free to vent his anger at her. With his daughter he was no longer so decisive or sure of his absolute authority.

monsieur de Revel, madame de Couci posa ses cartes, madame de Sanzei laissa
tomber son ouvrage. Les yeux de ces trois personnes interrogeaient monsieur de
Revel qui n'avait aucune envie de leur répondre. Aussi, après avoir annoncé à sa
belle-mère qu'il ne paraîtrait pas à souper, il se retira, sans s'inquiéter de tout ce
que madame de Couci, et monsieur et madame de Sanzei pourraient imaginer
sur le pauvre Edmond; car ils n'étaient pas gens à croire que Mathilde s'affligeât
pour d'autres malheurs que ceux qu'il lui faudrait partager.

Chapitre XVIII

Madame de Revel, restée seule avec Mathilde, lui fit de tendres représentations
sur la dangereuse habitude de s'abandonner à ses premiers mouvemens. — 'Il
vous eût été si facile,' lui dit-elle, 'de disposer votre père à recevoir Eugénie! —
Sa volonté était encore incertaine, répondit Mathilde; et il ne fallait pas laisser à
ma grand'mère le temps de le décider contre ma sœur.' — 'Mon enfant,' reprit
tristement madame de Revel, 'ne deviez-vous pas compter sur votre mère?'[47]

Mathilde était sensible à tant de bonté; mais toujours entraînée par la vivacité
de ses impressions, elle ajouta: 'Maman, allons retrouver Eugénie: permettez-moi
de lui apprendre la résolution de mon père; je connais ma sœur mieux que vous.'
— Madame de Revel fut affligée de cette réflexion qui lui rappelait des souvenirs
pénibles. Sa fille s'en aperçut: — 'Mon Dieu! Que je suis malheureuse aujourd'hui!
s'écria-t-elle: toutes mes paroles blessent, offensent; et jamais je n'ai autant désiré
d'être bien. Ma pauvre sœur!'

Mathilde se désespérait. Sa mère craignant que, dans son état, des émotions si
fortes ne devinssent dangereuses, la rassurait, lui donnait des espérances qu'elle
était loin de concevoir. — 'Allons près d'Eugénie,' dit-elle à sa fille, 'et ne lui
parlons pas ce soir des peines qui l'attendent demain.' — Mathilde, pénétrée de
la tendresse indulgente de sa mère, s'arrêtait à chaque pas pour la remercier.

Dès qu'Eugénie vit sa mère, elle se mit à genoux, et lui demanda de la bénir.
Madame de Revel l'embrassa; elles s'assirent toutes trois. Mathilde, disant qu'elle
souffrait, appuyait sa tête sur une de ses mains, pour cacher à sa sœur des yeux
remplis de larmes. Madame de Revel leur fit apporter un léger souper sur une
petite table, et se plaça entre ses deux filles. Mathilde servait Eugénie; sa mère
offrait à Mathilde tout ce qu'elle croyait que son goût préférait; et peu à peu elle
l'engageait ainsi à prendre quelque nourriture. Madame de Revel contemplait
ses deux filles, si unies, et malgré leurs chagrins actuels, sûrement plus heureuses
par leur affection, qu'Ernestine ne l'était par l'orgueilleuse opinion de son
mérite.

---

[47] The fact that her mother is weaker than her father, and from Mathilde's point of view even
more unreliable is made clear in this remark.

Après leur souper, Mathilde établit sa sœur dans l'appartement d'Edmond; mais elle n'eut pas le courage de lui annoncer la volonté de son père. 'Demain,' lui dit-elle, 'nous irons de bonne heure savoir ce que deviennent ces pauvres filles.' Avec ce détour, elle espérait la conduire à son couvent, sans paraître l'y ramener. Eugénie remercia Mathilde et demanda à voir son père. Madame de Revel répondit, en baissant les yeux, qu'il était absent; car elle désirait aussi qu'Eugénie eût une nuit tranquille.

Après l'avoir embrassée, elle emmena Mathilde. Dès qu'elles furent seules, madame de Revel la supplia de se coucher, et de la laisser reconduire Eugénie le lendemain. Mathilde ne pouvait penser au réveil affreux qu'aurait sa malheureuse sœur. Ses larmes, l'agitation de son âme, les fatigues de la journée avancèrent le terme de sa grossesse. Sa mère était encore près d'elle, qu'elle fut saisie de vives douleurs. 'De grâce, maman,' dit Mathilde, 'prenez les clefs de l'appartement d'Edmond, et que vous seule puissiez voir ma sœur … Hélas! il ne me sera plus possible de la consoler.' — Sa mère le lui promit. L'état de Mathilde devint bientôt alarmant. Il fallait envoyer à Paris pour avoir des secours. Monsieur de Revel était presque aussi effrayé que sa femme. Mathilde éprouvait d'horribles souffrances, mais n'avait aucune idée du danger où elle était. Les accidens se succédaient, et le médecin, en arrivant, déclara qu'il y avait peu d'espoir de la conserver.

Que devint alors monsieur de Revel? Comme il s'accusait d'avoir affligé sa fille par une sévérité juste, mais excessive! comme il regrettait de n'avoir pas reçu Eugénie avec plus de bonté! Hélas! que reste-t-il au cœur d'un père qui va perdre son enfant, si ce n'est l'idée consolante de l'avoir rendu heureux!

Pendant qu'il se désespérait, Mathilde ne croyait même pas que son état lui donnât le droit de demander à son père la grâce d'Eugénie. Monsieur de Revel cachait ses pleurs à sa fille, qui différait toujours de lui parler de sa peine. Cependant elle l'aperçut dans une glace, essuyant ses yeux. Tout-à-coup ranimée, plus confiante, elle l'appela: 'Je souffre,' lui dit-elle, 'mais pas encore assez; je voudrais être près de mourir.' — 'Ah!' s'écria-t-il, 'vous aurais-je fait moins aimer la vie?' — 'Non, mon père, je suis l'enfant de votre prédilection, et vous avez tout fait pour moi. Mais,' ajouta-t-elle avec un doux sourire qui se montrait sur ce visage altéré par la douleur. 'si j'étais bien mal, vous ne pourriez me rien refuser.' — Son père la serra dans ses bras: il la savait mourante, et elle n'osait même pas lui adresser une prière. Fondant en larmes, il lui dit: 'Ma fille, Eugénie ne nous quittera jamais.'

Avec quelle émotion Mathilde remerciait son père! Dans les bras l'un de l'autre, monsieur de Revel frémissait d'entendre sa fille prononcer les mots de bonheur et d'avenir. On tremblait pour elle, et l'on entraîna hors de la chambre son père et sa malheureuse mère. Hélas! ce fut Eugénie qu'ils allèrent chercher; ce fut avec elle qu'ils eurent besoin de pleurer.

Chapitre XIX

Monsieur et madame de Revel ne conservaient plus d'espérance, lorsque, vers le soir, on leur annonça que Mathilde venait de donner le jour à un fils, mais que son extrême faiblesse ne lui permettait pas encore de les voir. Aussitôt ils coururent dans le salon qui tenait à la chambre de Mathilde. Appuyée contre sa porte, ils écoutaient attentivement le moindre bruit, et n'aspiraient pour tout bien, qu'à entendre la voix de leur fille.

Eugénie avait suivi son père. Elle était près de lui, lorsque madame de Couci, monsieur et madame de Sanzei vinrent aussi pour savoir des nouvelles de la malade. Monsieur de Revel, entièrement occupé d'elle, oublia que sa belle-mère n'avait pas encore vu Eugénie. Madame de Couci, frappé de sa présence, ne pensait plus à Mathilde. 'Eh! depuis quand madame est-elle ici?' dit-elle à son gendre. — ' Depuis que je l'ai envoyé chercher,' répondit-il avec humeur. Il se sentit soulagé en ajoutant: 'Elle y est pour toujours.' — 'Je le prévoyais.' repartit madame de Couci; 'mais je pense que l'on aurait dû lui apprendre à venir me rendre ses devoirs.' — Monsieur de Revel, blessé, allait peut-être le faire sentir avec trop de vivacité à sa belle-mère, lorsqu'il vit ouvrir bien doucement la porte de Mathilde. Oh! que la crainte de faire le moindre bruit calma facilement l'agitation de sa colère! sur la pointe au pied, respirant à peine, il approcha du lit de sa fille.

Madame de Couci, Ernestine avaient suivi monsieur et madame de Revel. Mathilde regardait sa famille avec des yeux inquiets. Son père devina qu'elle désirait Eugénie; il appela, la conduisit près de sa sœur, et répéta de nouveau: 'Pour toujours avec nous.' Madame de Couci demanda avec ironie au médecin s'il ne craignant pas que toutes ces émotions ne fissent mal à Mathilde? Il le pensait, et pria qu'on sortit pour lui laisser trouver un sommeil dont elle avait besoin.

Aussitôt ils voulurent s'en aller. Les yeux reconnaissans de Mathilde suivaient son père; leurs regards se rencontrèrent. Monsieur de Revel ne put s'empêcher de venir l'embrasser encore une fois. Elle le remercia en lui disant: 'Vos deux filles sont bien heureuses!' — Sa grand'mère l'entendit: Quoi! se disait-elle, *ses deux filles!* Ernestine n'est-elle donc pas aussi sa fille! ne l'ai-je donc pas rendue heureuse? — Son éloignement pour Eugénie s'en accrut; mais elle résolut de chercher un déplaisir qui ne pouvait plus rien empêcher. Monsieur de Revel était si content, qu'il avait oublié l'humeur de sa belle-mère. D'ailleurs il évitait avec soin les scènes de reproches; et si quelquefois son ton avait de l'amertume, ses propos ne manquaient jamais de convenance. Ainsi, le retour d'Eugénie parut une chose concertée entr'eux et approuvée par tous.

Lorsque la famille se réunit pour souper, chacun, en entrant dans la salle à manger, alla prendre sa place ordinaire. Celle de Mathilde restait vide à côté de sa mère. Par un premier mouvement, madame de Revel fit signe à Eugénie de venir s'y asseoir. Mais à l'instant, frappée de l'idée que Mathilde pouvait n'être pas hors de danger, elle sentit une répugnance invincible à donner elle-même cette place à une autre. Eugénie s'avançait avec timidité; sa mère n'osait l'arrêter, et détournait la tête ... Monsieur de Revel devina sa faiblesse; il l'excusa, car Mathilde en était l'objet, et il appela Eugénie près de lui. Cette circonstance, bien légère en elle-même, fut encore favorable à la jeune religieuse. Ernestine était toujours placée à table à coté de madame de Couci, et Mathilde à côté de sa mère. Monsieur de Revel regardait sa femme, sa belle-mère, et reportait ses yeux sur Eugénie, en éprouvant une satisfaction jusqu'alors inconnue. La crainte de perdre Mathilde avait donné une nouvelle vie à ses sentimens d'amour paternel.

Toutes les fois que madame de Couci parlait d'Ernestine, elle la nommait *ma fille*. De même, madame de Revel appelait ainsi Mathilde. Ce nom les désignait à tous; personne ne s'y trompait. Plusieurs fois, pendant le souper, madame de Couci, madame de Revel l'employèrent par habitude. Soit que la présence d'Eugénie rendit plus sensible cette adoption exclusive; soit que monsieur de Revel s'aperçut, pour la première fois, qu'il ne devait être qu'un objet secondaire dans l'affection d'Ernestine et de Mathilde, ses pensées la ramenaient vers Eugénie. Il la considérait attentivement; il cherchait dans ses timides regards si le souvenir de sa rigueur pouvait être effacé. 'N'importe, se dit-il en soupirant, 'j'en aurai une aussi que j'appellerai *ma fille*, et on devinera celle dont je voudrai parler.' A la fin du repas, il dit à madame de Revel: 'Dorénavant la place d'Eugénie sera près de la mienne.'

Le lendemain il conseilla, car déjà il n'ordonnait plus, il conseilla à Eugénie d'aller à son couvent s'informer du sort des religieuses.[48] Il lui fournit les moyens de secourir les plus à plaindre, et lui recommanda de revenir promptement.

Chapitre XX

L'enfant de Mathilde fut nommé Victor, comme son grand-père. Peu à peu elle revenait à la vie. La présence d'Edmond manquait seule à sa félicité. Elle se voyait chérie de son père, adorée de sa mère: Eugénie lui devait tout; et les yeux satisfaits de Mathilde ne se portaient que sur des objets d'attachement. Lorsqu'elle commença à se lever, sa faiblesse, sa démarche incertaine semblaient lui avoir appris le besoin d'un appui. Cette faiblesse même lui donnait une grâce nouvelle. Elle n'avait plus cette vivacité, cette étourderie qui ne permettaient guère d'être avec elle, sans un peu d'inquiétude. Sa sœur, attentive à chacun de ses mouvemens, prévenait tous ses désirs, et n'était occupée qu'à la soigner ou à la distraire: elle ne la quittait que pour des instans, faisait quelques pas dans le jardin, et revenait bien vite. Chaque jour monsieur et madame de Revel, frappés de la

---

[48] The softening of the verbs from that of giving orders to giving counsel should be noted.

douceur, de la modération d'Eugénie, l'aimaient davantage. Etonnée de ces sentimens, elle jouissait en tremblant d'une situation si inattendue.

Ce n'était plus au salon, mais dans la chambre de Mathilde, que ses parens se réunissaient. Ils lui cachaient avec soin tout ce qui pouvait l'effrayer dans les événemens politiques. Près d'elle, ils semblaient revenus à ces temps paisibles qui avaient précédé la révolution. Eh! qui ne se rappelle les soins touchans dont une bonne et tendre famille environne une jeune mère, à la naissance de son premier enfant; cette joie, modérée seulement par la crainte de lui causer trop d'émotion; ce trésor de bonheur et d'espérance, à la vue de cet enfant pour qui chacun demande qu'il survive à tous!

Depuis long-temps madame de Sanzei était irritée de la bienveillance qu'on témoignait à son aimable sœur. La jalousie se peignait sur tous ses traits, et ses propos étaient pleins d'amertume. Cette réunion dans l'appartement de Mathilde lui devint odieuse. Elle passait ses journées dans le parc, pour éviter même madame de Couci. Elle n'osait pas lui faire de reproches; et renfermant dans son cœur les sentimens qui l'agitaient, elle ne trouvait plus un seul mot à lui dire. Pour monsieur de Sanzei, lorsque, selon sa coutume, il venait l'entretenir de son rare mérite, loin de l'écouter avec les égards qui remplacent l'intérêt, elle le regardait poursuivre ses longues histoires, avec un air de surprise offensante et d'ironie.

Si elle eût eu le courage d'avouer à ses sœurs le vide de ses affections, le trouble de son âme, elles se seraient empressées de la consoler; mais son orgueil ne pouvait descendre jusqu'à la plainte. Comme Mathilde ignorait ses chagrins, elle ne dissimulait pas devant elle son bonheur; et sans cesse il lui échappait des expressions de joie qui venaient blesser cet esprit malade. Ernestine fuyait et retombait chez madame de Couci qu'elle trouvait avec monsieur de Sanzei, occupés à comparer l'éclat des temps passés avec la confusion actuelle; parlant des nobles amusemens de leur jeune âge; répétant, sans se lasser, les mêmes histoires qu'Ernestine savait si bien, qu'elle aurait pu les avertir lorsqu'ils déplaçaient un mot dans leurs éternels récits.

On l'avait décidée à épouser monsieur de Sanzei, en lui vantant le rang que ses places lui donnaient à la cour.[49] Son âge même, si disproportionné au sien, avait été présenté comme un titre de préférence. Madame de Couci n'avait pas manqué de faire observer à sa petite-fille qu'elle jouirait à dix-huit ans de la considération qu'il avait acquise. Jamais on ne lui avait dit *il faut être bien*, mais seulement, *il faut le paraître*. Une éducation dont la vanité était le principe unique, l'avait disposée à croire que les motifs qui déterminaient madame de Couci étaient les seuls raisonnables.[50] Aussi se trouva-t-elle cruellement trompée, lorsque la

---

[49] Note use of 'places' and here the reference to the Court is made specific.
[50] The despotic nature of Madame de Couci's influence over the education of Ernestine is underscored by Souza in this remark.

révolution vint attaquer toutes les anciennes distinctions. Les titres étaient détruits, les rangs confondus, l'existence même compromise. Il ne restait donc à Ernestine qu'un mari d'un caractère assez désagréable, et qui bientôt ajouterait aux chagrins de l'âge ceux du renversement de sa fortune. Seule, dans ses longues promenades, elle se demandait qui avait aveuglé sa jeunesse? qui avait abusé de son inexpérience? et elle pensait à madame de Couci avec ressentiment qu'elle ne pouvait modérer.[51]

Madame de Sanzei ne pardonnait point à son mari de ne pas vouloir sortir de France, et de consentir à y exister, sans aspirer à autre chose qu'au bonheur de se faire oublier. Elle enviait au jeune et brave Edmond ces périls qu'il recherchait; elle le voyait d'avance prendre une part active aux affaires, et nommé dans les combats. Le triomphe et la joie de l'heureuse Mathilde retentissaient déjà dans son cœur. Elle se la représentait brillante de succès, enivrée de félicitations; tandis qu'elle, si fière, si courageuse, resterait liée à monsieur de Sanzei, qui n'aurait montré que la vulgaire ambition de conserver ses biens. Elle le suivrait à la cour, dans la société, humiliée de n'avoir pu le décider à rien d'honorable, pour défendre la cause qu'il nommait la sienne. Elle ne pouvait supporter l'idée de l'existence obscure dont elle se croyait menacée.[52] Elle pensait que, dans de telles circonstances, il lui était permis d'agir par elle-même, d'après ses opinions, et de séparer sa conduite et ses intérêts de la conduite et des intérêts de son mari.[53]

Un matin que, par bienséance, elle avait passé quelques instants près de la chaise longue de sa sœur, elle se sentit plus importunée que jamais de l'espèce d'adoration que monsieur et madame de Revel avaient pour Mathilde. Ernestine les occupait si peu, qu'ils avaient même oublié de lui parler. Après avoir attendu quelque temps un mot, un regard de ses parens, elle se leva tout-à-coup, et attira leur attention par ces terribles paroles: 'Personne ne m'aime ici, et, grâces à ma grand'mère, je n'aime rien, non rien, pas même moi.' — Elle s'enfuit, tirant avec force la porte sur elle. Ses parens l'appelèrent en vain; elle était déjà loin.

Poursuivie par son agitation, Ernestine parcourait les jardins, s'abandonnant au tumulte de ses pensées. — 'Faut-il donc, disait-elle, rester ensevelie dans cette terre, y cacher sa jeunesse? ... Suis-je condamnée à renoncer, en apparence, et pour sauver ma vie, à des distinctions auxquelles on m'a persuadée de tout sacrifier? ... Non, je veux émigrer. Du moins, au milieu de la noblesse, les

---

[51] Ernestine's disenchantment with Madame de Couci is presented in a rather one-sided way, and blamed on the grandmother rather than on the rate of revolutionary change (noble title was abolished on 19 June 1791). She had trusted her grandmother only to be deceived into making choices for her grandmother's world rather than for Ernestine's personal benefit or happiness in the light of what followed. The fact that Ernestine was led to believe her grandmother was doing what was in Ernestine's best interests, is the case that the author leaves to the reader to judge.

[52] Souza shows here that arrogance, sexism and desire for celebrity were instilled in the women as much as they were actively encouraged in men.

[53] Ernestine here justifies her own personal rebellion against Monsieur de Sanzei.

prétentions de monsieur de Sanzei deviendront mes droits ... Dehors, la religion a repris sa puissance; et ceux qui la défendent m'honoreront d'aimer pour l'amour d'elle celui ...' — Elle s'arrêta, n'osant cependant prononcer qu'elle n'aimait pas son mari.[54]

Elle retourna promptement, et trouva madame de Couci avec son gendre, consternés des nouveaux décrets qui venaient de paraître.[55] L'un et l'autre se perdaient en calculs sur les chances et la durée de la révolution. Ernestine sans leur donner le temps de se reconnaître, leur déclara sa volonté de sortir de France. — 'Vous avez tort, s'écria madame de Couci; car nous touchons au moment où l'excès du mal amènera le bien.' — 'Quand ce bien arrivera, repartit Ernestine, nous reviendrons avec lui: jusque-là, je ne veux plus rester en France; je ne le veux plus absolument.' Elle se jeta dans un fauteuil, satisfaite d'avoir osé signifier à sa grand'mère une volonté inébranlable, et croyant la punir, au moins un instant, du malheur de toute sa vie. Ce premier pas fait, Ernestine n'était pas capable de céder, ni de se contraindre. La jalousie avait trop long-temps déchiré son âme, et la révolte de son esprit était enfin près d'éclater.

Madame de Couci allait apprendre trop tard, que la conduite n'est assurée que par les principes ou par les sentimens. Cette dignité factice qui ne tient pas à soi, mais à un état, perd sa force dans la solitude. Il lui faut un théâtre pour se montrer, des témoins qui l'admirent, des comparaisons qui la soutiennent.

'Aurait-on manqué à ce que l'on vous doit, dit madame de Couci avec inquiétude à sa petite fille?' — 'Non,' répondit sèchement Ernestine, les yeux fixés vers la terre. — 'Sauriez-vous qu'un danger pressant nous menace?' — 'Non.' — 'Alors,' reprit monsieur de Sanzei, 'd'où vient cette résolution soudaine?' — Ernestine, moins craintive avec lui qu'avec sa grand'mère, fut soulagée quand elle le vit se mêler à cette discussion; car elle pouvait laisser tomber sur lui toute l'indignation qui l'oppressait. — 'Il importe fort peu, répondit-elle, de chercher d'où vient cette résolution; ce qu'il faut savoir, c'est où elle me conduira; et je veux émigrer.'

Madame de Couci crut imposer à ce caractère d'indépendance qui se montrait pour la première fois, en lui disant: 'Revenez à vous-même; jusqu'ici vous ne m'avez jamais montré de volonté.' — 'On s'en aperçoit, repartit-elle avec aigreur ... mais enfin, il ne s'agit pas d'examiner si je pouvais être plus heureuse. Consentez à venir avec moi, et je vous serai de nouveau soumise ... Que Monsieur de Sanzei se décide à m'accompagner, et alors il peut compter sur ma déférence ...' — Madame de Couci refusa de l'argent pour ce voyage; — Ernestine parla de ses

---

[54] Note the role of the Church in Ernestine's decision to emigrate.
[55] The decrees refer to the 11 August decrees reorganising the feudal system, and in the process seriously reducing the income from landed property. On p. 67 Monsieur de Revel states that his income has reduced to a third of what it was before the Revolution. See William Doyle, *The Oxford History of the French Revolution, 1789–1799*, 2nd edn (Oxford: Oxford University Press, 2002), chapters 5 & 6.

diamans. — Monsieur de Sanzei allégua son autorité; — elle le regarda avec un sourire dédaigneux. — 'J'admire, lui dit-elle, que vous préfériez de rester dans un pays où le dernier de vos gens a plus de crédit pour me faire avoir un passe-porte, qu'il ne vous en reste pour m'empêcher de l'obtenir.' — Il allait lui répondre; elle s'empressa d'ajouter: 'Vous voyez que vous avez plus d'intérêt que moi à quitter la France.'

Ernestine sortit, laissant sa grand'mère saisie de colère, et plus encore de surprise. 'Elle a raison, s'écriait-elle, toutes les autorités sont méconnues ... plus de convenances, plus de respect social ... qui pourrait l'arrêter? ...' — 'Mais enfin,' reprit monsieur de Sanzei, 'si elle persiste?' — 'Elle persistera, monsieur, soyez-en sûr. Ernestine n'a pas osé me braver sans y avoir bien réfléchi.' — 'Que ferons-nous donc alors, madame?' — 'Vous ferez comme vous l'entendrez; mais quant à moi, je suis déterminée à paraître vouloir le parti qu'Ernestine prendra. Certainement je ne me montrerai pas délaissée par celle dont je vantais sans cesse la prudence et la soumission.'

Chapitre XXI

Monsieur et madame de Revel étaient restés accablés de ces mots affreux: *personne ne m'aime; je n'aime rien.* — 'Mon Dieu!' s'écria Eugénie, 'qu'Ernestine est à plaindre!' — 'Ah!' dit Mathilde. 'je lui croyais une raison si haute, une indifférence si sûre, que je la jugeais peu susceptible du regret qui vient de lui échapper.' — 'Voilà donc,' reprit monsieur de Revel, 'le résultat de cette éducation personnelle et dénuée d'affection! L'amour d'elle-même, le désir de paraître, l'opinion de son mérite, sont les seuls sentimens qu'on ait cherché à faire naître dans son âme.[56] Aussi s'aperçoit-elle trop tard qu'elle n'est pas heureuse, et qu'elle est peu aimée.' — Cependant il alla retrouver Ernestine; car elle excitait sa pitié au moment même où il blâmait son égoïsme.

Lorsqu'il fut parti, madame de Revel observa, en soupirant, que c'était à elle qu'on devrait reprocher les fautes d'Ernestine. — 'Mes enfans,' dit-elle à Eugénie et à Mathilde, 'j'aurais dû garder votre sœur près de moi. Mais tâchons de ne pas faire partager à monsieur de Revel la douleur que j'éprouve. Quand il n'enleva Ernestine, nous étions fort jeunes l'un et l'autre. Si alors je m'inquiétais pour mon enfant, ce n'était tout au plus que de ses premiers jours. Je songeais à peine à ses premières années ... Je n'avais pas seize ans; ... à cet âge l'avenir semble si éloigné! Mais cet avenir auquel on ne pense guère vient quelquefois vous punir bien sévèrement!'

Madame de Revel, les yeux baissés, n'osait considérer Eugénie. On sentait à son trouble, on lisait dans ses traits, que ce n'était pas Ernestine qui était le

---

[56] This reinforces the very damning appraisal of the norms of Ernestine's education, but note also the role of diamonds in allowing her to assert her independence from her grandmother and husband.

principal objet de ses réflexions. Aussi Eugénie, confuse, éprouvait l'embarras de la pudeur, en voyant sa mère prête à s'accuser. A genoux devant madame de Revel, elle baisait ses mains avec une tendresse suppliante. C'était elle qui semblait se repentir et demander grâce.

Un regard de sa mère l'autorisant à répondre à sa peine, elle lui dit : 'Maman, soyez tranquille; vous ne pouvez-vous rien reprocher, car je n'éprouvais pas de regrets. Sous le voile, j'étais contente de mon sort; et près de vous, chaque jour vos bontés me font chérir la vie.' — 'Je vous remercie, mon enfant, de me le dire. J'aime trop à vous croire pour ne pas saisir avidement les consolations que vous m'offrez. Oui, ma fille: cependant, une seule fois, laissez-moi vous demander de plaindre votre mère. Quant à monsieur de Revel, de nombreux exemples le justifiaient à ses yeux.'

Elle prit la main de Mathilde et celle d'Eugénie, et les pressa dans les siennes: 'Mes enfans,' leur dit-elle, 'il faut l'avouer; ces réflexions que je fais aujourd'hui ne me seraient jamais venues, au milieu des distractions du monde. Mais, retirée à la campagne, j'ai eu le temps de sentir que les meilleurs amis d'une mère sont ses enfans.' — Et regardant Mathilde, elle ajouta: 'J'ai bien soigné ton jeune âge, ma fille, et je compte sur toi. Plus heureuse que prudente, je compte aussi sur ma bonne Eugénie. Elle oubliera son enfance délaissée; et je pourrai avec sécurité lui confier mes vieux jours.'

Eugénie s'affligeait de voir sa mère se livrer à ces tristes souvenirs. Que de motifs elle trouvait dans l'amour filial, dans la religion, pour effacer de son esprit un sentiment si pénible! — 'Je t'écoute, ma chère Eugénie,' lui dit madame de Revel, 'et j'aime à t'entendre. Mais sois persuadée qu'il n'est pas d'instant où je ne me rappelle ton voile et tes vœux. Alors une voix secrète semble me dire: Ta puissance dans son cœur ne vient pas de toi … tu es étrangère aux souvenirs de sa jeunesse … dans le malheur, attends de Mathilde, espère Eugénie.

Chapitre XXII

Monsieur de Revel revint sans avoir trouvé Ernestine: 'Je crois,' lui dit Mathilde, 'que ma sœur prend pour un sentiment de prédilection les soins que vous donnez encore à ma faiblesse. Je me sens plus forte aujourd'hui; et ce soir, au lieu de rester chez moi, si vous le permettez, je me rendrai dans le salon.' — Ses parens y consentirent, et la quittèrent pour descendre dans la salle à manger. A peine y étaient-ils, qu'ils virent entrer Madame de Couci et monsieur de Sanzei. On s'étonnait de ne pas voir arriver Ernestine. Avant de s'asseoir, monsieur de Revel, sans s'adresser à personne, demanda si on ne l'avait pas avertie, et ordonna à un de ses gens d'aller la chercher.

Lorsque madame de Couci l'avait fait appeler, Ernestine, de peur de se trouver avec sa grand'mère, n'avait pas voulu répondre. Plus soumise à son père, elle parut, mais pâle et marchant la tête haute. Ses mouvemens étaient brusques et rapides, comme ceux d'une personne qui dédaigne la plainte, et prétend imposer à la pitié. Toute la famille baissa les yeux; elle seule semblait braver tous les regards.

Après un long silence, ce fut monsieur de Revel qui parla le premier. Jamais il ne s'était montré si aimable; et, lorsqu'il vit qu'Ernestine avait repris un maintien plus calme, il s'occupa d'elle avec une grâce particulière. Madame de Couci, qui ne savait à quoi attribuer cette bonté inattendue, imagina qu'elle avait confié à son père son projet d'émigration; qu'il l'encourageait dans sa désobéissance et en jouissait peut-être. Son humeur augmentait, à mesure que la tranquillité se rétablissait autour d'elle.

En sortant de table, madame de Revel proposa de passer dans le salon. C'était encore une chose imprévue, à laquelle madame de Couci ne manqua pas d'attacher assez d'importance, pour y voir une intention secrète. Monsieur de Revel appela Ernestine : 'Venez vous placer près de moi, mon enfant,' lui dit-il. 'Comme l'aînée, je veux avoir votre avis sur une démarche qui nous concerne tous.' — Il prit sa main et la serra tendrement. Ernestine abandonnait sa main à son père, et détournait la tête, pour qu'il ne s'aperçut pas de l'émotion que sa bonté lui causait. Elle se reprochait presque d'y être sensible. 'N'est-ce pas ce matin même qu'ils ont pas daigné faire attention à moi ? se disait-elle. Me croient-ils assez simple pour ouvrir mon cœur à leur premier retour?' — Cependant sa main restait dans celles de son père.

'Avant que Mathilde descende,' dit-il à Madame de Couci, 'je veux vous parler du péril qui nous menace. Il faut le lui cacher; mais il me paraît urgent de s'y soustraire.' — 'Ah!' dit intérieurement madame de Couci, 'voilà donc le motif de la révolte d'Ernestine!' — Elle lança un regard d'indignation sur son gendre qui ne le remarqua point, et continua: 'Depuis long-temps je voulais quitter la France; mais les nouvelles d'aujourd'hui me décident. D'ailleurs Mathilde a repris assez de force pour voyager sans danger.' — Ernestine retira vivement sa main que son père tenait encore. 'Il est fort heureux pour nous,' lui dit-elle, 'et bien agréable pour Mathilde, que nous n'ayons pas été persécutés, en attendant que son état nous permit de chercher un asile.' — 'Croyez Ernestine,' reprit gravement monsieur de Revel, 'que j'avais d'anciens amis qui veillaient sur vous tous. Au surplus, si vous aviez désiré partir plus tôt, vous étiez libre et fort indépendante. N'oubliez pas que Mathilde faible encore, et loin de son mari, n'obtenait point de préférence, mais demandait plus de soins.'

Monsieur de Revel voyait avec peine qu'il ne parviendrait pas à guérir l'esprit d'Ernestine. Ce fut même pas sans effort qu'il dit à madame de Couci: 'Depuis que nous vivons ensemble dans cette terre, je me suis accoutumé à croire que nous ne faisons qu'une même famille; et je ne puis prendre un parti de cette importance, avant de savoir vos intentions.' — 'Il est tout-à-fait dérisoire de me demander mon opinion, après avoir amené Ernestine à la vôtre.' — 'Moi,' reprit-il, 'je vous jure ...' — 'Certes' répliqua madame de Couci, 'je la connais trop bien pour croire que d'elle-même, elle eût osé se permettre une volonté, sans savoir auparavant consulté la mienne.' — Tous les regards se portèrent sur Ernestine, dont la figure annonçait un parti tellement arrêté, qu'elle entendait parler d'elle comme si l'on se fût occupé d'un autre. 'Hé bien!' s'écria madame de Revel avec joie, ' pourquoi se faire d'inutiles et d'injustes reproches? nous partirons tous ensemble.' — 'Quant à moi,' lui répondit sa mère, 'qui n'a point médité cette démarche en secret, qui ne m'y suis point préparée à loisir comme votre mari, j'ai des affaires qui demandent ma présence. J'ai des arrangemens à prendre, des baux à renouveler, et je ne pourrai pas vous rejoindre avant l'hiver.'

Monsieur de Sanzei envisageait avec inquiétude les lois sur l'émigration, et frémissait de courir la chance d'une ruine totale. Il proposa donc que chacun se retirât dans la moindre de ses terres; car, selon lui, on ne devait plus vivre réunis. Leur maison attirait trop les regards, avait trop d'éclat; il fallait au contraire exister, pour ainsi dire sans être aperçu.

Mathilde entrait dans le salon, pendant que monsieur de Sanzei s'efforçait de prouver qu'il fallait rester en France pour conserver ses propriétés. Surprise de le voir en ce moment blâmer l'émigration, elle ne manqua pas de lui rappeler avec quel zèle, quelle chaleur il avait engagé Edmond à se rendre au rassemblement général. Cette remarque jeta une nouvelle aigreur dans leur discussion; elle dégénéra bientôt en dispute. Ils parlaient tous en même temps, et finirent par ne plus s'entendre. Monsieur de Revel impatienté se leva: 'Pour la première fois, leur dit-il, que je consens à soumettre mes projets à ma famille, à écouter l'avis de tous, ce début n'est pas encourageant.' — Il sortit, décidé à emmener sa femme avec Mathilde et Eugénie, sans insister davantage.

Chapitre XXIII

A peine monsieur de Revel se fut-il retiré, que toutes les voix s'élevèrent avec plus de force. Madame de Couci reprochait à sa fille de ne l'avoir jamais consultée. 'Me faire part de vos projets;' s'écriait-elle du ton le plus aigre, 'ce n'est assurément pas me les soumettre.' — Mathilde accusait monsieur de Sanzei d'avoir contribué au départ d'Edmond. Elle savait bien qu'il s'était décidé par ses propres sentimens; mais elle s'indignait que personne n'eût essayé de le retenir, et avait besoin de s'en plaindre. Ernestine fut la seule qui restât impassible, parce que sa résolution était irrévocable, que celle des autres lui était parfaitement indifférente, et qu'elle eût mieux aimé partir seule.

Lorsque monsieur de Revel descendit pour souper, ils disputaient encore. Son arrivée ramena le silence, et l'on soupa sans se rien dire. Sur la fin du repas, on remit à monsieur de Revel une lettre qui parut lui causer beaucoup d'émotion. En sortant de table, il passa dans le salon; et réunissant sa famille près de lui, il dit: 'Vous avez parlé avec tant de chaleur, que quelques mots ont été entendus par les domestiques. On m'apprend que l'un d'eux vient de dénoncer notre prochain départ.' — Il lut une lettre anonyme, car dans ce temps on se cachait pour faire le bien. On l'avertissait que son projet d'émigration était connu; qu'il excitait une sorte de rumeur, et qu'il fallait se hâter; car la commune se préparait à s'opposer à son départ.[57] Madame de Couci reconnut qu'il n'y avait pas un moment à perdre; et passant d'une extrémité à l'autre, elle se désolait de n'avoir point de passe-port. Monsieur de Revel promit de lui en procurer un. La nuit fut employée à faire des paquets, et à dresser des procurations pour laisser à monsieur de Sanzei le soin des biens de tous, puisqu'il était décidé à ne jamais abandonner sa fortune.

Le lendemain monsieur de Revel obtint en effet des passe-ports, mais seulement pour aller avec sa famille dans une terre qu'il avait en Alsace. De là ils espéraient parvenir à s'échapper. Chacun emporta ce qui lui était strictement nécessaire. On se flattait encore d'un prochain retour. Hélas! Mathilde, plus disposée que personne à se flatter, ne prit que les robes d'une saison.[58]

Vers le soir, madame de Couci et madame de Sanzei partirent les premières. Mathilde, son enfant, Eugénie et madame de Revel s'en allèrent ensemble. Chaque voiture précédait l'autre d'une heure, et monsieur de Revel arrivait le dernier pour s'assurer du sort de sa famille. Ils furent arrêtés plusieurs fois; mais leurs passe-ports n'étant que pour l'intérieur de la France, ils parvinrent heureusement à leur destination.

Les regrets de madame de Revel et les souffrances de Mathilde, pendant cette route pénible, étaient adoucis par l'affection d'Eugénie pour sa mère, ses soins pour sa sœur, et sa tendresse pour le petit Victor. Placée sur le devant de la voiture, elle ne pouvait détourner ses regards de la campagne: une belle vue la transportait d'admiration et de joie. Son âme recevait si vivement toutes les impressions, que Mathilde dit à sa mère: 'Qu'Eugénie est heureuse! tout ce qui lui plaît l'émeut.' — Madame de Revel était loin d'appeler bonheur une disposition qui lui ferait sentir plus douloureusement les peines de la vie, et le sort qui les menaçait.

Eugénie n'avait quitté son couvent que pour habiter la maison de son père. La malveillance des gens de la campagne commençant à se manifester, elle n'était point sortie de l'enceinte du parc.[59] C'était assez pour jouir d'un beau jour, et respirer un air pur. Mais ce ravissement, à l'aspect d'une grande et riche contrée, elle ne l'avait jamais éprouvé; aussi ne pouvait-elle contenir son émotion,

---

[57] The way the decision to emigrate was taken out of the Revel family's hands by having been overheard is of particular importance. The decision did not have a chance to be made, but was made for them, and the departure brought forward by the need for extreme urgency and the fear of being stopped or worse — i.e. by fear of persecution.

[58] This was very common and many émigrés were caught with only preparations to be away for six months.

[59] This is a reference to the unrest in the countryside where the nobility had already met with hostile attitudes during the Great Fear.

lorsqu'elle se voyait au milieu d'un espace qui semblait toujours s'agrandir à ses yeux.

Ce voyage qui l'enchantait n'était qu'une fatigue pour Mathilde, qu'un chagrin pour sa mère. La voiture de madame de Revel passait rapidement; elle regardait tous ces objets qui paraissaient fuir, et se demandait: 'Reviendrai-je jamais par ce chemin? reviendrai-je jamais à mon pays?' — Mathilde ne portait pas si loin sa pensée; toute à Edmond, elle trouvait qu'on n'allait pas assez vite, tandis que sa mère craignait d'avancer. Eugénie était sans regrets, sans désirs. Partout, se disait-elle, je pourrai lever mes yeux vers le ciel; c'est assez dans mes peines. Je serai partout avec ma famille; c'est assez pour mon bonheur. Confiante, tranquille, elle apportait dans le monde cette soumission religieuse qui n'ose chercher à prévoir l'avenir. Elle étonnait autant sa mère et sa sœur, qu'elle-même était surprise de les voir si agitées.

Chapitre XXIV

Monsieur de Revel et sa famille arrivèrent dans leur terre, vers la fin de l'été. Ce château n'avait pas été habité depuis bien des années. Leurs gens n'ayant pas été avertis, ne s'étaient point préparés à les recevoir; et leur présence causait un embarras qui donnait aux domestiques l'apparence de l'humeur, aux maîtres l'air du mécontentement. Eugénie seule, active et résignée, ne perdit point le temps en vaines plaintes. Elle s'appliquait à deviner les désirs de ses parens, qui, accoutumés à être servis, prévenus, restaient assis dans le salon, et ne savaient comment se passer de mille petites délicatesses dont ils avaient joui jusqu'alors.[60] Elle eut bientôt parcouru ce vieux château. C'était de l'air le plus doux, qu'elle ordonnait aux anciens serviteurs de transporter dans les divers appartemens, les meubles qui pouvaient rendre ce séjour moins fâcheux. Aussi venait-on s'adresser à elle de toutes parts; la famille, pour demander ce dont elle avait besoin, les domestiques pour apprendre à mieux servir. Avec le malheur Eugénie devint nécessaire.

Dès le lendemain, chacun s'occupa des moyens de parvenir au but de ce voyage. Ernestine pressait son père de sortir de France le plus tôt possible. Mathilde ne pouvait contenir la joie de son cœur, en pensant qu'elle allait revoir Edmond.

Après le déjeuner, ces deux sœurs, qui n'avaient jamais souhaité d'être ensemble, se sentirent attirées l'une vers l'autre par un même intérêt. D'un

---

[60] Souza emphasises just how disruptive the beginning of the family's emigration was, and particularly the lack of time to send messages ahead and prepare estates when this was the normal pattern. The domestics were thrown into chaos as much as their masters, who found themselves in unfamiliar circumstances and didn't adapt well. This is an aspect of emigration that is rarely described.

commun accord, elles se proposèrent de faire une promenade dans les environs, pour juger si les paysans avaient l'air bien sauvage et bien défiant. Ernestine, pour la première fois, se montrait presque bienveillante. Mathilde généreuse envers le pauvre, toujours bonne et gaie, caressait les enfans, parlait à leurs mères, et les enchantait tous.

Madame de Revel craignait que l'émigration ne fût un éternel exil. Elle prit le bras d'Eugénie, et alla tristement avec elle dans le parc de cette belle terre. Elle ne le connaissait pas. Tout rappelait la noble habitation de ces anciens seigneurs vivant dans leurs domaines comme des souverains, jusqu'à l'époque où ils avaient renoncé à leur puissance pour venir à la cour.[61] Madame de Revel soupira, en jetant un regard sur ces ruines qui attestaient la splendeur de ses ancêtres, et dit à Eugénie: 'De même il ne nous restera peut-être qu'un grand nom et de brillans souvenirs.[62]

Le château était extrêmement dégradé; mais les communs, livrés à quelques domestiques, étaient mieux conservés. Chacun d'eux du consentement des autres, s'était arrangé suivant ses besoins; et peu à peu ils s'y étaient établis avec leurs familles. Ils y existaient sans soin, sans servir, et s'étaient fait dans le parc de petit jardins, de petites propriétés, savant leur convenance. Le jardinier qui accompagnait madame de Revel, lui disait: 'Ceci est un mauvais bout de terrain que ma femme a cherché à rendre utile.' — Là, un autre cultivait des légumes près des marbres brisés. Enfin, tous avaient pris possession d'une partie de ce parc, consacré jadis au luxe et aux plaisirs du maître. Madame de Revel disait à sa fille: 'Ah! si nous avons craint les habitans de la terre où nous faisions notre demeure, ceux que nous avions comblés de bienfaits, qu'espérer de ces gens-ci qui ne nous connaissent pas, et croient que le temps et le travail sont devenus leurs droits?'

Monsieur de Revel était resté avec Antoine, son régisseur. Cet homme avait fait sa fortune en affermant les biens de cette terre au dessous de leur valeur. Aussi son arrivée imprévue lui causait-elle beaucoup d'inquiétude. Il respira, dès que monsieur de Revel lui eut demandé si l'esprit des paysans était bon. Il ne manqua pas de les peindre méchans, cruels. Ses paroles, mêlées de respect pour ses maîtres, et de crainte pour leur sûreté, en imposèrent à monsieur de Revel. Il finit par croire qu'il fallait lui avouer ses projets, et partir le plus tôt possible. Antoine promit de lui en faciliter les moyens, et s'en alla très-content d'avoir inspiré une terreur dont il comptait profiter pour éloigner cette famille. Monsieur de Revel,

---

[61] This is a reference to the elegant provincial life of these estates that had been abandoned for long periods since the reign of Louis XIV for the glamour of life both at the court at Versailles and in Paris where their owners had more chance of upward social mobility and making good marriage prospects for their children.

[62] It is interesting that Souza puts this very accurate reflection in the mouth of Madame de Revel a character of such insignificance. It was the truth for many émigrés whose full losses would not be apparent until much later. Balzac's story of *Le Lys dans la Vallée* for instance is based on this archetype of the émigré who has nothing left but his name and his memories.

qui n'avait trouvé ni sa femme ni ses enfans, passa chez sa belle-mère pour lui apprendre tout ce qu'Antoine venait de lui confier. Elle leva les yeux au ciel douloureusement, effrayée de commencer à son âge une vie si agitée.[63]

A l'heure du dîner, la famille se réunit dans l'appartement de madame de Revel. Son mari lui dit qu'Antoine lui paraissant très zélé pour leurs intérêts, et fort puissant dans la commune, il avait cru devoir l'admettre à sa table. Ils se levaient tous pour descendre dans la salle à manager où il attendait, lorsqu'un vieux domestique entra furtivement, et comme saisi de crainte: 'Méfiez-vous de monsieur Antoine,' leur dit-il bien bas; 'il y a huit jours qu'il a examiné votre terre, et visité le château avec moi: il a dit à sa femme qu'il comptait l'acheter; je l'ai entendu.' — 'L'acheter !' répéta la famille consternée — 'Oui, l'achêter, quand on vendra les terres des émigrés.' — 'Mais je ne suis pas émigré.' Repartit monsieur de Revel avec indignation. — 'Je le vois bien; pourtant, méfiez-vous de monsieur Antoine; car il n'est pas bon.' Cet homme sortit, laissant monsieur de Revel transporté de colère. 'Ah! je suis donc émigré!' s'écriait-il, dans une agitation impossible à décrire: 'je suis émigré! et cependant me voilà encore en France, encore dans ma terre. Hé bien! J'y resterai.' — 'Il me semble,' reprit froidement Ernestine, 'qu'à tout prendre, il vaut mieux être émigré que proscrit.'[64] — Monsieur de Revel ne l'écoutait point. Il ne pouvait supporter l'idée qu'Antoine se mit à sa place, qu'il possédât le château de ses pères. — 'Mais qui nous prouve, 'dit madame de Couci, ' que ce domestique soit une plus honnête créature qu'Antoine?' — 'Qui nous le prouve?' répondit monsieur de Revel; 'd'abord son intérêt, car je puis améliorer son sort; et du moins il n'a pas la prétention d'acheter ma terre.' — 'Non' répliqua madame de Couci; 'mais peut-être est-il payé pour nous effrayer.'

Comme elle finissait ces mots, parut la femme de charge; ce fut bien autre chose. Elle assura qu'Antoine, le vieux domestique, et tous les serviteurs de la maison, étaient ligués contre leurs anciens maîtres, et prétendaient se soustraire à une obéissance qu'ils appelaient honteuse. — 'Ah! maman,' dit tout bas Eugénie à sa mère, 'quelle existence nous serait réservée! Craindre sans cesse d'être trompés ou trahis!' — 'Mon père,' s'écria Mathilde, 'partons bien vite, puisque d'ailleurs tel était votre dessein.' — 'Eh! Qui sait si ses gens permettront notre départ?' reprit tristement madame de Revel; 'ne sommes-nous pas dans leur dépendance?'[65]

---

[63] This was another of the harsh truths of emigration. Elderly family members who had somewhat reasonably expected to live out their lives quietly found themselves completely displaced and their lives disrupted.

[64] Madame de Souza makes clear that the choice for Monsieur de Revel was between emigration or his compliance with laws that would necessarily involve the confiscation of his property and the ruin of his family.

[65] Again the irony as well as the truth of the situation is put in the mouth of Madame de Revel.

L'inquiétude de la famille allait en croisant; et dans leur frayeur, ils firent promettre à monsieur de Revel qu'il dissimulerait son ressentiment devant Antoine. Ils descendirent, et le trouvèrent dans la salle à manger. Loin de se tenir à l'écart, comme il eût fait jadis, il s'empressa de venir au-devant d'eux, et leur présenta des sièges. Prévenus comme ils l'étaient, il leur parut que monsieur Antoine faisait déjà les honneurs de la maison.

Pendant le repas, madame de Couci ne daigna point jeter les yeux sur lui. Monsieur et madame de Revel gardaient un profond silence, et conservaient toute leur dignité. — Antoine ne discontinuait pas de parler en homme qui sait combien il est important. — Ernestine, qui voulait partir sans rencontrer d'obstacles, daigna s'abaisser jusqu'à lui prêter son attention. Plusieurs fois même elle l'interrogea sur l'état de la commune. Mathilde, qui n'aspirait qu'à revoir Edmond, s'efforça d'être polie pour lui. Ces deux jeunes personnes, suivant chacune leur projet, ne se doutaient pas qu'elles suspendaient la perte de leurs parens. Leur douceur, leur jeunesse affaiblissaient un peu ce que le hauteur de monsieur de Revel avait d'humiliant. Plus cette hauteur envers un inférieur qui s'oubliait, était juste, plus elle provoquait Antoine.

Cependant rien n'était arrêté dans son esprit. Il ne savait pas encore si, pour sa propre sûreté, il dénoncerait la fuite de ses maîtres, ou s'il ne consulterait que ses intérêts en facilitant leur évasion. Ce dernier parti lui paraissant le plus court et le plus sûr pour parvenir à acheter cette terre. Mais lorsqu'il considérait la distance où le tenait monsieur de Revel, il brûlait de disposer de son sort, et de commander là où il avait toujours obéi. Dans d'autres instans, la politesse d'Ernestine, la bonté de Mathilde le faisaient rougir, et il était effrayé des criminelles pensées qui agitaient sa tête.

Aussitôt après le diner, monsieur et madame de Revel remontèrent dans leur appartement. Madame de Couci se retira dans le sien. Antoine resta avec les trois sœurs. Mathilde le pria de les aider à sortir de France, avec cette confiance vive et sincère qui croit tout obtenir, parce qu'elle sent le désir d'obliger. Ernestine crut faire beaucoup, en lui promettant des récompenses lorsque l'ordre serait rétabli. — 'Oh! quant à cela,' répondit Antoine d'un ton railleur, 'je souhaite, madame, que vous puissiez m'en donner un jour.' — Ernestine avait bien envie de le traiter avec le mépris qu'il lui inspirait; mais elle sut se contenir. Mathilde le conjura naïvement de fermer les yeux, et de laisser échapper une famille qui l'avait toujours bien traité. Il paraissait indécis, prétendait craindre de se compromettre, et leur peignait avec des couleurs horribles la disposition des esprits. Pour la première fois, elles connurent toute l'étendue du danger qui les menaçait. Antoine s'échauffait lui-même en parlant; et la situation de cette malheureuse famille devenait de plus en plus inquiétante.

Ces trois jeunes personnes frémissaient de crainte. Cependant Eugénie pensait avec peine que leur fuite exposerait peut-être un homme à qui elle avait honte d'avoir obligation; et elle dit à ses sœurs: 'Pourquoi partir? confions-nous plutôt en une providence secourable. Mon père n'a jamais fait que le bien. Espérons tout du souvenir de sa vie passée, et demeurons.' — Ces mots firent plus d'effet sur Antoine que les prières des deux autres sœurs. Il aperçut d'un coup d'œil que si les chefs de cette maison étaient arrêtés, ces jeunes personnes exciteraient sûrement de l'intérêt. N'en avait-il pas éprouvé malgré lui? Au lieu que si monsieur de Revel faisait un seul pas hors de la frontière, dès le lendemain le séquestre serait mis sur ses biens; et lui, Antoine, pourrait bientôt les acheter.[66]

Mathilde continuait à le solliciter. Il feignit d'être touché du sort qui la menaçait, et consentit au départ de ses parens, à condition qu'ils s'en iraient la nuit même. Il ajouta avec un regard sinistre, en s'adressant à Mathilde: 'C'est pour vous seule, madame, que je puis avoir une pareille condescendance; mais suivez ce dernier avis, ne perdez pas un moment.' Il s'en alla, laissant les trois sœurs glacées d'effroi.

Chapitre XXV

Dès qu'Antoine fut sorti, les filles de monsieur de Revel coururent vers leurs parens, pour leur rendre compte des dispositions de cet homme. Elles ne cessaient de parler du terrible regard qui avait accompagné ces derniers mots: *ne perdez pas un moment.* Monsieur de Revel hésitait encore. Il ne pouvait se persuader que son ancien régisseur osât lui nuire. Et quand il l'essayerait, disait-il qu'ai-je fait jamais qui m'empêche d'aller la tête levée? Comme il perdait un temps précieux à retracer sa vie, utile à l'État, honorable pour sa famille, on vint l'avertir qu'un paysan demandait à lui parler sur-le-champ.

C'était un de ses fermiers: 'Partez tout de suite, monsieur,' lui dit-il, 'ou demain il ne sera plus temps. Voici une année de mon fermage que je vous apporte. Si je puis vous servir durant votre absence, comptez sur moi; mais ne m'écrivez pas. Je crains Dieu, je ferai mon devoir.' — 'Mon ami,' s'écria madame de Revel, 'nous n'avons point de chevaux, et nos passe-ports ne sont que pour cette terre.' — 'N'importe, madame, venez tous. Mon fils et moi nous vous mènerons avec des chevaux de la ferme; seulement, tirez-vous d'ici avec le moins de bruit que vous pourrez.'

Dans ce moment, cette malheureuse famille se voyait à la merci de tout ce qui l'entourait; son existence dépendait du moindre hasard. Il y avait dix lieux à faire pour être hors de France. Ils se mirent dans une grande berline, et le fermier les conduisit par des chemins de traverse affreux, mais plus sûrs. Monsieur de Revel les suivait à cheval, pas à pas, pour veiller sur eux. La nuit ne laissait rien voir autour de soi. Ils n'entendaient que le bruit qu'ils faisaient eux-mêmes; et leur

---

[66] The confiscation of émigré property began in late 1791.

imagination craintive leur persuadait qu'il devait parvenir aux environs, et éveiller la malveillance. Ils tremblaient au plus léger cri du petit Victor.[67]

Ils n'arrivèrent à la frontière qu'à cinq heures du matin. 'Quoi!'s'écria monsieur de Revel, avec un sentiment de fureur concentrée, 'faut-il éprouver un mouvement de joie en quittant sa patrie? Quel supplice nouveau pour un honnête homme! — Dans cet instant, il n'était pas animé par l'espérance. Comme Edmond, il ne quittait pas son pays pour défendre la cause des siens. Il fuyait! Il est vrai, pour soustraire sa famille au malheur et aux persécutions; mais enfin il fuyait! …[68]

Lorsque le fermier les vit en sûreté, il s'arrêta, les priant d'attendre son fils qui conduisait leur seconde voiture avec leurs femmes. Le temps était superbe; monsieur de Revel se promenait tristement, les regards baissés. Mathilde grava sur le dernier arbre de France son chiffre et le jour de son départ. — 'Ah!' lui dit sa mère avec un profond soupir, 'puissions-nous revenir effacer cette date dans un temps plus heureux!'

Le fils du fermier n'arrivait point. Son père commençait à craindre qu'on ne l'eût surpris favorisant le départ de leur maître. Monsieur de Revel, effrayé des suites que pourrait avoir cette affaire pour ce brave homme, l'engagea à rester avec eux. Il s'y refusa. — 'Non, non,' dit-il, 'vous êtes tous réunis; vous pouvez aller où vous voulez. Moi, j'ai ma femme et six enfans qui m'attendent … Pourtant il faut se rassurer … je crains Dieu; j'ai fait mon devoir… Je suis bien sûr que ma femme en a dit autant toute la matinée … C'est ce que nous répétons elle et moi, quand nous avons à tirer quelqu'un de peine … Avec cela nous avons sauvé bien du monde.'[69]

Le jour s'avançait et l'on n'avait aucune nouvelle du fils du fermier. Son père, ne pouvant plus supporter le trouble, l'anxiété qui l'agitait, pria monsieur de Revel

---

[67] The terror of the experience of leaving France is repeated in many, particularly women's memoires.

[68] The contrast is made between Monsieur de Revel and Edmond. Both fled the country yet they had very different reasons for their respective forced departures. Souza stresses the comparative lack of choice in the case of Edmond. Pressure was put on officers to emigrate as the only loyal option for them to take. Resisting even to assure the safety of his wife for the time of their child's birth involved ridicule and scorn from Edmond's fellow officers.

[69] This is another comment on the number of French peasant farmers who helped émigrés to escape the injustice of their situation believing in what they were doing and taking considerable personal risk upon themselves. This 'resistance' of the Revolutionary period is almost entirely without trace except in this sort of testimonial document written much later, and in a way that would not compromise the individuals concerned while recording their bravery. What it shows is how much the Revolution was not evenly embraced by French society at any level. Another example of peasants helping aristocrats to escape can be found in the novel by émigré Louis-Auguste Liomin, *La Bergère d'Aranville*, published by Fauche-Borel in Neufchâtel in 1792. This is recounted by Katherine Astbury in her article, 'The Trans-National Dimensions of the Émigré Novel during the French Revolution', *Eighteenth-Century Fiction*, vol. 23, no. 4 (2011), article 7, p. 3. On the peasantry see Peter McPhee, *A Social History of France, 1780–1880* (London: Routledge, 1992)

de conduire sa famille à la ville voisine, pendant qu'il irait au-devant de son fils. 'Si je le rencontre,' leur dit-il, 'nous reviendrons ensemble, et nous reprendrons nos chevaux.'

Monsieur de Revel le vit partir avec une inquiétude qui ne lui permit guère de sentir ses propres chagrins. Cependant, quel sentiment il éprouva, en montant sur le siège de cette voiture qui renfermait ce qu'il avait de plus cher, obligé de conduire et de servir lui-même tous les siens![70]

End of the original 1811 first volume

---

[70] Souza makes the contrast very stark between the lavish luxury of the beginning of the novel and the comparative austerity of the escape. The heavy travelling coach or 'berline' (these can be seen at La musée de la voiture at the Chateau of Compèigne) contained everything Monsieur de Revel held dear in the whole world. He was entirely in charge of his family that fitted into one coach when such a short time before he had had several houses each with servants and possessions. Souza documents this extreme level of difference and forced dislocation compared with the Revel family 'normal of such a short time before.

Tome II

Chapitre XXVI

Monsieur de Revel et sa famille arrivèrent à l'auberge avec une impression de tristesse qu'ils n'avaient jamais ressentie. Pas un seul domestique; et monsieur de Revel obligé de donner ses soins à toute chose, de surveiller lui-même l'établissement de chacun d'eux: très petit malheur, s'il n'avait pas été l'annonce de tous les autres.

Ils passèrent la journée à attendre leurs gens, et à se communiquer leur craintes sur le sort du bon fermier. Enfin vers le soir il parut. La voiture s'était cassée; cet accident avait seul causé le retard qui les avait inquiétés.

Monsieur de Revel sa femme et ses enfans comblèrent le fermier et son fils de remercimens et de bénédictions. Ils y répondirent en faisant des vœux pour le retour de leurs maîtres. Mathilde et Eugénie les reconduisirent jusqu'à la porte de la maison. Elles restèrent longtemps à regarder s'en aller ces habitans de la France qu'elles voyaient les derniers, et peut-être pour la dernière fois. D'ici à bien longtemps, plus de France, plus de patrie pour elles! A mesure qu'elles les perdaient de vue, elles se félicitaient que ces braves gens n'eussent pas été compromis; et elles considéraient ce succès comme un heureux présage pour eux tous. Le lendemain, la famille partit de bonne heure, et arriva la semaine suivante à Bruxelles.

Edmond était à l'armée. Mathilde se flattait que dès qu'il les saurait dans cette ville, il obtiendrait la permission de venir les rejoindre, ne fût-ce que pour un jour.

Monsieur de Revel prit une maison considérable. Il apportait assez de fonds pour vivre deux ans dehors, avec la même aisance dont il avait l'habitude; et il espérait que, pendant ce temps, les affaires générales s'arrangeraient, ou que du moins la situation des particuliers deviendrait meilleure.[1]

---

[1] Funds for two years to allow for living during that time in 'the same ease they were accustomed to' was more than most émigrés took with them from France. This shows that Monsieur de Revel was not unaware of the seriousness of emigration even though he greatly under-estimated the length of time they would be away. Souza is underscoring the fact that even those who planned to be away for longer than six months, spent far longer in emigration than they ever planned to spend. See Carpenter, *Refugees*, op. cit., chapters 2 & 3, and Henri Forneron, *Histoire générale des émigrés pendant la Révolution française*, 3 vols (Paris, 1834).

En attendant Edmond, Mathilde se faisait un plaisir d'observer l'impression que sa sœur recevait de tant d'objets si nouveaux pour elle. Le séjour d'Eugénie dans la terre de son père n'avait été qu'une seconde retraite, les événemens publics ayant forcé monsieur de Revel d'y vivre uniquement avec sa famille. Les yeux d'Eugénie s'ouvraient au monde pour la première fois; et c'était dans une ville qui rassemblait alors la société la plus brillante et la plus animée de l'Europe.

Mathilde avait imaginé pour sa sœur une parure particulière qui l'aurait fait remarquer; si sa figure belle et noble n'eût pas d'elle seule frappé tous les regards. Elle portait une longue robe noire. Ses cheveux étaient couverts d'une gaze de même couleur. La grande croix d'or d'abbesse de ***, restait toujours attachée sur sa poitrine. On apercevait la blancheur et la beauté de ses bras sous le crêpe dont elle croyait les cacher. Sa taille était noble, élégante, sa démarche timide. Ses yeux si doux et le plus souvent baissés, sa voix tendre et qu'on entendait à peine, semblaient craindre d'attirer l'attention. Surpris, ému, en la voyant, on aimait à chercher sa pensée. On eût voulu la distraire de cette existence tout intérieure; occuper cette âme séparée de la terre, qui ne connaissait pas encore les passions, et laissait pressentir qu'elle pourrait les craindre.[2]

Souvent, lorsqu'il était de trop bonne heure pour rencontrer personne, Eugénie allait avec une vieille femme de chambre de sa mère respirer l'air pur du matin, heureuse et fière de porter dans ses bras le petit Victor qu'elle se plaisait à amuser. Excepté ces promenades solitaires, elle ne sortait jamais. Dans les premiers jours, elle avait même désiré de se retirer aux heures où sa mère recevait des visites. Mais monsieur de Revel, redoutant pour sa fille une solitude qui pouvait la livrer à des réflexions pénibles, avait exigé qu'elle ne quittât point le salon, tant que madame de Revel y serait.

Si Eugénie fût arrivée à Bruxelles en sortant du couvent, elle eût évité des regards inconnus, elle eût fui la société. Mais son séjour chez son père lui avait fait perdre les habitudes du cloître. Elle n'avait plus eu d'heures particulièrement consacrées à la retraite.[3] Ses parens l'avaient accoutumée à penser qu'il était convenable qu'elle restât avec sa famille.

Madame de Sanzei était ravie de se trouver à Bruxelles. Dès le lendemain, elle s'empressa d'aller faire des visites à toutes les personnes considérables par leur rang et l'état de maison qu'elles avaient encore. Elle jouissait de l'espèce de célébrité que devait avoir une femme depuis peu échappée de la France. Chacun avait à apprendre des nouvelles des siens, à lui demander des détails sur les

---

[2] Note that the description of Eugénie in emigration in Brussels is not as a nun, but as a young woman from the point of view of Mathilde.

[3] Souza shows that Eugénie's convent life of ritual and order produced an unnecessary and unproductive fear of the unknown and when that very strict religious order was removed she was able to assume a more liberal family rhythm.

affaires, sur les fortunes. Elle pouvait répondre à tous les intérêts de la vie.[4] Comme elle s'exprimait bien, elle s'écoutait parler, et parlait longuement. Dans l'anxiété où étaient toutes les âmes, son air posé, capable, inspirait plus de confiance que la vivacité de Mathilde. Aussi sa considération pour elle-même était-elle fort augmentée. Un certain air d'importance dans ses moindres mouvemens en faisait une personne toute gênante dans les relations ordinaires.

Chaque jour on se prévenait quand elle devait venir. Les petits billets couraient le matin pour dire l'heure qu'elle avait donnée. Dès qu'elle paraissait, on formait un cercle autour d'elle, avide de saisir chacune de ses paroles. Cependant, que de cœurs elle déchirait par de sinistres prédictions! Que de malheurs elle se plaisait à annoncer, confondant l'émotion qu'ils causaient avec intérêt qu'elle eût voulu exciter! Ces malheurs en effet n'étaient que trop à craindre; et si on voulait les prévoir dans toute leur étendue, c'était Ernestine qu'il fallait entendre. Mathilde n'eût pu s'empêcher de les adoucir, ou du moins de les voiler par quelques espérances.

Madame de Couci, hors de son assiette ordinaire, se trouvait soumise malgré elle à sa petite fille, ne sachant plus ce qui était raison ou convenance; car les événemens actuels passaient les bornes de tous ses calculs.[5] Quant à madame de Revel, dès qu'elle fut remise de la fatigue de son voyage, elle perdit un peu de ses tristes pressentimens. Quelques jours lui avaient suffi pour s'établir à Bruxelles. Environnée de sa famille, elle rétablit bientôt le même ordre de sa vie, les mêmes habitudes dans son intérieur. Elle avait changé de pays, sans croire avoir changé de maison.[6]

Chapitre XXVII

La curiosité qu'avait fait naître madame de Sanzei ne tarda pas à s'affaiblir. Elle savait si bien toutes les manières d'éveiller l'inquiétude, que sa voix ne causait plus qu'un sentiment pénible. Lorsqu'elle voulait parler, les uns la regardaient avec des yeux distraits; d'autres se faisaient un jeu de ses grandes phrases, de ses expressions exagérées, en la priant de répéter plusieurs fois le même récit. On se

---

[4] The celebrity that Ernestine finds in Brussels is an important feature of émigré society. The recent nature and novelty of her news took priority over any thought for its accuracy at a time when the methods for verifying news from France were slender at best. On Brussels, see Caroline Moorhead, *Dancing to the Precipice, Lucie de la Tour du Pin and the French Revolution* (London: Chatto & Windus, 2009), pp. 155–57.

[5] The author suggests that Mme de Couci's ordinary life, based as it was on social manipulations and vain calculations was all out of joint leaving her uncharacteristically subdued.

[6] Mme de Revel, a much less political family character, quickly reassumed the narrowly family-focussed life as if nothing had changed. Mme de Revel is not a character or a woman for whom Souza has a great deal of respect. While not necessarily slow-witted, she is idle and motivated only by immediate need.

donnait le mot, pour venir de tous côtés lui demander cette faveur. C'était devenu une plaisanterie de société dont elle ne s'apercevait pas.

Les jeunes femmes, qui pendant huit jours avaient été tout-à-fait éclipsées par madame de Sanzei, s'en vengèrent. Elles prétendaient qu'il y avait des heures précises pour chaque histoire, et défendaient aux jeunes gens d'écouter ses visions sinistres. Les vieillards n'aimaient guère plus à causer avec elle; car elle ne racontait pas, mais enseignait; ne disait point, mais expliquait.

Si quelques démarches légères autorisaient la malignité à tenir sur une femme des propos indiscrets, madame de Sanzei ne manquait pas de faire voir, par une contenance sévère, qu'elle ne les ignorait point, et jamais elle ne doutait de ces choses-là. Alors elle parlait avec respect de monsieur de Sanzei, que son âge retenait en France; et elle revenait souvent sur cet âge qui rendait plus difficiles les rapports de sentiment et d'humeur.

Un jour qu'elle avait été invitée à un bal chez l'archiduchesse, elle y parut affectant l'ennui, se traînant avec nonchalance, fière de prouver que tout amusement où le plaisir de l'esprit ne dominait pas, lui semblait indigne d'elle. Ne pouvant obtenir l'attention générale dans une fête, elle cherchait à s'emparer des gens importans, et les fatiguait d'entretiens sérieux.

Le marquis de Trèmes l'examinait de loin. Il trouvait madame de Sanzei fort ridicule, mais très-belle. Jusqu'alors monsieur de Trèmes avait eu des liaisons et pas un véritable attachement, des goûts sans concevoir les passions. Il joignait à beaucoup d'esprit quelques demi-connaissances qu'il faisait valoir habilement. Son grand art consistait surtout à varier l'expression de son silence. Personne n'écoutait d'un air aussi moqueur, ne plaçait plus à propos le mot qui déjouait le mérite, ou faisait briller la sottise. En regardant Ernestine, il lui passa par la tête qu'il serait assez gai de déranger ses prétentions, riant déjà du succès que cela lui donnerait auprès des autres femmes. Ce fut dans cette louable intention qu'il s'avança vers elle.[7]

Madame de Sanzei savait qu'il était égoïste et méchant; mais remplie de confiance en elle-même, loin de le craindre, elle fut flattée de le voir s'approcher. 'Puis-je aussi, Monsieur,' lui dit-elle, 'rassurer vos sentimens, en vous parlant des personnes vous avez laissez en France?' — 'De grâce, Madame,' lui répondit-il, 'ne me les rappelez pas. Ma sensibilité me fait tant de mal, qu'une absence de deux heures est tout ce que je puis supporter, sans chercher à m'étourdir par des distractions, et même par l'oubli.' — 'Voilà, monsieur, une résolution affreuse que vous annoncez bien courageusement!' — 'Hélas! Madame, telle est ma sincérité. J'avoue sur moi tout le mal que j'en connais; mais sur les autres j'ai des principes, et ne dis que la moitié de ce que j'en pense.'

---

[7] The character of Monsieur de Trèmes was widely believed to be modelled on Talleyrand who was also widely accepted to be the father of Madame de Souza's only child Charles de Flahaut de la Billarderie. Madame de Souza was bitter towards Talleyrand because of his lack of financial support for their son in emigration and his indifferent attitude to her.

Ernestine, surprise de voir un homme qui, loin de prétendre étonner par des perfections, déclarait hautement ses défauts, commença à le redouter. Il s'en aperçut bien vite, et il s'établit entre eux une conversation dont elle n'eut pas lieu d'être fort contente. C'était toujours en lui disant du mal d'elle-même, à la vérité d'une manière indirecte, qu'il la subjuguait. L'expérience de monsieur de Trèmes lui avait appris que, dans la jeunesse et l'innocence, un cœur sensible peut être charmé par la louange, entraîné par l'espoir de plaire; mais qu'il suffit d'offenser l'orgueil, pour attirer l'attention d'une femme vaine; et que son amour-propre blessé fera toujours plus de frais pour ramener que pour séduire.

Pendant qu'ils causaient en regardant le bal, un heureux hasard amena devant eux madame de Césanne. Son maintien, son affectation, en faisaient un véritable profil d'Ernestine. Elle formait des pas d'une régularité symétrique, et figurait, sans sourire, dans une contre-danse animée par les grâces légères des autres femmes. Monsieur de Trèmes trouvait divertissant de s'adresser à madame de Sanzei, pour faire remarquer le ridicule contraste qu'il y avait entre le froid regard de madame de Césanne, son air de pruderie, et la vivacité de la danse.

'Avez-vous jamais essayé,' lui dit-il, 'de regarder danser sans entendre la musique? On a l'air d'insensés frappés d'une folie commune.' — Ernestine parut un moment rire de cette idée. Elle n'osait rien disputer à monsieur de Trèmes; car elle savait bien que, si son suffrage ne pouvait ajouter à une bonne réputation, son esprit moqueur pouvait jeter du ridicule sur la mieux établie.

Monsieur de Trèmes voyait l'embarras de madame de Sanzei, et il en abusait. 'Ne haïssez-vous pas comme moi l'air capable ?' lui dit-il. 'Et ne trouvez-vous pas que cette madame de Césanne si précieuse, qui tourne et retourne sans cesse sur elle-même d'un air désolé, semble condamnée à l'agitation dont les autres se font un plaisir?' Ernestine avait trop d'esprit pour ne pas saisir tout ce qui lui était applicable dans la conversation de monsieur de Trèmes. Elle se rappelait fort bien qu'en arrivant au bal, elle avait témoigné un grand mépris pour la danse, et regardé avec étonnement celles qui s'en amusaient. — Elle se leva en disant à monsieur de Trèmes: 'Effectivement vous devez plaindre madame de Césanne; car elle ne se livre qu'à demi à ces vains divertissemens, et paraît du moins avoir conservé la moitié de sa raison. C'est peut-être ce que vous appelez un malheur.' — Elle s'éloigna en souriant avec effort; mais il avait surpris un regard dédaigneux dont il se promit de la faire repentir.

Chapitre XXVIII

Les nouvelles qui arrivaient de Paris affligeaient, sans détruire les espérances. On était sûr que les armées de la coalition étaient entrées en France; et l'on se flattait qu'à leur approche les plus animés rentreraient dans l'ordre, et, pour leur sûreté, chercheraient à contribuer à la paix générale.

Monsieur de Revel ouvrit sa maison. Eugénie attira tous les regards: Mathilde restait près d'elle pour la rassurer, et lui dire tout ce qui rendait intéressantes ou remarquables les différentes personnes qui venaient chez sa mère.

Mathilde jouissait de l'étonnement de sa sœur sur les choses les plus simples. Rien ne la frappait comme une autre. Eugénie ne connaissait ni la société ni la nature. Ses pas avaient été arrêtés; ses yeux n'avaient rien vu; tandis que son esprit s'était nourri des meilleurs ouvrages de piété, et que son âme s'était pénétrée de la plus sublime morale.[8] Elle se persuadait que cette tendance vers la perfection était l'état ordinaire de la vie; et lorsque Mathilde, avertie par un peu plus d'expérience, voulait lui donner des idées moins consolantes, mais plus justes, Eugénie souffrait. Aussi, toujours supérieure dans les sentimens, un enfant aurait pu l'éclairer sur la manière de se conduire.

Quelle fut sa surprise, la première fois qu'elle entendit Mathilde parler tout simplement à sa mère de la coquetterie de madame de Sanzei, et dire sans effroi que monsieur de Trèmes cherchait à lui plaire! Elle ne croyait pas avoir bien entendu. Madame de Revel grondait un peu Mathilde qui ne pouvait s'empêcher de rire, en voyant la consternation de sa sœur.

Mathilde adorait Eugénie, mais elle aimait aussi à attirer tous les regards. L'admiration que sa beauté inspirait, lui avait souvent causé une joie d'enfant, par la pensée qu'Edmond en serait également frappé. Elle trouvait donc ces succès flatteurs, sans les croire dangereux; et la coquetterie d'Ernestine lui semblait, vu son caractère, un malheur ridicule; elle ne pensait pas que ce fût une faute grave. L'air épouvanté d'Eugénie la disposant à la gaieté, elle entreprit de défendre la coquetterie. Elle se divertissait à employer de ces phrases qui expriment justement le contraire de ce qu'elles disent. Eugénie ne comprenait rien à ce langage brillant, singulier, et l'écoutait avec une gravité qui enchantait Mathilde.

Madame de Revel restait tous les soirs chez elle. Sa maison était ouverte à tout ce qu'il y avait de considérable à Bruxelles. Monsieur de Trèmes y était fort assidu. S'il s'approchait d'Ernestine, elle le recevait avec hauteur; s'il s'occupait d'une autre femme, elle le recherchait avec empressement. D'autres fois, se regardant à peine, ils sentaient qu'ils ne se perdaient jamais de vue. On commença à parler de leur liaison: monsieur de Revel en avertit sa fille, qui l'assura avec orgueil qu'elle n'avait rien à craindre pour son cœur.

Cependant l'attention des femmes avait été éveillée par des observations qui pouvaient leur servir de preuves. La parure d'Ernestine, jusqu'alors plus magnifique qu'élégante, avait pris depuis peu un air de jeunesse. Sa conversation, pour l'ordinaire préparée d'avance, devenait légère, et semblait, comme elle-même, dépendre du moment. Un seul point restait invariable; c'était son indignation contre les femmes soupçonnées de secrètes préférences: soit

---

[8] Note the stinging criticism of religious establishments and the ignorance that formed part of religious life.

qu'Ernestine crût persuader ainsi qu'elle était incapable d'une pareille faiblesse; soit qu'elle se révoltait contre l'amour, avant même de s'avouer qu'on devait le redouter.

Madame de Couci n'osait pas lui faire de représentations; car, dès qu'elle commençait une phrase, Ernestine l'interrompait par ces terribles paroles: '... Si l'on m'avait donné un mari que je pusse aimer ...' Toutes ses réponses exprimaient le même reproche; mais elle en variait les formes ... 'Si l'on avait consulté les rapports d'âge et d'humeur en me mariant, disait-elle ...' A ces mots, madame de Couci rentrait dans le silence.[9]

Un soir qu'elle s'était oubliée jusqu'à rester toujours dans un coin du salon à parler bas avec monsieur de Trèmes, quand on fut parti, monsieur et madame de Revel, madame de Couci se réunirent pour lui faire observer que cet air de mystère prêterait à la méchanceté. Elle répondit à sa grand'mère que sa vie étant dénuée d'intérêt, il lui était du moins permis de distraire son esprit dans des conversations innocentes. Monsieur de Revel, choqué du ton qu'elle avait avec Madame de Couci, lui défendit d'avoir chez lui de ces conversations innocentes, que personne n'entendait, et que chacun interprétait à sa fantaisie.

Ernestine, sans répliquer, assura qu'elle obéirait, et sortit avec beaucoup d'humeur. Le lendemain la famille sut qu'elle avait eu à déjeuner deux ou trois jeunes femmes, et que monsieur de Trèmes était le seul homme qui y avait été invité. Sans doute madame de Sanzei, en croyant punir ses parens, se compromettait; mais peut-être n'aurait-elle jamais reçu monsieur de Trèmes chez elle, si son père n'eût pas blâmé trop sèchement des actions qui pouvaient être imprudentes, mais n'avaient rien de condamnable; s'il eût pensé que, dans une situation fausse comme l'était celle de sa fille, il ne reste guère à choisir qu'entre les inconvéniens.

Dans leurs rapports communs, la première faute de n'avoir pas soigné son enfance se faisait toujours sentir. Monsieur de Revel ne se disait pas assez que l'autorité paternelle, méconnue dans les premières années, ne reprend jamais ses droits; que ce n'était plus qu'en s'efforçant d'obtenir l'affection de sa fille, qu'en lui présentant avec bonté son propre intérêt, qu'il pouvait espérer de la guider.

---

[9] Without the separation from her husband that emigration had physically brought about, Ernestine would have remained married to Monsieur de Sanzei free only to have liaisons with men of her own age. Not only did the emigration free her from any illusion about her elderly husband's noble character and her grandmother's benevolent role in securing her marriage, but the Revolution made it possible to obtain a divorce. On 20 September 1792 emigration became acceptable grounds for a divorce, and in order to keep property free of suspicion or confiscation, spouses whose partner had emigrated were required to obtain a divorce. As Monsieur de Sanzei had stayed to protect his property interests he would have done this to remove suspicion of counter-revolutionary intent through association with his wife. For a résumé of general laws on emigration see Colin Jones, *The Longman Companion to the French Revolution* (London: Longman, 1990), chapter VI, 'Emigration and Counter-revolution'.

L'air sérieux de madame de Sanzei, sa tournure apprêtée, ses phrases toutes faites, n'imposaient plus dans une société, jeune, aimable, uniquement occupée à s'étourdir, et à repousser les idées qui laissaient trop prévoir le malheur. Renonçant à éblouir un pareil cercle, elle s'avisa un beau matin de vouloir changer de système, et changea seulement de prétentions. Elle avait vu que la grâce et le naturel de Mathilde, donnaient à sa vivacité un charme qui séduisait tous les âges. Elle voulut l'imiter; mais la gaieté, la folie étaient en elle une manière d'être, et non une manière de sentir. Aussi, dès qu'elle paraissait, elle faisait tant de bruit, ses mouvemens étaient se prompts si inattendus, qu'elle impatientait tout le monde. On disait d'elle qu'elle riait trop pour être gaie.

Monsieur de Trèmes s'amusait de ce grand changement, dont il prétendait avoir l'honneur. Dès les premiers instans, il lui avait persuadé qu'une âme forte est au-dessus du soupçon, qu'il fallait montrer du caractère; que n'ayant aucun des bonheurs de la jeunesse, elle devait jouir de la considération et de la liberté d'un âge avancé; et que c'était des droits et des vérités dont il fallait convaincre sa famille.

Elle était très-disposée à prendre confiance en elle-même, et à se révolter contre l'autorité de ses parens. Aussi suffisait-il qu'ils lui donnassent un avis, pour que, sans daigner le combattre, elle agit dans un sens précisément contraire à leurs désirs. Elle ne croyait point consulter monsieur de Trèmes; mais elle lui demandait son opinion sur toute chose, et cheminait ainsi complètement soumise à ses idées. Tous les matins elle lui écrivait, et souvent plusieurs fois dans la journée. Il s'était tellement emparé de son esprit, qu'elle avait toujours mille petits secrets à lui confier. Cette intimité, que la différence de leurs caractères rendait si étonnante, était le sujet de tous les entretiens. Quelques femmes en triomphaient; les hommes en riaient. Enfin, on parlait de leur liaison comme d'un attachement déclaré, sans que monsieur de Trèmes lui eût dit un seul mot d'amour, et sans qu'elle imaginât qu'on pût oser la soupçonner d'aucune faiblesse.

Chapitre XXIX

Madame de Couci était désolée que sa petite-fille se donnât l'apparence de torts graves qu'elle n'effacerait jamais entièrement. Elle s'affligeait de voir que ses nouvelles liaisons, l'attirant sans cesse hors de chez elle, ne lui permettaient presque plus de la voir. Tant d'étourderie lui causait un étonnement dont elle ne pouvait revenir. — 'Est-ce bien là,' se disait-elle, 'cette jeune personne présentée à ses sœurs pour modèle, toujours l'objet de ma constate prédilection? Elle, dont l'enfance avait quelque chose de si sérieux, dont le regard semblait si discret, la voilà plus évaporée que Mathilde.

Il est vrai que madame de Sanzei se livrait à une dissipation d'autant plus vive qu'elle redoutait ses propres réflexions. Le matin, des courses à cheval ou en calèche; le soir, des spectacles, des bals; une toilette différente pour les différens momens de la journée. Entourée des jeunes gens les plus à la mode, il lui restait peu de temps pour soigner sa grand'mère, et elle n'avait pas envie de s'exposer à ses représentations.

Quoiqu'elle crût pouvoir se plaindre de la manière dont on l'avait mariée, elle n'en sentait pas moins que sa conduite méritait des reproches. Pour les prévenir, elle affectait dans sa famille l'air accablé d'une personne sacrifiée. Cependant il lui était difficile de ne pas s'avouer que le malheur n'excuse point l'oubli de tous les égards envers les siens. Souvent, en rentrant du bal où elle avait pris l'agitation pour de la gaieté, et quelques vains complimens pour des succès, elle regrettait sa considération passée, et ne se dissimulait pas que, si les plus indulgens la défendaient encore, personne ne la louait plus.

Madame de Couci, trop fière pour épancher son cœur avec madame de Revel, se consumait dans une douleur solitaire et sans consolation. Un jour elle avait paru plus abattue; le lendemain matin, Eugénie inquiète alla lui demander de ses nouvelles. Quelle fut sa surprise en la trouvant en pleurs!

Eugénie, qui tremblait que sa grand'mère devenue plus faible depuis quelques mois, n'envisageât sa fin prochaine, s'assit près d'elle avec un sentiment tendre et filial qu'elle n'avait pas encore osé lui témoigner. Elle prit sa main, la baisa avec respect; et, sans se permettre de lui communiquer ses pensées, elle cherchait à la tranquilliser. Madame de Couci, attendrie par des soins si touchans, serra la main de sa petite-fille; mais ses larmes coulaient en silence. — 'Maman,' lui dit Eugénie, 'seriez-vous plus souffrante?' — Des larmes et point de réponse.

Comment avouer qu'elle était affligée dans l'objet le plus cher de son affection, dans l'espoir qu'avait nourri son orgueil? — 'Maman, votre santé si bonne jusqu'ici, votre âme si forte, doivent nous rassurer; peut-être survivrez-vous à la plus jeune de nous.' — 'Hélas! la plus jeune de toutes était cette même. Eugénie qui, à peine entrée dans la vie, pour consoler la vieillesse, ne craignait pas de prévoir pour elle-même une fin prochaine et prématurée. — 'Je ne désire plus de vivre,' répondit madame de Couci; et elle ajouta quelques mots sur l'avenir malheureux dont ils étaient menacés, ne pouvant laisser échapper de son âme la vraie douleur qui la déchirait.

Eugénie, accoutumée à ne jamais dissimuler une de ses pensées, ne douta point que les chagrins dont sa grand'mère parlait, ne fussent réellement ceux qui faisaient couler ses pleurs. Elle la consola avec une tendresse qui brisait le cœur de madame de Couci. 'Maman, rappelez-vous les espérances que, chaque jour, on nous présente comme certaines. Mais avant tout, confions-nous en la Providence; et si de plus grandes infortunes nous menacent, ne serai-je pas près de vous pour vous soigner, pour vous servir? Le malheur ne peut vous attendre qu'après m'avoir accablée.' Madame de Couci, comparant ce pieux dévouement avec la conduite d'Ernestine, se sentit pénétrée d'affliction. — 'Ma fille, ma fille,' lui dit-elle, 'laissez-moi seule; votre sensibilité me fait éprouver une émotion trop vive. Est-ce votre main qui devrait essuyer mes larmes, ces larmes qui ne seraient pas sans douceur, si Ernestine venait me consoler!'

Eugénie éclairée sur la véritable peine de sa grand'mère, comprit bien qu'elle ne pouvait l'adoucir qu'en disculpant sa sœur. Elle lui dit: 'Ernestine vous aime, elle est pour un moment, entraînée par une société légère qui cherche les distractions, tandis que les devoirs de mon état m'ordonnent de les éviter. Mais croyez, maman, qu'elle n'a pas tout l'oubli dont elle a l'apparence, ni moi tout le mérite que vous voulez bien m'accorder.' La douce persuasion animait et le regard et la voix d'Eugénie. Sa grand'mère en l'écoutant, excusait Ernestine sur le passé attendait mieux de l'avenir.

Cependant, madame de Sanzei devenait chaque jour plus inconsidérée. Sa réputation était compromise sans qu'on pût lui reprocher aucune faute réelle: mais on la jugeait plus sévèrement qu'une autre, parce qu'on ne lui avait jamais vu cette bonté de cœur qui dispose à l'indulgence.

Lorsqu'ils étaient seuls, l'entretien de la famille ne roulait plus que sur elle. Son caractère décidé, impérieux, ne permettait à personne de l'avertir. Sûre de son innocence, elle était fière d'avoir une volonté et de la suivre. Elle trouvait un secret plaisir à braver les soupçons du public, et à se dire que son injustice la révolterait au lieu de la soumettre. Ses parens sentaient avec douleur qu'ils avaient perdu toute influence sur son esprit; mais ils espéraient encore que l'expérience et ses propres réflexions pourraient un jour l'arrêter.

Une après-dînée que, rassemblés dans le salon, ils avaient gémi sur la conduite de madame de Sanzei, Eugénie, moins en garde contre elle-même, s'était aussi permis de la condamner. Le soir, en examinant ce jour, que, suivant les conseils de sa tante, elle regardait comme une vie passagère et séparée du jour qui devait suivre, elle s'étonna d'avoir osé juger sa sœur. 'Quoi! Non-seulement je ne l'ai pas défendue, mais j'ai ajouté ma voix au cri de la famille! Que m'a fait Ernestine?'

La première fois qu'Ernestine la revit, elle courut au-devant d'elle avec un empressement, un sentiment de tendresse qui surprirent sa sœur. Aussi la reçut-elle d'un air froid et contraint. 'D'où me vient,' s'écria-t-elle, 'ce redoublement d'affection?' — 'Je vous ai toujours aimée,' répondit Eugénie confuse; 'mais à présent il me semble …' — 'Que vous semble-t-il, madame? reprit Ernestine avec une aigreur d'autant plus marquée qu'elle commençait à sentir l'éloignement de la société. — 'Je crois que, dans toutes les situations, une amie véritable peut consoler.' — ' En quoi donc ai-je besoin de consolation?' — 'Ma grand'mère m'a paru affligée … mon père a l'air mécontent… je craignais que ces impressions ne vous eussent frappée comme moi, et que …' — 'L'ambition monastique ne perd jamais ses droits,' repartit Ernestine. 'Vous croyez-vous encore abbesse de ***, dispensant le blâme ou la louange dans votre couvent?' — 'J'ai tort, puisque je vous offense,' reprit avec douceur Eugénie; 'cependant mon intention était pure, mon intérêt sincère …' — 'Je n'examinerai point si vous avez eu tort ou raison,' répliqua Ernestine; 'sachez seulement que je n'attends ni mon bonheur, ni mes consolations d'aucune des personnes de ma famille.' — Elle s'éloigna, laissant Eugénie affligée, mais résolue de bien cacher les tristes dispositions de sa sœur.

Chapitre XXX

Eugénie restée seule dans le salon, réfléchissait douloureusement aux malheurs qu'Ernestine se préparait, lorsque des cris de joie attirèrent son attention. La voix d'Edmond frappe son oreille; il arrivait. Monsieur, madame de Revel, Mathilde, s'étaient précipités au-devant de lui; la nourrice avait mis son enfant dans ses bras. Eugénie respira en voyant ses parens si satisfaits. Edmond ne pouvait faire un pas sans être arrêté par des mains qui pressaient les siennes; il n'entendait que des paroles d'affection, que des voix qui le félicitaient. Sa figure noble et guerrière s'embellissait encore par l'émotion qu'il éprouvait.

Madame de Sanzei descendait de son appartement au même instant où Edmond arrivait. Elle s'arrêta sans lui parler. Elle regardait l'heureuse Mathilde dont les yeux remplis de larmes brillaient de joie. Sa jalousie réveillée lui fit de nouveau sentir le vide de son cœur. Apercevant Eugénie, elle courut vers elle, et lui dit: 'Quand vous m'avez parlé ce matin, attendiez-vous Edmond? aviez-vous prévu cette scène touchante..? Jamais ni vous ni moi ne connaîtrons un pareil bonheur … C'est de cela,' ajouta-t-elle, en serrant la main de sa sœur avec une espèce de mouvement convulsif, 'c'est de cela qu'il fallait me consoler.' — Eugénie, pour toute réponse, leva ses beaux yeux vers le ciel. Ernestine s'en alla, humiliée d'avoir laissée pénétrer la sombre inquiétude qui la dévorait.

Le premier jour, Edmond fut tout à sa famille; mais le lendemain Mathilde voulut donner une fête pour célébrer son retour. Elle avait besoin de dire à tous: 'Le voilà; qu'il est aimable! que je suis heureuse!'

Le matin, le ministre d'Angleterre fit demander à madame de Revel la permission de lui amener le comte Ladislas Opalinsky arrivé la veille à Bruxelles. Monsieur de Revel observa que le comte Opalinsky était de la même maison que la reine de Pologne, femme du roi Stanislas.

Ernestine le savait comme lui, car elle n'ignorait rien de ce qui tient aux distinctions de rang et de naissance; mais elle fit remarquer qu'il avait quitté son pays, parce qu'il était un des plus zélés partisans d'une liberté que le partage de la Pologne l'empêchait de défendre. Elle dit à son père: 'Sur quelque ton que l'on prononce le mot liberté, il me fait horreur.'

D'après ces impressions, Mathilde, sans examiner si ce jugement de sa sœur était injuste ou raisonnable, reçut assez mal le comte d'Opalinsky. Monsieur et madame de Revel furent polis, mais froids. Eugénie, assise près de sa mère, était affligée du peu d'accueil que cet étranger recevait de sa famille.

Ladislas avait une taille noble, un regard imposant, de grands yeux noirs pleins de feu, mais qui semblaient attendre un sentiment d'affection pour s'adoucir. Sa figure belle et fière conservait une expression de dédain et de pitié qui laissait pressentir qu'en éprouvant le malheur, il avait peut-être trop connu les hommes.

Après avoir regardé avec indifférence toutes ces personnes qui s'agitaient, ne songeant qu'à s'amuser, ses yeux se portèrent sur Eugénie. Frappé de son extrême beauté, de son air timide, de sa manière réservée, il ne put s'empêcher de demander son nom à madame de Revel. — 'C'est ma fille,' répondit-elle, avec l'espèce d'embarras qu'elle éprouvait toujours, quand on parlait d'elle pour la première fois; car alors le souvenir de ses vœux reprenait toute son amertume.

Le comte Opalinsky examinait avec étonnement la parure d'Eugénie. Cette grande croix d'or sur sa poitrine, sa robe de crêpe noir, ses yeux baissés, contrastaient d'une manière trop extraordinaire avec sa présence dans un bal, pour ne pas attirer toute son attention. Il ignorait que madame de Revel, appelant cette réunion une fête de famille, avait exigé que sa fille s'y trouvât.

Ladislas surpris ne pouvait ni s'éloigner d'Eugénie, ni détourner sa vue de cette figure céleste. Il observait, avec une secrète satisfaction, que les jeunes gens les plus à la mode la saluaient respectueusement, et ne se permettaient point de l'approcher. Mathilde seule, transportée de joie, venait souvent près d'Eugénie, et toujours pour lui parler d'Edmond. Ladislas saisit un de ces momens, et la pria de le présenter à sa sœur.

Jusqu'alors les Français connaissant les vœux d'Eugénie, la laissaient, pour ainsi dire, solitaire au milieu du monde. Tous l'admiraient en silence; aucun ne s'occupait d'elle. L'attention du comte Opalinsky qu'elle prévoyait si peu, lui causa une rougeur subite, un trouble inconnu. Elle se leva pour le saluer, et se remit à sa place, sans avoir prononcé une parole. Lui-même, touché de l'air doux et craintif d'Eugénie, cherchait en vain une phrase, un mot qu'il pût lui adresser, sans risquer de déplaire. Plusieurs fois, il avait rencontré ses regards qui exprimaient un sentiment général de bienveillance, mais envers lui une timidité particulière.

Eugénie se rappelait le froid accueil que sa famille avait fait à Ladislas, et désirait lui dire quelque chose d'obligeant … Après avoir hésité, elle lui demanda s'il y avait long-temps qu'il était à Bruxelles? — 'J'y suis arrivé hier au soir,' répondit-il, 'et je ne comptais pas m'y arrêter.' — Ladislas ne s'apercevait pas qu'il avouait, pour ainsi dire, qu'à présent il lui serait difficile de s'en éloigner. Eugénie, étrangère à toute coquetterie, ne chercha point ni pourquoi, ni depuis quand il avait changé de résolution; seulement elle sentit du plaisir à penser que ses parens pourraient le revoir.

Les premiers mots prononcés, leur entretien devenait plus facile: Ladislas lui demanda si elle dansait? — 'Jamais,' répondit-elle en baissant les yeux. — Il aurait bien voulu savoir le motif d'une résolution si sévère; mais il n'osait se permettre une question trop directe. Après quelques instans, elle lui dit à son tour: 'Et vous, monsieur, est-ce que la danse ne vous amuse pas? — 'Non: ma famille est proscrite, mon pays malheureux; et loin de chercher les distractions, je me reprocherais de m'y livrer.' — 'Ah!' reprit Eugénie, en fixant sur lui des yeux où l'étonnement et l'estime se confondaient, ' ne dites pas cela si haut, ne troublez pas des momens de plaisir qui peut-être seront rachetés bien cher.' — 'J'ai eu tort.' répondit-il, 'une sagesse trop austère est moins raisonnable que le courage qui soumet les Français à leur situation, sans leur ôter la force d'enlever au malheur tout ce qu'ils peuvent lui arracher.'

Cette conversation, ces sentimens qui n'étaient appréciés que par eux, les mirent à l'instant dans une sorte d'intimité. Elle eût désiré mieux connaître l'histoire de la Pologne; il souhaitait d'apprendre les infortunes de la famille d'Eugénie.

Sa robe noire inquiétait surtout Ladislas: il craignait qu'un mariage heureux ne lui eût fait connaître l'amour, qu'une perte trop sensible ne lui eût laissé des regrets ineffaçables. Sa famille était parée de couleurs brillantes, elle seule avait l'air d'être en deuil. Il avait bien envie de se promener dans la salle, de parler d'Eugénie, de demander aux indifférens des détails qui commençaient à l'intéresser; il y pensait, et involontairement il restait près d'elle. D'ailleurs, la musique du bal, d'abord si gaie, bientôt si monotone, mais couvrant toutes les voix, semblait, en quelque sorte, les rapprocher davantage l'un de l'autre, et ajoutait un charme particulier à leur entretien.

Il lui parla de la France; elle la regretta, sans se permettre une expression trop amère. Le sentiment religieux qui prescrit de supporter le malheur, de pardonner aux ennemis, mettait dans ses paroles une douceur, une résignation qui le frappaient de surprise; il admirait une vertu si rare. 'Grand Dieu,' se disait-il, 'le hasard m'aurait-il fait trouver celle que mon imagination inquiète désirait, pour adoucir des chagrins ressentis peut-être trop vivement?' Il contemplait Eugénie, l'écoutait; et son doux regard, sa voix tendre, le pénétraient d'une impression qu'il n'eût pas voulu surmonter. Une sorte de mollesse dans ses mouvemens, de repos dans sa personne, enchantaient Ladislas: calme sur tout ce qui n'était pas Eugénie, son cœur et son âme s'élevaient vers elle.

'Permettez-moi,' lui dit-il, 'de vous faire une seule question…. Votre famille, comme la mienne, est-elle proscrite?' — 'Oui' — 'Est-elle malheureuse?' — 'Pas encore' — 'Un seul mot de plus.' ajouta-t-il en tremblant; 'pourquoi cette robe noire?' — 'J'ai prononcé des vœux éternels …' Elle se leva sans attendre sa réponse.

Chapître XXXI

Le lendemain Edmond annonça à Mathilde qu'il partait à l'heure même pour l'armée. Près de s'en séparer, elle ne concevait pas comment elle avait abandonné à la dissipation des instans si courts, et attendus depuis si long-temps. Entraînée par le plaisir de le voir admirer, d'entendre son éloge, combien, dans ce moment, elle regrettait ces heures où elle aurait pu lui faire raconter tout ce qui avait rempli sa vie pendant son absence! ... Il s'éloignait! et à peine avaient-ils eu le temps de dire un mot du passé, de jeter un regard sur l'avenir. Mathilde, affligée de ce départ si prompt, restait mécontente d'elle-même, et cependant avec quelle tendresse elle l'aimait.

Le soir on se rassembla, comme de coutume, chez madame de Revel. Monsieur de Trèmes y vint. Il savait que sa présence n'était pas agréable à cette famille; mais il s'en embarrassait peu, et ne paraissait point le remarquer. Il avait trop d'usage du monde, pour ne pas se dire que jamais les parens de madame de Sanzei n'oseraient cesser de le recevoir, et s'exposer ainsi à justifier les propos du public ; et sa vanité était aussi flattée par la politesse froide et sérieuse de monsieur de Revel, que par les prévenances d'Ernestine.

Le comte Opalinsky se rendit chez madame de Revel, occupé malgré lui d'Eugénie. Sa douceur, sa beauté, cette réserve timide avaient étonné sa raison et troublé son sommeil. Il la voyait encore, prévoyant l'infortune sans se plaindre, parlant des temps heureux sans s'abandonner à d'inutiles regrets; enfin, plus que lui, soumise à ces grandes calamités du siècle qui le faisaient frémir ... Quelquefois, ne pouvant accorder tant de courage à une femme si jeune, il croyait que ces expressions modérées étaient un langage appris dans le cloître. Plus souvent, son cœur lui disait qu'Eugénie réalisait peut-être cette perfection idéale, dont l'image chère et fugitive l'avait rendu insensible à tous les plaisirs de la vie. Enfin, soit que son âme charmée crût avoir rencontré celle qu'il cherchait; soit que, dans sa misanthropie, il trouvât une sorte de satisfaction à penser que son espoir serait encore déçu, un penchant involontaire, une secrète inquiétude le ramenaient près d'Eugénie.

Lorsqu'il arriva chez madame de Revel, Mathilde retirée dans un coin du salon, absorbée dans sa rêverie, ne savait si elle était seule ou avec les siens; ses regrets suivaient Edmond.

Le petit Victor était endormi sur les genoux d'Eugénie. Elle n'osait faire un mouvement de peur de l'éveiller, et cette crainte l'avait empêchée de se lever pour saluer le comte Opalinsky; mais le mot d'excuse qu'elle lui adressa lui avait paru une faveur particulière.

Toute cette famille ainsi préoccupée n'était guère en état de soutenir la conversation. Monsieur de Trèmes, pour l'animer, avançait des propositions bizarres qui glissaient sans que personne prît la peine de les combattre. Ernestine, trouvant un vrai plaisir à se montrer en opposition avec ses parens, affectait une gaieté insupportable. Tout la faisait rire, de ce rire forcé qui glace et attriste.

Monsieur de Trèmes, piqué de n'obtenir que l'attention de madame de Sanzei, voulut lui plaire, et tourmenter un peu sa famille. Mathilde était triste; il se moqua de la sensibilité. Ernestine était gaie; il parla avec enthousiasme de ces femmes dont l'esprit piquant et varié prenait toutes les formes, saisissait, par des expressions inattendues, par des idées vives et nouvelles. Il regardait madame de

Sanzei avec complaisance, et elle l'écoutait avec un sourire qui laissait voir qu'elle agréait l'hommage de ce brillant portrait.

Eugénie ne pouvait échapper au persifflage de monsieur de Trèmes; son tour vint … Après l'avoir considérée quelque temps en silence, il demanda au comte d'Opalinsky s'il aimait les tableaux; et sur sa réponse, il lui demanda encore s'il était grand admirateur de ces belles vierges, dont le regard discret avertit qu'elles n'ont rien de commun avec la terre. — 'Il me semble,' repartit Ladislas, 'qu'il faudrait n'avoir rien de commun avec le ciel, pour ne pas les adorer.'

Monsieur de Trèmes ne répondit point; il alla se placer auprès d'Ernestine. Appuyé sur le dos de son fauteuil, il observait Eugénie et Ladislas, et disait tout bas à madame de Sanzei des demi-mots dont elle s'amusait, en affectant de lui imposer silence, mais d'un ton qui encourageait sa gaieté.

Eugénie, qui se voyait l'objet de leur entretien, n'en fut ni fâchée ni troublée. Elle regarda monsieur de Trèmes avec un étonnement si naturel, une dignité si imposante, qu'il baissa les yeux malgré lui; et, pour le moment du moins, il la crut insensible à l'admiration qu'elle avait inspirée. Il se persuada même qu'elle ne l'avait pas remarquée.

Chapître XXXII

Les jours, les semaines se succédaient, sans que le comte Opalinsky songeât à continuer ses voyages. Tous les soirs il venait chez madame de Revel. Quelquefois près d'Eugénie, il osait à peine lui parler; le plus souvent éloigné d'elle, mais placé de manière à ne pas la perdre de vue, il s'abandonnait au dangereux plaisir de chercher à deviner les impressions de cette âme si neuve et si pure. Tous deux, plus isolés, plus seuls au milieu du monde que dans la solitude: lui, en silence, dédaignant ces petits événemens qui composent l'histoire de chaque jour, et deviennent le sujet de toutes les conversations; elle, aussi dans le silence, car son voile et ses vœux l'ont accoutumée à se former une retraite intérieure où elle va se recueillir. Il semblait qu'une même disposition d'esprit les séparât de la société. Ladislas jouissait avec surprise de cette conformité de goût et d'humeur, et se disait que si Eugénie était libre, il croirait que l'amour se plaisait à les désigner l'un à l'autre.

Le comte Opalinsky, accoutumé dès l'enfance aux agitations de la Pologne, s'était livré tout entier aux grands intérêts de la patrie. Mais seul, dans une terre étrangère, privé tout-à-coup des nobles espérances qui avaient enchanté sa jeunesse, il eût désiré qu'une passion plus douce pût remplir son âme, et n'aspirait qu'à se dévouer à celle qui consentirait à plaindre le sort de son pays.[10]

---

[10] Note the reflection on patriotism that when Ladislas is away from his Polish countrymen who have surrounded him from birth, the fervent nature of his own devotion is naturally moderated by philosophical and geographic detachment or distance.

Tout ce qu'il observait, tout ce qu'il entendait dire d'Eugénie ne faisait qu'exalter son ardente imagination; cependant il se répétait avec effroi ces mots terribles: 'J'ai prononcé des vœux éternels …' Monsieur et madame de Revel avaient des envieux; c'est avoir des ennemis. De toutes parts il revenait à Ladislas qu'ils avaient forcé leur fille à se faire religieuse, et n'avaient abandonné son enfance que pour la décider plus facilement à prendre le voile. Les vertus d'Eugénie excitaient l'admiration; mais on assurait qu'elle n'était pas heureuse. — 'Pas heureuse!' se disait-il; 'et qui le sera sur la terre, si cette créature angélique est condamnée à n'éprouver aucun des sentimens qui donnent du charme à la vie?

Ladislas eût regardé comme une félicité suprême de la combler de tous les biens, de tous les dons auxquels on l'avait forcée de renoncer. Son cœur tressaillait en pensant que l'Eglise avait le droit de relever Eugénie de vœux prononcés si jeune, et peut-être sans vocation. Souvent il réfléchissait aux infortunes qui attendaient les émigrés, à celles qui menaçaient particulièrement monsieur de Revel. Il se voyait l'ami, le consolateur de cette famille, et ne pouvait contenir la joie de son âme, en espérant que peut-être il deviendrait leur appui.

Il croyait n'éprouver que cet intérêt qui naît de la pitié, et déjà il disait en frémissant: si Eugénie m'aimait jamais, le ciel, sa famille, ses vœux même l'auraient vainement condamnée au malheur!' — Quelquefois une vague inquiétude lui faisait craindre qu'elle ne fût insensible, ou prévenue d'une secrète préférence, tourment d'un cœur qui n'ose se donner … Bientôt il repoussait cette idée insupportable; car dans son esprit agité tous les sentimens contraires se succédaient. Il se reprochait son injustice, et se disait que ces Français, qui s'examinent si légèrement eux-mêmes, et à qui rien n'échappe de ce qui concerne les autres, en blâmant la famille d'Eugénie, n'auraient pas manqué de l'accuser également, si la plus légère apparence eût prêté à leur gaieté.

Ladislas, n'était occupé que d'elle, dans le salon de sa mère; mais pour se dérober aux observations importunes de madame de Sanzei, il se tenait à l'écart. Ses grands yeux noirs suivaient continuellement Eugénie. Elle ne pouvait lever les siens sans les rencontrer; ils l'embarrassaient, et cependant lui causaient une émotion inconnue. — 'Quelquefois,' disait-elle à Mathilde, 'je crois voir un génie qui me surveille et n'est visible que pour moi.'

Chapître XXXIII

Depuis deux mois le comte Opalinsky se rendait tous les soirs chez madame de Revel, sans avoir trouvé l'occasion d'entretenir Eugénie en particulier; et chaque jour il revenait heureux du seul plaisir de la contempler. S'il ne pouvait se flatter d'être aimé, du moins il sentait avec transport qu'elle le préférait à tous ceux qui venaient chez sa mère. Que de fois elle suspendit son ouvrage pour l'écouter! Une grande pensée, une action généreuse les frappaient en même temps; ils ne se parlaient pas, mais leurs regards se rencontraient. Il existait entre eux une manière de s'entendre dont Eugénie jouissait sans la remarquer, que Ladislas apercevait sans presque oser en jouir.

Mathilde était triste ou contente suivant les nouvelles de l'armée. Edmond écrivait-il? Elle n'avait plus ni souvenir, ni crainte. Une ligne, un mot de lui suffisait pour la soutenir pendant plusieurs jours: bientôt elle retombait, et ne donnait plus qu'une demi-attention à tout ce qui l'environnait.

Le comte Opalinsky apprit un des premiers que les Français avaient gagné une grande bataille, et marchaient sur Bruxelles.[11] Avec quel empressement il vint assurer Mathilde qu'Edmond n'avait pas été blessé!

Les émigrés connaissant le sort qui les menaçait, se disposèrent à fuir. Quel moment! Quel trouble! Presque tous déjà si malheureux, le devenaient encore davantage, par la perte de leurs espérances. Cependant, malgré leur affreuse situation, ils éprouvaient, sans se l'avouer, un sentiment d'orgueil national, en voyant ces troupes nouvelles, peu aguerries mais françaises, vaincre des armées disciplinées, fortes de leurs anciennes victoires, et dont le nom même était une puissance.[12]

Comme monsieur de Revel était sorti de France plus tard que les autres, il avait quelques ressources. Accablé de la situation de ses compatriotes, il partagea avec les plus à plaindre. Nul orgueil à offrir, nul embarras à recevoir, dans un temps où l'on croyait retrouver ses biens, et pouvoir s'acquitter.[13] Quel triste retour pourtant il faisait sur lui-même, lorsqu'il songeait que des secours si legers n'éloignaient le besoin que d'un instant, et priveraient peut-être un jour les siens du nécessaire! Hors d'état de soulager tant infortunés, il s'empressa de fuir un aspect si déplorable, et montant en voiture, il partit pour La Haye avec sa famille.[14]

En chemin ils se cachaient, presque honteux de l'aisance qu'ils avaient conservée. La route était couverte de Français nobles comme eux, naguères riches, gais, insoucians, et aujourd'hui à pied, la mort dans le cœur, traînant avec eux des enfans, des femmes faibles, délicates, et habituées à toutes les jouissances de la fortune.[15]

Monsieur et madame de Revel, qui cherchaient à les gagner de vitesse, les eurent bientôt dépassés. Ils n'étaient encore qu'à trois lieues de Bruxelles,

---

[11] The battle referred to is the victory of the Republican forces led by Dumouriez at Jemappes on 6 November 1792.

[12] This is also mentioned in the memoires of Madame de la Tour du Pin. See Caroline Moorhead, *Dancing to the Precipice, Lucie de la Tour du Pin and the French Revolution*, op. cit., p. 155.

[13] This comment reinforces the fact that at this stage of emigration émigrés expected to be soon back in France.

[14] Souza shows here how very slowly the seriousness of emigration dawned upon the émigrés.

[15] This testimony to the chaotic émigré flight from Brussels is described in the memoires of Mme de la Tour du Pin as above.

lorsqu'ils virent une calèche s'arrêter près de leur voiture: c'était Ladislas. — 'Je vais aussi me réfugier à La Haye,' dit-il à Monsieur de Revel.[16] 'J'y arriverai sûrement plus tôt que vous: me serait-il permis de vous faire préparer des appartemens?' — 'Mais,' répondit monsieur de Revel avec embarras, 'vous y mettriez trop de magnificence.' — 'Oh!' reprit Ladislas, ' la voix de mille malheureux que je viens d'entendre vous bénir, me fera deviner vos intentions.' — Après avoir dit ces mots, il fit un profond salut à madame de Revel, jeta un regard sur Eugénie, et s'éloigna promptement, dans la crainte que monsieur de Revel ne voulût refuser des soins qu'il se plaisait tant à lui rendre.

Chapitre XXXIV

Comme le cœur d'Eugénie avait été ému en revoyant Ladislas ! La simplicité de ses manières, la douceur de son regard, ses expressions respectueuses avaient porté le trouble dans son âme. Mathilde, assise près d'elle sur le devant de la voiture, lui dit tout bas : 'Ce génie qui te surveille n'est pas uniquement aperçu par toi ; depuis long-temps je compte aussi sur son affection.' — Sa sœur ne répondit point; mais, heureuse, elle s'abandonnait à ses rêveries. Loin de craindre l'amour, elle n'imaginait pas qu'il fût possible d'admirer assez tant de vertus, et ne croyait être que juste en rendant à Ladislas le tribut d'estime qu'il méritait. Avec quel plaisir elle revenait sur tous ces instans où il s'était toujours montré comme on désirait qu'il fût!

Assise devant sa mère, elle regardait la campagne, et paraissait chercher à satisfaire une vague curiosité ; tandis que tout entière à sa pensée, recueillie en elle-même, elle ne s'occupait que de Ladislas. La pureté de ses sentimens l'aveuglait sur ce qu'ils avaient de trop tendre.

Madame de Couci et madame de Sanzei étaient agitées par des impressions bien différentes. Toutes deux renfermées dans la voiture qui suivait celle de monsieur de Revel, leur long silence n'était interrompu que par de mutuels reproches sur l'imprévoyance avec laquelle elles avaient abandonné leur fortune. — 'Quel bien-être,' s'écriait madame de Couci, 'vous avez eu la folie de quitter ?' — 'Pourquoi,' répondit Ernestine, 'n'avait-vous pas songé à vendre, ou du moins à engager une partie de vos terres, pour avoir des fonds qui pussent assurer notre avenir ?'

L'âge de madame de Couci, et la faiblesse de madame de Revel ne permettant pas de faire de longues journées, ils n'arrivèrent tous que le surlendemain à La Haye. Ladislas les attendait à quelque distance de la ville ; il les suivit à cheval, et les fit conduire à une maison qu'il leur avait fait préparer.

---

[16] The use of the verb 'se réfugier' is interesting. Note that it is used by Ladislas and not by the French who are still in quasi-denial about the true nature of their travels. The word réfugié first came into the French language in 1573 at the time of the Huguenot persecution, and the English word refugee was first attested in 1685.

La veille, il n'avait rien oublié de ce qui devait leur rendre ce séjour agréable. Madame de Revel, en le remerciant de la peine qu'il avait prise, lui demanda comment il avait distribué la maison. C'était d'un air empressé, mais timide, qu'il leur montrait les appartemens qu'il avait cru pouvoir choisir pour chacun d eux.

Au rez-de-chaussée, madame de Couci était placée avec Ernestine. Au premier, monsieur et madame de Revel étaient aussi fort bien établis. Ces quatre appartemens, sans avoir rien de magnifique, convenaient à leur situation passée et aux ressources qu'ils avaient encore. Madame de Sanzei parut fort satisfaite de se voir considérée par Ladislas à l'égal de ses parens.

Il fit quelques excuses à Mathilde de n'avoir pu lui réserver qu'un petit pavillon au bout du jardin. Aussitôt chacun voulut le voir: on était pressé de tout approuver; c'était en quelque sorte remercier Ladislas … Il aurait désiré de retarder cette visite, et se sentait embarrassé: cependant il fut bien obligé de suivre la famille; il n'osait plus la précéder.

Ils allèrent au pavillon que devaient habiter les deux sœurs. Quelle surprise! Dans l'appartement le plus simple, Mathilde trouva tout ce qu'elle aimait; des vases remplis de fleurs, de la musique, un petit berceau pour son enfant, des livres, une harpe.[17] Ils passèrent dans la chambre d'Eugénie, et trouvèrent aussi des fleurs et un prie-dieu. 'Ah !' se dit-elle en levant les yeux au ciel, 'c'est là que je prierai pour lui.' On voyait que Ladislas avait donné des ordres pour les autres appartemens, mais qu'il s'était occupé lui-même de ces derniers.

Mathilde le remerciait avec une vivacité, un plaisir qui ajoutaient à son trouble. Eugénie ne lui dit pas un mot. Elle jouissait en silence, regrettant un peu qu'il n'eût pas songé à plaire de même à madame de Sanzei; car elle s'apercevait que sa sœur, d'abord flattée, paraissait mécontente. Il lui eût été si doux de voir Ladislas aimé de tous ! — ' Le parfum des fleurs porte à la tête et au cœur,' dit Ernestine, et elle regarda Mathilde avec un sourire ironique ; puis elle ajouta d'un ton de voix assez bas pour que Ladislas ne pût l'entendre: 'Je retourne chez moi, où je n'ai pas lieu de les craindre.' — Elle s'en alla, en affectant un air dédaigneux qui dévoilait trop son humeur. Ladislas reconduisit monsieur et madame de Revel; et après quelques instants, il sortit pour leur laisser prendre un repos dont ils avaient besoin.

---

[17] This is not the only reference to a harp or to the role of music for the émigrés. Musical instruments were sought after as a means of diversion, entertainment and employment. Perhaps the most important role was the form of group therapy music provided as well as simply having a pleasant way to pass time. Souza herself played the harp; violin, and piano were also fashionable instruments, and the guitar because of its portability was frequently mentioned and taught in emigration as a means of making money. Those proficient enough made their money by giving concerts, and others taught students to play the instrument but teaching music like teaching French was a talent that could be turned into financial gain for the émigré.

Dès qu'Eugénie fut seule, elle se mit à genoux à son prie-dieu. Sans former un seul désir pour elle-même, son âme s'élançait vers le ciel: Qu'il soit heureux, ô mon Dieu!' disait-elle; et ses vœux s'arrêtaient à cette prière.

Chapitre XXXV

En entrant chez elle, Ernestine se jeta dans un grand fauteuil ; et là accablée d'une foule de souvenirs pénibles, elle cherchait à se dérober à ses réflexions. Mille petites circonstances ignorées par sa famille contribuaient encore à l'irriter.

Avant de partir de Bruxelles, elle avait proposé à monsieur de Trèmes de voyager avec elle. Il avait accepté avec empressement. Ce n'est pas qu'aucun des deux eût besoin d'adoucir les chagrins de l'autre; mais elle aimait à paraître suivie d'un esclave et lui se plaisait à donner de la publicité à une liaison qui flattait son amour-propre. Aussi se dégagea-t-il bien vite, lorsqu'elle lui dit que sa grand'mère les accompagnerait: et après l'avoir quittée, il alla faire les plus comiques récits sur la petite fête que madame de Sanzei lui avait préparée.

Elle ne comprenait pas l'espèce d'engouement qu'elle avait eu pour cet homme qui n'aimait que lui, professait hautement son égoïsme, et donnait un nom ridicule à chaque vertu. Elle le comparait avec Ladislas, et se sentait rougir. Quelle différence! Ladislas s'était fait chérir par son respect pour le malheur. Dans ce moment de crise, il avait porté en secret des secours et des consolations aux plus infortunés. Sur la route de Bruxelles où ils fuyaient au même instant, Ernestine avait remarqué qu'il était connu de tous; pas un qui ne le saluât à son passage, qui ne le bénît. Sa présence faisait naître un sourire sur ces visages sombres et abattus; tous, jusqu'aux enfans, savaient son nom.

L'orgueil d'Ernestine avait causé ses erreurs; et cet orgueil venait l'agiter encore, en lui présentant la gloire qu'il y aurait à soumettre le caractère fier et indompté de Ladislas. Quel bonheur d'être aimée de celui que tant d'hommes estiment, que tant de femmes admirent! Confuse, humiliée, elle se rappelait l'étonnement qu'elle avait vu dans tous les regards, lorsqu'elle avait commencé à se lier avec monsieur de Trèmes. Personne ne lui refusait de l'esprit; mais elle était obligée de s'avouer que pas une mère n'eût voulu lui confier le bonheur de sa fille. Elle cherchait par quels dangereux sophismes il avait pu l'aveugler, jusqu'à lui faire trouver une sorte de courage à braver l'opinion.

Quelle joie pour elle, si, après avoir dédaigné monsieur de Trèmes, elle pouvait le rendre à son tour l'objet d'une ridicule pitié! lui prouver qu'elle est digne d'inspirer une véritable passion; et surtout l'humilier, en faisant faire à chacun cette comparaison avec Ladislas, qu'elle-même ne peut supporter!

Elle a trop vu que souvent il l'évite, tandis qu'il paraît se plaire avec ses sœurs. Cependant si Mathilde l'amuse par sa gaieté, il sait qu'elle aime son mari … Eugénie respecte ses vœux … Elle soupira, forcée de reconnaître que l'inconséquence de sa conduite avait peut-être causé cet éloignement. 'N'importe,' se dit-elle, en relevant sa tête altière, 'je veux être aimée de Ladislas ; et lorsque son admiration aura excité la jalousie de monsieur de Trèmes, et l'envie de ces femmes qui m'ont blâmée avec tant de rigueur, je lui opposerai la réserve austère qui honorait ma jeunesse.' Pendant que son esprit s'abandonnait à cette idée, elle se perdait dans les triste rêveries d'un amour-propre blessé.

Le lendemain elle retrouva ses sœurs, sans avoir l'air de se rappeler qu'elles eussent été l'objet d'une préférence offensante pour elle. Loin de faire des reproches au comte Opalinsky, elle joignit ses remercimens à ceux que lui faisaient ses parens. Il craignait son humeur, et fut agréablement surpris de la trouver affable et gracieuse.

Ernestine devait à madame de Couci une éducation très-soignée. Elle parlait avec élégance, et aucun sujet de conversation ne lui était étranger. Dans cet instant elle voulait être aimable, et le fut réellement.[18] Pendant le dîner il s'établit entre elle et Ladislas une discussion très-piquante sur les passions. Ladislas, capable de les éprouver toutes, disait que l'on ne pouvait assez les redouter. La froide Ernestine soutenait qu'elles seules embellissaient la vie. Pour ou contre son opinion, elle citait en riant les autorités les plus graves, quelquefois des livres moins approuvés; tout lui était bon, pourvu qu'elle étonnât et amusât Ladislas. Madame de Couci était ravie de voir qu'elle oubliait monsieur de Trèmes, et paraissait contente dans sa famille.

Eugénie, la timide et sensible Eugénie, éprouvait un serrement de cœur dont il lui était impossible de deviner la cause. Combien elle enviait à sa sœur ce plaisir de causer, de faire partager sa gaieté! Si on lui eût adressé la parole, elle n'aurait pu articuler un mot; car elle sentait ses yeux se remplir de larmes; à peine pouvait-elle respirer.

Ladislas, frappé de son changement, craignit qu'elle ne fût souffrante; dès-lors toutes les séductions d'Ernestine furent sans effet. Il n'écoutait plus, n'entendait rien. En un moment, ce dîner si gai, si animé, devint sérieux et morne, et l'on cessa de se parler. Eugénie respira sans savoir ce qui l'avait oppressée, ni quel bien-être la soulageait.

Chapitre XXXVI

Le lendemain Eugénie alla dans le parc respirer l'air frais du matin. Il faisait un superbe temps d'automne. Elle se promenait portant le petit Victor qui, les bras attachés à son cou, s'approchait de son visage pour éviter le froid. Elle le caressait avec une tendresse vive qu'elle n'avait pas encore éprouvée : 'Au moins,' lui disait-elle, 'je puis contribuer à ton bonheur !' Elle le pressait contre son cœur, cherchait à exciter ses petites joies, et semblait lui demander: 'Ta mère pourrait-elle t'aimer davantage?'

---

[18] Note the reference to the real quality of Ernestine's education.

La nourrice de l'enfant marchait derrière elle avec une femme de chambre. Au détour d'une allée, Eugénie rencontra le comte Opalinsky, et s'arrêta. — 'Le hasard me sert mieux que je ne l'espérais, madame,' lui dit-il. 'Hier, vous m'avez paru souffrir; j'attendais avec impatience l'heure à laquelle on peut vous voir, et je trouvais la matinée bien longue.' — 'Je suis mieux aujourd'hui,' lui répondit-elle, en souriant d'un air doux. — 'M'est-il permis de vous suivre dans votre promenade?' Comme il disait ces mots le petit Victor lui tendit les bras: — 'Il vous reconnaît,' dit Eugénie, avec un plaisir qui anima tous ses traits, et elle embrassa l'enfant.

Ladislas, attendri, s'efforçait de cacher son émotion. Dans son trouble, n'osant lui parler ni d'elle ni de lui, il demanda si Mathilde avait reçu des nouvelles d'Edmond? — 'Non,' répondit Eugénie; 'et si vous en appreniez jamais qui dussent l'inquiéter, promettez-moi que vous m'avertiriez la première.' L'enfant n'étant plus amusé par Eugénie, posa sa petite tête sur son cou, et s'endormit. Comme elle craignait de l'éveiller! et avec quelle tendre affection elle l'embrassa avant de le remettre à sa nourrice! — 'Il vous aime autant que Mathilde,' dit Ladislas. — 'Ah!' répondit-elle, 'je crois souvent qu'il m'aime davantage. Ma sœur n'est pas, comme moi, toujours prête à jouer avec lui. Pauvre Mathilde, si inquiète pour Edmond!'

Il n'osait rappeler à Eugénie le couvent qu'elle avait quitté, et cependant il lui demanda si elle regrettait la France? — 'Vous serez peut-être étonné d'apprendre que je ne la connais pas. Ma vie entière s'est écoulée paisiblement dans une retraite qui ne m'a laissé que des souvenirs bien chers.' — Aussitôt elle lui raconta comment elle avait passé ses premières années. — Il voyait avec douleur que, si une piété ardente ne l'avait pas déterminée à prendre le voile, elle conservait un profond respect pour l'état religieux, et soupirait après la solitude et la tranquillité du cloître.

'Au couvent,' lui dit-il, 'vous pouviez jouir de la retraite; mais actuellement l'affection de vos proches doit vous rendre plus heureuse que vous ne l'étiez, séparée d'eux.' — 'Eh! voilà l'objet de ma secrète inquiétude. Quelquefois je crains d'être trop heureuse; et si alors je ne fuis pas le monde, c'est pour obéir à mon père qui veut me garder près de lui.' — Chaque mot ajoutait à l'admiration de Ladislas; mais aussi chaque mot achevait de le convaincre que, s'il parvenait jamais au bonheur d'intéresser Eugénie, il faudrait, pour ainsi dire, pénétrer dans son cœur à son insu; que tout ce qui pourrait plaire à une autre femme l'éloignerait sans retour. 'Quoi!' s'écria-t-il, 'si le calme renaissait en France, vous n'y retourneriez que pour vous enfermer dans un cloître?' — 'Pourriez-vous en douter?' lui répondit-elle, avec une surprise tempérée par cet air timide et tendre qui lui donnait un charme particulière. 'Je ne vous parlerai pas des sentimens religieux; vous croyez peut-être qu'il est dans le monde des vertus aussi sûres: mais je vous dirai que mes vœux ont été volontaires, et que je dois les respecter.' — 'Vous serait-il donc possible de quitter une mère qui vous adore, une sœur qui

peut-être un jour aura besoin de consolation?' Il ajouta bien bas: 'des amis' —
Elle l'arrêta: 'Vous ne voulez pas m'affliger: ne prononcez donc plus le mot
d'avenir; il m'est défendu d'y penser.' — 'Comment? la prévoyance, la raison …
' — 'La raison me dit de me soumettre, et la religion me le prescrit. Pour rendre
mes devoirs moins difficiles, ma tante, en mourant, m'a recommandé de
considérer chaque jour comme isolé et séparé du jour qui peut suivre. Lorsqu'on
ne porte jamais ses regards au-delà, me disait-elle, le sacrifice de toute la vie ne
paraît que l'abandon de quelques heures.'

Cette conversation à laquelle Eugénie se livrait avec plaisir, désespérait Ladislas.
Une vive douleur se peignit sur son visage. — ' Qu'avez-vous?' lui dit-elle effrayée.
'Je vous ai trop long-temps occupé de moi; et je vois que vous avez des peines.'
— 'Oui, j'ai eu de grandes peines,' répondit-il; 'mais j'en prévois d'affreuses …
Peut-être le sort me laissera-t-il sans aucune espérance; alors du moins l'on peut
mourir …' — 'Ah !' reprit Eugénie en joignant les mains, 'ne répétez pas des
paroles que Dieu réprouve …' Elle attendit quelques instans sa réponse. Voyant
qu'il restait en silence, et comme accablé de ses funestes pensées, elle ajouta d'un
son de voix plus touchant: 'Si la confiance pouvait adoucir vos chagrins, l'amitié
m'est permise.' — 'Je le sens trop,' lui dit-il; 'le temps viendra où rien ne pourra
les adoucir.' — 'Confiez-les moi; ils deviendront les miens.' — 'Pensez-y avant
de me répondre,' reprit-il en tremblant; 'consentirez-vous à être mon amie?' —
'La religion ordonne d'être l'amie du malheur.' — 'Mais je suis injuste, bizarre.'
— 'Je ne dois pas croire le mal que vous dites de vous-même,' répondit-elle; et
pour le calmer, elle s'efforçait de sourire. 'Promettez-moi de ne plus vous livrer à
de tristes pressentimens ; ne vous refusez pas aux consolations, et vous trouverez
en moi une sûre et fidèle amie.'

Dans ce moment, Ladislas craignant d'être à jamais malheureux: mais il était
près d'elle ; et des mouvemens de joie venaient se mêler à sa douleur. 'Si vous
saviez,' lui dit-il, 'tout ce que j'ai ressenti la première fois que je vous ai vue! Vous
m'avez paru un être angélique placé entre le ciel et moi. Depuis ce jour, je ne
pense à vous qu'en sentant mon cœur s'élever vers une perfection que je ne puis
atteindre.' — 'D'abord, ne me louez plus,' répondit Eugénie du ton de la prière,
'je ne dois pas entendre la louange. Mais s'il était vrai que l'amitié, que la religion
pût donner à ma voix, à mes paroles, la force de rendre vos peines moins amères,
je serais trop heureuse.' — A ce mot, il s'écria : 'Je me livre à ma destinée; comme
vous, je ne veux plus jeter un seul regard vers l'avenir…. mais je le prévois,
Eugénie, la mort, la mort viendra …' — Aussitôt, il s'éloigna; car son secret allait
lui échapper. Il la laissa frappée d'une crainte qu'elle ne pouvait surmonter. Son
cœur se brisait, des larmes tombaient de ses yeux…. 'Ah! mon Dieu,' s'écriait-
elle, 'rendez-le sensible à l'amitié!'

Le soir Ladislas ne vint point; il n'était pas encore assez maître de lui. Eugénie
se le représentait seul et malheureux…. elle priait et souffrait.

Chapitre XXXVII

Le jour suivant, Mathilde, frappée de la pâleur d'Eugénie, et toujours livrée à une seule idée, lui demanda en tremblant si on avait reçu des nouvelles d'Edmond. Sa sœur la rassura et se plaignit d'un malaise, d'une mélancolie qu'elle ne savait comment expliquer, et qui lui faisait sentir le besoin d'être seule.

Mathilde ne voulut pas l'abandonner à elle-même dans cette disposition, et lui proposa une promenade dans le parc. Eugénie la refusa avec une volonté tellement positive, que, dans un autre temps, elle eût excité les soupçons de sa sœur. Mais les inquiétudes de Mathilde lui donnaient cette préoccupation qui ne laisse guère juger des choses que lorsqu'on se les rappelle.

Eugénie n'osait pas aller dans le parc. Une voix secrète l'avertissait qu'elle y trouverait Ladislas. En la voyant accompagnée de sa sœur, il se persuaderait peut-être qu'elle avait parlé du sentiment pénible qui lui était échappé, et qu'il paraissait vouloir cacher.

Pour la première fois, elle résistait à un désir de Mathilde, lorsque madame de Revel, remarquant aussi son extrême pâleur, les obligea de sortir ensemble. Elles n'eurent pas fait trois pas qu'elles aperçurent Ladislas. Mathilde l'appela d'un air riant: 'Venez m'aider à distraire ma sœur,' lui dit-elle. 'Si je la connaissais moins, je lui croirais quelques peines secrètes. Elle était si changée ce matin, que je me suis imaginée qu'il y avait de fâcheuses nouvelles d'Edmond.' — Quelle satisfaction Ladislas éprouvait en apprenant la tristesse d'Eugénie ! Mais pour détourner l'attention de Mathilde, il dit un mot sur l'armée: dès-lors, tout entière à ses craintes, elle ne pensa plus qu'à Edmond. Il chercha aussitôt à la rassurer; car après sa sœur, elle était ce qu'il aimait le mieux.

Eugénie se promenait à côté d'eux en silence. Sans le savoir, ses regards exprimaient à Ladislas une tendre pitié. Au moment de se séparer, Mathilde lui demanda s'il viendrait le soir chez madame de Revel. Il le promit et trop heureux, il vit dans les yeux d'Eugénie une impression de joie.

Il ne sait plus si c'est le bonheur, ou le tourment de sa vie qui se prépare. Elle l'aime, il en est sûr; pas assez, il est vrai, pour vaincre ses scrupules; mais elle l'aime! … La veille, il voulait l'éviter; à présent, il veut être toujours près d'elle, prévenir ses moindres désirs, lui apprendre dans des conversations générales, et d'une manière indirecte, qu'il est des vertus hors du cloître … Il espère toucher son cœur, éclairer sa raison. Cependant, il est décidé à fuir tout entretien particulier avec elle; car il lui serait impossible d'entendre encore cette cruelle résolution qu'elle avait déclarée irrévocable.

Ladislas qui jusque-là n'avait pas songé à sa fortune, y pensait en ce moment avec un transport de joie inexprimable. Il se flattait que, dans la détresse générale, ses grands biens pourraient déterminer monsieur de Revel à consentir que sa fille se fît relever de ses vœux. Comme il se promettait de plaire à cette famille, et de n'arriver à l'âme d'Eugénie que par l'estime et l'affection de tout ce qui lui était cher! …[19] Mais si elle persiste; si une seconde fois elle veut mourir au monde, il ira solliciter du service chez l'étranger: il cherchera les périls, la gloire ; et du moins sa fin ne parviendra à Eugénie qu'avec un nom fameux. Le cœur brûlant de Ladislas se relevait de sa faiblesse par les plus nobles sentimens. Il ne redoutait plus ni l'amour ni le malheur; il se répétait: 'Elle m'aimera, ou me regrettera toujours.'

Chapître XXXVIII

Ladislas ne concevait pas comment, la veille, il avait eu la pensée de se guérir d'une passion qui seule pouvait redonner du prix à une vie dénuée de tout intérêt, et devenue depuis long-temps sans but comme sans espérance.

Le soir, il alla de bonne heure chez madame de Revel. La trouvant seule avec Eugénie et Mathilde, il se crut en famille. Dans son émotion, il les regardait toutes trois avec la tendresse d'un frère, d'un ami, et il ne rencontrait aussi que des yeux bienveillans et contens de le voir; pas un objet qui pût le blesser ou le contraindre.

Madame de Revel lui parla de la Pologne. Avec quelle chaleur Ladislas peignit l'humiliation de n'avoir plus de patrie![20] 'Quand je vous ai connues,' leur dit-il, 'j'allais dans les différens cours de l'Europe traîner une insipide oisiveté. Combien j'enviais ceux de mon âge qui, employant leur jeunesse, voyaient s'ouvrir devant eux une brillante carrière! L'ambition n'échauffait plus mon âme. Je me disais tristement: Les enfans de la Pologne ne répéteront pas mon nom … '[21] — 'Mais,' dit Eugénie, 'les consolations que vous offriez à l'infortune, les secours que vous répandiez en secret …' — 'Oui' reprit-il, 'quelques vertus privées me sont encore permises. Cependant, pour en jouir, il me faudrait une amie qui fût pour moi une seconde conscience; une amie à laquelle je pusse dire: J'ai fait un peu de bien, sans rougir d'en parler.' — 'Ah!' s'écria l'imprudente Mathilde. 'une amie qui croirait à ces bonnes actions, sans avoir besoin de les apprendre, vaudrait bien celle à qui vous pourriez les dire.' L'arrivée de madame de Sanzei sauva à Ladislas l'embarras de répondre à cette plaisanterie, qui ne fut pas plutôt échappée à Mathilde, qu'elle se la reprocha.

Ernestine, tourmentée du projet de subjuguer Ladislas, avait passé une partie du jour à sa toilette: il en résultait une parure où la prétention se faisait

---

[19] Note the novelty for the time of wanting to win Eugénie's love on her terms and as her equal rather than to buy her with his fortune — though he hoped that his fortune would sway her father.

[20] This is a deliberate parallel between Polish and French emigration — linked by being prevented from returning to one's country.

[21] The importance of celebrity in French society is made clear using a parallel Polish example of Ladislas. Social obscurity and anonymity were to be feared as much as if not more than anything else.

ridiculement sentir. Au milieu de siens, elle avait l'air en visite et presque étrangère. Dès qu'elle fut assise, elle salua Ladislas d'un mouvement de tête particulier. Surpris d'une distinction si nouvelle, il se leva, et lui fit une profonde et respectueuse révérence. Mathilde ne put s'empêcher d'en rire. Sa gaieté offensa Ernestine, étonna Ladislas; le froid et l'humeur s'établirent dans la famille.

On ne se parlait qu'à de longs intervalles, lorsque monsieur de Trèmes entra. Il fut frappé comme les autres, de la parure de madame de Sanzei. Il y trouvait quelque chose hors de propos qu'il ne s'expliquait pas. — 'Hé! madame,' lui dit-il en s'approchant d'elle, 'quel insensible voulez-vous soumettre?' Involontairement Eugénie regarda Ladislas.

Peu à peu il vint beaucoup de monde. Ce salon, qui avait eu tout le charme de la confiance et de l'intimité, n'offrit plus qu'une réunion d'indifférens; c'était l'heureux moment d'Ernestine. Elle se montrait plus animée, plus agréable, à mesure que chacun, en arrivant, se récriait sur sa beauté.

Madame de Sanzei ne pouvait entendre dire qu'elle était belle, sans penser à l'amour. Elle commença donc à disserter sur cette passion, sujet ordinaire de ses plus éloquens discours; mais en voulant rendre ses paroles générales, elle n s'apercevait pas que ses yeux se portaient uniquement sur Ladislas. Monsieur de Trèmes en fut choqué, et résolut de s'en venger. Il se mêla à cette conversation pour se moquer des tendres sentimens. Elle se troublait, et voyait avec dépit qu'un homme qu'on avait dit lui être attaché, se montrât si dégagé de l'amour: 'N'avez-vous donc jamais aimé malgré vous ?' lui demanda-t-elle. — 'Jamais, madame;' et il ajouta en riant: 'Je me suis toujours abandonné au hasard, sans examiner si l'on me condamnerait au malheur; et même,' s'écria-t-il en affectant un ton sensible, 'je n'ai jamais aimé autant que je l'aurais voulu.'

Cette exclamation inattendue excita la plus folle gaieté. Ernestine en sentit toute l'amertume. Quelle réponse de la part d'un homme qu'elle avait paru préférer! Le rire de la société retentissait jusqu'au fond de son cœur. La plus forte haine succédait à l'engouement que monsieur de Trèmes lui avait d'abord inspiré.

Il la regardait de l'air le plus ironique, et elle était forcée de se contraindre. Qu'avait-elle à dire? De quel droit prendre le parti des femmes qu'il avait aimées? Ne pouvait-il pas répondre qu'il aurait toujours désiré d'aimer davantage? … La méchanceté d'un homme habitué à la bonne compagnie n'est jamais dans l'expression; elle est dans le ton, dans la manière: il peut toujours s'en défendre; et trop souvent la femme qui en est l'objet, est la seule qui ne doive point paraître l'avoir entendue.[22]

---

[22] Souza had a reputation for being an expert in the art of salon customs and culture. Her previous novel *Eugène de Rothelin* (1808) was a thinly disguised etiquette guide for young men in Parisian society.

Madame de Sanzei, au lieu de chercher à humilier monsieur de Trèmes par quelques mots piquans, sortit, pour fuir l'espèce de dérision qu'elle croyait voir dans tous les regards.

Chapître XXXIX

Ernestine apprit que monsieur de Trèmes faisait mille contes risibles sur sa prétendue passion pour Ladislas. Il divertissait les autres avec cette même tournure d'esprit qui l'avait séduite. Les gens sensés, en blâmant son intimité avec monsieur de Trèmes s'étaient éloignés d'elle. Mais alors, soutenue, encouragée par les plaisanteries qu'il se permettait sur ces graves personnages, entraînée par lui à s'en moquer, elle ne s'embarrassait guère de leur opinion. Aujourd'hui, monsieur de Trèmes allait tourner contre elle cette vive jeunesse dont le rire lui avait paru un suffrage désirable; avec laquelle, pour obtenir le vain succès d'être amusante, elle avait souvent jeté du ridicule sur des vertus que dans son âme elle respectait.

Plus d'appui pour Ernestine: elle méprise monsieur de Trèmes, et n'ose cesser de le recevoir; elle estime Ladislas, et craint de le rencontrer. Il lui faudrait une amie sûre et sévère, qui lui apprît, qu'une fois en butte à la calomnie, il n'y a plus que le temps et la solitude pour défendre, ou pour consoler. Mais Ernestine est encore loin de le penser. Elle cherche quelle action, quelle démarche lui rendrait l'estime du monde. Elle voudrait étonner par quelque sacrifice extraordinaire, courir quelque grand danger qui pût exciter de l'intérêt.

Comme elle enviait à l'heureuse Mathilde sa parfaite insouciance sur tout ce qui n'était pas Edmond et sa famille, cet air de croire que tout s'arrangerait, et sa persuasion qu'il n'y avait personne de méchant!

Madame de Sanzei n'apprenait rien qui ne la désolât. Une de ses prétendues amies, bien fausse, bien perfide, venait à chaque instant lui déchirer le cœur. Sous prétexte d'avoir cherché à la justifier, de ne pas craindre de se compromettre pour la servir, elle lui redisait scrupuleusement tous les propos qui devaient l'affliger! — 'Ma chère,' ajoutait-elle, 'beaucoup de gens vous plaignent, et savent, qu'éclairée enfin sur monsieur de Trèmes, vous avec pour Ladislas une passion malheureuse.' — 'Oui, oui,' repartit Ernestine indignée, 'l'écho répète long-temps le mot prononcé par une seule voix;' car elle ne doutait point qu'elle-même ne concourût à répandre ces bruits offensans. Cette idée de *passion malheureuse* la révoltait. Aussi pria-t-elle cette excellente amie de ne plus parler d'elle, et de la laisser à ses réflexions.

Madame de Sanzei résolut de regagner l'estime des gens sévères. Pour y parvenir, il aurait fallu reconnaître ses étourderies et les avouer; elle le sentait, mais ne pouvait s'y résoudre. Elle se flatta qu'il suffirait peut-être de reprendre un maintien sérieux, et qu'en évitant également monsieur de Trèmes et Ladislas, ces bruits offensans tomberaient d'eux-mêmes.

N'ayant point d'expérience, trouvant au-dessous d'elle de consulter les femmes âgées, elle ne mit ni gradation ni mesure dans son retour à la raison. La fatuité de monsieur de Trèmes profita de ce nouveau changement. — 'La voilà revenue,' disait-il, 'à ses hautes prétentions ... elle est plus punie que je ne l'aurais désiré.' Il riait en s'écriant: 'Comme elle va s'ennuyer! ...' puis il reprenait un air fort sérieux pour assurer que cet ancien système ne durerait pas.

Ernestine se faisait rapporter le moindre propos que l'on tenait sur son compte, et semblait à la recherche de tout ce qui devait l'affliger. Cependant une circonstance imprévue lui rendit, pour un moment, un peu de tranquillité.

Edmond revint. Il apprit à monsieur de Revel que les puissances coalisées espérant peu de la guerre contre la France, si l'on ne faisait en même temps une plus forte diversion dans l'intérieur, on l'envoyait pour diriger le soulèvement de la Vendée. Il venait préparer Mathilde à cette séparation, concerter avec elle les moyens de s'écrire, embrasser son enfant, et recommander à monsieur de Revel ces deux objets si chers.

La famille ne voulut recevoir personne, pendant qu'Edmond resta à la Haye; le comte Opalinsky ne fut pas excepté. Quel soulagement pour Ernestine! Délivrée de la présence de monsieur de Trèmes, ne pouvant être accusée de voir Ladislas, elle espérait que sa conduite ne serait plus soupçonnée, et son amour-propre se rassurait. Si elle n'était pas heureuse, du moins jouissait-elle d'un repos, d'une sécurité que, depuis long-temps, elle ne trouvait plus dans le monde.

Chapitre XL

Mathilde, ignorant qu'Edmond allait s'exposer à rentrer en France, se livrait tout entière au bonheur de le revoir.[23] Cependant elle s'inquiétait un peu de ses fréquentes conversations avec son père. Plusieurs fois elle avait cru surprendre

---

[23] Edmond went to fight with the resistance forces inside France. He went to the Vendée where the civil war had broken out in March of 1793 following a decree that announced the conscription of 300,000 men for the Republican war effort (24 February 1793). This decree coming directly after the execution of Louis XVI (21 January 1793) the entry of Britain into the war (3 February 1793) and compounded in its severity by the rapidly deteriorating economy, was a return to a despotism of the Ancien Regime, but by the new Republican government. It was particularly objected to in West France with its strong tradition of Catholic and Royalist loyalties. On the war in the Vendée see Jean-Clément Martin, 'The Vendée, Chouannerie, and the State, 1791–1779', in Peter McPhee, ed., *A Companion to the French Revolution* (Oxford and Malden, MA: Wiley-Blackwell, 2013). D. N. G. Sutherland, 'The Vendée unique or emblematic?', in K. M. Baker, ed., *The French Revolution and the Creation of Modern Political Culture*, vol. 4 (Oxford University Press, Oxford, 1994). Charles Tilly, *The Vendée* (London: Edward Arnold, 1964). On the Counter-revolution see William Doyle, *The Oxford History of the French Revolution*, 2nd edn (Oxford, 2002), chapter 9, 'War against Europe', & chapter 10, 'The Revolt of the Provinces'. Also, Donald Sutherland, *France 1789–1815: Revolution and Counter-revolution* (London: Fontana, 1990).

leurs yeux fixés sur elle avec une tendre pitié. Aussi elle frémit, lorsqu'un jour Edmond, qui ne parlait jamais de lui, qui ne se vantait jamais, commença à les entretenir de la confiance qu'il avait inspirée à ses chefs, et de la gloire qu'il attacherait à une mission dont le triomphe de sa cause pourrait être la suite … 'Arrêtez, Edmond,' s'écria Mathilde, 'ne dites plus un mot, je vous en supple … Je le vois … je le sens … Vous voulez m'annoncer une nouvelle destination, un second éloignement plus affreux que le premier.'

La famille se réunit autour d'elle, et son père eut le courage de lui apprendre le prochain départ d'Edmond; mais tous lui présentèrent les motifs qui devaient calmer son inquiétude. Elle n'écoutait rien; ses larmes, ses cris déchiraient le cœur d'Edmond. Mathilde lui reprochait de la sacrifier à son ambition … de vouloir avancer le terme de ses jours … Il savait bien qu'elle ne résisterait pas à son absence … En d'autres momens, elle se jetait dans ses bras, voulait le suivre, partager ses dangers, ne plus le quitter. Désespéré, il la pressait contre son cœur, et levait au ciel des yeux qui semblaient lui demander pourquoi il les avait réservés à tant de peines; mais rien ne pouvait ébranler sa résolution.[24]

Eugénie regardait sa sœur désolée, et trouvait l'amour bien redoutable. Ernestine ne voyait que la tendresse d'Edmond, et enviait à Mathilde le bonheur d'être si vivement aimée.

Le matin du jour où il devait partir, il alla trouver Eugénie en secret, et la pria de soigner Mathilde: 'Je la rassure,' dit-il, 'et j'espère qu'aucune crainte funeste ne rendra notre séparation trop cruelle … Si je venais à succomber, Eugénie, ma sœur, ne la quittez jamais; veillez à ce que l'éducation de mon fils ne soit pas négligée par une mère que la douleur rendrait plus faible et plus tendre …' Il prit sa main, et la conduisit près du berceau de son enfant qui dormait : — 'Ma sœur, promettez-lui devant moi de l'aimer et de soigner sa mère.' — Eugénie le promit avec un sentiment religieux. — Edmond lui donna son portrait pour le remettre un jour à son fils, s'il était assez infortuné pour ne plus le revoir. Dans la boîte qui le renfermait, étaient écrites ces paroles tirées d'un livre indien:

'Lorsque tu es entré dans la vie, tu pleurais, et tout ce qui t'environnait riait. Agis de manière qu'à ta dernière heure tu puisses sourire, et tout ce qui t'environnera pleurer.'

Edmond laissa Eugénie saisie d'effroi pour sa malheureuse sœur.

Bientôt après on vint la chercher de la part de Mathilde. Quelle fut sa surprise en trouvant près d'elle Edmond, qui se moquait doucement de ses craintes! On eût dit qu'il n'éprouvait que le regret attaché à une séparation passagère. Il ne

[24] Some women did follow their husbands to war. See Jean-Clément Martin, *La révolte brisée, Femmes dans la Révolution et l'Empire* (Paris: Armand Colin, 2008), pp. 64–70.

parlait que de gloire et de prochain retour....²⁵ Eugénie admirait tant de vertus, de bonté de courage, et elle espérait qu'un Dieu juste et bon le protégerait.

Mathilde suppliait Edmond de permettre qu'elle l'accompagnât; il s'y refusait avec une autorité qu'il n'avait jamais employée avec elle. — 'Songez,' lui disait-il, ' que le berceau d'un enfant doit rester sous la sauvegarde de sa mère; il ne peut être abandonné par elle, quand le père est absent. ' N'ayant plus la force de résister à de nouvelles larmes, à de nouvelles prières, Edmond s'échappa sans oser dire adieu à Mathilde.

Chapitre XLI

Ladislas venait tous les jours à la porte de madame de Revel. Les gens lui avaient appris l'arrivée d'Edmond, son départ, et la douleur de Mathilde. Il la plaignait d'autant plus qu'il n'avait aucune des illusions qui consolaient encore les émigrés. Il commençait par s'informer de l'état de Mathilde; elle était toujours nommée la première; ensuite il parlait de la famille: le nom d'Eugénie n'était prononcé qu'en tremblant, et le dernier.

Monsieur et madame de Revel, sensibles à l'intérêt qu'il leur témoignait, demandèrent à Mathilde s'il lui serait pénible de le voir. — 'Non,' s'écria-t-elle, 'je ne crains que les gens exaspérés par l'esprit de parti. Tous me font frémir; tous de l'une ou de l'autre opinion, voudraient sacrifier Edmond à leur cause ou à leur ressentiment.' Ladislas fut donc reçu. Touché de voir Mathilde si pâle, si changé, il lui présenta comme vraisemblables toutes les chances qu'Edmond avait pour réussir: une province en armes l'attendait; il portait de grands secours, de plus grandes promesses; que de motifs pour être chéri et défendu!

Mathilde recevait avec confiance les consolations que lui offrait Ladislas. Celles que lui donnait sa famille pouvaient être l'effet de la pitié; mais, suivant elle, Ladislas ne l'aimait pas assez pour la flatter par des espérances trompeuses. Étranger à leurs passions, son jugement lui paraissait plus sûr. En l'écoutant, elle osait croire à un avenir heureux … Sa mère, contente de la voir plus tranquille, pria Ladislas de considérer leur maison comme la sienne. A dîner, à souper, il était désiré avec impatience; s'il tardait à venir, on l'envoyait chercher: enfin on le regardait comme de la famille.

Monsieur de Trèmes s'était présenté plusieurs fois chez madame de Revel sans avoir été admis. Madame de Sanzei avait aussi refusé de le recevoir. Il savait les assiduités de Ladislas; et son amour-propre blessé lui faisait faire mille

---

²⁵ The optimism of Edmond here is typical of émigré officers like those in the army de Condé based in Koblenz (until it was disbanded early in January 1792 on the orders of the Elector of Trier). These officers expected easy military triumph and imminent victorious return to France. The reality was rather different.

plaisanteries sur son goût pour le beau Palatin. La famille, vivant fort retirée, les ignorait. Mais elles revinrent à Ladislas; et il souhaitait ardemment que monsieur de Trèmes mêlât son nom, d'une manière un peu choquante, à ses contes ridicules, afin d'avoir le droit de défendre madame de Sanzei sans la compromettre.

Il brûlait de venger une sœur d'Eugénie: aussi fut-il au comble de ses vœux le jour où monsieur de Trèmes s'égaya sur le fier Sarmate. Il courut lui en demander raison. 'J'y consens de tout mon cœur,' dit monsieur de Trèmes; 'mais en vérité, se battre pour madame de Sanzei est une grande folie.' — 'Je me bats pour ma propre cause,' reprit Ladislas: 'et vous savez très bien qu'aucun sentiment ne me lie à madame de Sanzei. Cependant je ne souffrirai pas qu'on se serve de mon nom pour lui nuire.'

— 'D'abord établissons que nous battrons' répliqua monsieur de Trèmes; 'ensuite je vous dirai que ce n'est pas plus moi qu'un autre qui se moque de madame de Sanzei; c'est tout le monde.' — 'Soit; mais, comme je ne puis m'en prendre à tout le monde, vous permettrez que je m'adresse à vous, pour vous prier de détruire des bruits qui me déplaisent et l'offensent.' — 'Ah ! mon cher comte, ce dernier point est difficile; car je craindrais de me tromper. D'ailleurs vous saurez que j'ai mis les femmes hors de ma morale, et qu'une histoire un peu gaie sur leur compte, peut n'être pas vraie, mais me paraît très-vraisemblable: du reste, battons-nous, si cela vous amuse.'

Ils allèrent le lendemain dans le parc avec des pistolets et des témoins. Avant de tirer, Ladislas s'approcha de monsieur de Trèmes: 'Quelle que soit l'issue du combat,' lui dit-il à voix basse, 'je veux vous répéter, monsieur, que je n'ai jamais élevé mes vœux jusqu'à madame de Sanzei; mais sachez que le Sarmate a pour devis: *N'en servir qu'une, les défendre toutes.*'

Ils s'éloignèrent; monsieur de Trèmes tira le premier, sans toucher Ladislas qui le blessa à la jambe. En tombant, monsieur de Trèmes s'écria que le comte Opalinsky avait une singulière manière de prouver qu'il ne s'intéressait pas à madame de Sanzei.

La blessure de monsieur de Trèmes était légère; dès le lendemain il put voir du monde. Ce fut une mode d'aller écouter les récits qu'il faisait de ce duel. — 'Ah! vraiment, mesdames,' disait-il, 'l'amour se serait conduit bien autrement! C'est pour l'honneur de l'indifférence que nous avons failli nous entretuer. Nous y allions sérieusement. Tel que vous me voyez, je croyais avoir visé assez juste pour brûler quelques cheveux à ce vaillant Palatin.'

Monsieur de Trèmes, par égard pour madame de Sanzei, lui fit parvenir ce qu'il appelait les belles paroles de Ladislas au moment du combat.[26]

---

[26] Duelling is a frequent topic in Souza's novels particularly *Eugène de Rothelin*, and the need to teach young men not to challenge unnecessarily. Souza emphasises the waste of life and pain for the winner (guilt in the case of taking a life needlessly when there might be dependents) or

Chapitre XLII

Le comte Opalinsky était fort content d'avoir donné une leçon à monsieur de Trèmes. Cependant il alla dîner chez monsieur de Revel, avec une timidité qui approchait de la crainte: mais il s'aperçut bientôt qu'aucune personne de la famille ne savait rien encore de cette affaire. Depuis longtemps Mathilde témoignait un véritable attachement à Ladislas; il résolut de la lui confier, dans l'espoir que son opinion deviendrait celle d'Eugénie. Après dîner, il lui demanda s'il serait possible de la voir un instant en particulier. — 'Savez-vous des nouvelles d'Edmond?' répondit-elle en joignant les mains. — 'C'est de moi,' lui dit-il, 'que je voudrais vous entretenir.' — Elle respira. Quoiqu'elle parût ne redouter que les malheurs qui pourraient atteindre Edmond, ses mouvemens étaient si vrais, ses manières si naturelles, que l'on consentait volontiers à n'obtenir son attention, qu'après l'avoir tranquillisée sur un sentiment si cher.

Mathilde aimait trop Edmond pour imaginer qu'on pût la soupçonner de coquetterie. Elle prit donc le bras de Ladislas, ne s'embarrassant pas si Ernestine trouverait à en médire; et, sous prétexte d'aller voir le petit Victor, elle l'emmena.

Dès qu'ils furent seuls, Ladislas lui raconta toutes les particularités d'un duel qu'il était impatient de recommencer. Il lui apprit les propos de monsieur de Trèmes sur madame de Sanzei, le besoin qu'il avait eu de venger une sœur de Mathilde et d'Eugénie; enfin combien il lui avait été difficile d'attendre que son nom compromis lui rendît cette querelle personnelle. Mathilde entrait dans toutes ses raisons avec l'intérêt de la plus tendre amie: — 'C'est à mon père,' lui dit-elle, 'qu'il faut parler.' — 'Mais il gardera mon secret; et si cette affaire est présentée à madame de Revel et à Eugénie sous un aspect défavorable?' — 'Je me charge de l'apprendre à ma mère: quant à ma sœur, puisse-t-elle toujours l'ignorer! — Me blâmerait-elle d'avoir défendu la cause de votre famille?' — 'Elle se reprocherait d'y être sensible, dans une circonstance où ses principes ne lui permettent pas de vous approuver.'

Pour la première fois Ladislas commençait à ouvrir son âme à Mathilde. Avec quelle tendresse, quelle passion, il lui peignit les sentimens qu'il éprouvait pour tous les siens! Monsieur de Revel, il le considérait comme un père … Madame de Revel était la mère la plus tendre…. Mathilde, une amie, une sœur … Près d'eux, son âme tranquille revenait sur les jours passés, avec une douceur inexprimable; près d'eux il osait se fier à l'avenir. — 'Je vois,' dit Mathilde, avec son air malin, 'que vous avez partagé la famille en deux partis. D'un côté, mon père, ma mère et moi; de l'autre, madame de Couci, Ernestine et Eugénie; car

---

other circumstances when duels might be fought on whims of peeked vanity or hurt pride. 'Savez-vous ce que c'est que de tuer un homme? Quelles larmes vous faites couler?' The reader must remember that she was the mother of an only son, so particularly concerned about the risk of losing Charles in a duel. Many mothers shared her fears. See Carpenter, *The Novels of Madame de Souza*, op. cit., pp. 102–03.

vous ne parlez pas d'elle.' — 'Ah !,' s'écria Ladislas, 'ne la nommez pas avec Ernestine, ... bonne Mathilde, plaignez-moi ... devinez-moi ... mais ne me défendez pas d'espérer. Dans vos mœurs, n'est-il donc pas permis de la relever de ses vœux?' — Mathilde vive et sincère, avait pour Ladislas une parfaite amitié. En ce moment elle répondit peut-être avec trop de franchise. 'Je vous avoue,' lui dit-elle, 'que souvent mon cœur vous a désiré pour frère. Mais ce désir était plutôt un tendre regret qu'une espérance; car si ma sœur pouvait me soupçonner d'avoir une pareille idée, elle nous fuirait tous.' — 'Pourtant,' reprit tristement Ladislas, 'si elle est loin d'aimer, du moins ne parait-elle pas me haïr.' — 'Si elle vous haïssait,' dit Mathilde, ' elle ne fuirait pas.'

Ladislas était accablé, et sa douleur affligeait Mathilde. Aussi, accoutumée à se flatter que le temps arrangerait toute chose, elle lui dit: 'Prenez bien garde que personne ne pénètre ici vos sentimens. Mon amitié veillera sur le bonheur d'Eugénie; il m'est nécessaire; et ce cloître, ces voiles me font trembler. Si le calme se rétablit en France, j'espère qu'on deviendra plus indulgent, qu'on plaindra ma sœur; et peut-être trouvera-t-on que l'Église a le droit de rompre des vœux prononcés au sortir de l'enfance.' — 'Bonne, excellente Mathilde,' s'écriait-il, 'que je vous aime!' — 'Ah ! ne me louez pas tant,' répondit-elle; toujours heureuse, comment ne serais-je pas bonne?'

Ladislas ne pouvait assez lui exprimer la joie de son cœur. — 'Il est peut-être des personnes qui nous trouveraient coupables,' ajouta-t-elle, 'mais chez ma mère, au milieu du monde, j'ai souvent entendu ceux qui nous blâmeraient aujourd'hui, s'élever contre les vœux éternels, et plaindre celles qui en avaient prononcé. Je ne voudrais pas que ma sœur s'affranchit des siens, sans une permission de l'Église: et je crois que, suivant les anciennes lois, l'autorité ecclésiastique peut lui rendre la liberté d'être heureuse.' — 'Heureuse! heureuse!' répétait Ladislas avec transport; 'redites encore qu'elle serait heureuse.' — Mathilde, avertie de son imprudence par le ravissement de Ladislas, n'avait pourtant pas le courage de revenir sur cette expression. Elle ajouta seulement: 'Je ne saurais regarder comme un crime ce qui eût été permis autrefois. Cependant, puisqu'il est certain qu'Eugénie ne penserait pas comme nous, cachez-lui bien les sentimens de votre cœur; qu'elle ignore surtout le secret du sien.' — 'Le secret du sien,' disait-il hors de lui-même! — 'Attendons,' reprit Mathilde. — 'Espérons,' s'écria Ladislas. — 'Attendons,' répéta Mathilde tristement. — Ils se séparèrent, en éprouvant la plus douce, la plus tendre affection fraternelle.

Ladislas suivit le conseil de Mathilde. Dès le soir il parla à monsieur de Revel de son affaire avec monsieur de Trèmes, et lui dit combien il avait eu de peine à se contenir jusqu'à l'instant où, compromis lui-même, il ne paraissait avoir songé qu'à sa propre injure. Monsieur de Revel, sans blâmer ouvertement madame de Sanzei, ne put s'empêcher de laisser voir que sa liaison avec monsieur de Trèmes lui avait toujours déplu: 'Qu'il est douloureux,' ajouta-t-il, 'de conserver les sollicitudes d'un père, après en avoir abandonné l'autorité! ...

Quant à vous, Ladislas, allez voir monsieur de Trèmes tant qu'il gardera la chambre, et venez ici comme de coutume. On finira par rendre justice à madame de Sanzei, ou par l'oublier; car à présent l'importance et la rapidité des événemens laissent au moins la satisfaction de ne pas occuper longtemps l'attention du public.'[27]

Chapitre XLIII

Ladislas était transporté de joie, en pensant que Mathilde partageait ses désirs et ses espérances. Un sentiment si vif ne pouvait renfermer dans son âme; il animait sa noble figure.

Cependant Mathilde se reprochait d'avoir été trop franche avec lui. Elle désirait bien l'avoir pour frère, mais n'osait l'espérer. Plus elle y réfléchissait, moins elle se flattait d'y parvenir. Pour qu'Eugénie pût se faire relever de ses vœux, il faudrait qu'elle se plaignît d'avoir été forcée par sa famille à les prononcer ... Eugénie, accuser ses parens! elle en était incapable. D'ailleurs elle avait pu être entraînée par son attachement pour l'abbesse de ***, par son obéissance à la volonté de son père; mais on ne l'avait pas contrainte ... Quelquefois Mathilde était près de renoncer à ce projet: plus souvent la seule pensée que sa sœur serait de nouveau renfermée dans un cloître, la rattachait aux intérêts de Ladislas... Elle se disait que, s'il se rendait cher à sa famille, s'il se faisait aimer d'Eugénie, peut-être monsieur de Revel consentirait-il à déclarer qu'il avait obtenu de son inexpérience des vœux qui lui inspiraient aujourd'hui des remords.

Mathilde, tourmentée, indécise, prit pour elle-même le conseil qu'elle avait donné au comte Opalinsky. Elle ne parla à personne de ses inquiétudes, et s'en remit au temps. Mais en attendant un avenir plus favorable, elle se livrait à son amitié pour Ladislas, et profitait de toutes les circonstances pour faire sentir à monsieur de Revel combien cette âme élevée, généreuse, promettrait de bonheur à celle qui lui confierait sa destinée.

Le comte Opalinsky se trouvait dans une situation dont le charme et le trouble ne sauraient s'exprimer. Eugénie l'aimait avec un abandon, une sécurité qu'un moment pouvait détruire. Il était forcé, non-seulement de surveiller ses propres impressions, mais encore d'éviter souvent la trop confiante Eugénie. Il voyait qu'Ernestine s'appliquait à démêler quel penchant l'attirait dans sa famille; qu'elle l'observait avec attention, et suivait tous ses regards. Il était bien sûr que, si elle pénétrait son secret, elle saisirait la plus légère imprudence pour l'alarmer sa timide sœur. Un seul mot qui avertirait Eugénie l'éloignerait sans retour.

---

[27] Paris as a society lived dictated to by public opinion and its prejudices. Monsieur de Revel testifies to the relative unimportance of public opinion in emigration.

Ladislas n'existait que pour elle, et il osait à peine lui parler. C'était loin d'elle qu'il cherchait les occasions de satisfaire son cœur, en s'occupant, à son insu, de ce qui lui était agréable.

Dans ce temps affreux, plus d'une mère, dans le besoin, venait près d'Eugénie lui confier sa détresse et ses peines. Sa bonté les rassurait toutes, et leur ôter la crainte d'être importunes. Que de fois elle reparut dans le salon avec des yeux remplis de larmes! Interrogée par son père, sa douce pitié confiait aux siens les chagrins dont elle était encore émue.

Ladislas recueillait chacune de ses paroles, comme celles d'un ange envoyé pour consoler la douleur. Aussitôt après l'avoir entendue, il allait avec mystère porter des secours à tous ceux dont elle avait prononcé les noms. Avec quel soin il se cachait à leurs regards! Ne lui suffisait-il pas d'avoir rempli les pieuses intentions d'Eugénie? Plus heureux qu'il ne pensait, elle l'avait deviné. Surprise de voir que tous ceux dont elle avait plaint la situation, dès le lendemain revenaient satisfaits; que tous rendaient grâces au même bienfaiteur inconnu, qu'ils appelaient une providence tutélaire, Eugénie ne doutait pas que ce ne fût Ladislas. Pour s'en assurer, plusieurs fois elle parla devant lui de personnes infortunées; souvent même, elle n'en parla qu'à lui; et chaque fois, le jour suivant, elle les revoyait bénissant la main secourable que le ciel avait employée pour les soulager. — C'est lui, disait-elle; mais il veut être ignoré; mon cœur gardera son secret. — Et elle adorait Ladislas, croyant seulement aimer la vertu.

Elle pensait à lui sans cesse. La vie contemplative, dont elle avait pris l'habitude dans le cloître, nourrissait son innocente affection. Elle ne comptait plus les heures, que pour savoir si celle où il avait coutume de venir approchait. — Avec quelle joie naïve il était accueilli! Ladislas n'osait jouir de tant de félicité. Chaque jour il craignait davantage qu'Eugénie ne fût éclairée sur ses sentimens. Dans toutes les occasions, elle témoignait le même respect pour ses vœux; et il pensait avec effroi au malheur qui les menaçait tous deux … Lui peut mourir! mais elle! soumise, résignée, attendrait qu'une longue douleur vînt éteindre sa vie! Alors désespéré, il se croyait prêt à lui tout sacrifier; et si elle paraissait moins sensible, il éprouvait tous les orages de la passion … Le cœur d'Eugénie venait-il au-devant du sien? Ladislas frémissait, regardait sur tous les visages si l'on n'avait pas entendu le mot qui avait pénétré jusqu'à son âme, si l'on n'avait pas aperçu le sourire qui l'avait fait tressaillir de bonheur et d'amour.

Chapitre XLIV

Ladislas n'avait de repos, de consolation qu'auprès de Mathilde: il ne la quittait presque plus. Elle aimait à monter à cheval; il l'accompagnait. Avec quelle tendre surveillance il lui choisissait un cheval doux, des chemins sûrs! Madame de Revel et Eugénie les suivaient en calèche. Souvent Mathilde, pour plaire à sa mère, allait avec elles; alors Ladislas aimait les chevaux difficiles. Qu'il était beau, lorsque luttant de force et d'adresse contre un cheval fougueux, il revenait triomphant après l'avoir dompté. Que de fois le cœur d'Eugénie palpita de crainte, en le voyant franchir de hautes barrières, de larges fossés! Il fatiguait dans ces dangers inutiles un courage qui n'avait plus d'emploi, depuis qu'il n'avait plus de patrie.[28]

Un jour que madame de Revel et ses deux filles se promenaient en calèche, Ladislas les suivait et s'occupait d'elles uniquement. Son cheval vif, abandonné à lui-même, se cabra, se défendit, et l'emporta dans la plaine. Eugénie jeta un cri que Ladislas entendit. Dès qu'il put s'en rendre maître, il vint près de madame de Revel, et lui demanda la permission de monter dans sa voiture et de l'accompagner dans sa promenade.

Eugénie encore pâle respirait à peine. Ladislas disait à Mathilde tout ce qu'il croyait pouvoir rassurer sa sœur. Avec quel enchantement il voyait son visage se colorer, le sourire reparaître sur ses lèvres! — O ! quel que soit l'avenir, se disait-il, je connais le bonheur.

Le soir, suivant sa coutume, il était assis derrière le fauteuil de Mathilde, et causait avec elle. Eugénie s'approcha; elle prit la main de sa sœur, en disant: — 'Demandez-lui donc de ne plus s'exposer. Ce matin, vous l'avez entendu, ma mère a tremblé pour lui.' — 'Jamais il ne m'est arrivé aucun accident,' répondit-il; 'et j'aime les chevaux fiers, courageux, qui se rappellent encore leur liberté.' — 'En vous voyant,' reprit Eugénie, 'je vous désirais une mère ou une amie que vous puissiez craindre d'effrayer.' Eugénie avait promis d'être son amie; les regards de Ladislas lui demandaient si elle ne s'en souvenait plus… Eugénie baissa les yeux … aussitôt Ladislas, sûr d'avoir été entendu, lui répondit avec soumission: 'L'inquiétude d'une amie me rendrait timide.'

Chapitre XLV

Mathilde avait reçu des nouvelles d'Edmond; elles étaient satisfaisantes. Monsieur de Revel donna un grand souper où tout ce qu'il connaissait fut prié. Il ne manqua point d'inviter monsieur de Trèmes, pour détruire les bruits qui avaient couru sur madame de Sanzei. Elle fut polie, attentive, mais sérieuse. Monsieur de Trèmes voulut se plaindre de n'avoir pas été mis sur sa liste particulière quand ses parens voyaient peu de monde. Elle lui répondit très-haut qu'elle n'avait vu que les personnes que ses parens admettaient dans leur intimité. Il fut obligé de se contenter de cette réponse, et forcé d'avouer que le maintien froid et réservé d'Ernestine ne permettait pas à la méchanceté de s'exercer. Le souper se passa

---

[28] Note this reference to Patriotism. The émigrés were accused of being unpatriotic, yet it was impossible to be a patriot without a country or a cause to serve. The émigrés had a country, and their own French government had outlawed them and slapped them with blame for its actions. There is a copious literature on Patriotism during the French Revolution, but prior to 1989, it was used exclusively in relation to Republican commitment.

dans un profond silence; on se sépara sans désirer de se revoir, mais du moins sans regretter de s'être vu.

Monsieur de Revel s'était trop bien trouvé du temps où il avait vécu en famille, pour recommencer à avoir une maison ouverte; il se borna à recevoir du monde un seul jour de la semaine.[29]

Madame de Sanzei, n'ayant réussi ni à Bruxelles ni à la Haye, s'ennuyait encore plus hors de France que dans la terre de son père. Elle n'aimait pas Ladislas; mais elle s'offensait de l'empressement qu'il témoignait pour Mathilde. 'Ah! si je m'étais permis la moitié de ses imprudences,' disait-elle à sa grand'mère, 'c'eût été un cri général; tandis qu'idolâtrée de ses parens, elle marche la tête levée, et sans éveiller le moindre soupçon.'

Madame de Couci, surprise de n'avoir pas fait cette observation, se promit d'en parler à monsieur de Revel la première fois qu'elle le trouverait seul. En attendant, elle examinait soigneusement Mathilde et Ladislas. Ils étaient toujours près l'un de l'autre; ils avaient toujours quelque chose à se dire: mais il régnait tant d'innocence et de simplicité dans leurs mutuelle affection, qu'elle-même ne pouvait les accuser que lorsqu'ils étaient absens ou séparés. Leur présence dissipait jusqu'au moindre doute.

Quand il n'y avait personne, on se réunissait autour d'une table ronde; et monsieur de Revel se plaisait à lire haut, pendant que sa famille travaillait. Ladislas, à côté de lui, s'amusait à dessiner. Après leur lecture, on causait, on prenait du thé. Ernestine quelquefois jouait du piano; mais son jeu sec et travaillé brillait par les difficultés: elle fatiguait l'attention, et l'on ne pouvait l'écouter long-temps.[30]

Un jour monsieur de Revel se rappela qu'Eugénie avait cultivé des talens agréables: il lui demanda de jouer du piano; elle obéit. Ladislas était ravi de l'expression qu'elle donnait à la musique; son âme recevait toutes les impressions qu'Eugénie éprouvait. Que ces soirées avaient de charmes pour Ladislas! Il se plaisait à les prolonger; et en s'en allant, il trouvait une douce satisfaction à laisser ses dessins, ses cartons, sur la table où la famille laissait son ouvrage.

Il avait dessiné les portraits de madame de Revel et de Mathilde. En faisant celui d'Eugénie, il ne put se résoudre à représenter la croix qu'elle portait toujours sur sa poitrine, cette croix image de ses vœux. Toute la famille s'étant levée pour juger de la ressemblance et donner son avis, on ne sut qu'approuver. Eugénie rappela cette croix qu'elle s'imaginait avoir été oubliée par hasard. Ladislas cherchait à la distraire; elle insista. — 'Ce portrait est pour moi,' dit Mathilde à sa sœur; 'et je l'ai voulu comme tu étais aux jours heureux de notre première jeunesse.' — Eugénie n'eut pas la force de lui répondre; mais elle prit les crayons,

---

[29] This shows that while he was trying to revert to a semblance of normality, it was far from the case.
[30] The fact that they still had a piano at this stage of emigration is significant.

le dessin, et rétablit elle-même ce signe d'un éternel engagement ... Ladislas en frémit; et voyant tout ce qu'il devait craindre, il ne put jeter un regard sur ce portrait qu'il avait tracé avec tant de plaisir. Mathilde aussi ne le désirait plus. Il passa de main en main, et parvint à monsieur de Revel: après l'avoir regardé tristement, il soupira, et dit qu'il le conserverait avec soin.

Monsieur de Revel vivait dans une retraite qui rappelait trop à madame de Sanzei la solitude de la terre qu'ils habitaient avant d'émigrer. Elle était de nouveau blessée par la même indifférence pour elle, par la même prédilection pour Mathilde; elle en souffrait, et l'injustice de la société venait encore la révolter. Le peu d'attention de Ladislas ajoutait aussi à son tourment; non qu'elle l'aimât, mais parce qu'un instant elle avait désiré de lui plaire.

Ernestine ne concevait pas comment elle avait pu quitter la France; et malgré la terreur, elle souhaitait d'y retourner. Son âme ardente et vide d'intérêt, ne craignait point de s'exposer à des périls dont au dehors l'on ne se faisait qu'une faible idée. Dans l'agitation de son esprit, elle ne pensait qu'à la gloire d'aller réclamer les biens de ses parens. Quel honneur pour elle, et quels reproches pour eux, si un jour ils lui devaient le rétablissement de leur fortune! ... Lorsqu'elle entendait son père s'inquiéter sur l'avenir ; lorsqu'elle le voyait jeter des regards attendris sur Eugénie et sur Mathilde, elle se disait à elle-même: — Celles-là pleureront avec lui, et moi je me dévouerai pour le sauver d'une humiliante pauvreté. — Cet espoir occupait si fortement sa tête, que la nuit, le jour, dans ses rêves, elle ne voyait que la France.[31]

Chapitre XLVI

L'infortune qui accablait les émigrés semblait jusqu'ici avoir oublié monsieur de Revel ; mais il était destiné à connaître aussi l'extrême détresse. Une banqueroute lui enleva tout ce qu'il possédait.[32] A peine lui restait-il de quoi exister pendant quelques mois. Il voyait le besoin menacer sa famille, sans avoir le courage de lui

---

[31] This is perhaps a conscious parallel with young men in emigration who were not content to see glory go to the soldiers of the Republic and later Napoleon. Many young émigré men dreamed of re-establishing the honour of their family name, and what the emigration had taken away from them by removing them from France and outlawing them was the possibility to do that through military service — service that would bring reward and honour by way of acknowledgement. Hence Ernestine plotted her return to what she considered to be her natural place or birth-right as the principal protector of her parents and younger sisters, and to become the leader of the family in her generation.

[32] Souza shows that an unexpected cause of bankruptcy, and one not easily foreseen or planned against, made emigration for the Revel family very precarious. Monsieur de Revel was vulnerable to financial failures that were not his own as the strains of war were felt all over Europe and in the Americas. See Aftalion, F., *The French Revolution: An Economic Interpretation* (Cambridge: Cambridge University Press, 1990).

apprendre sa situation. Cependant il fallait quitter la Haye dont le séjour devenait trop dispendieux: il l'annonça à ses enfans, mais remit à leur en dire le motif au moment où il serait arrivé dans l'humble retraite qu'il allait chercher.

L'espérance de change de lieu suspendit les projets d'Ernestine. Elle proposa à son père d'aller en Angleterre. Un pays nouveau, une société inconnue, lui promettaient une nouvelle expérience. Son amour-propre se ranimait; elle se flattait de retrouver à Londres la considération dont elle avait joui à Paris.

Monsieur de Revel déclara qu'il n'irait jamais. 'Je veux vivre seul,' dit-il, 'éviter les grandes villes, m'éloigner des endroits où les émigrés se rassembleront en grand nombre; et, pour tout dire enfin, je veux fuir la misère que je ne puis secourir, et la pitié dont je ne veux rien recevoir.'[33] Ernestine n'insista plus, ne dit pas un mot; mais dès cet instant sa résolution fut prise.

Chaque jour les papiers publics annonçaient la mort de gens qu'elle avait connus. Cependant, pleine de confiance dans son esprit, dans son courage, elle croyait qu'ils avaient peut-être commis quelque imprudence, et que, sans faiblesse, elle saurait être plus habile … Ne pouvant plus résister à cette soif d'agitation, à ce besoin de chercher des dangers qui la rendissent l'objet d'un intérêt général, elle prétexta un voyage de quelques jours à la campagne ; et, lorsqu'elle fut sur la frontière, elle écrivit à son père:

> 'Quand vous recevrez cette lettre, je serai loin de vous. Je vous recommande ma grand'mère; car, dans ce moment d'un éternel adieu, je pense moins à ma jeunesse sacrifiée, qu'à mon enfance dont elle a pris soin.
>
> Qu'elle en soit récompensée, en apprenant qu'attendrie sur son grand âge, qui ne me permet guère l'espérance de la revoir, j'ai pensé m'arrêter. Dites-lui qu'elle est aimée par celle à qui elle n'a jamais rien donné à aimer.
>
> Mon père, si vous retrouvez votre fortune, c'est à moi que vous la devrez. Si cette fortune vous permet de rendre vos deux filles heureuses, c'est moi, que vous n'avez jamais nommée votre enfant, c'est moi qui vous en procurerai les moyens.
>
> Je retourne en France. Peut-être y serai-je utile à Edmond; mais, rassurez-vous, j'éviterai ses regards, pour que son cœur surpris, en me voyant, ne demande pas où est Mathilde.
>
> Adieu, vous tous qui ne m'aviez ni connue ni aimée. Pour la première fois, depuis long-temps, mon esprit est tranquille, mon âme est satisfaite. Ces grandes calamités n'ont rien qui m'effraie. Je vais conquérir votre estime; j'obtiendrai enfin celle d'un monde qui m'a condamnée sur des légèretés comme pour des fautes. Mon père, je jouis d'avance de votre bonheur: je jouis même de vos craintes; elles vous apprendront que j'aurais pu vous être chère.
> Ernestine.'

---

[33] While some émigrés sought London in a bid to find solace in émigré French numbers, Monsieur de Revel avoided it as a constant reminder of his changed situation and the French embarrassment. On émigrés in Britain, see Carpenter, *Refugees*.

Chapitre XLVII

La situation de monsieur de Revel était affreuse. Chargé d'annoncer à madame de Couci le départ d'Ernestine, forcé de lui lire une lettre où quelques sentimens affectueux ne faisaient qu'ajouter aux reproches dont elle était remplie, il connaissait de plus le sort cruel de sa famille; il se voyait obligé de pouvoir aux besoins de tous, et savait seul qu'il ne lui restait rien.

Le malheur enseigne promptement à traiter les peines de l'âme. Monsieur de Revel se persuada, qu'en apprenant en même temps à madame de Couci sa ruine totale et le départ de sa fille, il affaiblirait cette dernière douleur qui devait être la plus vive, et que peut-être même elle se féliciterait de la savoir échappée à leur détresse. Il ne se trompait pas: madame de Couci ne douta pas qu'Ernestine ne parvînt à retrouver en France une partie de leurs biens. Mais elle gémissait sur elle-même, et ne cessait de répéter: — 'A mon âge, dénuée de moyens, privée de consolations par le départ de ma petite-fille! …' Et elle pleurait. — Hélas! elle ne pensait pas, et l'on n'osait pas lui dire, qu'Ernestine lui avait peu donné de ces consolations qu'elle regrettait … Se voyant tout-à-coup délaissée par l'objet d'une si constante préférence, elle croyait avoir perdu ces égards attentifs, cette soumission filiale que sa vieillesse avait le droit d'exiger … Elle croyait les avoir perdus, parce qu'elle les avait espérés! … Cette femme fière, impérieuse, abattue par adversité, accablée par les années, pleurait sans pouvoir se contraindre. — 'Qu'attendre des autres,' disait-elle, ' si celle-là m'a abandonnée?' — Aussi assura-t-elle son gendre qu'elle le bénirait, le jour où il viendrait lui annoncer une fin prochaine.

Dès qu'elle fut instruite du départ de sa petite-fille, madame de Revel, Eugénie, Mathilde, se rendirent près d'elle, et lui promirent les plus tendres soins. Elle les remercia, en leur disant qu'elle leur souhaitait de n'avoir pas long-temps à remplir ce pieux devoir.

Monsieur de Revel ne voulut point parler à sa femme d'un malheur que son caractère faible n'aurait pu supporter. Il se garda aussi d'en instruire Mathilde; elle avait assez des chagrins que lui causaient les dangers d'Edmond. Il leur dissimula donc les peines qui le dévoraient: ce fut à Eugénie qu'il confia les angoisses de son cœur paternel.

Elle lui montra une résignation et un dévouement qui ranimèrent son courage. 'Je travaillerai,' lui dit-elle. 'Depuis long-temps je vois des femmes dont l'éducation a été moins soignée que la mienne, et qui sont parvenues à soutenir leurs parens. Je ne demande à la Providence que de me laisser la force et la santé; c'est tout ce qu'il me faut pour servir ma mère et soigner ma sœur.'

Monsieur de Revel, surpris et touché, sentit plus vivement que jamais combien il avait été injuste envers elle, et lui dit qu'elle aurait mérité un meilleur sort. Eugénie, sans avoir l'air de le comprendre, ne parut occupée que des moyens de cacher à sa mère l'horreur de leur situation.

Pour éviter les frais d'un voyage trop coûteux, avec une famille si nombreuse, monsieur de Revel résolut d'aller par mer. Il se proposait d'arriver à Cruxhaven, pour choisir de là une retraite dans un village du Holstein.[34]

Madame de Couci, devenue douce par le malheur, craintive par l'abandon, approuvait tout ce que décidait son gendre. Madame de Revel, qui n'avait jamais eu de volonté, ne se permit même pas une objection; et Mathilde, ne se faisant aucune idée de la fatigue d'un voyage sur mer, consentit à prendre cette voie, avec l'insouciance qu'elle aurait eue pour une autre route. Ladislas ne savait à quoi attribuer ce départ inattendu; il vint pour en demander le motif à Mathilde, et rencontra Eugénie. — 'Qu'est-il donc survenu,' lui dit-il, 'qui ait pu faire prendre si subitement à monsieur de Revel le parti de s'éloigner? Une fois vous m'avez demandé ma confiance; me refuserez-vous la vôtre?' — 'Jamais la mienne,' répondit-elle ; 'mais le secret de mon père n'est pas à moi.'

Monsieur de Revel parut, et Eugénie alla rejoindre sa mère. Ladislas prit les mains de monsieur de Revel avec la plus ardente affection, et il lui dit: 'Vos bontés celle de madame de Revel m'ont fait trouver près de vous une famille, lorsque je me croyais isolé sur cette terre où partout j'étais étranger; près de vous j'oubliais toute mes peines: ne me laissez pas seul aujourd'hui permettez moi de vous accompagner.' — 'Non,' répondit monsieur de Revel; 'la méchanceté trouverait trop à s'exercer, si vous veniez avec nous. Cependant je ne puis me séparer de vous, sans vous apprendre ce que nous allons devenir. Mon intention est de chercher une retraite dans le Holstein. J'y veux vivre inconnu; ainsi ne le dites à personne: mais si vous y passez dans vos voyages, croyez que je serai très-aise de vous revoir.'

Ladislas désirait depuis long-temps un valet de chambre à qui il pût accorder sa confiance. Monsieur de Revel le savait: par bonté, il dévoila le secret de sa ruine, en lui recommandant un homme qui le servait depuis vingt ans. Ladislas, étonné de le voir se détacher de cet ancien serviteur, fit différentes questions, comme pour prendre des renseignemens nécessaires; et par ses réponses embarrassées, il apprit peu à peu qu'il renvoyait tous ses domestiques.[35]

---

[34] The Duchy of Holstein was also the destination in emigration of the comte d'Angiviler. He was Souza's brother-in-law from her first marriage to Alexandre-Sebastien comte de Flahaut de la Billarderie, and from 1781–1790 she had lived in the Louvre next door to he and his wife who was one of her closest friends. (The comtesse d'Angiviller did not emigrate but lived quietly in Versailles.) While the comte d'Angiviller was no longer on speaking terms with her, it is interesting that she used the place he had gone to in *Eugénie et Mathilde*. It was out of the way of the rest of the society of émigrés in central Europe where Hamburg and Switzerland were more popular destinations.

[35] The embarrassment of having to let go the domestic servants for whom they felt responsible was a humiliation that many émigrés suffered. In some émigré cases the domestic servants did not leave the family (Madame de Revel's lady's maid), but here it is made clear that Monsieur de Revel can only afford to feed his own immediate household and (p. 137) that he made only that one exception.

A l'instant, éclairé sur sa situation, Ladislas lui dit: 'Ne suis-je pas votre ami? Ne m'accorderiez-vous pas assez d'estime pour daigner disposer de fonds que je ne sais comment employer? N'êtes-vous pas certain de me les rendre bientôt, lorsque vous retrouverez vos biens? La moindre partie de ma fortune,' ajoutait-il, 'ou tout ce que je possède ; vous êtes le maître: je serai également reconnaissant.' — 'Je n'accepterai jamais aucun secours,' répondit monsieur de Revel: 'et que votre délicatesse ne les déguise même pas sous le noble nom d'emprunt; je sais trop qu'il me serait impossible de m'acquitter.'[36]

Ladislas insistait, le conjurait vainement. Monsieur de Revel, aigri peut-être par l'infortune, lui dit : 'Ne me pressez plus; car, affligé de vous refuser, si vous persistez, je me cacherais de ma mère que nous ne nous reverrions jamais.' — Ladislas ne dit plus un seul mot: il voyait en frémissant le malheur frapper ceux qu'il aimait, sans pouvoir même adoucir leur sort. Ses secours étant refusés, sa richesse lui devenait insupportable; et il regrettait de ne point partager leur détresse.

Monsieur de Revel lui apprit que sa femme et Mathilde ne connaissaient pas sa position. 'Mais que vous reste-t-il donc?' s'écria Ladislas désespéré. — 'C'est mon secret,' répondit-il avec un sourire déchirant. 'C'est que je veux bien vous avouer, c'est que si, par la suite, je me trouve sans rien, absolument rien, c'est à vous, Ladislas que je léguerai ma famille … jugez si vous pouvez douter mon estime … Mais ne poursuivons pas un entretien qui me tue.' Il sortit, sous le prétexte de donner des ordres. Ladislas accablé regardait tout ce qui se passait autour de lui, comme si l'on décidait de sa vie, sans qu'il fût permis de changer son sort.

Le soir monsieur de Revel eut encore un moment bien pénible, quand il fallut renvoyer ses gens. Ladislas observa pour la première fois qu'ils avaient tous des traits de ressemblance; c'était la même voix, le même accent. L'un d'eux lui dit qu'ils étaient tous parens et nés chez leur maître; c'était une famille qui se séparait d'une autre famille. Leurs cris, leurs larmes faisaient de cette maison une scène de douleur et de désolation.[37]

Le départ fut fixé au lendemain. Ladislas vint de grand matin trouver Mathilde; il la nommait sa sœur, son amie. Avec quelle douce affection elle répétait des noms si chers! Il lui confia qu'il les conduirait jusqu'au Zuyderzée, et ne les quitterait qu'après les avoir établis dans le vaisseau; qu'ensuite il reviendrait passer deux ou trois jours à La Haye, pour se montrer, et bien constater qu'il ne les avait

---

[36] Only at this point was Monsieur de Revel fully aware that he was completely without means to repay a debt.

[37] In France, in contrast to Britain, servants were more likely to have served the same family through several generations. In Britain remuneration was taking over and making service a paid profession, whereas in France it was still an obligation that went beyond monetary ties and deep into family histories.

pas suivis; mais que la semaine ne se passerait pas, sans qu'il repartît pour Cuxhaven où monsieur de Revel comptait débarquer. Cette promesse rassura Mathilde. L'espérance de revoir un si parfait ami rendait moins affreux le moment de s'en séparer. D'ailleurs, à l'instant du départ il régnait un trouble, une confusion qui ne leur permettait guères de sentir l'étendue de leurs peines. Le salon était devenu un passage; les maîtres, et leurs domestiques qui ne voulaient s'en aller qu'après les avoir vus partir, tous le traversaient également.

La nourrice, occupée de ses paquets, ne savait pas qui faire tenir le petit Victor elle vit Ladislas, et le lui jetant presque dans les bras: 'Monsieur,' lui dit-elle, 'gardez-le moi une minute, je vous en prie.' — Il le reçut avec une satisfaction inexprimable. 'Dieu m'entend,' disait-il à l'innocente créature: 'toujours je t'aimerai d'une tendresse paternelle.' L'enfant semblait le comprendre; il répondit aux caresses de Ladislas, en se pressant contre lui; il riait, et ses petites joies rendaient plus frappant l'air consterné de sa famille. Mathilde revint, elle embrassa son fils, et le remit à Ladislas, aimant à le voir caressé par lui.

Les voitures étaient prêtes: madame de Couci passa le première; elle regarda l'enfant et dit tristement: 'pauvre petit !' Madame de Revel suivait, appuyée sur le bras d'Eugénie; elle assura Ladislas qu'elle ne regrettait que lui. 'Maman' lui dit Mathilde, 'avant huit jours il viendra nous rejoindre.' — Madame de Revel en éprouva un contentement vrai et tendre qui se communiqua à tous les siens. Eugénie avait envisagé le malheur sans paraître émue; et elle ne put retenir ses larmes lorsqu'elle apprit qu'elle reverrait Ladislas. Elle pleurait; mais, sans se l'expliquer, combien elle se sentait soulagée et tranquille!

Chapitre XLVIII

Monsieur de Revel arrêta son passage sur un vaisseau marchand. Le vent était favorable, et le jour même de son arrivée à Amsterdam il voulut s'embarquer avec sa famille.

Ladislas et Mathilde se promirent un attachement inaltérable, et convinrent que la semaine suivante il partirait pour Cuxhaven. Il l'aida à descendre dans le vaisseau, embrassa l'enfant, et s'approcha d'Eugénie pour lui dire adieu. Tous deux trop émus se regardaient, sans pouvoir prononcer une parole. Ladislas voulant cacher son trouble, s'éloigna d'elle et alla prendre congé de la famille; mais il revenait toujours près d'Eugénie. Enfin il saisit un moment où elle était à côté de sa sœur; il prit leurs mains, les pressait dans les siennes, et leur répétait: 'Amitié pour la vie, éternelle amitié.' Dans cet instant où il redoutait pour elles le vent, la mer, les orages, il croyait se rassurer en donnant à ses sentiments l'expression d'une éternelle durée. Lorsqu'il partit, Eugénie le suivit des yeux; et quand il eut disparu, elle redit avec un profond soupir: 'Amitié pour la vie.'

Le lendemain du départ de monsieur de Revel, il s'éleva une tempête affreuse sur le Zuyderzée. Le Vaisseau mauvais voilier, le capitaine peu habile, ne laissaient guère d'espoir. Mathilde serrait son enfant contre son cœur; elle nommait Edmond, et ses cris et ses larmes lui disaient un dernier adieu. Eugénie à genoux priait et pensait à Ladislas; car elle l'aime, mais d'une affection innocente, et l'amitié lui est permise. En tremblant pour les siens, elle éprouvait une sorte de douceur à se dire: 'Au moins il n'est pas avec nous.' Cependant la tempête commença à s'apaiser. Un vent très-fort les portait sur Cuxhaven où ils arrivèrent le jour suivant, brisés de fatigue et d'effroi.

Cuxhaven n'étant qu'un lieu fortifié, destiné à protéger le port, il leur fallut suivre à pied, et malgré la pluie, le chemin qui conduit jusqu'à Ritzebüttel, village habité par des pêcheurs, et dont l'unique hôtellerie n'offre aucune ressource. Ce triste endroit n'était propre à donner ni distinction ni repos. Sa situation à l'embouchure de l'Elbe, la monotonie de la rive opposée dont les terres basses ne présentent à l'œil qu'une ligne au niveau des eaux, peu d'habitations, une verdure uniforme, le rocher d'Helgoland isolé au milieu de la mer, l'âpre humidité des vents de l'ouest, tout leur parut s'accorder avec la disposition de leurs âmes.

Quel serrement de cœur en entrant dans cette auberge qui offrait l'aspect d'une extrême misère ! Monsieur de Revel demanda une chambre pour madame de Couci que l'on avait transportée avec peine du vaisseau. On lui donna un mauvais lit. Il n'y avait qu'une seule servante pour toute la maison; et encore n'entendait-elle pas le français.

Monsieur de Revel regardait avec douleur sa femme et sa belle-mère, qui se trouvaient si mal dans cette auberge qu'elles auraient voulu pouvoir repartir tout de suite. Lui, savait qu'en effet, il faudrait en sortir bientôt, mais parce qu'elle serait trop chère pour eux.

On leur apporta des pommes de terre sur une assiette d'étain, et quelques mets grossiers dont personne ne voulut, accoutumés qu'ils étaient à une excellente chère.[38] Ils ne se sentaient pas la force de se communiquer leurs pensées, et se séparèrent promptement. On conduisit les deux sœurs dans une petite chambre à deux lits dont les rideaux de serge verte étaient couverts de poussière.

La nourrice avait été si malade sur mer, qu'elle ne pouvait plus allaiter l'enfant. Mathilde se désolait de voir son fils, pour la première fois, et en même temps que sa mère, connaître aussi le malheur et le besoin. Elle avait été très-souffrante pendant le passage; elle était épuisée de fatigue, et avait peine à se soutenir. Sa sœur l'obligea de se coucher, et emporta l'enfant dans la salle basse où ils avaient soupé. Elle le promenait, lui parlait, cherchait à le distraire ; elle chantait doucement la chanson que la nourrice chantait pour l'endormir, et parvenait à lui faire trouver quelques momens de sommeil. Mais il se réveillait bientôt en

---

[38] Food here is an indicator of status as is the pewter of the plates it is served upon, denoting the rapid descent of the family from their former rank and nobility.

jetant des cris: Eugénie passa la nuit à le soigner, et commença ainsi son pieux dévouement à tous les siens.

Le lendemain, madame de Couci parut si mal, qu'ils se virent forcés à s'établir dans l'auberge, au moins pour quelques jours.

Avec les habitudes d'une grands fortune, il suffit d'un caractère ferme, pour se soumettre aux privations ; mais il faut bien du temps pour apprendre l'économie.[39] Monsieur de Revel, sans y penser, avait donné un fort salaire aux gens qui avaient apporté ses effets du vaisseau. On l'avait su dans l'auberge; et aussitôt, on exigea de cette malheureuse famille beaucoup plus qu'elle n'aurait dû payer. Ne s'étant jamais arrêtés dans un si petit endroit, ne se faisant aucune idée du peu qu'il en coûte dans un pays pauvre, ils comparaient toute chose avec leur ancienne dépense, donnaient beaucoup, et demandaient à peine le nécessaire.

Après dîner, Eugénie et Mathilde allèrent se promener sur le bord de la mer. Pas un vaisseau ne s'offrit à leurs regards. Ce vide immense leur causa une tristesse mêlée de crainte. Elles se retournèrent, et n'aperçurent devant elles qu'une longue bruyère; point d'arbres; pas un village, pas une habitation. Elles se promenaient, portant tour à tour le petit Victor qui cherchait des yeux sa nourrice, et faisait comprendre par ses larmes qu'il souffrait.

Les maîtres se soumettaient à leur situation avec courage; mais madame de Revel avait emmené une femme de chambre, leur unique domestique, et qui n'avait point voulu les quitter. Elle se disait contente de tout, et demandait ses aises, une chambre commode, des armoires: personne ne l'entendait; et elle maudissait un pays perdu où l'on ne savait pas le français.[40]

La nourrice était fort malade: Eugénie allait à toute heure la voir et la faire soigner; car son doux regard, des signes obligeans, un sourire pour remercier, l'avaient déjà fait chérir de l'aubergiste et de sa femme.

Le soir, la famille s'étant arrangée dans cette maison, parut moins mécontente; monsieur de Revel saisit cet instant pour avouer l'étendue de son malheur. Il ne lui restait guère que deux cents louis pour tout bien…[41] Madame de Couci souhaitait une fin prochaine; madame de Revel pressait la main de Mathilde contre son cœur, en pensant à l'heureuse destinée qu'elle avait cru devoir être son partage.

---

[39] This comment denotes how hard many former noble families in exile found it to economise with no prior knowledge of how to save money. The lack of habit of having to be careful with money was a handicap in itself before any consideration of real means came into the financial picture.

[40] This shows that it was not only the family members who complained of the privations, but the domestics also expected to be more comfortable.

[41] This is one of the few places where an exact sum of money is mentioned in the novel.

Eugénie seule ne jetait plus ses regards sur leur fortune passée. Elle recueillait le fruit de sa première éducation. La sévérité du cloître lui avait donné l'amour de l'ordre, et prescrit des sacrifices journaliers, lorsque le besoin ne les commandait pas. Aussi les privations, étrangères à la pensée de ses parens, lui étaient connues, du moins par les habitudes de sa jeunesse et les méditations religieuses.[42]

Cependant, quoique résignée à son sort, elle s'efforçait de ranimer leur courage. Les voyant accablés, elle leur parla des espérances dont elle les avait vus se nourrir, et redit, comme elle l'avait entendu dire mille fois à sa grand'mère: 'La révolution ne peut pas durer.'[43] — Tous les yeux se tournèrent vers elle; car ils savaient que, sans les combattre, Eugénie s'était peu livrée à leurs illusions. — Elle redit, comme sa tante le lui disait dans son enfance: 'La Providence n'abandonne jamais ceux qui prient.' — Tous les yeux se portèrent vers le ciel. Elle ajouta: 'Nous sommes bien mal, il est vrai; mais, dans une campagne éloignée, nous pourrions trouver un asile où ma sœur et moi, uniquement occupées à vous consoler, nous vivrions tous satisfaits.' Le cœur reconnaissant du père et de la mère bénissait leur pieuse fille. Chacun, avant de se retirer, alla embrasser Eugénie.

Elle garda l'enfant qui, fatigué, et n'ayant pas revu la nourrice de tout le jour, dormit tranquille. Mathilde eut aussi une nuit plus calme. Le sommeil fit oublier à tous leurs peines; et le lendemain, Eugénie, levée la première, prépara pour ses parens un déjeuner qu'ils trouvèrent à leur réveil.

Chapitre XLIX

Les jours suivans se passèrent comme le précédent; de tristes promenades, et des craintes pour l'avenir dont ils n'étaient distraits que par leur inquiétude sur la santé de madame de Couci, devenue trop malade pour se remettre en voyage. Mathilde seule était bien aise que ses parens fussent arrêtés à Ritzebüttel, car elle y attendait Ladislas. 'Il plaindra notre malheur, disait-elle, et partagera nos privations, avec cette simplicité délicate, cette sensibilité modeste qu'inspire toujours un véritable attachement.'

Elle ne se trompait pas. En arrivant, il laissa ses gens à Cuxhaven, et vint seul jusqu'au village. De quelle douleur il fut saisi, lorsqu'il vit la déplorable habitation de ceux pour qui il aurait sacrifié tous ses biens, qu'il eût tant désiré de voir heureux!

---

[42] There is irony in the fact that the austerity of the religious life Eugénie had led acquired a useful purpose only in extremely deprived circumstances.

[43] The interesting thing about this remark is that Souza puts it in such a way that she makes clear that it is a false hope that Eugénie is knowingly trying to promote to her family. She is trying to deceive them using the model of her early education that she received in the convent. This thinly veiled criticism of the Church on Souza's part continues throughout the novel.

Il demanda d'abord Mathilde. Elle vint le trouver dans la salle commune, et lui apprit le danger qu'ils avaient couru, et la tristesse qui accablait ses parens. Avec quelle confiance naïve elle lui avoua l'espèce de répugnance que son père éprouverait sûrement à le rendre témoin de leur misère! 'Il faut l'accoutumer à vous voir,' lui dit-elle; 'et annoncer d'abord que vous ne resterez qu'un moment; le lendemain vous direz un jour, et puis une semaine.' Elle connaissait le cœur de Ladislas, et ne doutait pas qu'il ne fût plus satisfait près d'eux, qu'au milieu d'un monde plus gai, mais indifférent.

En effet, monsieur de Revel reçut Ladislas avec un embarras dont ils souffraient tous deux également. Il ne put s'empêcher de lui dire: 'Ce séjour ne vous convient pas.' Ladislas s'empressa de répondre, comme le lui avait dit Mathilde, qu'à son grand regret, il serait obligé de partir bientôt. Cependant, il demanda un jour pour se disposer à une séparation qui lui coûterait beaucoup.

Monsieur de Revel souhaitait son départ, et il fut blessé de voir qu'il prenait si facilement la résolution de s'éloigner. 'C'est tout simple,' se disait-il; 'je devais m'y attendre; le malheur ne laisse pas d'amis.' Le même orgueil qui le portait à redouter la présence de Ladislas le rendait injuste, et il était offensé de ce prompt abandon. O malheur! malheur! qui fait rougir devant les riches, et vous rend leur oubli si amer! malheur qui aigrit l'âme, et fait de tous les sentimens contraires une peine semblable!

A l'heure du dîner, Ladislas hésita long-temps, ne sachant s'il oserait s'asseoir avec eux. Inquiet, il regardait madame de Revel ; il sollicitait un mot qui pût l'encourager. De son côté, monsieur de Revel attendait que Ladislas prit de lui-même sa place accoutumée. Il ne l'invitait point, n'osant lui proposer un si mauvais repas. Tous deux, incertains, ne savaient comment surmonter la gêne qu'ils éprouvaient.

Ladislas, appuyé sur le dos d'une chaise, la balançait par contenance. 'Voyons,' disait en lui-même monsieur de Revel, 's'il voudra partager mon humble ordinaire.' Il observait Ladislas, et le trouvant indécis, — Oh ! non, continuait-il de se dire, il craindrait de m'humilier..... et cette pensée l'humiliait profondément.

La servante de l'auberge vint mettre le couvert: Ladislas demandait des yeux à Mathilde ce qu'il devait faire. — Déjà la nappe de toile jaune était étendue, les assiettes d'étain étaient posées ; une larme tomba des yeux de madame de Revel. Ladislas ne put résister davantage, et se précipitant à genoux devant elle: 'Ne voyez vous pas mon embarras?' lui dit-il, 'ne me repoussez pas dans vos peines. Oh ! vous pouvez encore faire un heureux; dites-moi de rester avec vous.'

Monsieur de Revel s'était tourné vers la fenêtre pour cacher son émotion. Madame de Revel s'approcha de son mari, en lui disant: 'Il est notre ami.' Mathilde, Eugénie embrassaient leur père, et répétaient: 'Il est votre ami.' — Ladislas, présenté de nouveau par la famille, sentait qu'il avait besoin d'être admis de nouveau. Il attendait en quelque sorte que monsieur de Revel lui dit: Vous méritez que le malheur ne vous évite pas.

'Oui,' s'écria vivement Ladislas, 'je suis votre ami, et jamais la fortune ne vous en donna un si véritable, si dévoué. Je vous en conjure; dites-moi, comme vous disiez autrefois: Dîner avec nous.'

Monsieur de Revel souffrait, l'orgueil le dominait encore. 'Je ne puis vous faire une si triste invitation,' répondit-il en s'efforçant de sourire ; 'mais si vous le voulez … je ne m'oppose point …' Ladislas ne le laissa pas achever: il courut auprès de la table; elle n'était pas encore servie, personne ne songeait encore à s'y asseoir; il s'y établit: rien ne l'aurait déplacé.

Pendant le dîner, lorsque monsieur de Revel lui adressait quelques mots d'excuse, il prenait sa main, et la pressait avec une affection qu'aucune parole n'eût pu exprimer. A la fin du repas, monsieur de Revel lui demanda quand il comptait partir. — 'Lorsque vous me renverrez,' répondit-il, en le regardant avec un air de confiance mêlée de crainte.

Monsieur de Revel se promettait bien de ne pas abuser de son attachement; mais il se sentait consolé en pensant qu'il lui restait un ami … Au souper, Ladislas, ne se regardant plus comme étranger, se plaça avec les autres; il n'imaginait pas qu'il fallût une nouvelle invitation; la famille n'y pensait pas non plus. Au milieu de ce frugal repas, il se leva pour servir Mathilde; monsieur de Revel voulut le prévenir, l'arrêter: Ladislas, avec cet empressement respectueux qui semble contraindre en tremblant, le força de se rasseoir. Ce fut le dernier effort de l'orgueil; après, ils s'obligeaient mutuellement.

> Heureux de ne devoir à pas un domestique,
> Le plaisir ou le gré des soins qu'ils se rendaient ![44]

Chapitre L

Que Ladislas était heureux à Ritzebüttel? Il avait des mouvemens de joie que souvent il se reprochait, en voyant la détresse de cette famille: mais au fond de son cœur était l'espoir que le jour viendrait où elle disposerait de sa fortune. Dans cette sécurité, il s'abandonnait au bonheur de contempler sans cesse Eugénie. Elle, de son côté, jouissant de l'air satisfait de Ladislas, combien elle le trouvait généreux de rester dans un si triste séjour! Avec quel timide contentement elle se disait que le plaisir d'adoucir leurs peines pouvait seul l'arrêter! … Paraissait-il plus gai? elle lui supposait le désir de les distraire … Éprouvait-il de ces momens de mélancolie, inséparables d'un véritable amour? elle le croyait affligé de leurs chagrins; enfin elle lui savait gré de tout.

Dans ce village, ils n'étaient point gênés par les convenances factices de la société; et le besoin de s'entr'aider, de se plaire, remplaçait la froide politesse.

---

[44] Jean de La Fontaine, *Fables XXIV, Philémon et Baucis*.

Madame de Couci était la seule qui conservât de l'humeur. Elle regrettait Ernestine, n'en recevait aucune nouvelle; et attribuant son départ à la jalousie que Mathilde lui avait inspirée, elle n'était occupée qu'à chercher quelque chose de désagréable à lui dire. Mathilde rejetait sur les chagrins de l'âge une injustice qu'elle supportait, sans y faire trop d'attention.

Ladislas ne les quittait plus. De longues promenades avec les deux sœurs, des lectures aux heures de travail, des espérances à donner à madame de Revel, des conversations politiques avec son mari, remplissaient sa journée.

En partant de La Haye, il s'était procuré tout ce qui peut distraire dans la solitude; des livres, des échecs, de la musique: et si une personne de la famille formait un désir, il se trouvait toujours que, le hasard lui ayant donné les mêmes goûts, il pouvait offrir ce que l'on paraissait souhaiter.

Madame de Couci riait en elle-même de la bonne foi avec laquelle son gendre et sa fille exaltaient la sensibilité de Ladislas. Elle se rappelait les soupçons qu'Ernestine avait excités dans son esprit; et ne doutait point que Mathilde ne fût l'objet d'un sentiment d'autant plus dangereux, qu'il se cachait sous les formes d'une tendre et innocente amitié. Souvent elle avait eu fort envie d'avertir madame de Revel que la prudente Mathilde pourrait bien oublier Edmond: mais, arrêtée par cette sorte de pitié craintive, qui empêche d'ajouter aux chagrins d'une personne déjà accablée, elle se contenta de jeter cette inquiétude dans le cœur de monsieur e Revel.

Ce fut comme un trait de lumière. Il se souvint que Ladislas, respectueux près d'Eugénie, avait, depuis long-temps, avec Mathilde un air de confiance et d'intimité inexplicable. Frappé de cette idée, un matin que ses deux filles sortaient avec Ladislas pour la promenade, il les suivit de loin. Quand elles furent sur le bord du fleuve, il les vit s'asseoir, lui près de Mathilde, Eugénie à côté de sa sœur.

Cependant, lorsque monsieur de Revel se montra tout-à-coup, loin d'être embarrassés par sa présence, ils firent tous un cri de joie. Mathilde se rapprocha de Ladislas, pour faire placer son père entre elle et sa sœur. Ce premier mouvement n'échappa point à monsieur de Revel; et son air froid, mécontent, fit bientôt disparaître la sérénité qui avait régné d'abord entre ces trois personnes.

On ne se parlait que par mots interrompus, et à de longs intervalles, lorsqu'un pêcheur s'avança avec son bateau. Par un de ces hasards que Ladislas savait toujours préparer, cet homme apportait des lignes, et, la veille, Mathilde en avait désiré. Elle l'avait déjà oublié; mais son père se le rappelait. Il résolut d'éclairer à l'instant les soupçons qui le tourmentaient, et dit à Ladislas et à Eugénie de l'attendre, tandis qu'il se promènerait un moment avec Mathilde. Elle jeta sa ligne aussitôt, et suivit son père.

C'était la première fois depuis son arrivée à Ritzbüttel que Ladislas se trouvait seul avec Eugénie. Une extrême agitation altérait sa voix, rendait ses paroles incertaines. Eugénie, également émue, ne pouvait exprimer combien elle était touché de le voir rester près de ses parens dans cette solitude. — 'Ce pays est affreux,' lui dit-elle, du ton le plus doux, et comme on remercie. — 'Affreux,' reprit-il, 'quand vous vous en plaignez.' — Elle sentit tout ce que cette réponse renfermait d'affection et de dévouement. Un peu confuse, car elle l'était toujours quand on lui parlait d'elle, Eugénie ne put lui répondre. Ne sachant que faire de son regard, de son silence, elle chercha des yeux monsieur de Revel et Mathilde.

Ils étaient assis; on les voyait sans pouvoir les entendre. Mathilde cachait sa tête dans son mouchoir. 'Elle pleure,' dit Eugénie surprise … 'elle baise la main de mon père … 'il la presse contre son cœur… Les jours d'Edmond seraient-ils menacés? … sont-ce de nouvelles peines dont mon père la console? …' Ladislas suivait de même tous les mouvemens de Mathilde. Il avait remarqué l'air contraint de monsieur de Revel, et une voix secrète l'avertissait qu'il parlait de lui.

En effet, lorsque monsieur de Revel avait été un peu éloigné, il avait dit à Mathilde: 'Mon enfant, le malheur et la solitude resserrent tous les liens: je suis votre ami; mais ai-je votre confiance?' — Elle baissa la main de son père. — 'Vous êtes jeune, et, sans le prévoir, vous pourriez peut-être vous attacher trop vivement à l'homme le plus aimable que j'aie jamais connu. Il a bien su gagner mon cœur, demeurer avec nous, pour ainsi dire, malgré moi. Peut-être obtiendrait-il votre affection, sans même y prétendre; car je lui rends justice, et le crois incapable de vouloir porter le trouble dans ma famille, en affectant les dehors d'un respectueux intérêt: non, ma fille, il est honnête, généreux.' — 'Ah!' s'écria Mathilde, 'ces pensées viennent de ma grand'mère; elles ne sont pas de vous. Vous savez qu'Edmond occupe toute mon âme; que jamais il ne m'a été plus cher, et que je voudrais donner ma vie, pour le sauver des dangers auxquels il s'expose.'

La vérité a une expression qui persuade toujours: cependant monsieur de Revel, rassuré pour le moment, s'alarmait encore sur l'avenir. 'Mon enfant, je le répète, vous êtes bien jeune; je ne puis douter de vos sentimens, mais mon expérience craint pour votre repos. D'ailleurs, il existe entre vous une liaison particulière, un secret inexplicable qui m'étonne. Parlez-moi avec sincérité; Ladislas ne peut être pour vous un ami plus sûr que votre père.'

Mathilde cherchait dans les yeux de monsieur de Revel si le moment était venu de lui parler de ses projets; ou si, en les avouant trop tôt, elle ne risquerait pas d'en rendre le succès douteux. Elle l'assurait que la plus innocente amitié l'attachait à Ladislas. — 'Mais convenez- vous qu'il existe un secret entre vous?' — 'Oui, mon père.' — 'Ma fille,' reprit sévèrement monsieur de Revel, 'pourriez-vous l'avouer à Edmond?' — 'Il le sait, mon père.' — 'J'espère, ma fille, que vous ne vous êtes point laissé aveugler par l'espoir d'adoucir les privations de votre mère; que vous ne contracterez jamais aucune obligation …' — 'Jamais mon père,' repartit Mathilde 'd'un air offensé. — 'Puisque Edmond est instruit; puisque jamais vous n'oublierez ce que chacun de nous doit aux siens, je ne me crois plus obligé d'exiger votre confiance. Mais serai-je condamné à vous savoir, avec un étranger, un secret que vous refusez à votre père?' — Elle garda le silence.

Monsieur de Revel sentait avec douleur combien il avait peu de pouvoir sur sa fille. Mathilde n'osait hasarder un aveu qui déciderait sans retour du sort de sa sœur. Elle détournait les yeux, pour ne pas voir l'air mécontent de son père; elle pleurait; et c'étaient ces larmes dont Eugénie étonnée ne pouvait deviner la cause.

Tout-à-coup Mathilde se mit à genou. 'Ma sœur nous regarde,' lui dit-elle, 'et doit être inquiète. Sa présence me gêne; et mon secret demande plus de temps pour être confié. Accordez-moi quelques jours; mais soyez sûr que l'âme la plus noble anime Ladislas; qu'il mérite votre attachement, votre estime, et que je suis digne d'être son amie.' L'exaltation qui régnait sur le visage et dans les paroles de Mathilde augmentait l'anxiété de monsieur de Revel. — Quoi! se disait-il, elle croit se louer assez en m'assurant qu'elle est digne d'être son amie!

Eugénie, effrayée de voir sa sœur à genoux devant son père, n'eut plus la force de cacher la peine qui la tourmentait depuis long-temps. Elle avait remarqué la première l'intimité de Mathilde et de Ladislas. Elle en souffrait, et se demandait si elle ne pouvait pas leur être également chère: mais, toujours douce, elle ne se permettait pas un seul reproche: son trouble secret la portait seulement à plus de réserve. Que de fois, en les voyant se promener ensemble, elle s'était éloignée pour les laisser causer en liberté.

A l'instant où elle vit Mathilde à genoux, elle dit à Ladislas: 'Si vous savez ce qui peut l'affliger, apprenez-le moi, je vous en conjure.' Puis elle ajouta tristement: 'Vous possédez sa confiance comme je l'avais autrefois.' — Ladislas surpris, et ne songeant qu'à son amour, répondit: 'Elle a peur de vous déplaire.' — 'Avant de vous connaître,' reprit douloureusement Eugénie, 'elle me disait toutes ses pensées.' — Ladislas savait bien que, pour défendre Mathilde, il suffirait d'avouer ses sentimens; mais il était trop sûr qu'un seul mot pourrait alarmer l'âme timide d'Eugénie. La veille encore, elle avait parlé avec regret de cette tranquillité d'esprit, de cette paix de l'âme qu'elle avait goûtée dans le cloître.

Eugénie, remarquant que Ladislas rougissait sans lui répondre, craignit de l'avoir offensé, et lui dit avec une douceur touchante : 'Je m'afflige sans me plaindre.' Monsieur de Revel revenait près d'eux: elle se rappelait qu'un jour il lui avait demandé d'être son amie… elle soupira, en se disant qu'il n'y pensait peut-être plus.

Chapitre LI

La journée se passa dans une contrainte qu'ils n'avaient jamais éprouvée depuis leur arrivée à Ritzebüttel. Monsieur de Revel était silencieux et sévère. Madame de Couci, près de laquelle on se réunissait, avait un air de satisfaction aigre, de ces airs qui disent: 'J'avais raison.' Mathilde évitant à la fois, et les regards de son père qui paraissait mécontent, et ceux de Ladislas à qui elle ne voulait pas adresser un seul mot, dans la crainte que si monsieur de Revel les voyait se parler, il ne s'inquiétât encore de leur intimité.

Ladislas, ne pouvant tenir au morne silence qui régnait dans cette petite chambre, alla se promener jusqu'à l'heure du souper. Eugénie ne se croyait inquiète, et même un peu jalouse, que de l'amitié de Mathilde. Cependant, comme elle était alarmée de le voir absent si tard! Que de fois elle demanda quelle heure il était! et que de fois, surtout, elle y pensa sans oser le demander!

Le souper fut encore plus triste que le dîner. Dans le monde, il est facile de supporter ces petits orages domestiques. L'arrivée d'un indifférent force l'humeur à se cacher; un plaisir la dissipe: mais, dans la solitude, rien ne distrait; tout est bonheur ou peine.

Il était impossible que Mathilde échappât à la vigilance de son père, ou à l'impatience de Ladislas. Le lendemain, dès qu'elle fut levée, monsieur de Revel la fit appeler. Il s'aperçut qu'elle tremblait en approchant de lui pour la rassurer, il s'efforçait de sourire. 'Ma fille,' lui dit-il, 'j'ai résolu de savoir de vous, chaque matin, si le jour est venu où vous m'accorderez votre confiance?' — 'Mon père,' répondit-elle, 'plus j'y réfléchis, et plus ce que j'ai à vous dire me paraît terrible. Je crains de vous déplaire, peut-être de vous offenser; cependant je serais désolée, si vous m'arrachiez une espérance qui m'adoucit toutes nos peines.

Monsieur de Revel affectait une tranquillité qui était bien loin de son âme; chaque mot de Mathilde augmentait ses inquiétudes. Il la fit asseoir près de lui, et l'encourageait par les plus tendres promesses d'indulgence et d'affection.

Tout ce qui avait paru simple à Mathilde lui semblait dans ce moment le comble de la démence. Engager son père à s'accuser lui-même de trop de rigueur envers Eugénie! Comment s'en flatter? — 'Mon enfant, ma fille chérie, si j'avais des chagrins, voudriez-vous que je vous en fisse un mystère?' lui disait-il. — 'Est-il possible que vous ne deviniez pas mon secret?' répondait Mathilde. — Monsieur de Revel se perdait dans les pensées les plus contraires, les plus affligeantes. Enfin il s'écria: 'C'est trop déchirer mon âme; parlez-moi à l'instant, ou ne me parlez jamais.' — 'Eh bien,' reprit Mathilde en cachant son visage dans ses mains, ce n'est pas moi que Ladislas aime.' — 'Dieu!' s'écria monsieur de Revel, 'serait-ce Eugénie, ma trop malheureuse Eugénie! Hé! ne l'ai-je pas condamnée à ne rien aimer? …'

Mathilde saisit ce mouvement de remords échappé à son père, et lui dit: 'De grâce, daignez m'entendre. Ladislas l'adore; ses désirs, ses espérances sont d'arriver à votre cœur, de mériter qu'un jour vous décidiez Eugénie à se faire relever de ses vœux.' — 'Que dirait le monde?' — 'Il nous blâmera peut-être; mais qu'importe? Ne voyez-vous pas que dans le malheur il nous oublie?' — 'Croyez vous votre sœur capable de consentir?…. — 'Non, du moins quant à présent; mais elle estime Ladislas: j'espère en son penchant pour lui, et surtout en son obéissance pour vous.' — 'Lui a-t-il parlé de son amour?' — 'Jamais ; elle fuirait si elle le soupçonnait.' — 'Imprudente Mathilde! comment êtes-vous entrée dans une si dangereuse confidence?' — 'La première fois, par hasard; tous les jours depuis, par le désir de

voir ma sœur heureuse.' — 'Serait-il possible de me déterminer! …' — 'Ah! mon
père,' lui dit-elle, s'empressant de l'interrompre, 'si vous étiez au moment de
décider, il vous serait bien difficile de prononcer une seconde fois le malheur
d'Eugénie.' — 'Cruelle Mathilde!' s'écria monsieur de Revel, 'pourquoi dire une
seconde fois? pourquoi me rappeler que ma préférence pour vous a pu me séparer
d'elle une première?' — 'C'est à cause de cette préférence même qu'il me faut son
bonheur ; sans quoi ma vie ne serait qu'amertume et repentir. 'Écoutez-moi, mon
père,' dit-elle en joignant les mains avec une anxiété, une tendresse inexprimable;
'écoutez-moi: on m'a dit que beaucoup d'exemples peuvent autoriser Eugénie; que
plusieurs religieuses ont réclamé contre leurs vœux.' — 'Et vous voulez, Mathilde,
que votre sœur fasse retentir les tribunaux de son nom? D'ailleurs, où sont-ils
aujourd'hui ces tribunaux? Croyez-moi; lorsqu'il n'y a plus de juges, l'opinion
seule commande.' — 'Nous ne dépendions point de la France; c'est l'autorité
ecclésiastique que l'on peut s'adresser.' — 'Direz-vous donc que j'ai été un père
dénaturé? …' — 'Jamais, mon père: mais Eugénie était un enfant; elle a été
entraînée par l'exemple de ma tante, qu'on avait aussi faite religieuse d'après des
calculs de fortune. Ma sœur a prononcé ses vœux à l'âge où tout autre engagement
serait nul.' — 'Répondez, ma fille, avec plus de sincérité: avez-vous réfléchi qu'il
faudrait que votre sœur rendît plainte contre moi?' — 'Cette idée lui ferait horreur.'
— 'Avez-vous donc pensé que je m'accuserais moi-même?' — 'Oui, mon père; je
l'ai cru, et je l'espère encore.'

Monsieur de Revel prit Mathilde dans ses bras; il la pressait contre son cœur.
'Cette confiance m'est due,' lui dit-il, vivement touché. 'S'il ne fallait que
m'accuser pour assurer le bonheur d'Eugénie, je n'hésiterais pas. Mais, ma fille,
il m'en coûterait trop pour braver l'opinion, surtout dans un moment où elle est
notre unique force, notre seul espoir. Puisque votre sœur ignore l'amour de
Ladislas, laissons-la poursuivre son innocente vie.' — 'Mon père, elle l'aime; sans
le savoir, il est vrai: mais elle l'aime. Si vous en doutez, examinez vous-même les
sentimens de ma sœur, et ensuite prononcez.'

Monsieur de Revel resta long-temps absorbé dans ses pensées; il paraissait
souffrir. Mathilde appelait son attention, son regard par de timides caresses, par
des expressions tendres. 'Mon père,' lui disait-elle, 'je suis l'enfant de votre
prédilection; il n'est pas un instant de ma vie où vous ne m'ayez comblée de
bontés: aussi ai-je vu que ma présence vous consolait toujours ; tandis que le
souvenir du sort de ma sœur ajoutait souvent à vos peines. Je connais votre cœur,
mon père, il ne vous manquera rien si Eugénie est heureuse.'

'Ma fille,' reprit-il. 'je vais vous parler avec franchise. Si Ladislas était émigré
comme nous, et comme nous infortuné; si votre sœur l'aimait je consentirais à
laisser parler un monde toujours prompt à juger avec rigueur. Mais il ne faut pas
s'aveugler: dans cette circonstance, il aurait une apparence de raison; car la
fortune de Ladislas est trop considérable, pour que l'on ne crût pas qu'elle a influé
sur ma détermination.

'Depuis que tant de calamités nous ont accablés,' repartit Mathilde, 'nommez-moi donc ceux qui vous ont témoigné de l'intérêt, qui sont venus vous offrir des secours ou des consolations?' — 'Je n'aurais jamais accepté de secours.' — 'Non; mais les refuser eût été une dernière satisfaction; et je ne vois que Ladislas qui se soit inquiété de nos malheurs. Au surplus, mon père, je n'ajouterai qu'un mot. Eugénie aime; la condamnerez-vous à nourrir un amour sans espoir? N'est-elle donc en ce monde que pour souffrir?' — 'Je vous en conjure, ma fille; ne me répétez plus qu'elle a toujours souffert; ne réveillez pas des souvenirs qui me sont trop douloureux. Puisque Eugénie aime, je ne me sens pas le courage d'insister sur ses engagements. Autrefois j'eusse éloigné Ladislas; aujourd'hui je connais l'infortune, et suis devenu craintif. Cependant, j'exige que vous ne disiez pas un mot à votre sœur qui puisse affaiblir son respect pour ses vœux.

Il se leva, et avec un accent qui se grava profondément dans le cœur de Mathilde, il ajouta: 'Promettez-moi de ne parler à personne de l'entretien que nous venons d'avoir. Si un jour Eugénie m'avoue ses sentimens; si elle me demande sa part de bonheur, je m'accuserai, ma fille, avec plus de sévérité que vous ne pouvez le croire. Alors vous direz à Ladislas qu'à l'instant où vous m'avez parlé, j'ai fait le serment irrévocable de me tenir séparé de sa fortune. Je resterai dans la retraite que je me serai choisie: je veux y vivre inconnu, y mourir oublié. Eugénie suivra Ladislas, si l'Église permet leur union. Quant à moi, ils ne me reverront que lorsque j'aurai recouvré ma patrie et mes biens.' — Mathilde saisit la main de son père, et la pressa dans les siennes avec une exaltation, un dévouement passionné dont il fut ému jusqu'aux larmes. 'Mon père,' s'écria-t-elle, 'recevez aussi un serment irrévocable : jamais je ne vous quitterai; ensemble nous adoucirons nos peines, et nous penserons au bonheur d'Eugénie.' — Tous deux, dans les bras l'un de l'autre, répétaient les noms sacrés d'enfant et de père; et malgré tant de sujets d'affliction, ce moment eût suffi pour leur faire bénir l'existence.

Chapitre LII

En quittant monsieur de Revel, Mathilde entra dans la chambre de sa sœur. Eugénie leva les yeux pour regarder qui arrivait, et les baissa sans rien dire. Elle ne savait quelle douleur secrète l'oppressait; mais, pour la première fois, elle voyait sa sœur sans la saluer d'un sourire ou d'un mot affectueux. Mathilde s'approcha, et lui dit: 'Ma bien aimée Eugénie, tu ne m'as jamais été si chère !' — 'Le comte Opalinsky est venu plusieurs fois vous chercher,' répondit froidement Eugénie; 'il a reçu des lettres de La Haye, et m'a dit en avoir une pour vous, qu'il croit être d'Edmond.' En effet, Ladislas, en quittant la Hollande, avait pris des mesures pour que les lettres de France adressées à Mathilde lui fussent envoyées par un courrier.

Mathilde laissa bien vite sa sœur, pour aller joindre Ladislas qui se promenait au bord de la mer. Dès qu'elle l'aperçut, il lui montra la lettre. Quels transports en voyant l'écriture d'Edmond! en apprenant qu'à la tête d'un parti nombreux, il se flattait de rendre sa cause triomphante, et promettait de revenir près de Mathilde pour ne plus s'en séparer! Toutes les expressions d'Edmond lui donnaient la certitude de le revoir bientôt.

C'était trop de bonheur en un jour pour la vive Mathilde. Elle ne pouvait supporter tant d'émotion. Quand elle eut bien lu et relu la lettre d'Edmond, Ladislas lui demanda quel était le motif du mécontentement de monsieur de Revel? — 'Imaginez,' lui dit-elle, comme si c'eût été une chose inimaginable, que ma grand'mère lui avait mis dans l'esprit que je pourrais avoir pour vous un sentiment trop tendre.' — Malgré son inquiétude, Ladislas ne put s'empêcher de sourire, et répondit: 'Il me semble que vous l'avez bien désabusé.' — 'Complètement.' — 'M'est-il permis d'espérer un accueil plus favorable que celui qu'il m'a fait hier?' — 'Oui ; mais hier, aujourd'hui, demain, mon père ne saurait avoir tort. Aimez-le, Ladislas, sans même que le souvenir d'Eugénie vous y engage ; aimez-le, car il vaut mieux que nous tous.'

Mathilde éprouvait un excès de joie qu'il lui était impossible de modérer. Les promesses de son père avaient surpassé ses espérances; et la lettre d'Edmond achevait de la rendre trop heureuse. 'Je n'ai plus ma raison,' disait-elle; et elle avait envie de pleurer, besoin de rire, et ne pouvait se calmer.

'Savez vous,' lui dit Ladislas, 'que j'ai résolu de vous fuir, avec autant de soins que je vous ai cherchée jusqu'ici?' — 'J'en suis enchantée, car il me faut une légère peine pour me rendre à moi-même.' — 'Je crois en effet,' reprit-il, 'que cette peine serait légère. Quoi qu'il en soit, je vous apprendrai que madame de Couzi a sûrement jeté quelques nuages dans l'esprit d'Eugénie. Je crains qu'elle ne m'accuse aussi d'aimer la femme de l'heureux Edmond.' — 'Chacune de vos paroles me cause un plaisir!' répondit Mathilde en riant, parce qu'il fallait que sa gaieté s'échappât, et elle ne pouvait s'empêcher de rire. 'Vous êtes ingrat; Eugénie est injuste; je devrais être fâchée, et je n'ai jamais été si satisfaite. Qui, c'est aujourd'hui précisément que ma sœur doit être mécontente de moi.' — 'Pourquoi aujourd'hui plus qu'un autre jour? — 'C'est mon secret.' — 'Bonne Mathilde, ne pouvez-vous me le confier?' lui dit-il d'un air suppliant: vous n'ignorez pas que tout ce qui regarde Eugénie m'agite et me trouble.'

Elle se rappela la défense de son père, et lui répondit: 'D'abord, persuadez-vous que vous ne saurez rien; et puis j'admire que, le jour où vous me faites part de la belle résolution où vous êtes de m'éviter, vous vous croyez encore le moindre empire sur moi!' — 'Mathilde, un moment suspendez cette gaieté pour me rassurer.' — 'Tenez, lui dit-elle, j'ai du bonheur plus que mon cœur ne peut en contenir: je ne saurais ni vous plaindre ni m'affliger; ainsi, à demain.' — Il voulut la retenir, prit sa main pour l'arrêter, et l'abandonna bien vite lorsqu'elle eut ajouté: 'J'ai laissé Eugénie à la fenêtre; elle nous voit.' — Aussitôt Ladislas se mit à fuir; Mathilde s'écria: Et si je vous priais de rester?' — 'Je m'en irais.' — 'Jamais,' reprit-elle, 'je ne vous ai trouvé plus aimable: malgré cela, je vais bien gronder ma sœur.'

Il revint aussitôt sur ses pas. 'L'envie de me tourmenter vous porterait-elle à lui répéter la remarque qu'à peine j'ai osé faire?' — 'Je ne lui parle jamais de vous.' — 'Mais c'est affreux!' — 'Oh! c'est un crime! Cependant comme je suis contente, je veux bien vous donner un petit plaisir, et vous apprendre que ma bonne Eugénie vient de me recevoir très-mal.' — 'Comment?' dites-moi? ...' — Mathilde le quitta sans vouloir lui répondre. En arrivant elle trouva son père, sa mère, et sa sœur réunis, et leur donna la lettre d'Edmond. Tous partagèrent l'émotion dont son âme était remplie. La figure de Mathilde était si animée, ses yeux brillaient d'une joie si vive, que sa mère la regardait avec ravissement, s'écria: 'Je voudrais qu'Edmond la vît aujourd'hui.'

Chapitre LIII

Pendant plusieurs jours, monsieur de Revel, examinant Eugénie avec soin, reconnut trop qu'elle aimait et qu'elle était malheureuse. Triste, oppressé, elle semblait près de succomber. Ses yeux se levaient avec peine pour répondre; elle souriait encore de bienveillance, jamais de satisfaction. Son père, plus tendre, plus occupé d'elle, paraissait même la gêner. Désirant la solitude, elle se retirait dans sa chambre, commençait à lire, et, bientôt distraite, elle ne savait pas ce qu'elle avait lu; elle revenait sur les mêmes feuilles, essayait de fixer son attention, sans y parvenir, et quittait le livre, pour prendre son ouvrage qui la fatiguait également.

Eugénie ne sortait plus qu'aux heures où elle croyait ne pas trouver Ladislas. Assise à sa fenêtre, elle attendait qu'il fût rentré. Alors elle suivait doucement le même chemin qu'il venait de parcourir, ne s'apercevant pas qu'elle n'aimait que les lieux où il avait été.

Plusieurs fois il avait essayé d'aller à sa rencontre. Elle s'était détournée en le voyant, Mathilde aussi lui faisait mal; elle lui paraissait trop gaie pour leur situation. Madame de Couci était celle de la famille qui lui convenait le mieux. Son humeur chagrine, qui la rendait insupportable à tous les autres, mettait Eugénie plus à l'aise. Il semblait qu'elle eût besoin de peines. Voyait-elle sa grand'mère plus souffrante? elle sentait du moins quelque plaisir à la distraire; et son cœur malade trouvait du repos, en lui portant des soins ou des consolations.

Madame de Couci parlait toujours de Mathilde avec aigreur. Eugénie la défendait, car elle la croyait incapable d'oublier Edmond. Mais, à force d'entendre sa grand'mère l'accuser de coquetterie, elle pensait qu'accoutumée aux mœurs d'un monde frivole, sa légèreté s'amusait peut-être du sentiment qu'elle avait inspiré.

Eugénie soupirait, en demandant à sa grand'mère si véritablement elle croyait à cet amour qui ne laisse plus maître de soi?... Madame de Couci, pour aggraver les torts de Mathilde, embellissait Ladislas de tous les charmes d'un caractère généreux, d'une âme passionnée. 'Si beau, si aimable,' disait-elle, 'qui aurait fait le bonheur de sa famille, venir s'ensevelir dans cette solitude!' — Eugénie demandait encore en tremblant, si madame de Couci avait été témoin d'un amour assez malheureux pour conduire à une fin sinistre? … Alors sa vieille grand'mère lui racontait mille histoires qu'elle prétendait s'être passées sous ses yeux; c'étaient toujours les femmes belles et légères, qui avaient inspiré des passions insurmontables à des hommes dont les vertus auraient mérité un attachement sincère.

Eugénie ne remarquait pas que tous ces portraits de femmes belles et légères ressemblaient à Mathilde; mais elle comparait Ladislas à ces amans trop aimables et trop malheureux. Son imagination frappée de vains fantômes le lui présentait, traînant une vie remplie de dégoûts, d'amertume, et finissant par une mort prématurée. Près de sa grand'mère elle recevait ces impressions fortes et profondes qui ne s'effacent plus. Elle accusait sa sœur de coquetterie, ou du moins de ce désir de plaire qui remplace dans le monde le pouvoir d'aimer.

Mathilde venait souvent la prier de lui dire quels étaient ses chagrins? Eugénie n'en avait que trop, pour justifier des larmes dont elle n'osait pas lui confier la véritable cause. Elle répondait à sa sœur, en lui parlant de la situation de leur famille, de l'incertitude de l'avenir … Mathilde cherchait à lui donner du courage, et ne voulait pas qu'elle s'appesantît sur des malheurs qu'il leur était impossible d'empêcher.

Madame de Couci, affaiblie par l'âge, accablée par l'âge, accablée par ses maux, n'était pas encore en état de continuer son voyage. Monsieur de Revel, forcé de rester à Ritzebüttel, regrettait chaque jour de n'avoir pas choisi d'abord la retraite où ils devaient se fixer.

Ladislas, remarquant qu'Eugénie l'évitait toujours, tomba dans une sombre mélancolie. Elle l'attribuait à la passion dont sa grand'mère le disait tourmenté. Elle le plaignait, souffrait pour lui; et, lorsqu'elle découvrit qu'il craignait de rencontrer Mathilde, touchée de cette résolution qui lui paraissait demander tant d'efforts, elle cessa de le fuir, et osa même lui adresser quelques mots obligeans. Ses promenades sur le bord de la mer n'étaient plus seulement aux heures où Ladislas terminait les siennes; elle ne le cherchait point, ne l'attendait pas; mais s'il fût venu, elle se serait arrêtée pour lui parler.

Eugénie s'était si souvent détournée en l'apercevant, qu'il n'avait plus la force de s'offrir à sa vue. Il s'affligeait sans se plaindre; étonné d'éprouver cet amour timide et soumis dont il aurait cru jadis que son âme se serait révoltée. Cependant, un jour qu'Eugénie, s'abandonnant à ses tristes pensées, avait prolongé sa promenade bien plus qu'à l'ordinaire, Ladislas inquiet alla au-devant d'elle.

Elle était assise au bord de la mer, et si absorbée dans ses rêveries qu'elle ne l'avait pas entendu venir. Il resta quelques instans debout, en silence. Enfin il lui demanda si elle n'avait pas peur de se trouver seule, loin de toute habitation? Le premier mot de Ladislas avait fait tressaillir Eugénie. Il s'excusa de l'avoir importunée. 'J'ai eu peur,' lui dit-elle, 'parce que j'ai craint que ce ne fût un autre.'

— Ces mots, si doux, ses regards plus doux encore, enhardirent Ladislas; il s'assit près d'elle.

D'abord ils parlèrent de la beauté du jour … des peines de la vie … comme on gâtait souvent, par des besoins factices, ces biens que la nature accordait à tous. — 'Ne pensez-vous pas,' lui dit-elle, 'qu'avec un si beau jour l'on ne peut se croire malheureux?' — 'Un beau jour,' dit Ladislas, 'rend plus vif le sentiment d'un bonheur qu'on n'ose espérer.' Le plaisir qu'elle avait éprouvé en le voyant, fit place à la douleur. — 'C'est Mathilde qu'il regrette, disait-elle. Il lui reste assez de vertu pour sentir qu'il ne doit pas l'aimer, mais pas assez d'empire sur lui pour triompher de son amour.

Elle soupira, et ce soupir acheva de troubler Ladislas; il ne fut plus maître de son secret. 'Que je suis malheureux!' s'écria-t-il, de ce cri de l'âme qui vous livre sans réserve à celle qui l'entend. Eugénie le regarda avec des yeux remplis de larmes: sans le vouloir, elle tendit sa main vers lui. Ladislas la saisit, la pressa contre son cœur, et répéta: 'Que je suis malheureux! … Eugénie retira sa main avec une sorte d'effroi, surprise de la voir dans celle de Ladislas; et détournant son visage, elle dit: 'Ah! Mathilde! que l'on peut causer de peines sans croire être coupable!' — 'Que dites-vous de Mathilde?' reprit-il; 'je ne puis plus me taire: vous m'éloignerez, je le prévois; mais du moins vous saurez que je n'aime que vous au monde; qu'avant de vous connaître l'amour n'était pour moi qu'un mot imaginaire….' — Eugénie, entendant que c'était elle qu'il aimait, éprouva un frémissement de crainte et de joie inconnu. Toutes les facultés de son âme étaient comme suspendues; le passé, l'avenir n'étaient rien. Joignant les mains, elle s'écria: 'O mon Dieu, pardonnez-moi!' car elle sentait qu'une émotion si vive pouvait suffire au bonheur et au repentir d'une vie tout entière … Il n'était plus possible à Ladislas de se contraindre; il ne savait que répéter qu'il l'aimait.

'Gardez-vous de croire,' ajouta-t-il 'que je me flatte du moindre retour. Je vivrai pour vous aimer, sans espoir, sans vous en reparler jamais. Seulement, ne me dites pas de surmonter cet amour qui est devenu ma vie. Le jour où vous me direz de me guérir, ce jour, la mort viendra.' — 'Ne parlez jamais de mourir,' répondit-elle, à travers ses sanglots, et la tête cachée dans ses mains.' — Ladislas, inquiet de ses pensées, ne s'occupait qu'à la rassurer contre lui-même. 'Ne craignez plus de m'entendre,' reprit-il; 'j'éviterai même de vous parler. Ordonnez à mon regard de se baisser, à ma voix de se taire. Je vous obéirai; mais, par pitié, laissez-moi vivre près de vous: alors tous les sacrifices me seront possibles… Si vous me renvoyez, si vous me fuyez, rien ne contiendra ma passion; mon cœur vous adressera un dernier adieu, et j'aurai tout quitté …' — Eugénie porta sur lui des yeux craintifs, et lui dit: 'Je ne m'appartiens pas, et je frémis en vous écoutant.' — Il voulut répondre. — 'Laissez-moi seule,' ajouta-t-elle, 'je vous en conjure; je me sens près de mourir.' — Il cherchait encore à la rassurer; elle lui fit signe de s'éloigner. — 'Je vous obéis,' lui dit-il; 'mais promettez-moi du moins que je vous reverrai encore une fois.' — Elle baissa la tête comme pour y consentir, et lui fit de nouveau signe de la laisser seule.

Il sentit qu'il perdait à jamais sa confiance, s'il s'arrêtait un instant de plus. Il alla à quelque distance attendre … la regarder … aucun de ses mouvemens ne lui échappait … — Elle resta long-temps comme accablée … puis il la vit se mettre à genoux, et lever ses yeux au ciel… Après avoir prié, elle regagna lentement sa maison. — Il la suivait de loin, dévoré d'inquiétude; il ne demandait plus qu'elle répondît à son amour, mais du moins qu'elle supportât sa présence.

Chapitre LIV

Eugénie eut à peine la force d'arriver jusque chez elle. Retirée dans sa chambre, ne pouvant plus se soutenir, elle s'assit; ses yeux fermèrent. Elle ignorait si elle existait, ou si son imagination séduite ne l'avait point trompée: elle rappelait ses devoirs, cherchait ses scrupules; et malgré elle, le bonheur d'être aimée de Ladislas se faisait toujours sentir…. Lui, ne concevant pas comment il n'avait pas été plus maître de son secret, vint trouver Mathilde chez madame de Couci. Elle comprit assez, à l'altération de sa figure, qu'il désirait lui parler: cependant elle n'osait sortir pour demander la cause d'un trouble si imprévu; car sa grand'mère, qu'on ne laissait jamais seule, lui avait dit de faire une lecture haut; et il fallait la continuer, au moins jusqu'à la fin d'un chapitre.

Ladislas s'était placé de manière que madame de Couci ne pût l'observer. Mais si elle ne le voyait pas, elle suivait fort bien les regards inquiets de Mathilde, et distinguait son impatience, à cette voix monotone d'une personne qui presse les mots, et lit sans comprendre ce qu'elle dit.

Madame de Couci, persuadée que Mathilde se faisait un jeu cruel de la passion de Ladislas, trouvait un secret plaisir à contrarier sa coquetterie. Devinant qu'ils avaient à se parler, elle employait son autorité pour le retenir. Tantôt c'étaient de longues remarques sur des passages insignifians; d'autres fois elle la faisait revenir sur des pages entières qu'elle prétendait avoir été lues d'une manière inintelligible. Elle la garda ainsi jusqu'à l'instant où monsieur et madame de Revel arrivèrent pour dîner.

Chacun prit sa place ordinaire. Eugénie ne paraissant point, monsieur de Revel la fit appeler: elle sortit avec peine de cet état de vague rêverie auquel elle s'abandonnait sans en connaître le danger. Elle descendit, ne sachant comment elle pourrait soutenir la présence de Ladislas. Pâle et tremblante, elle alla s'asseoir près de son père. Si on lui adressait la parole, elle rougissait, et n'avait pas la force de répondre.

Ladislas, aussi ému et plus craintif encore, ne s'était pas servi d'une vaine expression en lui disant: 'Ordonnez à mon regard de se baisser, à ma voix de se taire; je vous obéirai.' Il ne se permit même pas de lever les yeux sur Eugénie, ni de prononcer un seul mot. Tout ce qu'il aurait pu dire, ne l'eût pas aussi bien servi que cette réserve qui la laissait sans défiance. Peu à peu elle se rassurait, et elle osa le regarder. Une profonde mélancolie rendait plus touchans encore les traits de sa noble figure. Eugénie n'avait d'abord jeté qu'un seul regard; mais son air souffrant, malheureux, ramenait involontairement ses yeux vers lui.

Elle finit par se demander pourquoi elle voudrait éloigner Ladislas, puisqu'il bornait ses désirs à rester près de sa famille, sans lui reparler de ses sentimens? De quel droit priver ses parens d'un ami qui les consolait? … Sûre de sa conscience, elle ignorait l'empire des passions, et croyait qu'il était toujours possible de les maîtriser. Elle se flattait qu'en rappelant elle-même à Ladislas ses devoirs et ses vœux, il reviendrait à une affection moins vive. Dans un pays protestant, loin des conseils de sa religion, elle ne pouvait soumettre sa conduite à des guides sévères qui l'auraient éclairée … Elle pensa plusieurs fois à s'adresser à son père; mais n'étant point accoutumée depuis l'enfance à faire dépendre de lui toutes ses actions, elle le craignait trop pour lui parler de l'agitation de son âme, et une timide réserve l'empêchait d'avouer qu'elle était aimée. D'ailleurs elle trouvait un extrême orgueil à croire qu'elle eût inspiré un amour insurmontable.

Eugénie mit donc toute sa sécurité dans le caractère de Ladislas. Elle se proposa de ne point user de vains détours, mais de lui confier son repos, en lui disant qu'elle serait à jamais malheureuse, si son âme pouvait être tourmentée par quelque remords. Elle éprouvait même une secrète satisfaction à tenir de lui sa tranquillité. Cependant elle résolut de l'éviter, sans qu'il y vît un projet marqué de le fuir; car elle n'avait pas le courage de l'affliger … S'il persiste dans ce fatal amour, elle ira chercher un pays catholique, et se réfugiera dans un couvant. Alors elle espère que Ladislas, ne la voyant pas, ne conservera d'elle qu'un souvenir doux et paisible…. C'est ainsi qu'Eugénie essayait de calmer cette voix du cœur, ce sentiment du devoir qui ne trompe jamais. Elle s'aveuglait, jusqu'à ne pas sentir qu'elle aimait mieux s'immoler elle-même, renoncer au monde, à sa famille, que de demander à Ladislas de s'éloigner, puisqu'il avait paru le craindre.

Chapitre LV

Le lendemain Ladislas attendit Mathilde avec impatience. Dès qu'il l'aperçut, il lui apprit qu'entraîné par sa passion, il avait osé révéler à sa sœur le secret de son âme; et qu'Eugénie, sans colère comme sans indulgence, ne s'était pas permis de lui répondre, et avait seulement témoigné le désir d'être seule.

L'inquiétude de Ladislas troublait sa raison. Il prenait le silence d'Eugénie pour une indignation qui ne daignait pas s'exprimer … et si elle eût parlé, ses paroles lui eussent paru le langage de la haine … tout le désespérait. Mathilde, plus sûre du sentiment de sa sœur, ne craignait que ses résolutions. Elle recherchait dans sa pensée tous les mouvemens d'Eugénie, et se rappelant que, la veille au soir, sa prière avait été plus longue et plus fervente, elle pensait avec tristesse que peut-être cette âme pieuse avait voulu se rattacher à ses vœux.

'Parlez à mon père,' dit-elle à Ladislas. — Il fut aussi surpris qu'effrayé d'une démarche qui devait amener une décision irrévocable et si prochaine. 'Ah! qu'hier j'étais encore heureux!' s'écria-t-il. — Mathilde n'osait lui apprendre qu'elle avait tout avoué à monsieur de Revel. Il l'avait défendu; mais elle employait sa persuasion pour rassurer Ladislas, et lui répétait: 'Venez avec moi; fiez vous comme moi à la bonté de mon père.

Elle prit la main de Ladislas, et l'emmenant en quelque sorte malgré lui, elle le conduisit dans la chambre de monsieur de Revel. 'Voilà, lui dit-elle, un fils qui vous chérit comme un de vos enfans.' — Elle était vivement émue, et monsieur de Revel attendri ne pouvait revenir à des expressions d'usage. — 'Ah!' lui dit Ladislas, une voix secrète semble m'avertir que je ne serai jamais votre fils; ... au moins cette seule fois, laissez-moi vous nommer mon père.' — Eugénie consentirait-elle à un titre qui me serait bien cher, mais qu'elle seule doit m'autoriser à vous donner?' répondit monsieur de Revel. — Ladislas lui rendit un compte sincère de ses sentimens, de sa conduite passée, de ses espérances, et surtout de ses craintes.

'Il n'est pas de jour,' lui dit monsieur de Revel, 'où je ne me reproche les vœux que ma fille à prononcés; pas d'instans où je ne sois prêt à m'accuser de trop de rigueur. Cependant je dois être vrai, et vous dire que je ne me permettrai pas un seul mot qui puisse la déterminer à réclamer sa liberté. Je me repens avec douleur de l'avoir privée d'une destinée plus heureuse; mais Dieu me garde de lui préparer des remords pour l'âge où toutes les pensées se dirigent vers un monde meilleur!' Voyant l'air consterné de Ladislas et la tristesse de Mathilde, il ajouta: 'si l'on parvient à persuader à ma fille que l'Eglise qui a reçu ses vœux peut aussi les rompre, je serai plus satisfait que vous; car en obtenant son bonheur, je croirai la plus grande faute de ma vie effacée.

Ladislas pressait monsieur de Revel dans ses bras. Mathilde à genoux devant son père, baisait ses mains avec la plus tendre reconnaissance. 'Il n'est pas temps de me remercier,' leur dit-il. Si Eugénie, pieuse et timide, regardait ses scrupules comme des devoirs; si elle me demandait de la sauver de son propre penchant; si elle voulait vous fuir parce qu'elle se craindrait elle-même; alors je vous regretterai, Ladislas; mais il faudra respecter son repos. Parlez lui une seconde fois, j'y consens: je veux même que Mathilde l'engage à venir m'ouvrir son âme. Soyez tranquille; je lui dirai sur vous tout le bien que j'en connais, et m'arrêterai seulement où l'empire de la religion commence.' — 'Vous me faites trembler!' s'écria Ladislas. — Monsieur de Revel n'osa point augmenter ses peines, en lui annonçant la résolution de ne jamais partager sa fortune, de ne point suivre Eugénie. 'Si un jour,' dit-il, 'il m'est permis de vous donner ma fille, ce jour, Mathilde vous apprendra quelles sont mes intentions.' — 'Quoi!' reprit Ladislas, Mathilde vous avait donc confié?..' — 'Elle a rassuré mon cœur inquiet.' — 'Excellent Mathilde,' dit Ladislas, 'comment pourrai-je reconnaître une affection si tendre, si soutenue?' — Elle le nomma son ami, son frère; et dans sa pensée ces noms répondaient à leurs souvenirs et à leurs espérances.

Monsieur de Revel, décidé à s'interdire tout conseil qui eût pu influer sur la détermination d'Eugénie, croyait cependant avoir le droit de l'instruire de ses propres sentimens. Il saisit un instant où Ladislas était sorti, et parla de lui, devant elle, avec une estime, une affection qui devaient prouver le plaisir qu'il avait à le voir. Madame de Revel, sans pénétrer le motif de son mari, fit également l'éloge de Ladislas: — Sa présence, disait-elle, était l'unique plaisir qui leur restât, son attachement leur unique consolation.

Eugénie, émue jusqu'au fond de l'âme, les yeux baissés sur son ouvrage, écoutait avec ravissement ce concert de louanges. Madame de Couci s'exprima plus fortement encore, et dit que Ladislas était le seul homme de qui elle n'avait jamais pu trouver à dire du mal: 'Je l'ai cherché,' continua-t-elle; 'car enfin il faut bien connaître les gens avec qui l'on vit. Hé bien! je suis très vieille, j'ai beaucoup vu, et ne sais pas encore la vertu qui lui manque, ni le défaut qu'on en pourrait craindre. Aussi ai-je été forcée de l'aimer, d'abord par estime pour lui, ensuite par comparaison avec tant d'autres.

Après cet éloge, si contraire aux habitudes de son esprit, elle regarda Mathilde et ajouta: 'Il deviendra, je crois, comme tout ce qu'il y a de bon sur la terre, la victime de quelque femme bien coquette, bien légère; et son premier tort sera la folie d'en être malheureux.' — Mathilde devinait la pensée de sa grand'mère; mais fière de son innocence, elle parla aussi de Ladislas, et avec tout l'enthousiasme d'une amitié telle qu'on la ressent à vingt ans. Eugénie, en silence, éprouvait la plus délicieuse émotion; elle recueillait ces éloges dont chaque mot pénétrait dans son cœur, et s'y gravait pour ne plus s'effacer.

Chapitre LVI

Depuis plusieurs jours Eugénie suivant le plan qu'elle s'était proposé, évitait soigneusement de se retrouver avec Ladislas. Elle ne voulait pas lui parler; elle craignait de l'entendre: mais elle le voyait souffrir, et ressentait toutes ses peines.

Quelquefois, pendant les lectures que l'on faisait en famille, elle considérait avec effroi combien cette passion avait changé le caractère de Ladislas et altéré ses traits; souvent il la surprit, le regardant avec des yeux remplis de larmes. Toutes les craintes que sa grand'mère avait fait naître dans son âme, quand elle croyait à Ladislas un amour malheureux pour Mathilde, toutes les terreurs d'une fin prématurée, revenaient saisir le cœur d'Eugénie. C'est lorsqu'elle était seule, qu'elle fuyait les occasions de le rencontrer; mais en présence de ses parens, elle restait près de lui, et osait même lui adresser quelques mots touchans, dans l'espérance de le ramener à l'amitié qu'elle pouvait partager.

Ladislas, dévoré d'inquiétude, voulut obtenir d'elle un entretien qui décidât de son sort; il lui écrivit la lettre suivante:

'Votre père connaît mes sentimens. Il m'a permis de vous revoir encore. Ne soyez pas plus sévère que lui, et daignez m'écouter. Si vous l'ordonnez, je ne vous parlerai plus d'un amour qui vous offense; mais j'ai besoin de vous croire sensible à ma douleur.

Demain matin je serai à cette même place où mon secret m'est échappé; je vous attendrai … Demain! … votre âme paisible peut-elle se peindre le supplice d'une incertaine et longue attente? … ô si vous alliez me laisser à mes tourmens! Si vous portiez votre rigueur jusqu'à dédaigner de me faire savoir que vous rejetez ma prière! Je frémis d'y penser … Vous ne concevrez jamais à quel excès vous pouvez me faire souffrir. Ladislas.'

Après le souper, avant qu'on se séparât, il s'approcha d'Eugénie, posa sa lettre dans la corbeille où elle serrait son ouvrage, et s'éloigna aussitôt. Elle le remarqua, et n'osa pas le rappeler. Comment déclarer devant sa famille des sentimens qu'elle avait eu la faiblesse de cacher?

Revenue chez elle, Eugénie prit cette lettre qui n'était pas cachetée. Elle se promettait de ne pas l'ouvrir; mais, en la regardant, au lieu d'adresse elle vit ces mots: *Au nom de votre père, ne refusez pas de lire ces lignes.* Cette demande, faite au nom de son père, l'effraya. Peut-être Ladislas le savait-il menacé de quelque nouveau malheur. Eugénie ne songeant plus à son amour, ne voyant que sa famille, loin d'hésiter encore, s'empressa d'ouvrir cette lettre qu'elle ne se fût pas permis de lire, si elle eût su qu'il n'y était question que d'elle.

Eugénie demeura comme accablée après l'avoir lue. Monsieur de Revel était instruit; et ce n'était pas à sa confiance qu'il devait ce fatal secret! Le noble le généreux Ladislas, plus sincère qu'elle, n'avait point craint les regards d'un père!

La supériorité qu'elle accordait à Ladislas ne lui était point pénible; elle jouissait de l'estime qu'il devait avoir inspirée à monsieur de Revel. Mais tout-à-coup il lui vint dans l'esprit que Ladislas même serait étonné du silence qu'elle avait gardé envers les siens. — Il a cru devoir parler à mon père, disait-elle; et moi j'ai renfermé mon secret dans mon cœur … Jamais il ne saura que la crainte de l'affliger m'a seule arrêtée … Il ignore que si j'étais libre, je n'aurais pas hésité à lui consacrer ma vie … Je le verrai, je me le dois à moi-même; cette démarche ne peut être coupable, puisque mon père l'a permise … Ensuite je fuirai le monde; mais du moins Ladislas apprendra que j'ai mieux aimé retourner dans un cloître, que d'avouer un sentiment qui eût décidé mes parens à exiger son départ. — Elle passa la nuit dans l'agitation, dans les larmes; car elle était résolue à quitter le lendemain tout ce qui lui était cher … Elle se voyait rentrant pour toujours dans ce dernier asile, où elle n'existerait plus que pour ses souvenirs et pour ses devoirs.

Dès qu'il fut jour, elle se leva, et resta les yeux fixés sur le chemin par où Ladislas allait passer. Elle se sentait déchirée par des combats intérieurs qu'elle n'avait pas la force de supporter. Il parut … Quel désordre dans sa figure, dans sa démarche! … Elle demeurait incertaine; mais son cœur le suivait. Lorsque Mathilde entra dans sa chambre, elle crut que Dieu l'envoyait comme un ange protecteur. 'Viens avec moi,' lui dit-elle ; 'viens, ne m'abandonne pas. Je veux lui parler une dernière fois: je veux que tu m'entendes, que tu dises à mon père ce qu'il m'en a coûté, surtout que tu ne quittes pas Ladislas.'

Mathilde, frappée du trouble qui régnait dans les paroles de sa sœur, voulut la retenir. 'Viens,' reprit Eugénie, 'un moment de plus, et je ne pourrais aller le trouver; un moment, et je ne pourrais le fuir, viens.' — Elle entraîna Mathilde, et courut plutôt qu'elle ne marcha à la rencontre de Ladislas. En les voyant arriver ensemble, il se persuada qu'Eugénie employait ce vain détour pour éviter de lui répondre sans refuser d'écouter. Un froid mortel gagna son cœur; et la regardant avec une indignation concentrée: 'Je vous comprends, madame,' lui dit-il; 'mais je méritais plus de confiance: je le vois, nous nous sommes mal connus …' — Il s'éloigna. Sa voix étouffée, une sorte de dédain exprimé dans tous ses traits, sa fuite précipitée, achevèrent de bouleverser la timide Eugénie; elle tomba assise à cette même place: 'Suis-le, Mathilde,' dit-elle à sa sœur; 'car je suis accablée, je ne puis faire un pas … Tâche de le calmer … ô ce n'est pas lui que je craignais!' — Mathilde ne pouvait consentir à la laisser seule; Eugénie la conjura d'aller le retrouver, et resta anéantie par la crainte et par la douleur.

Mathilde ne le joignit qu'au moment où il était près de rentrer dans la maison. Elle l'appela, et lui reprocha avec véhémence une injustice, un emportement qui avait causé sa sœur l'effroi dont elle était encore mourante … Ladislas désolé de la violence de son caractère, suppliait Mathilde de revenir avec lui près d'Eugénie … Elle allait le suivre, lorsqu'elle s'entendit appeler par sa mère.

Madame de Revel avait appris que Mathilde était sortie de grand matin. Etonnée de ne l'avoir pas vue à l'instant de son réveil, elle l'attendait et s'était mise à la fenêtre pour la voir rentrer. Quelle fut sa surprise, lorsqu'elle aperçut Ladislas fuyant, et Mathilde courant après lui sans pouvoir l'atteindre? A peine en crut-elle ses yeux. Ladislas avait tous les signes du désespoir; et elle jugeait du trouble de Mathilde par ses gestes, par son air … Inquiète, alarmée, elle appela sa fille de ce ton de mère qui sait se faire obéir.

Ladislas, resté seul et livré à lui-même, ne concevait pas qu'il eût pu s'oublier jusqu'à offenser Eugénie; et il s'empressa de retourner près d'elle. Elle était encore à la même place où il l'avait quittée. 'Écoutez-moi, je vous en conjure, et pardonnez-moi,' s'écria-t-il, en se jetant à ses pieds. — Elle ne répondit point, mais ne lui dit pas de s'éloigner. — 'Je vous aime avec une exaltation qui ne me laisse plus maître de moi-même. Votre père connaît mes sentimens; il les approuve et voudrait nous unir … Seulement il demande que vous lui permettiez de solliciter votre liberté.'

La possibilité d'être unie à Ladislas ne s'était jamais présentée à l'esprit d'Eugénie. Elle fut saisie d'une émotion inexprimable de surprise et de joie … A travers les ténèbres dont elle était environnée, il semblait qu'un rayon de lumière lui laissât entrevoir une existence nouvelle … son visage se colora, ses yeux brillèrent d'un éclat qu'ils n'avaient jamais eu…. Mais, revenant aussitôt sur elle-même, elle ne vit dans cette espérance qu'une douleur inattendue, qu'un supplice réservé pour elle seule, puisqu'il lui faudrait refuser le bonheur que son père même la sollicitait d'accepter.

Elle n'avait plus le courage de regarder Ladislas, ni de lui répondre… Il avait vu tous les traits d'Eugénie s'animer, et pour la première fois il osa lui peindre son amour : — 'Je vous adore,' lui dit-il; 'rien ne détruira ma passion… D'un mot vous pouvez me promettre une félicité suprême, et telle que mon imagination ardente la désirait, sans espoir de la trouver … Mais aussi, d'un seul mot vous pouvez me faire détester la vie … Je vous fuirai et je ne sais où mon délire me portera … Ah! par pitié pour vous-même, ne me condamnez pas au malheur que je prévois ; le reste de vos jours serait livré au repentir … Eugénie' s'écriait-il, 'laissez-moi seulement une espérance, un doute; je vous en conjure, regardez-moi avant de répondre … Que je devine votre âme avant de vous entendre! …' — Eugénie, la tête cachée sous son voile craignant de lui laisser connaître sa résolution.

Ladislas, les yeux fixés sur elle, les mains jointes et serrées, éprouvait des angoisses insupportables. — 'Regardez-moi,' lui dit-il, 'pour savoir du moins à quel excès je souffre!' — Ses yeux se portèrent vers lui; et les détournant aussitôt, elle lui dit: 'Si j'osais vous parler! …' — 'N'êtes-vous pas maîtresse de mon sort?' répondit-il mais souvenez-vous que vous allez décider de ma vie.'

'O que ne suis-je près de voir la mienne s'éteindre! … reprit-elle, 'écoutez-moi avec calme, et plaignez-moi …' Elle ajouta d'une voix tremblante: 'Ladislas, il est des sentimens graves depuis l'enfance. Je ne vous parlerai pas des vœux que j'ai faits à seize ans: comme vous, je pourrais croire que dans ce jeune âge on m'a peut-être entraînée … Mais vous ignorez qu'au moment où l'on ouvrit notre retraite, nous nous rendîmes toutes dans l'église; que toutes ensemble, toutes en prière, nous renouvelâmes ces vœux. La religion nous disait que ce second sacrifice, plus solennel, plus libre que le premier, serait aussi plus digne du Ciel, et désarmerait sa colère.'

Ladislas vit tout ce qu'il devait craindre de cette circonstance qu'il avait ignorée Il frémissait, malgré lui jetait des cris, et ne laissait échapper que des mots sans suite … Eugénie n'osait poursuivre: 'Continuez,' s'écria-t-il, 'j'ai besoin de souffrir.' — 'Eh bien! le souvenir m'en est encore présent; toutes dans l'église, victimes volontaires, prévoyant les malheurs de la France, nous espérions sauver nos familles, en nous consacrant une seconde fois. Moi-même prosternée, je me rappelle qu'avec une ardeur, une voix qui devait arriver jusqu'à Dieu, je renouvelai mes vœux; et ces vœux-là sont écrits dans le ciel: rien ne peut les effacer … je vous soumets ma situation; jugez-la vous-même, et prononcez' — 'Cette cruauté vous manquait,' s'écria-t-il, avec une frénésie dont elle ne s'était fait aucune idée; 'mais à mon tour vous m'écouterez: je vous aime, et pour moi, c'est ne vouloir plus exister sans vous.' — Eugénie joignit ses mains, et lui dit d'un air suppliant:

'Ne pouvez-vous revenir à des sentimens plus tranquilles?' — 'Ne l'espérez jamais; ces mots ne conviennent qu'à des amours faibles et vulgaires. Sachez que je préfère ma passion, malheureuse comme elle l'est, à ce repos, à ce sommeil de l'âme qui ne laisse qu'un long dégoût et le désir de finir ... Vous m'avez offert la réunion de tout ce qui pouvait me subjuguer. Votre figure céleste, dont vous paraissiez ignorer le charme, avait d'abord fixé mes regards surpris. Ce voile qui vous séparait du reste de la terre, cette croix placée entre vous et moi, m'attiraient au lieu de m'éloigner ... Si je vous avais rencontrée libre, indépendante, et qu'entraînés l'un vers l'autre, vous eussiez consenti à notre union; peut-être aurais-je craint de ne vous avoir inspiré qu'un simple goût de préférence; peut-être une secrète jalousie m'eût fait douter de votre amour. Je vous aurais fui, si, par la pensée seulement, vous aviez pu distinguer un autre homme ... Mais j'ai trouvé en vous tout ce qui devait m'enchaîner ... un cœur libre de toute affection, et cependant engagé ... un sentiment timide que je devinais, et qui vous troublait quelquefois en me voyant.... A chacun de vos pas, à chacun de vos mouvemens, j'attachais un bonheur, une crainte, un triomphe, et mon âme ravie osait, dans son audace, vous disputer au Ciel même.' — 'Ne parlez pas ainsi,' lui dit-elle; 'je craindrais que Dieu ne vous punît.' — 'Vous me dites de prononcer sur vos engagemens,' reprit Ladislas; 'et moi je vous demande de prononcer sur ma vie.' — Il attendit quelques instans; mais Eugénie gardait le silence. — 'Vous voulez ma mort,' disait-il; 'et peut-être vous faites-vous un mérite de votre cruauté!' — Il s'arrêtait, espérait un mot, un regard ... Eugénie presque mourante ne pouvait pas lui répondre. — Ladislas, hors de lui-même, s'écria: 'Vous n'aimez rien. Votre orgueil se complaît à voir ma douleur; la pitié vous est inconnue.' — Elle leva les yeux au ciel, s'adressant à Dieu qui jugeait mieux ses tourmens. — 'Non, vous n'aimez qui que ce soit au monde. Votre famille est près de l'abîme; le nécessaire va lui manquer. Votre père, trop fier pour accepter de moi aucun secours, eût peut-être reçu de vous tous les biens que je voudrais lui offrir; mais vous jouirez de son malheur! Votre sœur, son enfant, votre mère, tous sont menacés ... Que répondez-vous à leurs cris, à leurs larmes? Et moi-même, à quoi me réduisez-vous? Moi! parler de cette fortune que je détesterais si vous y attachiez du prix ... . Malheureux! malheureux!' s'écria-t-il désespéré. N'importe, parlez, prononcez; que je vous entende les condamner tous à souffrir! Peut-être parviendrai-je à cesser de vous aimer.' — L'infortune des siens décidée par elle! ... La vie de Ladislas en péril! elle n'en doutait pas, il le disait ... Des peines si cruelles surpassèrent les forces d'Eugénie. Elle sentit un serrement de cœur qui l'empêchait de respirer; et d'une voix éteinte, elle dit: 'O mon Dieu! je vous remercie, car je vais mourir.'

Ladislas vit ses yeux se fermer. Aussitôt maudissant sa colère, il se prosterna devant elle; il couvrait son voile de larmes, et ne laissait plus entendre que des paroles de douceur et de soumission ... Eugénie, revenue à elle-même, éloigna doucement sa tête qui dans sa faiblesse s'était penchée sur Ladislas, et lui dit:

Allons près de mon père; il décidera de mon sort.' — Elle ne pouvait respirer. 'Ladislas,' ajouta-t-elle, en portant la main sur son cœur, 'il s'est gravé là une douleur qui ne s'effacera plus.' — Elle se leva si faible, si alarmée, que, pour la première fois, son bras chercha le bras de Ladislas. Tous deux frémirent en se touchant. 'Ah! reprit-elle, les yeux baignés de larmes, ' aucun mortel n'aurait dû être mon soutien …' — Ladislas sentait un feu dévorant le consumer pendant qu'il guidait les pas incertains d'Eugénie, et qu'il se disait: 'Moi seul ai pressé cette main tremblante!'

Eugénie marchait avec peine, et involontairement elle s'appuyait sur lui…. Il employait toute sa force à ne pas l'approcher de son cœur, à ne point l'entourer de ses bras, à ne plus lui répéter qu'il aimait.

Son accablement l'obligeait de s'arrêter à chaque pas; toujours oppressée, elle cherchait en vain une respiration que son cœur brisé ne pouvait trouver … Ladislas se faisait horreur à lui-même: son visage était couvert de larmes, et il ne les sentait pas couler; elles ne le soulageaient pas. Eugénie détournait sa tête pour lui cacher les siennes. Lorsqu'ils furent près de la maison, au moment de se quitter, elle ne put s'éloigner sans lui adresser un mot consolant: 'Croyez,' lui dit-elle, 'qu'il ne me restera que le souvenir de votre affection et mes remords.'

End of the original second volume

Tome III

Chapitre LVII

En quittant Ladislas, Eugénie entra chez monsieur de Revel; elle se jeta à ses pieds, et s'écria: 'Mon père! que je suis malheureuse!' — Il voulut la relever, la faire asseoir près de lui. Mais dans son trouble, ne sachant si c'était à Dieu ou à son père qu'elle s'adressait, elle restait à genoux, et demandait d'être sauvée d'un amour qu'elle n'eût jamais dû écouter. — 'Mon enfant,' disait-il, 'calmez-vous; demain nous examinerons ce que l'Église peut accorder à ma prière.' — 'L'Église!' reprit-elle d'un égaré: 'O par pitié, éloignez de moi cette espérance.' — 'Ma fille! je m'accuserai …' — 'Non, non, mon père. Si je n'avais prononcé que les vœux demandés à ma jeunesse, votre autorité pourrait vouloir les détruire; mais vous ignorez que librement, qu'avec toute la puissance de mon âme, je me suis consacrée à dieu une seconde fois.' — Toujours aux pieds de son père, elle lui disait: 'Abandonnez-moi à mon sort,[1] et soyez l'ami, soyez le père de Ladislas; que Mathilde le chérisse d'une affection de sœur; soyez tous pour lui ce que vous auriez été pour moi.' — 'Mon enfant, je puis, je dois m'accuser. Songe que si tu t'opposes à cette démarche, que tu persistes dans ta résolution, Ladislas doit nous quitter.' — 'Lui! non, ô! non mon père! qu'il reste près de vous; il a besoin d'un appui et d'un guide. Lui n'a pas comme moi des devoirs qui engagent, et la prière qui soutient; il a séparé sa vertu de la religion, et il croirait pouvoir mourir…. Mon père, écoutez-moi: pendant que Ladislas me parlait, Dieu m'a inspiré de flatter sa douleur. Je veux lui dire que, désirant examiner ma conscience dans la solitude, il me faut être seule en présence du ciel; qu'après six mois de retraite dans un cloître, j'en sortirai soumise à votre volonté… Mon père, d'ici là je ne serai plus…. Ah! laissez-moi du moins le seul bien qui me soit permis, laissez-moi adoucir sa peine!' — 'Que dites-vous, Eugénie?' s'écria monsieur de Revel saisi d'effroi; 'vous vivrez …' — 'Non; tout mon sang s'est retiré vers mon cœur; vous le voyez, je ne respire plus.' — 'Jamais, ma fille, je ne consentirai que vous vous sépariez de nous.' — 'Où donc me réfugier?' s'écria-t-elle éperdue.[2] 'Qui me sauvera de moi-même? Mon père, c'est à vous seul que je puis avouer le trouble de mon âme. Je l'aime, et j'ai trop senti ce qu'il m'en a coûté pour résister à sa

---

[1] *Laissez-moi à mon malheur* (The footnote text in italics shows wording altered between the original 1811 edition, and the 1821 edition with the author's revisions and corrections.)

[2] … *égarée*

prière. Si je le vois, si je l'entends encore, aurai-je la force de me refuser à des démarches que ma conscience réprouve? Sachez que, si j'étais assez faible pour y donner mon aveu, la passion m'entraînerait sans pouvoir m'aveugler. Sachez que, lorsqu'on m'interrogerait sur ma vocation, s'il ne fallait que mon silence pour rompre mes liens, malgré moi, ma voix répéterait mes vœux. Ils ont été écrits dans le ciel, ce jour où, espérant obtenir pour vous tous la protection divine, je les ai renouvelés.'[3]

Monsieur de Revel profondément ému tenait les mains de sa fille dans les siennes, et lui disait: 'Mon enfant, c'est ton père qui t'implore! accorde-moi un jour, un seul jour pour chercher à concilier tes devoirs et mon repentir.'[4] — 'J'y consens,' répondit Eugénie: 'mais pendant cette journée, je me tiendrai près de vous, je ne vous quitterai pas; Ladislas ne pourra plus me faire entendre ses expressions de tendresse qui me font tressaillir …' Tout-à-coup revenant sur elle-même, elle ajouta: 'Mon père, mon malheur me donne le droit de vous imposer une condition, sans laquelle je fuis à l'instant. Jurez-moi que vous ne lui direz rien qui puisse l'affliger. O pour unique grâce, laissez-lui tout espérer de l'avenir! Croyez-moi, je puis engager cet avenir que je ne verrai jamais …' — 'Tu veux donc le tromper?' — 'Non: mais pendant que ma vie se consumera, vous calmerez sa tête égarée, vous lui direz de respecter mon repos; et lorsque Dieu m'appellera vers lui, Ladislas saura que je l'attends. Il pourra lever ses yeux vers le ciel qu'il ne m'aura pas fermé.'

Monsieur de Revel promit à sa fille de suivre ses intentions; mais il exigea qu'avant de se retirer dans le cloître, elle lui accorderait ce jour qu'il lui demandait si vivement.[5] Elle resta près de son père accablée de douleur; ses yeux étaient fermés; l'on aurait pu croire qu'elle n'existait plus, sans la difficulté qu'elle avait à respirer.

Quand il fallut retourner au milieu de sa famille, elle descendit soutenue par monsieur de Revel; la pâleur de la mort couvrait son visage. Elle s'approcha de Ladislas, et lui dit avec un pénible sourire: 'Mon père désire me voir heureuse; mais il faut lui laisser le temps de consulter mes juges. Promettez-moi de ne plus vous affliger.' — A ces paroles inespérées, Ladislas, hors de lui, jura aux pieds d'Eugénie de se soumettre à toutes ses volontés,[6] et n'exister que pour elle … Eugénie cherchait en vain à calmer son cœur trop ému: elle ne trouva de refuge que dans les bras de son père; cependant elle dit à Ladislas: 'Jusqu'à ce que ma liberté me soit rendue,[7] souvenez-vous que je ne dois plus vous entendre.' — Il cessa de lui parler, mais s'adressant à monsieur de Revel, il lui dit: permettez-moi,

---

[3] … *ce jour où croyant vous sauver tous, je les ai renouvelés.*

[4] *Jamais monsieur de Revel ne s'étoit reproché si amèrement d'avoir consacré sa fille à l'état religieux. Il tenoit ses mains dans les siennes et lui disoit : 'Mon enfant, écoute la prière de ton père : accorde-moi un jour pour chercher à concilier tes devoirs et mon repentir'*

[5] … *suivre ses volontés, à condition qu'elle lui accordât un jour avant de se retirer dans le cloître.*

[6] … *respecter ses moindres désirs*

en sa présence, de vous nommer une seule fois mon père.' — Le courage, la voix manquaient à monsieur de Revel; Eugénie s'empressa de répondre pour lui: 'Oui, nommez-le votre père; le ciel lui devait un si bon fils.' — Elle entraîna monsieur de Revel qu'elle voyait près de laisser échapper son secret, et le reste du jour elle ne le quitta plus.[8]

Chapitre LVIII

Monsieur de Revel passa la nuit à chercher comment il pourrait retenir Eugénie. Il souffrait trop d'avoir une fois abusé de son autorité sur elle, pour penser à l'employer encore … Il voulait le départ de Ladislas, et ne savait par quels moyens lui faire sentir que son absence était nécessaire … Quelquefois il se promettait de lui avouer avec sincérité le penchant de sa fille, et sa résolution de quitter le monde … Mais Ladislas serait-il assez maître de lui pour renfermer dans son âme la certitude d'être aimé? Pourrait-il s'éloigner, sans qu'Eugénie vît à sa douleur, qu'il ne faisait qu'obéir à la volonté d'un père?…. D'ailleurs monsieur de Revel se demandait si c'était bien tenir la parole qu'il avait donnée à sa fille.

Le jour parut, et il n'avait fait qu'envisager les difficultés de sa situation, sans en résoudre aucune: elles augmentaient à mesure qu'il y réfléchissait … Dans son anxiété, il crut devoir s'aider de quelques conseils;[9] et quoique, en toute autre circonstance, il eût peut-être dédaigné les avis de madame de Revel et ceux de madame de Couci, dans ce moment il sentit une espèce de soulagement à les consulter, et à ne pas décider seul du sort de sa fille. Dès que sa belle-mère fut éveillée, il descendit chez elle, et fit dire à madame de Revel de venir l'y trouver.

Aussitôt qu'ils furent réunis, il s'écria: 'Je suis bien malheureux!' — Madame de Revel trembla pour Mathilde; madame de Couci, après l'absence d'Ernestine et la perte de sa fortune, ne concevait pas quel nouveau malheur pouvait les menacer. — Monsieur de Revel leur apprit l'amour de Ladislas pour Eugénie, et comment il serait possible d'obtenir de l'autorité ecclésiastique la permission de disposer de sa fille. — 'Et vous appelez cela un malheur?' reprit sèchement madame de Couci. — 'Oui, et un extrême malheur; car Eugénie m'a assuré que jamais elle ne consentirait à rompre ses vœux.' — 'Si elle ne l'aime point,' dit madame de Revel, 'malgré tous les avantages que Ladislas peut lui offrir,[10] elle ne doit point se sacrifier une seconde fois. — 'Si elle ne l'aime point!' s'écria madame de Couci : 'voilà de ces idées qui ont amené la révolution. Une jeune personne doit être mariée par ses parens, et se déterminer d'après la volonté de sa famille.'[11] — 'Eugénie aime Ladislas,' reprit sévèrement monsieur de Revel, 'mais elle

---

[7] … accordée
[8] … laisser éclater son secret, et le reste du jour elle ne s'occupa que de lui.
[9] … devoir chercher un conseil
[10] … malgré la fortune brillante que Ladislas peut lui offrir
[11] … et déterminée d'après les interest de sa famille

respecte ses devoirs;' et il ajouta ému jusqu'aux larmes: 'elle l'aime assez, pour me faire craindre qu'elle ne survive pas à un sentiment que sa conscience réprouve.'[12] — 'En vérité,' repartit madame de Couci, 'je crois que plus les intérêts de famille deviennent incertains, plus la faiblesse des parens augmente. Pourquoi écouter ces exagérations de sentiment? Tant d'exemples autoriseront la réclamation d'Eugénie.' — 'Ne pensez-vous pas,' répondit monsieur de Revel, 'que si je pouvais l'engager à consentir aux démarches que je voudrais faire, ce public impitoyable croirait que la fortune de Ladislas m'a décidé?' — 'Il le dira sûrement, et le croira peut-être,' répliqua madame de Couci; 'mais que vous importe? Dans ce moment, comme autrefois, vous ferez un mariage de convenance; la passion de Ladislas, le goût de votre fille en feront un mariage d'inclination: ce n'est pas votre faute. D'ailleurs, il suffira qu'après leur union Eugénie vive retirée; qu'au moins la première année, elle se refuse à toutes les distractions de la société. Ensuite, je connais le monde; soyez sûr qu'il est plus juste qu'on ne pense, et que lorsqu'on jouit avec modération des avantages de la fortune, il finit par voir que ce n'est pas elle qui vous a déterminé.'[13]

'Quel langage différent de celui que vous teniez, lorsqu'il était question de faire Eugénie religieuse!' repartit monsieur de Revel.[14] — 'J'avais alors la même prudence qu'aujourd'hui. Alors vous étiez gêné par une substitution qui emportait la plus grande partie de vos biens.[15] Dans l'impossibilité d'établir convenablement vos trois filles, je pensais qu'il valait mieux voir l'une d'elles à la tête d'une abbaye royale, que pauvre ou mésalliée.' — 'Ah!' s'écria madame de Revel, 'pendant cette inutile discussion, vous oubliez qu'Eugénie ne consentira jamais …' — 'Il faut agir à son insu,' dit madame de Couci, sans daigner répondre à sa fille, et s'adressant uniquement à monsieur de Revel: 'Lorsque vous aurez réussi, vous emploierez votre autorité pour la contraindre à être heureuse.' — 'Je n'ai pas encore pu vous apprendre,' répliqua-t-il, 'qu'Eugénie, craignant l'empire de Ladislas sur son cœur, veut se retirer dans un cloître.' — 'Je suis obligé de convenir qu'ils ne doivent point demeurer ensemble, tant que cette affaire sera en suspens,' répondit madame de Couci; 'voilà, par exemple, un sentiment de convenance très-réel, et que j'approuve. Je regrette que Ladislas ne puisse rester près de nous; mais Eugénie ne doit pas vous quitter, parce qu'on dirait peut-être que vous agissez malgré elle. Il faut donc que ce soit lui qui s'éloigne, jusqu'à ce que vous ayez reçu la décision de l'Église. Pendant son absence, nous nous réunirons pour éclairer Eugénie sur ses intérêts. Lorsqu'elle aura dans le monde

---

[12] … un sentiment qui ne peut être que malheureux.

[13] … soyez sûr qu'il est plus juste qu'on ne pense, et que lorsqu'on ne jouit pas de tous les avantages de sa situation, il finit par voir que l'on eût pu les dédaigner.'

[14] repliqua M. de Revel

[15] … emportoit toute votre fortune

un état brillant, croyez que les indifférens nous approuveront; et quant aux envieux, ils seront fort les maîtres de nous blâmer.'[16]

Monsieur de Revel s'en alla mécontent de ne trouver dans madame de Couci que des réflexions dictées par l'orgueil, et de ne lui avoir pas entendu dire un seul mot d'estime ni de pitié sur la malheureuse Eugénie. Cependant, sans en examiner la raison, il se sentait soulagé d'un grand poids, en voyant de quelle hauteur elle jugeait cette opinion publique qui l'avait si fort effrayé.

Il désapprouvait les conseils de madame de Couci,[17] parce que leur fortune dure et dénuée d'affection le révoltait, et pourtant il se décida à les suivre tous. D'abord, il croyait prudent de commencer les démarches nécessaires pour rendre Eugénie à la liberté, soit qu'elle y consentît ou non. Ensuite, il résolut de dire à Ladislas qu'il emporterait les vœux de la famille; et il se promit d'employer Mathilde pour le déterminer à s'éloigner sans plainte, sans désespoir, et même sans faire de douloureux adieux. Pendant qu'il était disposé à croire que tout s'arrangerait suivant ses désirs, il ne manqua pas de se dire aussi que, durant cette absence, on ramènerait peut-être Eugénie à des sentimens plus raisonnables.

Satisfait d'espérer le bonheur de sa fille, monsieur de Revel conclut que madame de Couci avait une excellente tête; et que ces femmes âgées, dont on n'a guères besoin dans le bonheur, deviennent d'un grand secours pour vous tirer des embarras de l'esprit. Tout content, il se disait: ces femmes qui n'ont plus rien à démêler avec leur cœur, ont un jugement net et sûr qui leur laisse apercevoir le point vrai de chaque chose. Aussi, après avoir quitté madame de Couci, il ne pensait plus qu'à s'emparer de l'esprit d'Eugénie; mais c'était pour assurer son bonheur.[18]

Chapitre LIX

Monsieur de Revel, en se flattant de voir enfin sa fille heureuse,[19] éprouvait un contentement de cœur, un repos d'esprit qu'il n'avait pas connu depuis long-temps. Madame de Couci l'avait délivré de tous les retours qu'il faisait sur lui-même ; il ne craignait plus le soupçon d'avoir été séduit par la fortune de Ladislas, et se livrait tout entier à l'espérance de lui donner sa fille.

Après avoir présenté à Mathilde les réflexions de madame de Couci, comme étant les siennes propres, il la pria d'obtenir de Ladislas qu'il s'éloignât sans délai, et sans dire à Eugénie combien sa famille souhaitait pouvoir les unir. Mathilde

---

[16] *Quand elle aura les avantages et l'éclat d'une grande fortune, croyez que les indifférens nous approuveront; et nous laisserons les envieux nous blâmer.*

[17] *Blâmant les conseils de Madame de Couci,*

[18] Last sentence : *Eugénie l'avoit prié de flatter la douleur de Ladislas; après avoir entendu madame de Couci, ce fut Eugénie qu'il voulut persuader.*

[19] *Monsieur de Revel en espérant voir Eugénie heureuse*

adopta les projets de son père, et promit d'engager Ladislas à suivre un plan qui devait amener son bonheur et celui d'Eugénie; mais elle fut d'avis que son père lui parlât d'abord. Il y consentit, et elle le fit appeler.

Monsieur de Revel apprit à Ladislas qu'il avait fait part à sa femme et à sa belle-mère de l'attachement qu'Eugénie lui avait inspiré, et que toutes deux se joignaient à lui pour l'assurer de l'approbation des siens.[20] 'Mais,' ajouta-t-il, 'nous avons à ménager une âme timorée que tout épouvante[21]: ce serait trop de lui demander son consentement à des démarches qui exigent de longues formalités. Elle les ignorera donc, jusqu'au jour où je pourrai lui en apprendre le succès. Pendant ce temps, je ne veux point l'abandonner à une lutte douloureuse entre ses sentimens, et des scrupules qu'elle respecte comme garans de ses devoirs. Laissez donc Eugénie à nos soins.[22] Confiez-vous en Mathilde, en moi. Je vous instruirai fidèlement de mes espérances ou de mes craintes.' — 'Quoi!' s'écria Ladislas, 'me condamnez-vous à m'éloigner d'elle' — 'Oui, il le faut; parce qu'elle vous aime, et que tant que ses vœux subsisteront, elle se trouvera coupable envers le ciel.'[23] — 'Ah!' repartit Ladislas, 'elle ne doit pas redouter une affection assez tranquille pour lui laisser prendre si facilement la résolution de ne plus me voir.'[24] — 'Ladislas,' reprit avec sévérité monsieur de Revel, 'je vous le demande comme père, et comme un ami qui s'adresse à un homme d'honneur: pouvez-vous me répéter que vous ne croyez pas être aimé d'Eugénie?'

Ladislas n'osa pas lui répondre;[25] il savait bien qu'il était aimé, et croyait seulement ne pas l'être avec cette passion qu'il éprouvait. Après avoir attendu quelques instans, monsieur de Revel prit sa main en lui disant: 'Votre silence m'attache à vous davantage; il ajoute à ma confiance:[26] je le sens, votre noble cœur ne saurait tromper. Je serai également sincère. Avec le désir, la volonté de vous donner ma fille, tant que son état sera incertain, je dois veiller à son repos.

Ladislas ne pouvait supporter la pensée de la savoir livrée à elle-même. Il s'écriait que, loin de lui, elle ne verrait plus que ce voile, cette croix, ces maîtres de son âme et de sa jeunesse. — 'Non,' dit Mathilde, 'près de vous elle ne pense qu'à se défendre du penchant[27] qui l'entraîne; pendant votre absence, l'inquiétude et les regrets vous rendront tout son cœur.' — 'Que je la voie encore une fois !' disait le malheureux Ladislas. — 'Vous le verrez,' répondit monsieur de Revel, 'mais en ma présence. Je ne veux ni pour vous, ni pour elle, que votre amour

---

[20] *... inspiré, et que toutes deux s'unissoient à lui pour l'assurer de l'approbation de la famille.*
[21] *... une ame craintive.*
[22] *Laissez donc Eugénie à elle-même.*
[23] *... tant que ses vœux ne sont pas rompus ...*
[24] *... assez calme pour lui laisser prendre si facilement la resolution de m'éloigner.*
[25] *Ladislas ne put lui répondre*
[26] *Votre silence m'attache à vous davantage ; et je le sens, quoi subjugué par la passion, votre noble cœur ...*
[27] *... du sentiment*

impatient cherche à en obtenir une promesse qu'elle n'a pas encore le droit de prononcer; ou qu'effrayée par ses remords, elle renouvelle des sermens que j'aspire à détruire…. Fiez-vous à moi,' ajouta-t-il du ton le plus tendre; 'je désire plus que vous d'effacer ma rigueur passée, d'assurer le bonheur de ma fille, et de vous nommer mon fils.'

Ces expressions touchantes subjuguaient Ladislas. Il promettait de partir, mais demandait du temps; et monsieur de Revel ne pouvait lui accorder un jour, car Eugénie voulait fuir. — 'Si vous restez près de nous,' dit Mathilde, 'apprenez que ma sœur nous quittera aujourd'hui même, pour aller s'enfermer dans un cloître; et là, craignez que des religieuses ferventes, que des conseils sévères ne s'emparent de son âme.

Ladislas frémit à cette menace, et consentit à partir dans la journée. Avec quelle anxiété il les priait de le rappeler souvent au souvenir d'Eugénie! Décidé à s'éloigner, il ne savait plus que faire de lui-même: 'Où me laisserai-je conduire?' disait-il; 'que deviendrai-je abandonné à mes tourmens?'[28] — Tout-à-coup une vive satisfaction vint ranimer ses traits: 'Mon amie, ma sœur,' dit-il à Mathilde, 'ce temps ne sera pas sans bonheur. J'irai en France vous chercher des nouvelles d'Edmond; je saurai ce que devient Ernestine: du moins je m'occuperai de vous tous, que j'aime d'une si chère affection.' — Monsieur de Revel connaissait trop la terreur qui régnait alors, pour ne pas s'opposer à ce généreux dessein. — 'Je n'ai rien à redouter des Français,' lui dit Ladislas: 'je suis Polonais ; je me suis battu pour la liberté de mon pays. Avec d'autres sentimens, avec un but différent, les mêmes mots ont conduit nos bannières. J'irai en France, oui, j'irai; et tout ce qui rendra vos cœurs heureux vous viendra de moi.' — Monsieur de Revel, Mathilde le pressaient dans leurs bras, les larmes de leur reconnaissance couvraient son visage. — 'Eugénie, Eugénie!' s'écria Mathilde, appelant sa sœur, pour la faire jouir aussi de la bonté de Ladislas qu'elle regardait comme sa Providence sur la terre. — 'Arrêtez,' lui dit-il; 'vous ignorez la jalousie de mon amour. Dieu me préserve d'avoir la pensée que mon dévouement puisse rien ajouter à l'affection d'Eugénie: je veux qu'elle m'aime, parce que je l'aime…. Vous ignorez que dans ma folie, j'ai souvent désiré de vous savoir tous ligués contre moi,[29] et Eugénie m'aimant encore, parce que je l'aime… O! comme alors tremblant de crainte et de joie, mon cœur inquiet aurait suivi les mouvemens de cette âme tendre et timide! Qu'elle me pardonne: mais bien des fois j'ai souhaité de voir son penchant plus fort que sa raison; trop heureux s'il eût pu entraîner vers moi malgré elle, et malgré tous les siens.'

---

[28] *… à mon inquiétude?*
[29] *… vous savoir tous m'accusant auprès d'elle,*

Chapitre LX

Monsieur de Revel apprit à Eugénie que Ladislas était déterminé à s'absenter. —
Elle dit à son père: 'J'aurai voulu pour lui qu'il restât près de vous; et je persiste à
croire qu'il vaudrait mieux moi-même m'éloigner. Ma place est dans le cloître:
peut-être y retrouverai-je la paix de ma jeunesse.'[30] Monsieur de Revel, blessé de
la voir toujours prête à quitter sa famille, lui répondit avec humeur: 'Ladislas est
calme et résigné.' — Calme et résigné! se disait-elle; s'il allait m'oublier![31] Si je
devais ne pus le revoir! — son cœur se serre, ses yeux se remplissent de larmes,
elle laisse monsieur de Revel et fuit tous les regards.

Eugénie, renfermée chez elle, pleurait avec une amertume et des angoisses
qu'elle n'avait jamais ressenties. A trois heures il fallut descendre pour dîner;
Ladislas put au moins juger de ses regrets par les traces de ses larmes. Elle ne
mangea point, ne dit pas un mot, et paraissait accablée de douleur.

Après le dîner il s'approcha d'elle, et lui annonça qu'il allait s'embarquer à
l'instant: 'Voulez-vous,' ajouta-t-il, 'me reconduire jusqu'au bord de la mer? Votre
famille consent à m'accompagner.' — 'Quoi! déjà!' répondit-elle bien bas. —
'Dites un seul mot,' reprit-il, 'et je reste.' Combien cette séparation lui devenait
difficile, forcée de refuser elle-même le bonheur que son cœur désirait!

Ladislas prit avec elle le chemin de cette longue prairie qui s'étendait jusqu'à
la mer. Ses parens les suivaient de loin. 'Eugénie,' lui dit-il, 'recevez le serment
que je fais de ne vivre qu'autant que j'aurai l'espoir d'être à vous. Mais, au moment
de nous quitter, ne me direz-vous pas un seul mot qui puisse rassurer mon cœur,
lorsque le regret et l'inquiétude me poursuivront?' — A travers ses larmes, elle
répondit: 'J'ai souvent désiré de mourir; et jamais ma pensée n'a pu se porter
jusqu'à vouloir vous oublier.' — Il joignit ses mains d'un air suppliant: 'Je ne vous
demande pas si vous m'aimez,' reprit-il; 'mais si, libre de tout engagement, vous
auriez pu m'aimer?' — Elle ne répondit plus. — 'Je pars,' continua Ladislas; 'et
une séparation si douloureuse a quelque chose de sinistre qui ressemble à la mort.
Eugénie, je vous en conjure, dites-moi seulement si, libre de suivre votre
penchant, vous m'auriez aimé?' — 'Ah!' reprit-elle, 'ne le savez-vous pas?' — 'C'est
assez pour mon bonheur,' s'écria-t-il; 'je pars plus heureux que je n'aurais osé
l'espérer. A mon retour, je serai plus digne de vous, et nous serons unis par tous
les liens qui attachent des âmes sensibles et généreuses.'[32] Ils arrivèrent au bord
de la mer ; une petite chaloupe attendait Ladislas, pour le conduire au vaisseau
sur lequel il devait s'embarquer.

Monsieur et madame de Revel, Mathilde s'avancèrent. Chacun voulait lui faire
entendre les expressions[33] d'une parfaite amitié. Ladislas les écoutait tous avec

---

[30] ... *cloître; mes habitudes m'en rendroient le séjour facile.*
[31] ... *peut-être m'oubliera-t-il!*
[32] ... *des âmes nobles et généreuses.*
[33] ... *les dernières expressions ...*

un abandon, une tendresse de cœur qu'il ne pouvait exprimer; il les serrait dans ses bras, en leur donnant les noms les plus chers.[34] Cependant, l'assurance d'affection qu'il désirait le plus lui manquait encore ; il regarda Eugénie, et dit: 'Ne m'accorderez-vous pas un seul mot?' — Elle tremblait … sa famille écoutait en silence … Toutes les facultés de l'âme de Ladislas étaient suspendues, les battemens de son cœur arrêtés; il attendait ce mot, ce dernier mot qui devait répondre à tous les momens de l'absence…. Elle lui dit, les yeux baignés de larmes, et d'une voix étouffée par la douleur: 'La vie aurait pu m'être bien chère!' — Pour la première fois, il osa baiser sa main avec le plus tendre respect et s'élança dans le bateau, comme s'il eût craint d'entendre une autre voix après celle d'Eugénie. Ils se regardèrent tant qu'ils purent se voir. Lorsqu'il eut disparu, la famille revint dans cette petite maison que l'éloignement d'un seul rendait si solitaire.

Le soir personne n'avait rien à se dire, excepté quand l'un d'eux prononçait le nom de Ladislas. Alors tous parlaient à la fois pour ajouter à son éloge; venaient ensuite de longs silences, qui n'étaient interrompus que pour parler encore de lui.

Le lendemain, le temps était orageux, les vagues s'élevaient avec violence: le vaisseau était à portée de la vue, et on pouvait l'apercevoir luttant pour éviter le rocher d'Helgoland. Eugénie et ses parens ne quittèrent pas de tout le jour les fenêtres[35] qui donnaient sur la mer. Combien elle se reprochait d'avoir consenti au départ de Ladislas! Que n'avait-elle suivi sa première impression! Dieu ne lui avait-il pas inspiré de retourner dans le cloître?… Elle se regardait comme la cause de la mort de Ladislas, s'il périssait; et à cette horrible idée, elle se sentait près de mourir.

Le jour suivant, la mer était calme, et le vaisseau immobile paraissait s'être rapproché de la terre.[36] Le troisième jour, le vent annonçant une nouvelle tempête, il rentra dans le port de Cuxhaven.

Après le dîner, comme ils étaient réunis, Ladislas parut … Quels cris de joie! quels transports! Pour lui, ne voyant qu'Eugénie, il s'avança vers elle; et faisant de ces temps contraires un augure favorable, une volonté divine, il cherchait à lui persuader que le ciel même s'opposait à leur séparation. Elle osait presque le croire; car son âme douce et tendre avait besoin d'espérer qu'un Dieu bon et indulgent ne condamnait pas l'amour de Ladislas. Malheureux qu'il était de ne pas lire dans sa pensée! Peut-être eût-il obtenu de rester près d'elle; peut-être aurait-elle donné un libre consentement aux démarches de son père![37] Mais il

---

[34] … bras, répétoit les noms chéris de père, de mere et de soeur.
[35] … restèrent tout le jour attachés aux fenêtres …
[36] … plus près de la terre.
[37] … libre et volontaire consentement …

n'interpréta pas son silence, et repartit à l'heure qu'il avait marquée pour son retour.

Lorsqu'ils l'accompagnèrent de nouveau jusqu'au bord de la mer, elle regardait le ciel, et disait intérieurement: 'S'il revient encore une fois, je croirai, comme lui, que la puissance céleste[38] le ramène, et je laisserai mon père disposer de mon sort.' — Elle dit adieu à Ladislas avec moins de regret: une secrète confiance lui ôtait la crainte de ne plus le revoir ; elle ne s'effrayait plus des dangers de la mer; elle attendait, elle espérait.

Le lendemain, dès la pointe du jour, Eugénie, incertaine et tremblante, ouvrit sa fenêtre; elle ne vit plus rien ...[39] le vaisseau avait fait voile pendant la nuit; elle n'aperçut qu'un immense horizon sans bornes, sans repos. Cet espoir qui s'était emparé de son âme devint son tourment; cette volonté suprême qui semblait s'être manifestée, se montrait terrible depuis qu'elle en avait fait un présage et un guide. Dans ce moment, c'était le ciel même qui les séparait une seconde fois, et pour toujours. Elle tomba à genoux, en s'écriant: 'O mon Dieu! vous m'avez sauvée, mais faites qu'il soit heureux!'

Chapitre LXI

Eugénie, persuadée que Dieu réprouvait son amour, résolut de renfermer dans son âme tous ses sentimens, et de ne plus vivre que de ce commerce intérieur avec le ciel qu'elle avait appris à connaître dans le cloître. Elle passait la plus grande partie de ses jours en méditation, parlait à Dieu comme à un père tendre, lui offrait ses larmes, son repentir, et priait pour le bonheur de Ladislas.

Dans sa famille, elle suivait avec indifférence la volonté des siens, allait, venait selon leurs désirs, et sans prendre intérêt à ses propres actions. Elle voyait encore Ladislas; elle entendait encore sa voix,[40] comme au moment de leur séparation. Importunée lorsque quelqu'un dérangeait ses rêveries, elle soupirait après la solitude des déserts.

Monsieur de Revel était resté lié avec l'un des nonces qui avaient résidé en France.[41] Il lui écrivit sans aucun déguisement, lui peignit l'amour de Ladislas, et le penchant de sa fille; il avoua même ses vœux renouvelés, et devenus par-là plus volontaires que les premiers. Mais, comme il souhaitait ardemment le bonheur d'Eugénie, après l'avoir instruit de la ruine totale de sa maison,[42] il lui parla aussi de l'immense fortune de Ladislas, qui avait été pendant long-temps un obstacle à

---

[38] ... la volonté céleste ....

[39] This phrase was added in, ... tremblante, ouvrit sa fenêtre; la mer étoit nue, le vaisseau....

[40] ... Ladislas; elle entendoit encore, comme ...

[41] ... avoit été fort lié avec l'un des derniers Nonces résidant ...

[42] Mais, comme il souhaitoit ardemment le bonheur d'Eugénie, le désir de réussir lui fit aussi parler de la ruine totale de sa maison, et de l'immense fortune de Ladislas ...

son consentement, quoiqu'elle dût donner à sa fille les moyens de secourir ses compatriotes fugitifs et malheureux. Il sentait peut-être, sans se l'avouer, que, dans leur détresse, cette fortune, qu'il présentait comme un obstacle à son consentement, serait, aux yeux d'un ami, une raison puissante pour plaider sa cause avec zèle. Monsieur de Revel lut cette lettre à sa famille; Eugénie fut la seule qui ne la connût point.

Madame de Revel s'était promis de ne rien dire qui pût influer sur la volonté de sa fille; elle se reprochait trop vivement d'avoir une fois décidé de son sort. Pour madame de Couci, elle faisait de Ladislas le sujet de tous ses entretiens; mais c'était avec des calculs si froids, des retours si personnels, qu'Eugénie l'écoutait sans être émue. Les raisons d'intérêt,[43] les prétentions de l'orgueil la frappaient comme des idées nouvelles. Si madame de Couci n'eût pas prononcé le nom de Ladislas, elle aurait pu parler de lui long-temps, et Eugénie l'entendre, comme s'il eût été question d'une personne inconnue.

Mathilde avait bien plus d'empire sur l'âme craintive d'Eugénie. Souvent un mot d'elle, jeté au hasard, venait détruire tous les efforts de son courage. Un regard plus triste, et qui semblait plaindre le malheur des passions, faisait frémir Eugénie. Le son de voix de Mathilde, devenu plus doux par une tendre pitié, retentissait dans un cœur où tout ce qui rappelait Ladislas répondait. La prière même d'Eugénie, ses promesses de renoncer à lui, étaient plus dangereuses pour elle que tous les calculs de madame de Couci.

Monsieur de Revel effrayé de voir diminuer chaque jour le peu de fonds qui lui restaient, voulait aller dans une ville neutre, pour parvenir à correspondre avec la France. Il préférait Hambourg; mais madame de Couci l'engagea à se retirer plutôt à Kiel, où il n'était pas probable que les émigrés vinssent s'établir en grand nombre. Elle lui fit sentir qu'il était important, dans leur situation, d'empêcher que des propos dictés par l'esprit de parti n'arrivassent à Eugénie.

Monsieur de Revel approuva fort cette prudente réflexion, et il en considéra davantage sa belle-mère. — 'Quand une fois j'ai décidé qu'une chose doit être,' lui dit-elle, ' je ne m'occupe qu'à me sauver des conseils; car, lorsqu'on veut bien les écouter, il est sûr que l'on vous en donnera de contraires à vos intentions.' — 'Voilà comme il faut se conduire,' disait monsieur de Revel en la quittant; 'c'est ainsi que l'on arrive à son but et que l'on parvient à soumettre les autres à ses volontés.' Dans ce moment, il aurait peut-être obligé Eugénie à se marier, avec la même autorité qu'il l'avait condamnée jadis à se faire religieuse. La faiblesse qui se laisse guider par un caractère absolu, va bien plus loin qu'elle n'oserait aller d'elle-même ; alors elle se croit forte, et en prend de l'orgueil.[44]

---

[43] *Les intérêts de fortune …*
[44] *La foiblesse qui suit les conseils d'un caractère absolu, va bien plus loin qu'elle n'oseroit aller d'elle-même, mais aussi s'arrête promtement.*

Le départ pour Kiel étant résolu, monsieur de Revel l'annonça à sa femme et à ses filles, sans demander leur avis. La veille du jour où l'on devait quitter Ritzbüttel, Mathilde et Eugénie allèrent se promener au bord de la mer. Elles ne se parlaient pas, mais s'arrêtaient involontairement à tous les endroits où le souvenir de Ladislas devenait plus sensible. Lorsqu'elles furent arrivées à la place où il s'était embarqué, elles se regardèrent, et leurs mains se pressèrent en même temps. 'Où nous retrouvera-t-il ?' s'écria Mathilde. — 'Adieu, encore une fois!' dit Eugénie, en jetant un long et douloureux regard sur cette mer sans bornes qui semblait s'unir au ciel … Elle tomba dans une profonde rêverie,[45] puis ajouta: 'Ma sœur, éloignons-nous d'ici: je devrais dire, *adieu, pour toujours;* mais il m'est impossible de prononcer des paroles.'

Le lendemain, la famille partit. Ils arrivèrent sans aucun accident à Kiel, ville située dans une des plus belles rades de la mer Baltique. Monsieur de Revel prit une très-petite maison, distribuée à la manière du pays, c'est-à-dire composée d'une grande salle environnée de plusieurs cabinets: les fenêtres du salon donnaient en partie sur la campagne. Tous les jours, à midi, on était averti de l'heure par le chant monotone des externes de l'université qui, enveloppés de leurs manteaux, ont coutume d'aller psalmodier devant les portes des maisons. Le soir, les ouvriers chantaient en chœur des airs dont l'harmonie étonnait et charmait les étrangers. Mais la nuit, aucun bruit ne se faisait entendre: pas une voiture, pas le moindre mouvement. Ce silence rendait plus lugubre la voix du crieur public chargé d'annoncer les heures dans tous les quartiers de la ville.

Les premiers jours, la famille, occupée à s'arranger dans sa nouvelle demeure, oublia Ladislas, excepté Eugénie qui, indifférente à tous les séjours, regardait tristement ces lieux nouveaux pour elle, et inconnus à celui qu'elle regrettait.

Monsieur Muller, un des plus riches négocians de Kiel, aimait les principes de la révolution française, en plaignant les malheureux qu'elle avait faits. Il s'empressait même de les obliger.[46] Peut-être voulait-il réparer, autant qu'il était en lui, les excès commis au nom d'une cause qu'il eût désiré de voir plus généreusement défendue. Dès qu'il sut l'arrivée de monsieur de Revel, il vint le trouver et lui offrir ses services. Dans l'isolement où était cette famille, tous reçurent monsieur Muller avec une sensible satisfaction.

Quel que soit le pays où l'on arrive, quelle que soit la disposition que l'on y apporte, lorsqu'on se sent étranger à tout le monde, la première personne qui vient vous prévenir, la première qui vous fait entendre des paroles bienveillantes vous devient chère.[47]

---

[45] *Elle resta comme accablée par ses pensées, puis …*
[46] *Il s'empressoit même de les chercher pour les obliger, …*
[47] This is remarkably similar to a longer reflection made by Madame de Staël in *Corinne* but as the two women had a very similar experience of the loneliness of exile, the one reinforces the

Monsieur Muller invita monsieur de Revel et sa famille à dîner pour le dimanche suivant. Ce jour il réunissait une société assez nombreuse, composée de gens de tout état, de toute opinion, distingués par leur esprit, leurs places, ou leur caractère. Le consul de la République française y était. Sous ce toit hospitalier, il ne put s'empêcher d'éprouver un mouvement d'intérêt mêlé d'embarras, à la vue d'une famille dont l'existence avait eu tant d'éclat, et que l'on disait si infortunée. Monsieur de Revel et lui ne se parlèrent point; mais, dans une conversation générale, ils crurent montrer de grands égards au maître de la maison, en adressant à un tiers la réponse aux propositions que l'un d'eux avançait.

Monsieur Muller avait une femme dont le regard doux et caressant attirait tous les cœurs.[48] Une amie également aimable s'occupait avec elle des malheureux. Elles habitaient la même maison, et le mari de cette dernière ajoutait beaucoup à l'agrément de leur société. Il joignait une grande variété de connaissances à une gaieté d'esprit qui animait tout, et qui contribuait à rendre cette maison charmante.

Monsieur de Revel, blessé d'abord de se voir invité avec le consul de France, finit cependant par le trouver assez bon homme: en sortant, il ne le salua pas; mais tous deux se jetèrent un regard qui les laissa sans animosité.[49]

Chapitre LXII

Lorsque la famille fut un peu revenue de cet étonnement mêlé de tristesse, qu'on éprouve toujours en arrivant dans un lieu inconnu, monsieur de Revel calcula, d'après les prix du pays, ce que devait leur coûter le plus strict nécessaire. Après qu'il eut écrit, et qu'ils eurent rapproché ce qu'ils possédaient de leurs dépenses indispensables, tous se regardèrent d'un air consterné. Chacun d'eux s'était d'abord récrié sur les privations que monsieur de Revel imposait; et ils aperçurent bientôt que les plus pénibles étaient insuffisantes. Ils demeuraient les yeux fixés[50] sur le papier où monsieur de Revel avait cherché à établir une balance impossible à trouver. Madame de Couci ne manqua pas de dire, en s'adressant à Eugénie, qu'il fallait avoir reçu des grâces particulières du ciel, pour voir et laisser ses parens malheureux, lorsqu'on pouvait adoucir leur sort.[51]

---

other. For Madame de Souza travelling cf this forced nature was not glamorous but lonely until new friends had been made, and any spontaneous gesture of friendship or welcome endeared the person who offered it. See : Simone Balayé ed, *Madame de Staël, Corinne ou de l'Italie* (Gallimard, Folio, 1985), p. 32 'Voyager est, quoi qu'on en puisse dire un des plus tristes plaisirs de la vie, …'

[48] … *toutes les ames.*

[49] Co-habitation in emigration.

[50] *Monsieur de Revel considéroit tristement le paper où …*

[51] … *changer leur situation.*

Pour la première fois, Eugénie éprouva une sorte d'indignation,[52] en se rappelant que madame de Couci avait insisté avec force sur les vœux qu'aujourd'hui on voulait lui faire abjurer. Toute émue, elle se retourna, prête à demander à sa grand'mère si elle n'avait pas connu la sainteté des engagemens prescrits à sa jeunesse, obtenus de son inexpérience? Mais la vue de son air souffrant et le respect pour son âge arrêtèrent le reproche; et il ne résulta de ce mouvement trop vif que la résolution de ne jamais lui répondre un seul mot qui pût ajouter à ses chagrins.[53]

Cependant Eugénie, sans hésiter sur ses devoirs, restait effrayée devant tant d'infortune. Les peines de ses parens portaient sa pensée vers le bonheur qu'elle aurait eu à les secourir. Madame de Revel anéantie ne disait pas un mot; Mathilde jetait sur son enfant des yeux que l'inquiétude maternelle remplissait de larmes. Eugénie, que leur douleur accablait,[54] sentit son courage se ranimer, en espérant que par le travail, elle parviendrait à améliorer leur situation.[55] Elle dit à son père: 'Madame Muller m'a priée plusieurs fois de venir la revoir, de m'adresser à elle en toute circonstance. Peut-être lui serait-il possible de placer ici des ouvrages semblables à ceux que je faisais au couvent,[56] pour être vendus au profit des pauvres.' — 'Cette expression est exacte,' repartit madame de Couci; ' nous voilà en effet vraiment pauvres; mais je doute, Eugénie que ces ouvrages suffisent pour soutenir vos parens. Au surplus, je l'observe sans intérêt personnel; car il me reste peu de temps à vivre. Je vous plains seulement d'avoir toujours présent le malheur des vôtres.

Dès le lendemain matin, Eugénie alla chez madame Muller. Elle lui exposa en tremblant la détresse de sa famille, et fut plus timide encore, lorsqu'elle lui demanda si des broderies faites avec soin pourraient être achetées dans cette ville. Madame Muller l'assura qu'elle se ferait honneur de vendre elle-même ses ouvrages, et la pria de lui en apporter promptement, et à mesure qu'il y en aurait de finis.

De retour chez son père, Eugénie commença à travailler avec un zèle, une ardeur qui devait altérer sa santé, mais qui du moins pouvait la distraire un peu du souvenir de Ladislas. Monsieur de Revel, ranimé à la vue de son courage, chercha aussi à rendre ses talens utiles. Il avait observé que, dans cette ville, on posait devant toutes les fenêtres des stores de toile, représentant des paysages. Dans sa jeunesse il avait beaucoup aimé la peinture: il se mit à peindre quelques-uns des sites de la France, et il espéra pouvoir contribuer à faire subsister sa famille. Mathilde avait été trop gâtée dans son enfance pour savoir rien

---

[52] ... *Eugénie sentit son ame se révolter,* ...
[53] ... *à ses peines.*
[54] *Eugénie accablée par leur douleur,* ...
[55] ... *à adoucir leur sort.*
[56] ... *à l'abbaye de P***,* ...

parfaitement; mais elle avait du goût et faisait d'assez jolies fleurs: elle se mit aussi à travailler auprès d'Eugénie.[57]

Madame de Revel fut chargée de soigner le petit Victor, qui les dérangeait tous, ne sachant que devenir, depuis qu'il n'était plus l'objet de l'occupation générale.

Pendant que monsieur de Revel et ses filles travaillaient dans la salle commune, madame de Couci les regardait, tournant sa tabatière entre ses doigts. Elle jetait de grands soupirs, demandait à chaque instant quelle heure il était, et n'aspirait qu'à voir arriver la fin de la journée. Trop souvent elle réveillait le chagrin de la famille par ses réflexions ou par son humeur.

Le troisième jour qu'elle passait ainsi, témoin du travail de ses enfans, son oisiveté commença à lui peser. Elle regrettait, disait-elle, que son âge la rendit incapable d'être utile. Eugénie, pour la consoler, l'assura qu'ils étaient satisfaits de la servir; mais Mathilde, la vive, l'inconsidérée Mathilde, trouva que sa grand'mère avait raison, et pouvait aussi contribuer au bien-être de tous; qu'elle était fort en état d'apprendre à lire le français à de jeunes filles.

Alors s'éleva un orage; madame de Couci s'écria que ses enfans voulaient lui faire sentir qu'elle leur était à charge. Avec quelle amertume elle exprimait le regret de n'avoir pas fini ses jours en France, avant de connaître les infirmités de l'âge, les revers de la fortune et les inquiétudes du besoin! — Mathilde s'excusait, et assurait sa grand'mère qu'elle avait cru répondre à ses désirs, en lui donnant un moyen de se joindre à leurs efforts. — Rien ne pouvait calmer madame de Couci. Elle ne s'était pas encore soumise à sa situation. D'ailleurs, c'est de l'âme que doivent venir les résolutions courageuses; conseillées par les autres, elles paraissent des reproches ou des leçons. Mathilde, infortunée elle-même, n'avait pas songé à la délicatesse que demande le riche devenu malheureux: c'est de bien loin qu'il faut lui montrer le travail et sa récompense … Aussi, lorsqu'après quelques jours, madame de Couci dit à Eugénie d'engager madame Muller à lui procurer des écolières, elle ajouta avec aigreur: 'Il faut suivre les avis de Mathilde.'

Le moment le plus pénible fut celui où Eugénie porta leur ouvrage à madame Muller, et en reçut le prix.[58] Une secrète horreur parcourait ses veines; elle revint sans s'arrêter, et présenta cet argent à son père … Monsieur de Revel sentit aussi sa main trembler; ses doigts se serraient plutôt que de prendre le paiement de sa peine. O premier salaire d'un premier travail, que vous êtes pesant à recevoir! la

---

[57] This is a very faithful account of what happened in emigration. Families unused to working to earn money put their skills and hobbies to use.

[58] The embarrassment and shame not only of having to receive money for their work but also of needing to be paid by a person of lower social standing when they were not accustomed to working was described in mémoires of the émigré women (Madame de Ménerville née Fougeret, *Souvenirs d'Émigration 1791–1797*, J Dumoulin, rue des Grands-Augustins, Paris, 1934) and in the letters to the British relief committee PRO T-93.

satisfaction de se suffire à soi-même ne console pas d'abord ; l'on ne sent que le besoin.

Ce jour fut terrible, car ils étaient encore forcés de s'avouer que leur ouvrage avait été payé bien au-delà de sa valeur, et sûrement acheté par la bienfaisance. Le zèle qu'il avait mis à travailler fut éteint; le peu de gaieté même qu'ils avaient éprouvé en voyant leurs succès, n'existait plus. Chacun d'eux, tristement assis à sa place ordinaire, s'abandonnait à ses réflexions.

Ce fut l'instant que madame de Couci choisit pour reparler de Ladislas. 'Certes, il serait bien affligé s'il nous voyait!' dit-elle, sans s'adresser à personne en particulier. — Eugénie l'avait pensé en allant chez madame Muller, et l'avait bien plus senti en revenant. 'Comme il rougirait,' se disait-elle, 's'il nous voyait accepter des secours étrangers, sous l'apparence d'une dette payée à notre travail!' — Aussi tout-à-coup elle s'écria: 'Mon père, ne portons plus notre ouvrage aux riches. Il doit y avoir dans la ville des marchands, des gens qui font travailler et vendent à leur profit; tâchons d'obtenir qu'ils nous emploient: trop heureux, si, en existant nous-mêmes, nous pouvons leur faire gagner quelque chose.'

Monsieur de Revel approuva fort cette idée qui satisfaisait son âme. Il se voyait commençant, pour ainsi dire, une seconde émigration. Dans la première, que l'on peut appeler l'émigration riche, les Français étaient venus où on les appelait, où l'on se félicitait de les recevoir, enfin où ils voulaient aller. Sortis de France avec le revenu d'une année, ils l'avaient dépensé sans prévoyance, croyant retrouver bientôt et leur pays et leur fortune. A cette seconde époque, ils s'arrêtaient là où on leur permettait de rester. Leurs biens étaient vendus, la France leur était fermée; ils n'espéraient plus; mais sans se plaindre, ils luttaient contre l'adversité. Si une sagesse austère leur reprochait de s'être trop livrés aux illusions, ils pouvaient du moins répondre qu'aucun malheur n'étonnait leur courage.[59]

Chapitre LXIII

Monsieur de Revel et Mathilde s'étaient mis à travailler avec une ardeur trop vive pour qu'elle pût se soutenir long-temps. D'abord ils voyaient à regret arriver la fin du jour qui ne permettait plus à l'un de peindre, à l'autre de composer ses fleurs. Cet excès de zèle devait bientôt les fatiguer; le dégoût s'empara d'eux. Ils étaient obligés de se rappeler mutuellement leur déplorable situation, pour se déterminer à poursuivre un travail que le défaut d'habitude rendait une tâche pénible. Mais Eugénie, accoutumée à s'occuper, avait, dès le premier moment, réglé sa journée, comme si, par le passé, elle eût été soumise à de pareils besoins, ou qu'ils dussent être les mêmes à l'avenir.

---

[59] This notion of a first and second wave of emigration corresponding to the emigration of 1789–1791 and the second wave 1792–1802 where there was much less choice involved is historically accurate. See Carpenter, *Refugees*, chapters 2 & 3.

Suivant le plan qu'elle s'était proposé, à la fin du mois elle alla porter son ouvrage à un marchand dont le commerce consistait principalement en broderies faites à l'aiguille. L'homme ainsi que la femme étaient d'honnêtes gens, ayant une bonne réputation, et secourant volontiers les malheureux, selon leurs moyens. Mais dès qu'il s'agissait de mettre un prix à la main d'œuvre, ils auraient craint de passer pour dupes, s'ils n'avaient pas marchandé strictement avec l'ouvrier.

Eugénie leur était inconnue; et d'ailleurs il faut être habitué à un état élevé, pour bien savoir ce que souffre le riche devenu pauvre, et forcé de gagner sa vie. Ces gens ne considéraient dans l'ouvrage que le travail.[60] Eugénie vit donc le sien tourné et retourné, d'un air qui semblait dire qu'on ne le trouvait ni bien ni mal. Le mari et la femme se le passaient tour à tour, calculant ce qu'ils y pourraient perdre ou gagner; ils jetaient chaque morceau l'un après l'autre sur le comptoir, en se communiquant devant elle leur opinion. — Eugénie se sentait rougir et pâlir, et de grosses larmes coulaient sur son visage.

Le mari et la femme, après s'être long-temps débattus sur la valeur des objets qu'elle leur présentait, la regardèrent en même temps pour lui dire ce que le marchand appelle son dernier mot … La parole expira sur leurs lèvres, en voyant cette figure céleste baignée de pleurs…. Ils devinrent même polis: le mari alla lui chercher une chaise, car jusque-là ils ne lui avaient pas proposé de s'asseoir.

'Puisque ce travail n'a aucune valeur,' dit Eugénie, ' rendez-le moi.' — 'Ce n'est pas ce qui nous arrête,' répondit la femme, 'il est au contraire fait avec trop de soin. C'est l'ouvrage de gens accoutumés à ne pas compter les journées; et nous ne pouvons savoir d'abord si nous trouverions, en le vendant, de quoi payer le temps qu'on y a mis.' — 'S'il n'y a que cette difficulté,' reprit Eugénie, 'je puis vous dire que les personnes qui m'envoient demandent peu; et ce peu sera suffisant, car elles ne voudraient pas vous exposer à perdre pour vous en défaire.

Le mari et la femme lui remirent donc le prix qu'ils avaient eu l'intention de lui donner; prix modique, qu'ils offrirent avec embarras, et qu'elle reçut la mort dans le cœur. Mille fois elle avait été au moment de fuir, en leur laissant tout ce qu'elle avait apporté; mais il fallait faire vivre ses parens.

Eugénie dévorant ses larmes revint, sans leur apprendre ce qu'elle avait souffert durant cet humiliant débat. Jamais sa famille ne connut ses peines: aussi toutes retombaient sur son cœur et consumaient ses forces, sans altérer ni sa douceur ni son courage.

Monsieur de Revel voyait souvent l'ennui accabler Mathilde. Quand elle commençait à pâlir, et à regarder ses fleurs sans travailler, il exigeait que ses deux filles allassent respirer l'air pur de la campagne: alors il restait seul à s'occuper pour le bien de tous.

---

[60] *L'homme forcé de gagner sa vie, ne considère dans l'ouvrage que le travail. Eugénie vit …*

Mathilde, précipitée en un instant de la prospérité dans la plus grande détresse, ne regrettait qu'Edmond.[61] Dès qu'elle se trouvait seule avec sa sœur, elle l'entretenait du bonheur dont elle avait joui la première année d'une union si chère. — 'Ah!' disait-elle, 'tous les tourmens que j'éprouve[62] aujourd'hui seraient changés en consolations, s'il était près de moi. Un regard satisfait, un mot d'estime relèveraient mon âme pour bien des jours.'

Séparés, l'on ne se rappelle plus ni les petites discussions, ni les momens d'humeur, ni les différences de caractère. L'absence, comme la mort, ne laisse dans le souvenir que les qualités de ce qu'on aime. A Kiel toutes les pensées de Mathilde la portaient vers Edmond: elle ne parlait plus que de lui; elle était toujours occupée des dangers qu'il pouvait courir. Eugénie écoutait sa sœur sans se lasser; et, malgré elle, le nom de Ladislas retentissait dans son cœur, lorsqu'elle entendait Mathilde regretter et nommer Edmond.

Elles se promenaient tristement; ces lieux, quoique inconnus, n'éveillaient pas leur curiosité. Ils attiraient leurs regards, sans exciter aucun de ces mouvemens vifs et soudains qui font sortir de soi-même et forcent à se parler. La verdure, dans les climats du nord, a une teinte particulière dont la couleur égale et tendre peu à peu vous repose et vous calme. Sur la côte de Kiel, la pente des montagnes, les sinuosités du rivage, et en général tous les objets qui s'offrent à la vue, n'ont rien de brusque ni de heurté.[63] Cet aspect ne produisant aucune surprise, laisse l'âme dans la même situation; état qui a ses charmes, et peut-être plus encore lorsqu'on est malheureux. Assises dans la campagne, elles s'abandonnaient à de longues rêveries, se perdaient dans de vagues pensées et sans avoir été distraites, revenaient moins agitées.

Monsieur de Revel alla revoir monsieur Muller; il en fut reçu avec cet air obligeant, ce désir d'être utile qui encourage la confiance. Monsieur de Revel lui parla pour la première fois de l'existence qu'il avait eue en France, et des biens qu'il y avait possédés. Peut-être lui semblait-il, qu'en commençant par le récit de sa fortune passée, il ennoblissait en quelque sorte la détresse de sa situation présente. Cependant il ne pouvait consentir à exprimer l'étendue de ses peines, et jusqu'où il portait ses craintes; mais après tant d'éclat, les privations d'une vie commune devaient encore paraître un malheur insupportable. Il finit par lui demander s'il ne serait pas possible d'engager le consul de France à faire parvenir une lettre à madame de Sanzei. Monsieur Muller rejeta ce moyen qui compromettrait le consul, ou exposerait monsieur de Revel à un refus; mais il lui annonça qu'un de ses associés partirait bientôt pour Paris, et il lui promit qu'il prendrait ses commissions et les exécuterait fidèlement.

---

[61] ... la magnificence à la plus grande détresse,
[62] ... les peines que j'éprouve ...
[63] Sur la côte de Kiel, la pente des montagnes, les sinuosités du rivage, et en général le mouvement des terres n'a rien de brusque ni de heurté.

Monsieur de Revel revint bien vite annoncer cette heureuse nouvelle à sa famille. Quelle extrême joie d'écrire aux siens, d'en espérer une réponse!

Chapitre LXIV

Toute la famille quitta l'ouvrage pour se mettre à écrire à Edmond et à Ernestine. Les pages se remplissaient de questions, que chacun d'eux faisait, suivant son caractère et ses sentimens. Monsieur de Revel demandait des fonds, et qu'on lui rendît une espèce de compte de ses biens. — Madame de Couci priait Ernestine de lui donner les moyens d'aller la rejoindre; et sans témoigner qu'elle croyait en être oubliée, elle lui disait de se rappeler sa vieille grand'mère. — Mathilde peignait à Edmond le bonheur dont il pourrait jouir dans un pays tranquille. Elle l'engageait à revenir, l'en suppliait au nom de son enfant, et lui racontait mille petits traits de son intelligence qui commençait à se développer, et qui devaient enchanter un père. — Madame de Revel, sans penser qu'elle parlait devant Eugénie, dit qu'elle venait d'écrire un mot à Ladislas.

Ce fut alors qu'Eugénie apprit qu'il était en France. Saisie d'effroi, elle veut savoir comment il a pu prendre cette résolution téméraire. — Mathilde avoue qu'il est allé chercher Edmond. — Eugénie se reproche de n'avoir pas deviné que le sentiment le plus généreux devait toujours le conduire, et que les périls seraient pour lui un attrait de plus. Elle accuse ses parens, elle accuse Mathilde. 'Pourquoi,' lui dit-elle, 'ne m'avoir pas avertie?' j'aurais bien su l'arrêter.' — Puis s'en prenant à elle seule, elle se fait un crime de sa vertu. Que n'a-t-elle obéi à son père! Par quel vain orgueil avoir refusé de se soumettre à l'autorité de l'Église!... Tout-a-coup se rappelant que ses craintes, que ses prières ont toutes été pour Edmond, elle tombe à genoux, et joignant ses mains: 'Sauvez-le, ô mon Dieu !' s'écrie-t-elle, ' mais protégez aussi Ladislas' — Ses parens veulent la rassurer; pour toute réponse elle leur dit: 'Sa vie est menacée; vous deviez le savoir.' — Elle se plaint qu'un pressentiment secret ne l'ait pas éclairée. Pendant ce temps, combien n'a-t-elle pas gémi en elle-même sur la situation des siens, exempts du moins de tout péril! Peut-être a-t-elle fatigué le ciel par des demandes importunes, tandis qu'elle n'aurait dû l'implorer que pour Ladislas. Elle interroge sa pensée, recherche s'il ne lui est pas échappé une impatience, un murmure; elle se reproche jusqu'à ses larmes... Malheureuse, malheureuse Eugénie!

Depuis ce moment, loin d'éviter le souvenir de Ladislas, elle n'était plus occupée que des dangers qu'il pouvait courir. La lecture des journaux, jusqu'alors redoutée, lui devenait nécessaire; elle les saisissait avidement, les parcourait sans les lire, et tremblante, n'y cherchait que le nom qu'elle frémissait d'y trouver.

Il lui était impossible de rester en place.[64] A tout instant elle allait chez madame Muller; quelquefois arrivait à sa porte, et n'osait pénétrer jusque chez elle ...

---

[64] *Eugénie ne pouvoit rester en place.*

d'autre fois entrant dans sa chambre, et la regardait avec des yeux qui sollicitaient une réponse à la question qu'elle craignait de faire ... Souvent assise dans un coin du salon, elle attendait avec impatience les étrangers, désirait les indifférens, ceux qui ne prendraient pas garde s'ils risquaient de l'affliger ... Presque morte, elle les écoutait parler de la terreur; à un seul nom semblait attaché son dernier soupir.

Quand tout le monde s'en allait de chez madame Muller, et qu'Eugénie ne pouvait plus rien apprendre sur Ladislas, elle sortait seule et la dernière, revenait lentement, ne comprenant pas comment un étranger si illustre restait inconnu... .'Il vit,' se disait-elle, 'je l'espère, je le crois ...; mais peut-être est-il languissant au fond d'une prison ... Que Mathilde est heureuse de savoir Edmond dans la Vendée à la tête d'un parti!'

Lorsque monsieur de Revel porta ses lettres à monsieur Muller, son associé refusa de se charger d'un paquet trop volumineux. Il consentit seulement à marquer sur une espèce d'agenda la lettre initiale du nom des personnes à qui il fallait s'adresser. Monsieur de Revel, sous ses yeux, écrivit quelques mots intelligibles pour tout le monde, mais qui lui indiquaient les informations qu'il devait prendre; puis il revint tristement rapporter à sa famille ces lettres qui avaient un instant fait renaître leur confiance. Temps affreux, où ni l'affection ni l'inquiétude ne pouvait parvenir à ceux qu'on aimait! Ayant perdu l'espoir de donner de leurs nouvelles et d'en recevoir de leurs proches, ils se trouvèrent plus malheureux qu'ils n'avaient été jusqu'alors.

Chapitre LXV

Eugénie reprochait intérieurement à Mathilde[65] de lui avoir caché les projets de Ladislas; elle la fuyait. Sa sœur commençait à penser qu'elle avait lieu de se plaindre, et la cherchait avec empressement. Plus attentive, plus tendre, elle revenait toujours près d'elle, et lui disait: 'Je t'appelais pour te confier ce projet auquel mon père et moi nous nous opposions. C'est Ladislas, c'est lui qui n'a jamais voulu permettre qu'on t'en instruisît: tu l'excuses sans doute; ne peux-tu me pardonner?

Quand elle nommait Ladislas, Eugénie ne répondit plus; elle craignait de laisser échapper le ressentiment dont son cœur était plein.[66] — Aussi elle lui dit un jour: 'Mathilde, tu as consenti qu'il s'exposât: ce n'est plus avec toi que je puis gémir et trembler. Parle-moi d'Edmond, de tes peines; j'ai encore des larmes pour tes chagrins; mais ne parle plus de Ladislas.'

Mathilde cachait soigneusement à ses parens les plaintes de sa sœur. Eugénie continuait à travailler pour eux tous, mais en silence. Sa vie n'était plus qu'un effroi continuel, sa pensée qu'une prière.

---

[65] *Eugénie ne pouvoit excuser Mathilde ...*
[66] *... et s'efforçoit de renfermer en elle-même les reproches dont son cœur étoit plein.*

Il y avait déjà deux mois qu'ils étaient à Kiel, lorsqu'un jour monsieur Muller accourut triomphant leur apporter une petite lettre d'Edmond que son associé venait de lui envoyer. Edmond leur mandait que Ladislas l'avait rejoint, et que, devenus frères d'armes et d'affection, ils n'étaient occupés que des amis absens. Eugénie et Mathilde, rassurées en les sachant ensemble, redevinrent nécessaires l'une à l'autre. Depuis que le même intérêt, les mêmes inquiétudes les unissaient, elles ne se quittaient plus. A son tour Eugénie repentante priait sa sœur d'oublier combien elle avait été injuste. Si d'horribles pressentimens les troublaient quelquefois, plus souvent l'espérance ranimait leur courage. Elles se flattaient qu'Edmond et Ladislas, à la tête d'un parti, devaient changer la face des affaires.

Madame de Couci attendait avec impatience des nouvelles de madame de Sanzei. 'Elle seule,' disait-elle, 'pourrait parvenir à sauver les biens de leur maison.' — Monsieur de Revel le pensait aussi; car il rendait justice à la fermeté de son caractère, et ne doutait pas qu'elle ne mît sa gloire à réclamer les propriétés de ses parens avant les siennes. Tous convenaient que, dans ce temps de crise, ses défauts mêmes serviraient à rendre ses vertus plus actives.

Si la famille éprouvait encore des jours d'abattement depuis la lettre d'Edmond, il en était bien plus où leur esprit s'égarait dans de flatteuses illusions. Alors, ils croyaient déjà toucher au retour de leur fortune. Que de projets pour en jouir plus sagement, et pour ne jamais oublier la leçon du malheur!

Le dimanche, car avec le travail ils connurent le prix des jours de repos, le dimanche ils allaient en famille se promener dans la campagne. On était au milieu de l'été; la longueur des jours qui, dans le nord, laisse à peine sentir la nuit, leur permettait de prolonger leurs courses au loin.

Monsieur de Revel, dans la vue de distraire sa famille, se plaisait à lui admirer les riches pâturages du Holstein, les beaux arbres qui bordent la Baltique, cette mer dont les eaux pâles ne diffèrent point de celles des lacs nombreux dont le pays est embelli, et ces gazons toujours verts qui se perdent sous les vagues Ils étaient frappés de cette physionomie étrangère que chacun trouve à la nature dans les climats éloignés de celui qui l'a vu naître. La perspective riante du lac de Ploen[67] les faisait en quelque sorte respirer plus à l'aise. Ne possédant rien à eux, ils apprirent, comme le pauvre, à faire leur délassement d'une promenade, leur récompense d'un beau jour, enfin à jouir des biens accordés à tous.

Toutes les semaines étaient semblables: un travail nécessaire, mais que l'habitude commençait à rendre moins fatiguant; des privations qui s'étendaient sur tous les détails de la vie, et dont aucun d'eux n'osait se plaindre, dans la crainte de les faire sentir plus vivement aux autres. Ils supportaient chacune de leurs peines, sans laisser échapper un murmure: on voyait qu'ils se disaient: 'Dieu préserve ma famille d'en souffrir comme moi!'

---

[67] *L'aspect riant du lac de Ploen …*

Cependant il y avait déjà long-temps qu'ils avaient reçu la lettre d'Edmond, et depuis il n'avait plus écrit. Les espérances s'affaiblissaient, et ils tombaient dans le découragement. Monsieur de Revel crut devoir leur procurer une nouvelle distraction. Un dimanche il loua, pour la journée, une de ces petites voitures d'osier à usage des gens de la campagne.

Ils allèrent voir le lac d'Eutin, célébré par les voyageurs. Ce lac est encaissé au pied des hautes montagnes couvertes d'arbres antiques, dont les ombres se prolongent sur la surface des eaux. Tout ce lieu a une teinte sombre, un aspect solennel. La famille, assise au bord du lac, contemplait ce site romantique dans une sorte de recueillement. Les sentimens dont leurs cœurs étaient pleins se réveillèrent avec plus de force.

Absorbés dans leur rêveries ils ne se parlaient plus, lorsque monsieur de Revel, effrayé de la tristesse qui s'emparait de lui, releva sa tête tout-à-coup. Il remarqua qu'Eugénie et Mathilde, rapprochées l'une de l'autre, éprouvaient les mêmes impressions, qu'elles se serraient les mains, et pleuraient; il était facile de juger qu'elles pensaient à Edmond et à Ladislas. 'Venez, mes enfans,' dit monsieur de Revel en se levant, 'venez, nous les reverrons.'

Chapitre LXVI

Monsieur de Revel cherchait à ranimer dans l'âme de ses filles une confiance qu'il était loin de conserver. Les jours, les semaines se succédaient, sans recevoir aucune nouvelle d'Edmond. Il avait su trouver le moyen d'écrire; et depuis, aucune lettre n'était parvenue. Son silence ne pouvait donc s'expliquer, qu'en le supposant exposé à de nouveaux dangers.

L'inquiétude dévorait Mathilde; une crainte inexplicable la faisait tressaillir à chaque instant. Un mot prononcé plus bas qu'à ordinaire, un regard qui lui semblait plus triste l'effrayait; elle ne permettait pas que l'on essayât de la rassurer. La raison de ses parens n'était à ses yeux que de l'indifférence, et Eugénie, parvenue à renfermer en elle-même ses chagrins, lui paraissait insensible.

Loin de réfléchir combien il était cruel d'ajouter à ses peines, Mathilde lui communiquait ses alarmes. Elle avait besoin de voir couler ses pleurs, à la seule pensée des dangers de Ladislas qu'elle ne croyait pas être assez vivement aimé. Mais, quand Eugénie se désolait, elle se reprochait sa dureté, et pour calmer sa sœur, elle lui parlait du jour où Edmond et Ladislas reviendraient. Alors, emportée par son caractère passionné, elle voulait que la timide Eugénie ressentît comme elle la douleur ou l'espérance; qu'elle s'arrêtât sur le bonheur de les revoir; qu'elle lui dit comment elle recevrait ces deux objets de leur solitude et de leur amour … Désespérée, ou ravie, elle déchirait également le cœur de la malheureuse Eugénie.

Mathilde avait fini par inspirer à ses parens l'espèce de terreur qui s'était emparée d'elle. Son père n'avait plus la force de supporter sa présence. Vers la fin du jour il errait seul dans la campagne et ne rentrait qu'à la nuit. Le travail devenait plus difficile, au moment où les ressources épuisées le rendaient plus nécessaire.

Au milieu de tant d'afflictions,[68] monsieur de Revel reçut une réponse de son ancien ami. Sans acquiescer à sa demande, on ne la rejetait pas non plus entièrement. Le Nonce lui écrivait qu'il faisait chercher des exemples qui pussent servir d'autorité; mais il ne dissimulait pas qu'il serait indispensable qu'Eugénie elle-même réclamât contre ses vœux.

Monsieur de Revel fit part de cette lettre à sa famille. Déterminé à vaincre la résistance d'Eugénie, loin d'imposer à sa belle-mère comme il avait fait jusqu'alors, il souffrait qu'elle reprochât à sa fille tous les malheurs dont elle eût pu les sauver. Quand elle était près de succomber à des tourmens si répétés, il s'encourageait à ne pas la défendre, se flattant que la persécution ou la pitié la ferait consentir aux démarches qui lui seraient proposées.

Monsieur de Revel, résigné à travailler pour soutenir sa famille, pensait avec effroi qu'il pouvait mourir et la laisser dans le besoin. Il voyait un moyen de donner à ses enfans un appui honorable, et se croyait, comme père, obligé de le saisir, résolu qu'il était à ne jamais partager leur bien-être.

Madame de Couci, autorisée à s'abandonner à son humeur,[69] s'y livrait d'autant plus qu'elle se persuadait aussi que c'était conduire Eugénie à une destinée plus heureuse. Le matin, le soir, à toute heure, en toute circonstance, elle la poursuivait de reproches amers. Madame de Revel plus sensible, mais sans courage, l'affligeait bien plus encore. Souvent, les yeux baignés de larmes, elle lui montrait le petit Victor, et disait, 'Ma fille, considère cet enfant à qui tant de bonheur était promis! tu pourrais lui rendre tout ce qu'il a perdu.'

Eugénie allait prier; mais la prière ne la soulageait plus. Depuis que Ladislas était en France, elle n'avait invoqué le ciel que pour lui, et ne trouvait plus à l'implorer pour elle-même. A genoux, elle disait seulement: 'Mon Dieu! regardez-moi;' et pensait à la mort qu'elle n'osait désirer.[70]

Sa santé se détruisait. Si elle eût laissé échapper une plainte, ses parens auraient mis plus de douceur, plus de bonté dans leurs représentations; mais, ne se faisant aucune idée de cette soumission religieuse qui se prosterne devant la volonté suprême, sans se permettre le plus léger murmure, ils s'adressaient à Eugénie comme à un cœur inaccessible à la pitié.

Depuis la lettre du Nonce, il n'y avait plus eu de repos dans la famille. Cependant un malheur plus grand les attendait. Un matin, monsieur Muller vint à une heure où l'on n'avait pas coutume de le voir. Il s'efforçait de paraître

---

[68] … de toutes ces peines …
[69] Madame de Couci, abandonnée à toute l'âpreté de son humeur….
[70] … et souhaitoit la mort qu'elle n'oisoit demander.

tranquille, et ses yeux baissés craignaient de rencontrer ceux des infortunés dont il allait combler les peines.

Eugénie le regardait avec anxiété, et ne respirait plus.[71] — Mathilde, les mains jointes, demandait en frémissant des nouvelles d'Edmond. — 'Je n'en ai point,' répondit-il; et il s'assit sans pouvoir poursuivre. — 'Mais,' reprit-elle, ' vous veniez pour nous parler; et il vous est impossible de prononcer une parole.' — Monsieur Muller, cherchant un détour, lui dit qu'il venait engager monsieur de Revel à lui rendre un service. — 'Mon père utile à quelqu'un au monde!' s'écria Mathilde: vous vous trompez; nous ne sommes plus heureux.' — 'Mon associé est impliqué dans une affaire fâcheuse, et je voulais prier monsieur votre père de me donner une lettre pour la France.'

Monsieur de Revel parut. Déjà une terreur inexprimable avait saisi sa famille; tous debout entouraient monsieur Muller. Monsieur de Revel s'approcha et lui tendit la main. Monsieur Muller prit cette main dans les siennes, et la serra de manière à faire comprendre à ce malheureux père qu'il devait lui parler sans témoins.[72]

Ils sortirent ensemble. Monsieur Muller, en l'emmenant, hâtait sa marche pour ne pas lui laisser le temps de l'interroger. Il se borna à lui dire: 'Ma femme a reçu une lettre qui lui apprend que les républicains ont remporté une grande victoire dans la Vendée. C'est pour vous en instruire, et que vous puissiez y préparer vos enfans, que je suis venu vous trouver.' — Monsieur de Revel n'osait penser à tout ce que cette nouvelle avait d'alarmant. Il avait de la peine à avancer … Enfin ils arrivèrent chez madame Muller. La figure bouleversée de cette excellente femme le glaça d'effroi. Elle hésitait, essayait par quelques mots vagues, de lui faire pressentir son malheur … Il l'interrompit: 'Parlez, madame,' lui dit-il, 'parlez; depuis long-temps je n'éprouve et n'attends que des peines.' — Madame Muller lui remit en tremblant un journal arrivé le matin même.

Les républicains proclamaient la défaite des royalistes, et annonçaient qu'un de leurs chefs, Edmond de Revel, avait péri à leur tête. — 'Grand Dieu!,'[73] s'écria monsieur de Revel fondant en larmes:[74] 'Que va devenir ma pauvre fille! … Madame Muller voulut lui faire observer que depuis long-temps Mathilde semblait prévoir ce coup terrible. — 'Ah!' s'écria-t-il désespéré. 'la mort de ceux qu'on perd à l'armée tombe de tout son poids sur le cœur; toujours redoutée, elle arrive encore inattendue.'

Monsieur de Revel seul avec madame Muller pleurait, soulagé du moins de pouvoir se livrer sans contrainte à sa douleur.[75] Il cherchait en vain la force de

---

[71] *Eugénie attendoit, sans respirer, …*
[72] *… lui parler seul.*
[73] *'Quelle perte' s'écria …*
[74] Removed : *Vous n'avez pas connu ce brave jeune home ….tout ce qui le connoissoit l'aimoit …*
[75] *… à ses regrets.*

retourner près des siens, et d'y porter une apparente tranquillité qui lui donnât le temps d'apprendre à Mathilde ce funestre événement.

Elle était restée près de sa mère. Une voix secrète semblait l'avertir; elle disait à sa sœur: 'L'une de nous a tout perdu … je le sens … j'en suis sûre …' — Son père tardant à venir, elle courut chez madame Muller; et sans vouloir qu'on l'annonçât sans qu'on pût l'arrêter, elle entra, vit monsieur de Revel en pleurs, et s'aperçut que madame Muller cachait un papier; elle le lui arracha des mains. Dès qu'elle le tint dans les siennes, elle n'osa plus le lire. — 'O mon Edmond,' s'écriait-elle, puis s'arrêtait, joignait les mains, et s'adressant au ciel: 'Mon Dieu, mon Dieu! faites que je ne voie pas le nom d'Edmond!' — Sa mère, sa sœur arrivèrent; elle les regardait épouvantée, leur montrait le journal qu'elle tenait encore, sans avoir pu l'ouvrir … enfin elle y jeta les yeux, et voyant le nom d'Edmond, elle tomba évanouie.

Monsieur de Revel dit à Eugénie d'aller chercher l'enfant de Mathilde. Elle restait immobile, craignant de s'informer du sort de Ladislas. Monsieur de Revel la comprit, et lui dit: 'Edmond est seul nommé.' Rassurée sur Ladislas, elle pleurait Edmond et sentait toute la douleur de sa sœur. Elle apporta le petit Victor. Lorsque Mathilde reprit connaissance, Eugénie à genoux devant elle, lui dit: 'Regarde ton fils; conserve-toi pour le fils d'Edmond.' — Mathilde égarée détournait la tête en le plaignant de vivre …; elle relut ce journal … L'infortunée! une seule ligne détruisait le reste de sa vie. Une seule ligne pour dire qu'il n'est plus, un moment pour l'annoncer: et tout est fini pour elle; tout est fini sans retour.

Chapitre LXVII

Mathilde accablée, ne pleurait point. Sa main tenait toujours le journal qu'on avait cherché vainement à lui ôter. Tantôt le regardant sans le lire, tantôt l'éloignant avec horreur, elle poussait des cris affreux,[76] suivis d'un long silence.

La voiture de madame Muller l'avait ramenée chez monsieur de Revel, sans qu'elle se fût aperçue qu'on la changeât de lieu. Le jour, la nuit s'étaient passés; et ni les regrets, ni les gémissemens[77] de ses parens n'avaient pu faire couler ses larmes: pas un mot qui leur dît qu'elle les entendait.

Le soir du second jour, sa mère se mit à genoux, et lui présentant son enfant, elle la supplia de prendre pitié d'eux tous. Mathilde la repoussait de la main, sans répondre, sans jeter un regard sur sa famille désolée. Son esprit indépendant, son caractère indompté faisaient tout craindre d'une âme frappée dans l'objet de son amour, et déjà fatiguée de résister à tant d'infortune. Mathilde ne disait point

---

[76] … des cris affreux instead of elle jetoit des cris
[77] … ni les regrets, ni les pleurs de ses parens n'avoient pu faire couler ses larmes.

qu'elle voulait suivre Edmond; mais on le voyait, on le sentait, et sa mère épouvantée mourait à ses pieds.

Eugénie, ne songeant qu'à sauver sa sœur de ce premier moment de désespoir,[78] et ne réfléchissant pas combien une confiance trompeuse rendrait sa douleur plus amère, lui dit: 'Conserve-toi pour ton enfant, peut-être même pour Edmond.' — Mathilde ouvrit les yeux, saisit la main de sa sœur: 'Répète ce que tu viens de dire, je t'en conjure.' — 'Ah!' reprit Eugénie, plusieurs fois les Républicains ont dit la Vendée détruite, et nous voyons qu'elle existe encore. S'ils s'étaient trompés sur le sort d'Edmond! ...' — 'Tu dis vrai,' s'écria Mathilde hors d'elle-même, 'le ciel t'inspire, car tu es un ange... O que j'allais être coupable! ... que serait devenu Edmond, lorsqu'à son retour il ne m'aurait pas trouvée?.... Oui tu dis vrai; ils se sont vantés de sa mort; mais c'est un mensonge ...' — A ce long silence succéda une espèce de délire, une certitude qu'elle le reverrait.

Madame de Couci considérait l'air égaré de Mathilde, et pour la première fois sa raison effrayée se taisait devant le malheur. — 'Il vit,' disait Mathilde, les mains jointes et les yeux levés au ciel. Monsieur de Revel, craignant d'avoir à reporter la mort une seconde fois dans l'âme de sa fille, lui dit d'une voix tremblante: 'Mon enfant, ne t'abuse pas.' — Mathilde lui lança un regard qui l'accusait d'accroître ses tourmens. Elle prit la main d'Eugénie: — 'Viens avec moi,' lui dit-elle ; 'il n'y a que toi qui aies donné quelque soulagement à ma peine: viens.' — Elle l'entraîna; et lorsqu'elles furent seules, Mathilde appuyant sa tête sur le cœur d'Eugénie, répétait: 'Ma bonne sœur, je t'en supplie, rassure-moi encore; dis encore que je reverrai Edmond!' — 'Oui,' répondit Eugénie, en pensant que s'il n'existait plus, du moins ils se retrouveraient dans un monde meilleur.

Mathilde fut saisie de rires convulsifs. Sa sœur appela ses parens à grands cris; ils accoururent.[79] Monsieur de Revel reprochait à Eugénie son imprudence. Mathilde ne revenait à elle que par momens, et alors son cœur, ses yeux demandaient Eugénie et redoutaient tous les autres. Sa sœur la supplia de prendre un peu de nourriture; avant d'y consentir, Mathilde lui dit tout bas:[80] 'Dans le ciel, ou sur la terre, il veut que tu te conserves.' — Mathilde mit sa main sur les lèvres de sa sœur en s'écriant: 'Tu as dit qu'il vivait c'est assez; ne parle plus.'

Chapitre LXVIII

Depuis cet instant, Mathilde, douce envers ses parens, faisait tout ce qu'ils paraissaient désirer; mais elle les fuyait dès qu'ils voulaient lui parler. Solitaire au milieu d'eux, elle gardait un silence qui la séparait de toute chose; et si on lui adressait la parole, elle s'éloignait aussitôt.

---

[78] *Eugénie, occupée seulement a sauver sa soeur ...*
[79] *..., ils vinrent.*
[80] Omitted: *'Il vit? Tu le crois? Elle répondit :*

Monsieur de Revel, trop sûr qu'Edmond n'existait plus, sentait qu'il fallait ôter à Mathilde une illusion qui deviendrait funeste. Il convint avec sa famille qu'ils s'adresseraient mutuellement des mots qui pussent l'éclairer sur son malheur. Un jour qu'elle était assise près de sa mère, la tête cachée dans ses mains, paraissant craindre de voir ou d'écouter, monsieur de Revel dit à sa femme: 'Les nouvelles accablantes arrivent promptement, et se vérifient presque toujours.' Mathilde se lève, prend son enfant qui dormait sur les genoux de madame de Revel, et l'emporte en lui disant: 'Ton père vit.' L'enfant effrayé, pleure: Mathilde fuit avec lui, couvre ses cris par des cris, et répète: 'il vit, il reviendra.'

Cependant cette infortunée, qui ne pouvait souffrir que sa famille attaquât l'espérance que son cœur désirait conserver, dès qu'elle était seule, voyait Edmond mourant lui recommander son fils: elle se jetait à genoux devant l'enfant. 'Je te soignerai, lui disait-elle, je le promets à Edmond. Je me fais horreur quand je pense qu'un moment j'ai pu vouloir t'abandonner … Mais pourquoi mon père prend-il plaisir à m'arracher l'espoir qui me soutient? … Que lui ai-je fait?' — Quelquefois elle pleurait jusqu'à sentir son cœur se briser. Sa sœur ne la quittait plus; et tremblante sur le sort de Ladislas, lorsque Mathilde était près de succomber à ses tourmens, elle lui rappelait ces fugitifs, ces proscrits, qu'elle-même avait vus arriver de la France, et qui ne s'étaient sauvés qu'en faisant courir le bruit de leur mort.

'Peut-être,' s'écriait Mathilde, Edmond est-il blessé; peut-être est-il sans secours, sans asile, obligé de se cacher dans les voûtes souterraines que les Vendéens ont pratiquées au milieu de forêts! — Pas une crainte pour Edmond qu'Eugénie ne la ressentît pour Ladislas: Ce frère d'armes, cet ami généreux, disait-elle, a dû partager le sort de son ami. — Autant que sa sœur, elle avait besoin de croire qu'ils existaient encore.

Mathilde était devenue pour les siens un objet sacré d'intérêt et de pitié, tandis que tous blâmaient Eugénie d'encourager l'égarement de sa sœur. 'Vous êtes sans expérience, lui disait son père. En flattant l'illusion que veut nourrir sa douleur, vous ignorez que cette idée peut dégénérer en une folie qui deviendra l'état habituel de son âme; que son esprit, constamment fixé sur tout ce qui entretient son erreur, ne voudra plus être détrompé. Vous chargerez-vous de lui annoncer une seconde fois la mort d'Edmond?' — 'Mais,' répondait Eugénie, 'est-il donc nécessaire qu'elle reçoive si tôt la cruelle certitude d'une perte irréparable? Son fils n'a plus d'intérêts qu'elle soit obligée de soigner. Ah! il ne reste à ma pauvre Mathilde qu'un peu d'espérance qu'il serait peut-être sage de lui ôter, mais que je n'ai pas la force de détruire.'

Monsieur de Revel et madame de Couci ne pouvaient excuser la faiblesse d'Eugénie. Ils ne s'apercevaient pas que, loin d'avoir le courage d'éclairer sa sœur, elle cherchait elle-même à s'abuser, à se persuader que les annonces de mort étaient souvent douteuses.

Mathilde évitait tout entretien avec ses parens;[81] chacune de leurs paroles la faisait tressaillir: mais quand sa mère était seule, elle venait la trouver. Cette mère trop tendre, effrayée de l'état de sa fille, et n'étant plus contenue par la présence de monsieur de Revel, lui disait aussi qu'il fallait espérer. Dès qu'il paraissait, Mathilde entraînait Eugénie dans la campagne. Là, tout entières au souvenir de Ladislas et d'Edmond, elles passaient des heures à pleurer, à prier, à regarder le ciel dont elles attendaient leur unique secours.

Chapitre LXIX

Mathilde, absorbée dans sa douleur,[82] oubliait la triste situation des siens et le besoin qui la menaçait elle-même; mais Eugénie, accoutumée à s'occuper des autres, après être restée tout le jour avec sa sœur, employait la plus grande partie des nuits à travailler pour soutenir sa famille.

A cette fatigue qui surpassait ses forces; venait se joindre l'inquiétude secrète qui la consumait. Ladislas n'écrivait point; aucun journal ne parlait de lui. On voyait Eugénie dépérir et s'éteindre, sans qu'il lui échappât une seule plainte. Toujours attentive à consoler sa sœur, à prévenir les désirs de ses parens, des paroles de confiance en l'avenir sortaient de ce cœur brisé ; et le sourire paraissait sur ses lèvres, quand elle parvenait à ranimer leur courage.[83]

Six semaines s'étaient écoulées sans avoir reçu aucune nouvelle.[84] Ce silence, cette incertitude préparaient Mathilde à son malheur. Quelquefois elle se disait que les républicains n'auraient pas affirmé sans preuves la défaite d'Edmond. Repoussant aussitôt cette horrible pensée, elle se persuadait qu'il fallait du moins attendre que des amis l'eussent confirmée, pour renoncer à toute espérance.

Fatiguée de lutter sans cesse entre des sentimens contraires, elle résolut de partir pour la Vendée, et d'y suivre ses traces. Un matin, elle s'échappa de sa famille, et alla en secret trouver le consul français, pour le supplier de l'aider à rentrer en France. Sa jeunesse, sa douleur le touchèrent; mais la loi était formelle: il lui demanda pourquoi elle avait émigré? — 'Je ne pensais ni à la France, ni à l'étranger,' répondit-elle; je venais retrouver Edmond … Edmond m'attendait!' — ' La république a proscrit tous ceux qui ont fui la patrie.' — 'Ah!' s'écria-t-elle toute en larmes, 'je ne fuyais pas, je le suivais.'

Le consul ne pouvant condescendre à ses désirs, et n'ayant pas la force de s'y refuser, l'assura qu'il écrirait pour obtenir la permission de lui donner un passeport. Mathilde, sensible à l'intérêt qu'il lui montrait,[85] se lève, et avant de le

---

[81] *Mathilde évitoit de rester près de ses parens;*
[82] *Mathilde toute entière à sa douleur, …*
[83] *Leur courage* instead of *le courage de sa famille.*
[84] *sans avoir reçu* instead of *sans recevoir*
[85] *… touchée de l'intérêt qu'il lui montroit …*

quitter, elle joint les mains, et du ton de la prière lui dit: 'J'étais si jeune, quand je suis sortie de la France! engagez-les à avoir pitié de ma jeunesse! obtenez seulement que je puisse aller chercher Edmond … Je cacherai mon nom, s'il le faut … je ne réclamerai aucun de mes biens; je le promets.'

'Je voudrais,' lui dit-il, 'qu'on pût vous rendre tout ce que vous avez perdu.' — Tremblante, elle croit deviner sa pensée: que regrette-t-elle de ce qu'elle a perdu, si ce n'est Edmond. Elle ose cependant ajouter: 'Vos lettres ne vous ont-elles rien appris de certain sur lui?' Elle ferme les yeux; son sang se glace avant d'entendre sa réponse. Il la regarde, hésite, ne sait pas s'il ne vaudrait pas mieux lui parler avec sincérité: mais enfin, il n'est ni son père ni son ami, et il ne se croit pas obligé de mettre le comble au malheur de cette infortunée. Il assure qu'il n'a rien appris depuis le journal qu'il a lu. — 'Je suis bien à plaindre!' reprit-elle; 'ô bien à plaindre … J'étais si heureuse! … Cependant je ne suis pas devenue insensible à la bonté … Que Dieu vous récompense; car vous n'avez pas ajouté à ma douleur …' Elle revint près de ses parens, sans leur dire la démarche qu'elle avait faite.

Mathilde voyant que le consul même n'avait reçu aucune nouvelle positive sur Edmond, s'abandonnait de nouveau à l'espérance; mais elle cachait ce sentiment consolant … Se livrait-elle à de flatteuses illusions? elle redoutait qu'un mot de son père ne vint chercher à détruire ce dernier bonheur … Sa raison lui disait-elle de ne pas s'aveugler? elle évitait son père plus soigneusement encore; elle tremblait qu'il ne voulût changer une crainte affreuse, il est vrai, en une certitude plus horrible encore.[86] Elle n'était bien qu'avec son fils. C'est à lui qu'elle parlait d'Edmond sans se lasser; l'enfant, habitué à ses plaintes, l'écoutait, comme s'il pouvait la comprendre.

Eugénie avait mis au cou du petit Victor le portrait qu'Edmond en partant lui avait confié. Elle l'avait présenté à sa sœur, comme le gage de l'affection d'un père absent, non comme le triste et dernier souvenir de sa tendresse. Mathilde avait reçu ce portrait avec un sentiment religieux. Chaque matin, elle se mettait à genoux, et le faisait baiser à son fils. L'enfant, accoutumé à ce pieux devoir, prenait aussi quelquefois ce portrait, et le faisait baiser à sa mère. Alors Mathilde, le tenant dans ses bras, s'adressait à Edmond, et lui promettait de ne plus exister que pour son fils.[87]

Chapitre LXX

L'espoir de retourner en France, et d'aller aussitôt dans la Vendée consolait Mathilde. Un jour qu'elle vit sa sœur plus pâle, plus souffrante, elle lui dit qu'elle voulait recommencer à travailler. Quelque désir qu'eût Mathilde de se rendre

---

[86] …; elle frémissoit qu'il ne voulût changer une crainte affreuse, mais passagère, en une horrible certitude.

[87] … et lui promettoit d'être la meilleure des meres.

utile aux siens, elle ne pouvait plus rien faire[88] avec suite. Il lui fallait un effort pour fixer un seul moment son attention. Aussi, après avoir long-temps regardé son ouvrage, elle dit à sa sœur: 'Demain: aujourd'hui je ne suis pas encore à moi.'

Elle sortit, en emportant son enfant qu'elle ne voulait plus confier à personne; elle lui disait avec une satisfaction secrète: 'Si Edmond n'est plus, je veux que tu ne connaisses que moi … Il me voit peut-être uniquement occupée de son fils, toujours attentive à lui éviter un cri, des pleurs … Hélas! il ne me reste d'autre joie que de le voir sourire.' — Que de fois elle prenait ses petits bras, les posait autour de son cou, et lui disait: 'Aime-moi; car je ne vis que pour toi.'

Pendant qu'elle se livrait à sa douleur, ses parens étaient réduits à une véritable misère;[89] mais tous s'unissaient pour la lui cacher. Renfermés chez eux, ils ne confiaient à personne leur situation; et l'on était loin de soupçonner qu'ils manquaient souvent du nécessaire. Peu à peu, ils avaient tout vendu. Monsieur de Revel ne savait plus comment pourvoir aux besoins de sa famille; et songeant à son ancienne existence, il éprouvait une indignation qu'il avait peine à contenir.

Ils n'étaient liés à Kiel qu'avec monsieur et madame Muller. Lorsqu'on les entendait venir, chacun montrait un visage tranquille, replaçait tout en ordre dans la chambre; et, sans savoir si l'ouvrage du lendemain serait acheté, si même il serait fini à temps, pour être livré, on parlait des nouvelles publiques, des écrits qui venaient de paraître, et que monsieur Muller s'empressait de leur envoyer. Enfin, ils paraissaient prendre part à ces distractions, dont les gens heureux ont besoin, disent-ils, pour les faire sortir d'eux-mêmes.

Quand ils avaient cessé de porter leur ouvrage à madame Muller, Eugénie s'était excusée auprès d'elle, en lui disant qu'ils avaient trouvé des ressources dans la vente de quelques effets; et l'air calme que la famille affectait ne permettait pas à cette excellente femme de deviner leur situation.

Ceux qui n'ont jamais connu le malheur ignorent combien une seule circonstance imprévue peut jeter dans le désespoir. Madame de Revel éprouvait depuis long-temps du malaise; elle le supportait sans y faire attention, et la nature seule l'aurait sans doute guérie, lorsque madame Muller, par bonté, lui amena son médecin.

Il écrit une ordonnance, recommande un régime plus nourrissant; et après qu'il est parti, la famille n'ose se communiquer ses tristes pensées … Ils savaient qu'il n'y avait pas dans la maison de quoi payer ce qu'on venait de prescrire. Accoutumés à se priver des douceurs de la vie, ils ne les désiraient plus; mais la santé même ne pouvant plus être soignée, il fallait donc mourir! … Monsieur de Revel adressait au ciel des vœux coupables; il demandait à Dieu de l'ôter de ce monde, lui et les siens.

---

[88] … s'occuper …
[89] … une extrême détresse …

Mathilde n'avait pas été présente à la visite du médecin. A son retour, elle remarque sur tous les visages une consternation qui la frappe; elle prie tout bas sa sœur de lui dire quel malheur nouveau peut encore les atteindre? Eugénie lui avoue leur détresse. Mathilde se reproche d'y avoir contribué, ne fût-ce qu'en ne travaillant pas. Ses yeux se portent sur le médaillon en or, qui renferme le portrait d'Edmond, et que son enfant portait toujours; elle pense qu'elle aurait pu séparer le portrait, et se défaire de la boîte. Sa mère souffre; tout ce qu'elle possède ne devrait-il pas être déjà vendu? ... Ses regards tombent sur ses mains; elle voit son anneau, un anneau en diamans, de peu de valeur, il est vrai, mais qui pouvait fournir aux besoins de plusieurs jours. Cependant il lui était bien cher! Edmond le lui avait donné: dans cet anneau étaient écrits et leurs noms et leur âge.

Elle sort, et va chez un marchand, ne sachant encore lequel de ces deux souvenirs elle sacrifiera. Enfin, elle détache le médaillon du cou de l'enfant; mais elle s'arrête ... C'est un dépôt sacré laissé par Edmond pour son fils, et qu'elle doit lui conserver ... Elle donne en tremblant son anneau ... Dès qu'elle en a reçu le prix, elle en fait un sinistre présage. Leurs noms y étaient unis!... Ses liens serraient-ils brisés? ... Elle fuit, répétant : O mon fils! ô ma mère!

Chapitre LXXI

Madame de Revel remercia Mathilde du pieux sacrifice qu'elle lui avait fait; mais, pour en éviter de nouveaux, depuis cet instant elle ne cessait de rassurer sa famille sur sa santé; elle affectait même de sourire aux privations, et disait doucement à sa fille qu'elle les considérait comme un régime salutaire.

Mathilde avait repris son ouvrage. Pourvu qu'on la laissât se livrer à l'incertitude de son sort, elle travaillait comme sa sœur pour soutenir ses parens. Leur courage fut récompensé. Monsieur Muller apporta une lettre de son associé, qui annonçait qu'Ernestine, cachée dans une ferme, s'y croyait en sûreté; que Ladislas vivait oublié dans une prison, et que son salut tenait à ce que l'on ne fît aucune démarche pour l'en faire sortir. Il ne parlait pas d'Edmond; c'était en dire assez pour monsieur de Revel: mais Mathilde qui avait écouté chaque mot de cette lettre, en frémissant de voir confirmer son malheur, Mathilde remercia le ciel d'un silence qui lui permettait d'espérer encore.

Monsieur Muller leur apprit que son associé lui écrivait de Nantes, qu'il était autorisé à remettre à madame de Revel deux cents louis qu'Ernestine avait reçus d'un de ses anciens fermiers. Madame de Couci triomphait: 'Voilà; disait-elle à Eugénie, 'une fille telle que des parens doivent désirer que soient leur enfans, elle s'occupe d'eux, elle prévient leur besoins.

Au fond du cœur, madame de Couci était un peu blessé que cette somme ne lui eût pas été envoyée directement; mais elle se gardait bien de faire remarquer un manque d'égards pour elle, qui eût pu diminuer aux yeux des siens le mérite de celle qu'elle avait élevée. Que d'éloges elle donnait à Ernestine, dont tous amenaient de fâcheuses comparaisons avec ses sœurs!

Pendant que madame de Couci s'enorgueillissait ainsi du dévouement généreux de sa fille, car, disait-elle, 'celle-là est ma fille,' Ernestine, loin d'avoir pu secourir ses parens, se trouvait elle-même sans ressource, et souvent sans asile. C'était Ladislas, qui du fond de sa prison, où il était protégé par une main inconnue, avait été instruit des démarches de l'associé de monsieur de Muller pour le découvrir, et était parvenu à lui faire remettre un fort beau diamant échappé à la recherche de ceux qui l'avaient arrêté. Ladislas avait ordonné qu'on le vendît aussitôt; qu'une partie du prix fût envoyée à madame de Revel, de la part d'Ernestine, et que l'autre partie lui fût remise à elle-même au nom de sa grand'mère.

Avant d'entrer en France, il avait fait un testament par lequel il disposait de toute sa fortune en faveur de Mathilde et Eugénie. Tranquille sur leur avenir, rassuré sur les besoins du moment, il attendait son sort, sans s'abaisser à aucune démarche pour le changer. D'ailleurs, il avait reçu par le geôlier un billet qui lui recommandait surtout de se laisser oublier, de ne communiquer avec personne, enfin de se créer une seconde prison dans la prison même.

Ladislas, uniquement occupé d'Eugénie, se consolait en disant qu'elle connaîtrait ses souffrances … 'il échappe à la mort dont il est chaque jour menacé, sûrement elle ne voudra pas lui faire détester la vie … C'est pour Edmond qu'il s'est exposé; une estime réciproque leur avait inspiré une amitié sincère, il est vrai; mais sans Eugénie, serait-il venu se mêler à des divisions intérieures qui lui sont étrangères, et dont il peut devenir la victime?

Chapitre LXXII

Eugénie et Ladislas, séparés l'un de l'autre, éprouvaient les mêmes sentimens. — 'S'il revenait,' disait-elle, 'aurais-je la force de lui opposer des vœux que ma famille voudrait voir annuler, et dont je puis être relevée par l'autorité suprême? … O! plutôt mourir que d'affliger Ladislas.' Que n'eût-elle pas donné pour le savoir hors de France! … et elle tressaillait à la seule pensée de son retour. 'S'il revenait!' disait-elle à Mathilde…. Et elle s'arrêtait, n'osant poursuivre, n'osant examiner sa pensée.

Pauvre Mathilde! elle voudrait parler pour Ladislas, et craint d'offenser le ciel à qui chaque jour elle redemande Edmond : aussi répond-elle seulement: 'Mon Edmond reviendra-t-il?' — Puis elle ajoute avec douceur: 'Eugénie, ne te plains pas à moi. Tu considères la prison de Ladislas comme le comble de malheur: et moi! si je veux croire Edmond vivant, je sais qu'il était blessé, qu'il doit être exposé à tous les périls… voilà cependant mes plus doux momens. Mais lorsque, malgré mes efforts, la raison me dit qu'il n'est plus, je le vois, tombant au milieu d'ennemis qui viennent de le frapper …[90] Mon sang se glace à cette horrible idée

… je l'appelle…. Et il ne me répondra plus…. O! ne te plains pas, ne te plains pas à moi.'

Quelque fois elle prenait la main d'Eugénie, et avec cette voix tendre que donne une douleur déjà ancienne et toujours présente, elle lui disait: 'Je ne parlerai point pour Ladislas; mais je dois t'apprendre qu'il n'est pas de supplice pareil à celui d'avoir affligé ce qui n'est plus. Edmond m'aimait et se croyait heureux. Hé bien! je reviens sur tous les instans de notre union; je me reproche la plus légère peine que j'ai pu lui causer. Pas un oubli, pas un mouvement d'humeur qui ne tourmente mon esprit. Je n'ose t'en dire davantage; mais Dieu est bon … Qu'il te préserve de faire souhaiter la mort à ce que tu aimes!' D'autres fois, elle suppliait sa sœur de ne pas user sa vie dans ces combats qui ne la conduiraient qu'au désir de mourir: 'Soumets-toi à mon père,' lui disait-elle, 'et bénis ton sort, car tu peux encore obéir.'

Eugénie écoutait Mathilde sans être persuadée: mais elle aimait! et elle sentait que si Ladislas paraissait tout-à-coup, sa fidélité à ses vœux dépendrait de sa pitié.

Déjà cinq mois s'étaient écroulés depuis que l'on avait annoncé la mort d'Edmond. Cependant Mathilde ne pouvait consentir à regarder son malheur comme certain. Toujours elle disait: 'La terreur et le deuil couvrent la France, et Ladislas respire oublié dans une prison; Edmond ne peut-il être caché dans les forêts?' — C'est ainsi que son cœur repoussait la triste vérité, lors même que sa raison ne doutait plus. Mais, si elle ne permettait pas à ses parens de lui dire qu'Edmond avait cessé de vivre, seule avec sa sœur, il était bien rare qu'il lui échappât un mot de confiance; et le plus souvent elle parlait de lui comme de l'objet de ses éternels regrets.

Le peu d'aisance que la famille avait reçu de monsieur Muller, en rendant le travail moins nécessaire, laissait les deux sœurs plus libres de sortir ensemble, et de se livrer à des conversations dont elles faisaient leur unique bien, quoique leurs peines en devinssent plus vives.

Lorsque Mathilde ne s'aveuglait pas, elle se désolait de n'avoir pas été près de lui à ce fatal moment. [91] 'Voir mourir ce qu'on aime, est affreux !' disait-elle à sa sœur: 'mais du moins, à travers les consolantes espérances que l'on donne à un malade, il aperçoit combien vous souffrez.[92] Inquiet sur lui-même, il tremble pour vous … mais au loin, en un instant, passer de la jeunesse au tombeau! …[93] À sa

---

[90] … frapper. Son dernier regard aura vainement cherché un regard consolant; pas une larme n'est tombée sur lui…. O ! ne te plains pas ….

[91] Omitted: Elles cherchoient des lieux solitaires pour parler de Ladislas et d'Edmond.

[92] … du moins, à travers les consolantes espérances que l'on donne à un malade, il a pressenti quels seront vos regrets.

[93] … tombeau, voilà ce que mon cœur et ma raison ne peuvent supporter… Je vois toujours Edmond comme aux premiers jours de notre amour … Au fond de mon ame, je l'appelle sans cesse, et il ne me répondra peut-être jamais … 'jamais … éternel silence!'.

dernière heure, peut-être m'a-t-il tendu sa main, et elle est retombée, sans qu'il ait senti une autre main presser la sienne … Sûrement, il a nommé son fils, moi; et les cris farouches de l'ennemi lui ont seuls répondu! … Voilà, voilà ce qui déchire mon cœur.

Eugénie éprouvait toutes les angoisses de Mathilde, et succombait sous le poids de ses propres chagrins. Epuisée par le travail, consumée par la douleur, depuis long-temps elle s'affaiblissait. Pouvant à peine se soutenir, elle trouvait cependant un reste de force pour accompagner sa sœur et lui servir d'appui.

Quoique Mathilde ne pensât jamais qu'à Edmond,[94] elle fut surprise du changement d'Eugénie. Un jour qu'elle l'avait fait sortir et se promener au soleil, elle la regarda avec effroi, prit son bras et lui dit: 'Repose-toi sur moi. Tu ne te plains pas, et tu souffres, je le vois.' —[95] Eugénie s'empressa de la rassurer. Quel surcroît d'affliction, si Mathilde allait porter dans sa famille cette nouvelle inquiétude! Eugénie rappela son courage. Elle s'efforçait de paraître animée, se moquait, en souriant, du besoin qu'avait Mathilde de se créer des malheurs imaginaires… Pour mieux dissiper ses alarmes, elle lui avoua qu'elle était très-fatiguée, et lui reprocha doucement de l'avoir fait sortir par la chaleur du jour. Ce reproche détourna l'attention de Mathilde, et elle se hâta de ramener sa sœur. Depuis ce moment, Eugénie, avertie, se surveilla si bien, que ses parens ne supposèrent pas qu'ils eussent à craindre pour elle.

Chapitre LXXIII

Mathilde était allée plusieurs fois, chez le consul de France, solliciter un passeport qu'il ne pouvait lui accorder. Mais, loin de la refuser sans ménagement, il lui promettait toujours que l'instant approchait où l'on deviendrait moins sévère.

Pendant long-temps elle s'était contentée de cette réponse, qu'enfin elle reconnut n'être qu'une défaite. Dès qu'elle en fut persuadée, elle ne songea plus qu'à s'éloigner de Kiel.[96] Elle pria Eugénie de se joindre à elle, et de proposer à ses parens d'aller en Suisse. Elle se flattait qu'une fois sur la frontière de France, il serait facile, d'y pénétrer et d'arriver dans la Vendée.

Eugénie parla à son père suivant les désirs de Mathilde; mais la famille, trop assurée du sort d'Edmond, trouva plus raisonnable d'attendre près de monsieur Muller les secours qu'Ernestine parviendrait sûrement à leur envoyer. D'ailleurs leur situation rendait un déplacement trop coûteux ; et ce voyage ne pouvait servir qu'à faire recevoir plus tôt à Mathilde la confirmation de son malheur. Monsieur de Revel refusa donc de quitter le Holstein, avec ce ton positif qui ne permet plus d'insister.

---

[94] *Mathilde tout absorbée qu'elle étoit dans la pensée d'Edmond …*
[95] Omitted : *Elle s'arrêtoit, et la considéroit attentivement.*
[96] *Dès qu'elle en fut persuadée, le séjour de Kiel lui devint insupportable.*

Le séjour de Kiel était devenu odieux à Mathilde; tout lui déplaisait. 'Ce lieu me semble un désert,' disait-elle à sa sœur: 'Edmond, Ladislas n'y ont jamais été. Quand nous marcherions jusqu'à tomber de lassitude, jamais nous n'arriverions à une place où nous les ayons vus, où ils nous aient parlé.' Elle n'aimait plus à se promener qu'au déclin du jour. La clarté incertaine de la lune convenait à sa rêverie: alors se créant des images fantastiques, elle rappelait à sa sœur le beau pays de France; quelquefois elle regrettait les rives arides de Ritzebütel, et toujours Edmond et Ladislas étaient l'objet de leur entretien.

Un soir[97] qu'elles étaient restées dehors plus tard que de coutume, et revenaient lentement en suivant le bord de la mer, elles aperçurent un homme qui accourait vers elles. Eugénie croit voir Ladislas: c'est sa taille, sa démarche: elle se jette à genoux, les mains jointes, elle invoque le ciel, à qui son cœur demande de ne s'être pas trompée. Tremblante, ses yeux ne quittent pas Ladislas. Elle le regarde, l'attend, et ne peut se relever … Mathilde aussi le reconnaît, et s'écrie : 'Il est seul! ô mon Edmond!' — Il approche; elle s'efforce de fuir : 'Laissez-moi,' lui dit-elle, 'par pitié laissez-moi,' et elle tombe sans connaissance près de sa sœur.

Pour un instant, Eugénie oublie et le ciel et Mathilde. Transportée de revoir Ladislas, de le voir hors de tout péril, elle s'écrie: 'Parlez-moi, parlez; que j'entende votre voix! qu'elle soutienne ma vie!' — Il presse sa main dans les siennes; ils se nomment en même temps, et leurs noms répétés suffisent à leur bonheur et à leur amour…. Aussitôt elle se retourne vers sa sœur, ne s'occupe plus que d'elle, apprend à Ladislas l'erreur qu'elle cherchait à entretenir; et l'état de Mathilde ranime les forces défaillantes d'Eugénie.

Il se reprochait de n'avoir pas annoncé son arrivée; mais étant venu chez monsieur de Revel, qu'il n'avait pas trouvé, et ayant su que les deux sœurs se promenaient, il avait couru à leur rencontre, trop ému pour songer à l'impression qu'il devait produire.

La lune éclairait le visage décoloré de Mathilde; Eugénie près d'elle la soutenait dans ses bras, et ne pouvait être vue par lui. Elle plaignait profondément Mathilde; elle eût donné de sa vie pour lui rendre Edmond. Heureuse de revoir Ladislas, inquiète sur sa sœur, elle pleurait de joie, pleurait de douleur, et ce tumulte de sentimens contraires remplissait toute son âme.

Quand Mathilde parut revenir à elle-même, Eugénie engagea Ladislas à se cacher, pour empêcher que sa sœur ne l'aperçut dans le premier moment. — 'O mon Dieu! dit Mathilde, faites que je me sois trompée! … Mon Dieu! ôtez-moi ma raison!' — 'Retournons chez mon père,' reprit Eugénie. — 'As-tu vu Ladislas? Est-il bien vrai que je l'ai vu?' dit-elle tout bas. — 'Viens avec moi.' — 'Ladislas a-t-il parlé? …' — 'Viens près de ton enfant.' — 'Eugénie! ma sœur! conduis-moi; que je ne voie personne aujourd'hui; ne m'abandonne pas.' — 'Je

---

[97] *Un jour*

ne pense qu'à toi.' — 'Tu reverras Ladislas,' s'écriait-elle: 'tu le verras toujours, et moi! moi! …' — Elle fondait en larmes, et ne pouvait encore prononcer qu'elle ne reverrait plus Edmond.

Eugénie l'aida à regagner la maison; Ladislas les suivait de loin, navré de douleur. Un moment, Mathilde crut entendre marcher derrière elle; … Eugénie s'en aperçut, à l'effort qu'elle faisait pour hâter ses pas. En arrivant, elle courut se réfugier près du berceau de son fils. Sa sœur ne la quitta point: madame de Revel vint les joindre; Mathilde se jeta dans ses bras, en s'écriant: 'O ma mère! ma mère! pleurez avec moi; votre fille est bien malheureuse.

Chapitre LXXIV

Pendant que madame de Revel restait près de Mathilde avec Eugénie, Ladislas et monsieur de Revel étaient ensemble à parler d'Edmond. — 'Le jour où nous l'avons perdu,' dit Ladislas, 'il avait été comme frappé d'un triste pressentiment, et son brillant courage voulait honorer sa mort par une victoire. Sans porter aucun uniforme, je le suivais, car j'étais son défenseur sans être son soldat. Toujours à ses côtés, je lui vis faire des prodiges de valeur; il espérait vaincre, lorsqu'il tomba mortellement blessé … Je parvins du moins à préserver ses derniers instans de nouvelles atteintes. Edmond ne put que me dire: *Ayez soin de mon fils, ayez soin de Mathilde:* et ses yeux se fermèrent pour toujours … Désespéré, je me jetai près du corps de mon ami mourant; je le tenais dans mes bras, sans penser que j'étais entouré d'ennemis, sans songer à moi-même. On me saisit, et on me mena dans le camp républicain. L'habit simple que je portais me sauva d'abord d'une attention particulière. Bientôt après, le général sut par des prisonniers que j'étais étranger, que je m'étais battu pour la liberté de la Pologne. Il s'intéressa à mon sort, ne me vit point, mais me fit dire qu'il se rappelait de m'avoir connu à Varsovie; il y était venu dans sa jeunesse, et il chérissait la cause des Polonais. Voulant me dérober à la vengeance révolutionnaire, il prit le prétexte de mes blessures, et m'envoya dans une petite ville près de la mer, qui dépendait de son commandement.

Depuis cinq mois je languissais dans ma prison, toujours menacé, mais gardé par une puissance protectrice. Une nuit que je me sentais plus découragé que je ne l'avais été jusqu'alors, un jeune homme pénétra jusqu'à moi, et vint me délivrer. Sous le manteau qui le couvrait, je reconnus l'uniforme français. Étonné, je lui demande son nom; j'avais besoin de le retrouver un jour, de le chercher, enfin d'attacher à sa personne la reconnaissance qui m'animait. Il venait de me faire tant de bien, qu'un sentiment de pudeur l'empêcha de se nommer. Je suis, me dit-il, l'un des aides-de-camp du général qui vous a fait prisonnier. Il m'a chargé de vous conduire jusqu'à la mer: là vous trouverez une petite barque, et j'espère que vous pourrez gagner un vaisseau américain qui vous attend. Le capitaine a promis de ne mettre à la voile qu'au lever du soleil. Je le remerciai avec l'effusion d'un cœur brûlant, qui lui devait bien plus qu'il ne pensait, puisque j'allais tous vous revoir.

Cependant, quelle sensation j'éprouvai en me jetant dans cette misérable barque! Seul, luttant contre les vagues, désirant et redoutant le jour; car j'ignorais si j'apercevrais encore ce vaisseau, cet unique asile, ou s'il faudrait revenir me livrer une seconde fois ... Je pensais bien qu'alors, destiné à une mort certaine, il vaudrait mieux me plonger dans la mer, et décider moi-même de mon sort. Mais, vous l'avouerai-je? l'amour m'attachait à la vie, et je sentais avec effroi que, tant que je conserverais l'espérance de revoir Eugénie, il me serait impossible de mettre volontairement un terme à mes jours.... Aussi, de quel sentiment inexprimable je fus pénétré lorsque, de grand matin,[98] je découvris le vaisseau que l'on m'avait annoncé! ... A sa vue, je devins faible, enfant; des larmes s'échappaient de mes yeux malgré moi; je nommais Eugénie, je vous parlais à tous, et je rendis grâces au ciel... Le capitaine me reçut avec intérêt, mais me garda long-temps, faute d'occasion pour m'envoyer à Cuxhaven ... Ce n'est qu'avant-hier au soir, que j'y suis arrivé; là j'ai appris votre départ, votre séjour à Kiel, et je suis venu vous rejoindre.[99]

Monsieur de Revel ne pouvait assez répéter à Ladislas combien il était satisfait de son retour. Il le quitta, pour aller apprendre à Mathilde qu'Edmond mourant avait recommandé son fils à son ami, et lui demanda de le recevoir. Elle n'avait pas la force d'y consentir;[100] mais monsieur de Revel, craignant que cette entrevue, plus long-temps différée ne devint trop pénible, le fit appeler.[101]

En entrant dans la chambre de Mathilde, Ladislas se mit à genoux près du berceau de l'enfant, et d'une voix solennelle et religieuse, il dit: 'Dieu m'entend; si un sort fatal[102] poursuit encore les tiens, je jure de te chérir, de te soigner comme mon fils ... Je l'ai promis à ton père; je le promets à Mathilde, à sa famille, et à moi.' — Il se pencha sur l'enfant qui dormait, et il semblait, en l'embrassant, l'adopter et consacrer son serment. Mathilde, accablée de douleur, s'écriait: 'O mon Edmond! c'est toi que j'attendais près de ton fils.'

Ladislas à ses pieds, pleurait avec elle le jeune et brave Edmond.... S'étant levé, il chercha des yeux Eugénie. A la lueur incertaine de la lune, ils n'avaient pu se voir; dans ce moment, la lumière éclairait leurs visages amaigris et décolorés. Ils ne se parlaient point, et paraissaient immobiles, arrêtés à se regarder; ils étaient effrayés des ravages que le malheur avait faits sur leurs nobles figures.

---

[98] ... Aussi, de quelle sentiment délicieux je fus pénétré, lorqu'au lever du soleil, je découvris le vaisseau ....

[99] ... vous chercher.

[100] Elle ne pouvoit s'y résoudre,

[101] ... pénible, redescendit pour le chercher.

[102] ... si le malheur ...

Mathilde demanda qu'on la laissât seule avec sa mère. Monsieur de Revel emmena Eugénie et Ladislas. Ils descendirent chez madame de Couci. Charmée de le revoir elle se servait des mots de plaisir, de satisfaction ... Toutes ces expressions de bonheur le faisaient souffrir.

A peine assis, elle lui fit des questions sur l'état intérieur de la France, sur les espérances raisonnables qu'on pouvait conserver; elle l'entretint des projets qui flattaient les illusions du dehors ... — Il ne savait ce qu'on lui disait, ce qu'il répondait, les yeux fixés sur Eugénie, uniquement occupé d'elle, il la considérait avec effroi: douce, pâle, affaiblie, elle lui paraissait près de laisser exhaler le dernier souffle d'une vie si pure.

Ne pouvant plus supporter la voix de madame de Couci, ne pouvant plus ni écouter ni répondre, il lui dit: 'Dans ma longue prison, l'habitude d'être seul m'a laissé le besoin de vivre avec mes pensées: pardonnez mon silence, madame, je ne puis encore me livrer à des idées étrangères.' — Eugénie le regardait; et sans lui parler, sans aucun mouvement, des larmes coulaient sur son visage. Ladislas assis près d'elle, lui dit tout bas: 'Séparés, nous avons bien souffert! — Elle mit la main sur son cœur, et répondit: 'Ah oui! car éloignés, toujours présens!'

Chapitre LXXV

Dès qu'Eugénie se fut retirée, Ladislas demanda avec effroi à monsieur de Revel s'il n'était pas frappé du changement de sa fille? — 'Le chagrin, la situation fâcheuse où nous nous sommes trouvés, ont épuisé ses forces,' répondit-il, 'elle est accablée, mais sans être malade.' — 'L'habitude de la voir vous a donc empêché de remarquer son changement?' s'écria Ladislas; n'apercevez-vous pas qu'elle respire à peine? Ce n'est plus qu'avec effort qu'elle peut élever sa voix.[103] Sa vie va s'étendre, et Eugénie n'est plus que l'ombre d'elle-même.' — Il s'agitait, se désolait, devant de père étonné de n'avoir pas observé plus soigneusement l'état de sa fille.

'Que dit le médecin?' demanda Ladislas — 'Elle n'a point de médecin,' répondit-il confus et en rougissant. — 'Lorsque nous sommes descendus,' reprit Ladislas, 'je lui ai offert mon bras: le hasard m'a fait toucher sa main; elle brûlait, et je suis sûr qu'une fièvre lente la consume.' — 'Eugénie ne s'est jamais plainte,' répondit monsieur de Revel, comme pour s'excuser. — 'Ah ! sa pâleur devait avertir ...' — 'Nous étions tous malheureux; elle seule paraissait tranquille.' — 'Pourquoi ai-je fui!' s'écria Ladislas. 'Que n'ai-je en plus d'empire sur moi! Pourquoi n'ai-je pu faire taire mon amour! Si elle eût ignoré ma passion, je serais resté près d'elle ; j'aurais mieux connu les angoisses de ce cœur que le chagrin a brisé.' — Il ne parlait plus à monsieur de Revel; mais avec des mouvemens

---

[103] *Ce n'est plus qu'avec effort que sa voix se fait entendre.*

convulsifs et ses bras serrés sur sa poitrine, il levait au ciel des yeux où se peignait son désespoir.

La plus grande partie de la nuit s'était écoulée, sans que ni monsieur de Revel ni Ladislas eussent songé à se séparer. Ce ne fut qu'à la première lueur du jour que Ladislas lui dit: 'Tâchez de trouver le sommeil: mais laissez-moi dans cette chambre; laissez-moi encore sous le même toit qu'Eugénie.

Monsieur de Revel quitta Ladislas. Retiré chez lui, il se demandait si l'inquiétude de l'amour n'exagérait pas l'état d'Eugénie; et malgré lui au fond de son cœur, pour la première fois, il ne trouvait que l'étonnement d'avoir pu s'abuser.[104]

Livré à lui-même, Ladislas s'abandonnait à sa douleur; des larmes tombaient de ses yeux, sans qu'il les sentît couler. Il attendait impatiemment l'heure où l'on pouvait aller chez monsieur Muller, pour savoir quel était le meilleur médecin, et l'amener à Eugénie. Quelquefois il espérait, en pensant à sa jeunesse; mais il sentait que des soins doux, une affection timide pouvaient seuls la sauver.

Sept heures sonnèrent; il allait sortir, lorsqu'elle entra apportant le déjeuner de son père. Surprise de trouver Ladislas, frappée du trouble qui l'agitait, — 'qu'avez-vous?' lui dit-elle d'un ton si tendre qu'il ne put contenir son émotion. — Il se jeta à ses pieds : 'Je vous aime plus que jamais,' lui dit-il. 'Ce n'est pas assez de vous dire que je vous aime plus que moi-même; que je cesserais de vivre si je vous perdais …' Elle s'assit, effrayée d'entendre ces paroles d'amour qui se gravaient trop profondément dans son âme. Il reprit: 'Savez-vous bien avec quelle passion je vous aime? savez-vous que vous êtes le seul lien qui m'attache à la vie?[105]en êtes-vous bien convaincue?' — 'O! je n'ai jamais douté de votre affection,' répondit-elle d'une voix craintive. — 'Voilà,' s'écria-t-il, 'l'assurance dont mon cœur avait besoin. A présent, Eugénie, recevez mon serment: je jure à vos pieds de respecter vos vœux; je ferai taire mon amour; je serai votre ami, et vous n'aurez plus à lutter entre ma passion et vos devoirs. Mais, Eugénie, que j'obtienne de votre pitié une consolation! Il me faut toute votre confiance.' — Ravie à ces paroles, elle ne savait pas si c'était bien Ladislas qu'elle voyait, qu'elle entendait. Elle remerciait le ciel, et se disait que Dieu avait jeté un regard sur sa faiblesse, en inspirant à Ladislas une résolution si généreuse.[106] 'Ah!' lui dit-elle en joignant les mains, 'si ma conscience ne m'effraie plus;[107] si vous respectez des sermens que, déjà trop coupable, j'ai souvent regretté d'avoir prononcés, si vous les respectez, ô alors, disposez de mon existence.' — Il prit sa main dans les siennes; il la sentit brûlante, et penchant sa tête sur cette main si chère, il s'efforçait de cacher sa douleur.

---

[104] … s'aveugler.
[105] Omitted ; *savez-vous que vous êtes ma vie, mon bonheur ? en êtes-vous* …
[106] … *à Ladislas de ramener son âme près de s'égarer.*
[107] … mains, 'si je ne me crains plus;

'M'acceptez-vous pour votre guide, pour votre ami?' — 'Oui, de toute la puissance de mon âme.'[108] — 'Répondez-moi, sans chercher à m'aveugler,' lui dit-il en se levant, et tâchant de paraître calme;[109] 'J'ai souffert, il est vrai; j'étais si tourmentée[110] de vous savoir dans les prisons de la France! … En vous vouant près de nous, je serai bien.' — Il serra sa main qu'il tenait encore, et que depuis sa promesse, elle lui abandonnait avec sécurité. 'Vous consentirez à voir un médecin? — Attendez quelques jours,' lui dit-elle, avec ce sourire confiant de la jeunesse. — 'Aujourd'hui même, je vous en supplie.' — 'Non, laissez-moi ne devoir qu'à vous tous les biens. Rassurée, contente,[111] je suis déjà mieux. Par votre seule présence, je retrouverai la santé, le repos, et cette joie du cœur que je sens déjà depuis votre arrivée.'

Le visage de Ladislas était baigné de larmes; il ne savait plus s'il devait l'éclairer sur son état, pour l'engager à se soigner, ou attendre, comme elle le voulait, quelques jours encore, avant d'appeler un médecin. Mais il sentit renaître toutes ses inquiétudes, lorsqu'elle lui dit: 'J'ai une grâce à vous demander.' — 'Ordonnez,' reprit-il, satisfait d'avance de lui obéir. — 'Mes parens, occupés du malheur de Mathilde, de ce malheur irréparable, ne se sont pas aperçus que la crainte de vous perdre m'avait jetée dans une terreur qui a glacé mon sang; promettez-moi de ne pas les effrayer.' — 'Comment,' s'écria-t-il, 'vous vous croyez donc en danger?' — 'J'ai tant souffert!' répondit-elle. 'Depuis l'instant où je vous ai su prisonnier, où je vous ai cru exposé à ces arrêts de mort que j'apprenais tous les jours; depuis cet instant, l'air n'est plus venu rafraîchir ma poitrine; mon sang ne circulait plus. J'allais, je venais, par le souvenir des habitudes de ma vie; mais mon âme, ma pensée étaient toujours près de vous.' — Elle se mit à pleurer. 'Ah ! Ladislas,' disait-elle, 'que vous êtes bon d'avoir entendu le cri de ma conscience alarmée! Pour la première fois, j'ose vous parler de mon affection, sans remords; Dieu peut lire jusqu'au fond de mon cœur. Que vous êtes bon! que je me sens tranquille! ai-je mérité d'être si heureuse!' Elle souriait, et ce sourire déchirait Ladislas. — 'Par pitié pour moi,' lui dit-il, 'consentez à voir le médecin que je vous amènerai.' — 'Si vous l'exigez… mais ne m'ôtez pas le seul bonheur dont j'aie joui. Si vous saviez tout le prix que j'attache à revivre, par le seul bien d'être près de vous sans repentir!'[112]

En disant ces mots, elle chercha à respirer, et ce fut avec un si pénible effort que Ladislas s'écria: 'Dieu! mon Dieu! c'est comme le jour, le premier jour où j'ai osé lui parler.' — 'Non, non,' répondit-elle; que cette idée ne vous poursuive pas.

---

[108] … la volonté de mon âme.

[109] Omitted: 'vous souffrez depuis long-temps?'

[110] … malheureuse de vous savoir

[111] tranquille

[112] … Si vous savez combien j'attache de douceur à revivre, par le seul bien d'être près de vous sans repentir!

J'étais bien, lorsque je me suis sentie mourir, sachant vos jours menacés.' — 'Oh ! disait-il, que n'ai-je péri avec Edmond! Elle n'eût pas été en proie à cette longue souffrance!' — 'Ingrat envers le ciel,' dit Eugénie, 'cruel envers moi, osez répéter que vous ne sentez pas la plénitude de joie que j'éprouve à vous revoir, et à vous revoir sans crainte?' — Ils entendirent la voix de monsieur de Revel, et Ladislas courut chez monsieur Muller.

Chapitre LXXVI

Eugénie jouissait d'une félicité si complète,[113] qu'elle restait comme fixée à la place où elle avait parlé à Ladislas.[114] Monsieur de Revel entra. Pour la première fois, elle ne se leva point en le voyant paraître. Livrée tout entière au sentiment le plus pur, une joie céleste était dans son cœur; … mais se rappelant bientôt le triste sort de Mathilde, 'que de bonheur elle a perdu !' se disait-elle en frémissant.

Monsieur de Revel s'approcha d'Eugénie avec le plus vif intérêt. Il lui demanda comment elle se trouvait, d'un air inquiet et tendre qui ajouta à son émotion. Elle baisa la main de son père, sans pouvoir lui répondre. — 'Ma fille, mon excellente fille, il faut vous soigner.' — Eugénie, touchée de la bonté de son père, s'empressa de la rassurer; elle lui dit que, loin d'être malade, jamais elle n'avait moins pensé à sa santé. — C'est cette insouciance, cet oubli de vous-même qui m'affligent,'[115] répondit-il ; 'à l'avenir, mon enfant, je veux m'occuper de vous uniquement.' — 'Pas uniquement,' reprit-elle avec un doux reproche; 'ma pauvre Mathilde a besoin de vos soins: je la plains mille fois plus que je ne le faisais hier. O mon père!' dit-elle fondant en larmes, 'il faudrait mourir avant de perdre ce qu'on aime.'

Monsieur de Revel était douloureusement frappé de l'extrême pâleur d'Eugénie et de la sérénité qui régnait dans ses yeux. Il s'assit près d'elle; alors elle se leva pour lui donner son déjeuner; il ne permit plus qu'elle se dérangeait. 'Laissez-moi vous servir, ma fille,' lui dit-il avec vivacité. — 'Pourquoi ce changement dans nos relations?' demanda-t-elle étonnée, 'n'est-ce pas à vos enfans à vous prévenir?

Monsieur de Revel, craignant de lui faire partager son inquiétude, ne répondit point; mais il devançait tous ses pas, il cherchait à deviner ses intentions. Avec quelle complaisance, quelle affection il lui parlait! Eugénie se voyait avec ravissement pour la première fois l'objet des plus tendres soins. Ne sachant à quoi attribuer ce bonheur nouveau, elle reportait à Ladislas tout le contentement qu'elle éprouvait. 'Il paraît, disait-elle; et avec lui je retrouve, je connais tous les biens de la vie.'

---

[113] … *un bonheur si doux* …
[114] … *la place où Ladislas l'avoit laissée.*
[115] … *cette abnégation de vous-même* ..

Pendant qu'ils étaient ensemble, Ladislas était allé chez monsieur Muller. Il lui indiqua le docteur Brown, comme un homme qui joignait à de grandes connaissances une pratique étendue, et le cœur le plus sensible. En effet, monsieur Brown était autant l'ami de ses malades que leur médecin.

Ladislas courut aussitôt chez lui. Embarrassé, comme on l'est toujours à une première vue, il parla d'abord de lui-même; c'était l'objet qui l'intéressait le moins. Aussi, sans attendre les observations du docteur sur le mal-être qu'il disait lui être resté d'une longue prison, il lui demanda s'il avait eu occasion de voir monsieur de Revel, depuis qu'il était dans cette ville? Le docteur commença par s'occuper de la santé de Ladislas. Il proposa le régime qu'il croyait utile; et, pendant un moment, monsieur Brown parlait de Ladislas, et Ladislas ne répondait que par d'autres questions sur la famille de monsieur de Revel. — 'Mathilde est bien à plaindre,' lui dit-il. — 'Je le sais; et elle a été l'objet de l'intérêt général.' — 'Elle le mérite,' reprit Ladislas, et il soupira; puis s'efforçant de cacher son trouble, il ajouta: 'Je crois que sa sœur aurait besoin de vos conseils.'[116]

Monsieur Brown regardait Ladislas avec étonnement, voyant bien qu'il n'avait pas encore parlé du véritable motif qui l'amenait. Ladislas était resté debout, malgré les invitations réitérées du docteur; mais dès qu'il eut parlé d'Eugénie, il s'assit sans pouvoir continuer. Enfin, appuyant son bras sur une table qui était près de lui, et cachant son visage, pour ne pas laisser pénétrer ses sentimens, il dit: Monsieur Muller m'a assuré que vous vous attachiez à vos malades. Ce sont des soins affectueux, un intérêt de tous les moments, que je viens réclamer pour une femme angélique, trop angélique peut-être, pour que Dieu la laisse sur la terre.'

Le docteur se rapprocha de Ladislas dont la voix, altérée par l'inquiétude, faisait assez connaître l'agitation de son âme. — 'La troisième fille du comte de Revel,' ajouta Ladislas, car il n'avait pu prendre sur lui de prononcer encore le nom d'Eugénie; 'la troisième fille de monsieur de Revel est la consolation de ses parens.' — 'Je la connais,' s'écria le docteur; 'non-seulement elle les console, mais a été leur soutien. Tenez,' lui dit-il, en montrant un tableau de fleurs brodé par Eugénie, voilà de son ouvrage. Elle travaillait pour faire vivre sa famille. Je garde précieusement ce tableau, il servira de leçon et d'exemple à mes enfans. Je vais même jusqu'à croire qu'il doit porter bonheur à ma maison.' — 'Comment,' dit Ladislas avec effroi, 'a-t-elle donc été obligée de travailler?'

Alors monsieur Brown lui apprit la détresse dans laquelle s'était trouvé monsieur de Revel. Ladislas ne pouvait plus contenir la douleur, le repentir qui le déchiraient: il marchait à grands pas dans la chambre, s'asseyait à différentes places toutes éloignées du médecin. Une voix secrète lui répétait encore, que s'il eût assez d'empire sur lui-même pour dissimuler son amour, jamais Eugénie

---

[116] ... *de vos soins.*

n'aurait eu la pensée de quitter sa famille. Toujours près d'elle, il aurait pu adoucir ses peines, prévenir ses désirs. Eugénie, incapable d'un faux orgueil, aurait peut-être permis à un frère, à un ami, de l'aider à passer le temps de l'infortune. — 'Malheureux! malheureux!' s'écriait-il malgré lui; et s'arrêtant aussitôt, il sentait le remords rester au fond de son âme.

Monsieur Brown, attendri, regardait cette figure si noble, où se peignait toute la violence des passions. — 'Vous êtes venu,' lui dit-il, 'pour me parler d'Eugénie; et je suis là pour vous entendre, prêt à vous suivre, s'il est nécessaire.' — 'Hé bien.' répondit-il en se rapprochant, 'soyez son ami, sauvez-la. Je vous devrai plus que la vie, et ma fortune est à vous.

Le docteur fit un geste de mécontentement, lorsqu'il l'entendit parler déjà de récompense. Ladislas saisit sa main et s'écria: 'Pardon; mon âme, comme la vôtre, n'a pas besoin d'engagement pour croire à la reconnaissance; mais je voudrais promettre, je voudrais donner ma vie.'

Monsieur Brown avait une sensibilité qui, loin de s'être affaiblie par l'habitude de voir souffrir, semblait chaque jour devenir plus active. Quand on l'appelait dans une maison où il voyait des parens, des amis désolés, il s'appliquait à calmer leur affliction, comme à soulager son malade. Dans cet instant, où la douleur de Ladislas le touchait profondément, il employa la plus douce persuasion pour le rassurer. Il parla de la jeunesse d'Eugénie, de la saison, de l'air pur et vivifiant du printemps, qui seul était un remède salutaire; il n'oublia rien. — Ladislas le regardait, l'écoutait, et devenait plus tranquille.

Lorsque monsieur Brown le jugea capable d'entendre et de répondre, il lui demanda s'ils pouvaient aller ensemble chez monsieur de Revel. — Ladislas se rappelait l'espèce de répugnance qu'Eugénie avait témoignée pour consulter un médecin. — 'Elle croit,' dit-il avec embarras, 'que des soins plus assidus suffiront à sa guérison …, je venais pour vous rendre compte de son état, prendre vos avis, les lui faire suivre à son insu, et la conduire ainsi jusqu'au jour où elle voudrait vous recevoir.' — 'Je conçois,' répondit le docteur, 'que les conseils de l'amitié soient plus doux que ceux d'un médecin, qui repoussent quelquefois par une sévérité nécessaire, et qu'on prend pour de la sécheresse. Cependant il faut que je la voie; il le faut même avant de vous entendre: je craindrais que vous ne me fissiez partager une inquiétude, sûrement trop vive. J'espère,' ajouta-t-il en souriant, 'que son pouls est moins agité que le vôtre ne doit l'être en ce moment; mais encore faut-il que je m'en assure … Allons, conduisez-moi chez elle.'

Ladislas se leva, et dit en soupirant: 'Si vous saviez ce qu'il m'en coûte, pour lui causer la plus légère contrariété!' Puis se tournant aussitôt, il porta la main sur son cœur, et ajouta: 'Mon cher monsieur Brown, la vérité a un langage qui persuade toujours. J'adore Eugénie, et ma vie finira avec la sienne. Mais la vertu la plus pure est son guide; elle a fait des vœux que je respecte, et elle appartient au ciel. Mon âme soumise n'aspire qu'à la voir heureuse et paisible. Quand vous lui aurez rendu la santé, je viendrai vous demander pour moi, s'il est possible de vivre sans espoir, sans souvenir, enfin sans savoir si j'existe.

Chapitre LXXVII

Monsieur de Revel était encore près de sa fille, lorsque madame de Revel vint lui dire que Mathilde avait eu une nuit très-agitée. 'Elle désire ne recevoir personne aujourd'hui,' ajouta-elle, en s'adressant à Eugénie; 'mais demain vous la verrez.' — 'Ah!' répondit-elle, 'c'est quand ma sœur est malheureuse, que j'ai besoin d'être avec elle; accordez-moi la permission de la voir.' — 'Ne l'exigez pas encore,' reprit madame de Revel votre sœur aime Ladislas; elle est bien aise de son retour: mais il était le frère d'armes d'Edmond; elle espérait qu'ils arriveraient ensemble; et dans ce premier moment, la vue de Ladislas lui rappelle trop celui qu'elle a perdu.

A peine achevait-elle ces mots qu'il entra. Il avait laissé le médecin dans la chambre voisine, afin de préparer Eugénie à cette visite. 'J'étais allé consulter monsieur Brown pour moi,[117] lui dit-il, il m'a parlé de votre famille, et du désir qu'il a depuis long-temps de se présenter chez vous. Je n'ai pas cru devoir lui refuser cette satisfaction, qui ne vous engage pas à lui accorder votre confiance.

Madame de Revel remercia Ladislas des soins qu'il donnait à Eugénie. Elle y était sensible; mais faisant un douloureux retour sur l'isolement où se trouvait Mathilde, sans attendre le docteur, elle sortit pour aller la retrouver.

Quoique monsieur de Revel éprouvât un sentiment pénible, en pensant que c'était lui qui eût dû s'occuper de la santé de sa fille, il alla au-devant de monsieur Brown.

Eugénie répéta à Ladislas que la paix du cœur qu'elle avait retrouvé aurait suffi pour la guérir:[118] 'Croyez,' lui dit-elle, ' que j'aurais aimé à vous tout devoir.' — Il n'eut pas le temps de lui répondre, car monsieur de Revel s'approchait avec le médecin. — Eugénie redit 'qu'elle était très bien;'[119] et baissant des yeux qui n'auraient cherché que Ladislas, elle ajouta, 'que jamais elle n'avait été mieux.'

Monsieur Brown ayant tâté son pouls, fut étonné de lui trouver une fièvre ardente. Sûrement elle connaissait son état; car avant que le docteur pût énoncer une opinion, elle demanda à son père la permission d'emmener monsieur Brown pour le consulter, et passa avec lui dans une autre chambre.

Dès qu'ils furent seuls, Eugénie le pria, s'il apercevait le moindre danger, de ne le dire à personne; elle répéta plusieurs fois *à personne*. — 'A personne, madame,' répondit le docteur, croyant deviner celui qu'elle ne voulait pas nommer. — Tranquillisée par cette promesse, elle lui parla avec confiance: 'Je souffre depuis

---

[117] *Étant allé consulter …*
[118] *… qu'elle éprouvait auroit suffi….*
[119] *… étoit bien, très-bien….*

long-temps, lui dit-elle; mais l'inquiétude sur le sort de parens, d'amis que j'avais en France, altérait seule ma santé. J'avoue que dans ce temps de calamité, je me voyais finir sans regret, et même sans penser que je dusse prendre vos avis; car je ne vous sais pas de remèdes contre les peines de l'âme.' — 'Comment, madame,' s'écria le docteur, 'c'est volontairement que vous vous laissez ainsi dépérir?' — 'Pas volontairement,' répondit-elle en s'excusant; 'mais, puisque vous ne pouviez les sauver, vous n'auriez pu me guérir.' — Eugénie se rappelait combien de fois elle s'était fait une consolation de se voir marchant, vers le tombeau, dans le même temps que Ladislas était menacé de la mort.

Monsieur Brown, par différens symptômes, la jugea dans une consomption très-avancée; il cherchait à lui cacher son état. Eugénie, loin de se plaindre, n'était occupée qu'à le rassurer. Il était surpris de recevoir d'elle les promesses consolantes que, pour l'ordinaire, il donnait aux malades. Sa résignation l'effrayait; il eût voulu lui voir cet attachement à la vie qui peut seconder la médecine. Cependant, comme elle le consultait pour la première fois, il se borna à lui demander la permission de revenir. Elle y consentit; et le pria de nouveau, si sa maladie devenait plus grave, de ne le dire à qui que ce fût.[120] Il en renouvela la promesse, à condition qu'elle ne négligerait rien de ce qu'il jugerait utile. Elle s'y engagea, et ils retournèrent dans le salon où se trouvait encore Ladislas.

Monsieur de Revel dit à sa fille qu'à son tour il voulait parler au médecin. Elle sortit. Monsieur Brown avoua que l'état d'Eugénie était alarmant, sans être désespéré. 'Il est encore temps,' dit-il; 'plus tard, rien n'aurait pu la sauver.' — Ladislas frémit.... cependant il était arrivé à temps pour la sauver! Elle souffrait, il est vrai, et Dieu sait s'il en était malheureux! mais enfin il était arrivé à temps! c'est à lui qu'elle devrait la vie! ... Des sentimens si contraires l'oppressaient, et il ne pouvait retenir ses larmes.[121]

Monsieur Brown recommanda qu'on préservât soigneusement Eugénie de toute sensation pénible.[122] 'Je craindrais même,' leur dit-il, 'des sentimens doux, s'ils étaient trop tendres.'[123] Il lui ordonna le lait, et conseilla de la faire promener en voiture, aussi long-temps qu'elle pourrait le supporter sans fatigue. 'L'air vivifiant de cette saison la ranimera,' ajouta-t-il. Des objets nouveaux, passant avec rapidité devant ses yeux, finiront par la distraire; et elle atteindra la fin de chaque jour, sans trop savoir comment il s'est passé.' Il en dit assez pour effrayer monsieur de Revel; mais il laissa Ladislas consolé par ces mots, *il est encore temps.*

Monsieur de Revel voulut reconduire le médecin; il avait besoin de l'interroger seul, et il pria Ladislas de ne point l'accompagner. Monsieur Brown répéta avec

---

[120] *... consentit, en le priant encore de ne dire à personne si elle devenoit plus gravement malade.*
[121] *... l'oppressoient à ne pouvoir respirer.*
[122] *... recommanda qu'on évitât soigneusement de donner à Eugénie la moindre sensation pénible.*
[123] *... trop vifs.*

plus de force combien l'état d'Eugénie était près de devenir dangereux. Il insista pour que la famille entière ne songeât qu'à lui donner des impressions douces, et toujours semblables. 'Le soleil, l'orage, les chagrins, la joie, tout lui serait mortel, disait-il. Je dois la vérité à un père : sa vie est à moitié éteinte…. Je voudrais, pour ainsi dire, qu'on ne la fît exister qu'à demi. Faites en sorte qu'elle n'ait que des pensées consolantes, que des sentimens d'espérance.[124] Vous pouvez plus pour elle que l'art de la médecine; rendez-la tous assez heureuse, pour qu'elle désire la santé.

Monsieur de Revel en l'écoutant fut ressaisi par la douleur. Sans lui elle aurait chéri la vie! … Le repentir, les remords, venaient de nouveau déchirer son cœur, tandis qu'Eugénie, tranquille, jouissant du bonheur d'être aimée de Ladislas. Depuis qu'elle ne redoutait plus son amour, elle regardait le ciel avec confiance, et pouvait descendre dans son âme sans crainte.

Après avoir quitté le médecin, monsieur de Revel monta chez Mathilde; il la trouva entre sa mère et son enfant. Il s'assit près d'elle, et regardant le petit Victor, qui lui tendait les bras, il dit à sa fille avec un profond soupir: 'Ne lui cause jamais de peines que le temps ne puisse effacer …' puis il ajouta: 'Je te plains, ma chère Mathilde; je voudrais, aux dépens de mes jours, te rendre celui que tu as perdu … ce ne serait même pas un assez grand sacrifice, car l'existence me devient à charge.

Madame de Revel, frappée de terreur,[125] mais trop accablée pour pouvoir supporter l'incertitude, le pria de lui dire quel nouveau désastre[126] les menaçait? — Monsieur de Revel prit la main de sa fille dans les siennes et répondit: 'Je viens demander à Mathilde, à notre enfant bien-aimée, un grand effort de courage.' — Mathilde et sa mère l'écoutaient en tremblant ; il continua: 'Depuis long-temps, uniquement occupé de vous, Mathilde, ma tendresse, inquiète pour celle de mes filles qui me paraissait la plus infortunée, m'a fait trop négliger votre sœur. Ne pensant qu'à votre malheur, et la voyant sans cesse,[127] je ne m'apercevais pas qu'elle dépérissait; ou du moins j'attribuais sa pâleur à la peine que lui causait votre situation. Mais Ladislas, la retrouvant après une longue absence, a été frappé de son changement … Sa frayeur[128] m'a ouvert les yeux … Monsieur Brown est venu ce matin, et a confirmé mes craintes … cependant il conserve encore de l'espoir.' — Madame de Revel, Mathilde se désolaient: n'ayant jamais entendu Eugénie se plaindre, elle apprenait[129] qu'on la croyait en danger, avant d'avoir su qu'elle était malade.

---

[124] *Tâchez qu'elle n'ait que des pensées consolantes, que des sentimens qui la rattachent à la vie.*
[125] *… éffrayée, mais*
[126] *… malheur les menaçoit?*
[127] *… chaque jour, …*
[128] *Son inquiétude …*
[129] *… elles apprenoient….*

Monsieur de Revel chercha à les rassurer. Il dit à sa fille: 'Mon enfant, tâchez de dissimuler devant Eugénie vos chagrins. Vous le savez, son cœur les ressentirait comme vous-même … Unissons-nous tous pour la rendre heureuse, car jamais elle n'a été heureuse … Mathilde, quand l'effort d'étouffer vos larmes vous sera difficile, pensez à moi; pensez à ce que doit sentir un père, contraint d'avouer que sa fille n'a jamais été heureuse!' — Mathilde adorait sa sœur. Depuis la mort d'Edmond, loin de se flatter, comme elle faisait jadis, son esprit vif, son âme ardente la portaient à tout craindre. Madame de Revel se reprochait, ainsi que son mari, de n'avoir pas soigné davantage la douce Eugénie. Ils résolurent de ne plus s'occuper que d'elle. Mathilde lui avait fait dire qu'elle désirait ne pas la voir de tout le jour;[130] elle promit à son père de descendre à l'heure du dîner.

En effet, quand la famille fut réunie, elle parut. Eugénie était assise près de Ladislas. Surprise de voir sa sœur qu'elle n'attendait pas, elle s'empressa d'aller au-devant d'elle. Mathilde la serra contre son cœur, sans pouvoir prononcer une parole … La présence de Ladislas, qui avait vu Edmond le dernier, son inquiétude pour Eugénie, la rendaient comme immobile: elle restait debout, tenant sa sœur pressée dans ses bras … Monsieur de Revel, redoutant cette émotion pour toutes deux, alla prendre Eugénie et la ramena à sa place. Mathilde vint s'asseoir près d'elle, et lui dit: 'Soigne-toi; car tu es nécessaire à tous, et ton amitié peut encore adoucir ma peine.' Madame de Revel en entrant vint d'abord embrasser Eugénie. Enfin toute la famille semblait avoir et le cœur et les yeux de Ladislas.

Chapitre LXXVIII

Eugénie, chère à sa famille, adorée de Ladislas, se sentait ranimée, et croyait revenir à la vie. Son âme s'ouvrait aux plus douces impressions; elle s'y livrait avec un sentiment délicieux. Voir Ladislas, tous les jours, à toute heure … n'entendre que des paroles d'amitié … éprouver le charme de l'amour, sans en redouter le danger, était une situation si nouvelle, que jamais son imagination charmée ne lui avait offert un bonheur plus désirable.

Engagée par des vœux qu'elle respectait, l'amour n'était entré[131] dans l'âme d'Eugénie, qu'en y rappelant fortement ses devoirs; le cri de sa conscience avait toujours balancé l'ascendant de Ladislas … Dans ce moment, satisfaite, paisible,[132] elle ne pensait qu'à dissimuler ses souffrances, pour ne pas affliger de si tendres parens, un si parfait ami.[133]

---

[130] *Mathilde lui avoit fait announcer la volonté de ne pas la voir de tout le jour ….*
[131] emparée
[132] *Dans ce moment, tranquille, satisfaite …*
[133] *… un ami si cher.*

Monsieur Brown devint la consolation et l'espérance de la famille. Ses visites étaient attendues avec impatience, ses conseils suivis avec exactitude. Lorsque Eugénie était présente, tous les regards se tournaient vers elle; celui qui devinait le premier ses désirs, se croyait le plus heureux: elle n'existait que pour aimer; ne voyait autour d'elle que des cœurs tendres et dévoués … S'éloignait-elle? on se rapprochait les uns des autres: chacun disait les observations qu'il avait faites dans la journée; comment, à telle heure, elle avait paru mieux;[134] comment, dans tel autre instant, sa pâleur avait marqué plus de faiblesse … on s'avertissait, si le moindre nuage avait obscurci sa sérénité; on s'écoutait mutuellement avec attention: enfin elle était l'objet de toutes les pensées et de tous les mouvemens.

Madame de Couci même se montrait plus douce, plus soigneuse. Mais, comme elle n'aimait pas à s'inquiéter, elle se flattait que monsieur Brown s'exagérait l'état d'Eugénie. Elle pensait aussi, qu'en reprenant l'habitude de voir Ladislas, elle finirait par céder aux désirs de ses parens.

Lorsque Ladislas fut plus connu de monsieur Muller, il obtint de lui qu'il ferait parvenir à madame de Revel de nouveaux secours au nom d'Ernestine. Ce fut encore un jour heureux pour la famille: plus à l'aise, la fierté de monsieur de Revel se montra moins sévère. Il permit à Ladislas de venir chaque après-dînée les chercher dans un *stuhlwagen* (Voiture découverte où huit personnes peuvent tenir assises, deux à deux, sur des sièges placés les uns devant les autres.) puisque le docteur avait absolument ordonné qu'Eugénie prit l'air en voiture découverte. Ils parcouraient ainsi tous ensemble les environs de Kiel.

Monsieur de Revel, assis près de madame de Couci, s'entretenait avec elle de politique. Ils cherchaient à prévoir l'avenir, et regrettaient le passé; pour elle, l'instant présent était le moins senti. Mathilde renfermait sa douleur, se tenait à côté de sa mère. Lorsqu'on passait dans quelque endroit où elle s'était plus vivement occupée d'Edmond, elle serrait la main de madame de Revel, qui la devinait, et pour lui donner du courage, pour arrêter ses larmes, lui montrait sa sœur. Eugénie, placée devant elles et près de Ladislas, éprouvait un sentiment de bonheur inexprimable. Elle lui parlait, l'écoutait, et quelquefois osait demander au ciel de vivre.

Souvent le docteur venait avec eux. Assis sur le devant du *stuhlwagen*, il ne songeait qu'à distraire sa malade. En lui trouvant l'air si calme, si satisfait, il la considérait avec une tendre pitié, et ne s'étonnait pas que Ladislas se flattât de la voir se rétablir, puisque lui-même cherchait à se faire illusion,[135] et ne conservait encore un peu d'espoir que par le désir extrême de la sauver. Il[136] aimait Eugénie, comme tout ce qui la connaissait l'aimait. Sans cesse il consultait son expérience

---

[134] *… comment, dans tel instant, sa pâleur avoit marqué plus de souffrance….*
[135] *… cherchoit à s'aveugler, …*
[136] *Monsieur Brown aimait ….*

et ses livres, pour découvrir quelques remèdes nouveaux qui pussent lui être[137] salutaires.

Cependant, depuis six semaines qu'il la soignait, il observait avec inquiétude que, loin de reprendre des forces, elle s'affaiblissait chaque jour ; mais du moins la paix de son âme semblait adoucir ses souffrances. Jamais elle ne se plaignait, quoiqu'on la vît s'éteindre par degrés. Sans que le médecin l'eût ordonné, elle se levait plus tard que de coutume, et se retirait de meilleure heure, car ses forces ne suffisaient plus à la longueur de la journée.

D'abord, à leurs promenades, elle faisait quelques pas dans la campagne; bientôt ils lui devinrent pénibles. Lorsqu'on arrivait à un site agréable,[138] elle se bornait à s'asseoir, cherchant à respirer ... Quelque temps après, elle ne descendit plus de voiture. Revenue chez son père, elle écoutait la conversation en silence ... tout la fatiguait, et, peu à peu, elle perdait les habitudes de la vie ... Elle[139] ne s'apercevait pas elle-même de ces différences qu'un jour amenait après l'autre; son cœur était content: près de Ladislas elle ne croyait pas qu'on pût mourir.

Un jour qu'ils étaient sortis sans monsieur Brown, un orage les surprit assez loin dans la campagne. Ladislas ordonna vivement de revenir. Les chevaux volaient, et le cocher, pour arriver plus tôt, prit par une allée de peupliers qui bordait le cimetière de la ville. Ladislas le remarqua, lorsqu'il était trop tard pour faire retourner, sans qu'Eugénie devinât la secrète horreur qu'il éprouvait. Aucun de ses sentimens ne pouvait lui échapper. Pour la première fois, elle lui tendit la main, et lui dit: je suis bien; et sa main resta dans celle de Ladislas. La pluie tombait par torrens. Madame de Revel, Mathilde jetèrent leur schals sur Eugénie, pour la garantir. Ladislas s'approchait d'elle, et couvrait sa tête d'un parapluie qu'il retenait avec peine, tant le vent l'agitait. Mathilde derrière sa sœur, soutenait aussi ce frêle abri, cherchant à lui servir de contrepoids. Madame de Revel la prenait dans ses bras, et la rapprochait de Ladislas, espérant la mettre mieux à couvert de l'orage.[140] Eugénie, entraînée par sa mère, se pencha vers lui. Pour la première fois, sa tête reposa sur le cœur de celui qu'elle aimait. Elle eût voulu mourir dans ce moment: mais aussitôt effrayée, elle se releva ... Regardant le ciel, regardant cette terre, qui peut-être l'attendait, elle retrouva ses remords, et s'étonna de son bonheur.

---

[137] *devenir*
[138] *... à un beau site....*
[139] *Eugénie ...*
[140] *... mieux éviter l'orage.*

Chapitre LXXIX

Lorsqu'ils arrivèrent, monsieur Brown alarmé[141] vint au-devant d'eux. Il fit conduire Eugénie dans sa chambre: elle se coucha, et n'assista point au souper de la famille.

Le lendemain, le docteur s'aperçut que sa fièvre était plus aiguë, sa poitrine plus oppressée. Il voulait qu'elle ne se levât point; mais elle n'aurait pas vu Ladislas, et elle se fit porter dans le salon où on la mit sur une chaise longue. Ladislas restait debout derrière elle, sans parler, sans se mouvoir, ayant l'air d'attendre, pour vivre ou pour mourir, qu'elle fût mieux ou qu'elle se trouvât plus mal.

Le jour suivant, Eugénie, un peu moins accablée,[142] voulut essayer d'une promenade en voiture. Monsieur Brown craignait que le mouvement ne la fatiguât; mais elle l'appela, et lui dit, avec un sourire angélique: 'Ne contrariez pas votre malade; l'air rafraîchira ma poitrine.' Puis elle ajouta bien bas : Il en est ici qui souffrent plus que moi : il faut tâcher de les occuper; leurs regards inquiets pèsent sur mon cœur.'

Monsieur Brown exigea du moins qu'on la portât jusqu'à la voiture. Ils partirent. Bientôt, Eugénie fut obligée de demander que l'on allât plus doucement, car elle sentait que ses forces s'épuisaient.[143] Aucun des symptômes de sa maladie[144] n'échappait à Ladislas; tous le déchiraient, et il contraignait jusqu'à ses soupirs.

Eugénie ne put rester long-temps dehors. En rentrant, elle se fit placer près d'une fenêtre qui donnait sur la campagne, et d'où l'on découvrait un vaste horizon. L'air la ranimait; et pour rassurer Ladislas, elle s'efforçait de prendre part à la conversation. Au déclin du jour, le ciel parut embrasé par une de ces aurores, boréales si fréquentes dans le nord. Elle pria qu'on la laissât près de la fenêtre jouir de ce magnifique spectacle.

Ladislas absorbé dans sa douleur, Eugénie livrée tout entière à ses sentimens, non-seulement ne se parlaient point, mais oubliaient même que la famille était présente … A de longs intervalles, on entendait la voix de monsieur de Revel, et celle de madame de Couci. Ils s'efforçaient de dire quelques mots indifférens, pour cacher leur inquiétude. Mais à mesure que la nuit approchait, chacun retomba dans le silence … Pas le plus léger bruit au dehors; pas un souffle n'agitait la campagne; on n'entendait que la pénible respiration d'Eugénie. Les battemens du cœur de Ladislas répondaient à chaque effort, et il appelait la mort sur lui-même… Eugénie, à travers l'obscurité, devina ses tourmens, et lui dit de venir

---

[141] … M. Brown inquiét …
[142] … moins souffrante …
[143] … car à peine pouvoit-elle soutenir ses esprits.
[144] … d'une maladie qui s'aggrave n'échappoit….

près d'elle; il s'avança. Appuyant sa tête sur le dos de la chaise où elle reposait, il se consumait de douleur.

Eugénie craignait d'être entendue par ses parens qu'elle ne voulait pas affliger, lui dit bien bas: 'Je voudrais et n'ose vous parler.' — 'Eh ! qui peut vous arrêter? ne disposez-vous pas de ma vie? — 'Hé bien!' reprit-elle, d'une voix affaiblie, car sa poitrine oppressée ne laissait plus échapper que des mots entrecoupés; 'hé bien! promettez-moi d'accorder à monsieur Brown la même confiance que vous m'avez demandée pour lui … Je ne doute pas que ses soins ne me rendent la santé.' — Tout ce que disait Eugénie pour rassurer Ladislas, augmentait son effroi; il savait trop que, dans ce genre de maladie, l'espérance même est un signe mortel.

'Je crois si parfaitement à votre affection,' ajouta-t-elle, 'que lorsque j'éprouve du mieux, vous êtes ma première pensée. Alors je me sens une joie de l'âme, comme s'il vous était arrivé un bonheur…Ah! Ladislas, ce n'est pas en songeant à moi que je désire de vivre …'[145] — Il étouffait ses sanglots, cherchant à lui persuader qu'il partageait ses espérances.

Eugénie resta quelques instans sans lui parler. Elle contemplait le firmament, resplendissant de feu et de lumière. — 'Ladislas,' lui dit-elle, 'quel que soit mon sort, levons les yeux, et adorons …' Elle n'entendit plus que sa douleur. — 'O!' reprit-elle, 'là nous nous retrouvons, du moins je l'espère … Dieu me pardonnera … il connaît le fond des cœurs…. Le sacrifice de tant d'affection compensera, peut-être, la fidélité religieuse qui aurait dû remplir ma vie.'

Eloignez ces funestes idées,[146] je vous en conjure,' dit Ladislas. — 'J'espère guérir; je le sens avec satisfaction.' reprit-elle. 'Cependant, s'il est des momens où un peu de faiblesse me fait craindre de ne plus compter que par journées… alors, Ladislas, l'éternité qui vient tout détruire … et tout promettre …' — Trop émue, elle s'arrête; elle pleure sur elle-même et sur lui … Un cri s'échappe du cœur brisé de Ladislas: la famille se rapproche, environne Eugénie. Mais, c'était uniquement à lui qu'elle voulait parler d'une fin prochaine. Dès qu'il ne peut l'entendre seul, elle n'a plus rien à dire; et jetant vers le ciel un regard triste et soumis, elle demande à se retirer.

Chapitre LXXX

La fièvre consumait Eugénie, et d'un jour à l'autre, son état s'aggravait avec une rapidité effrayante. Elle ne pouvait plus supporter la voiture. Chaque matin, elle annonçait la volonté de sortir après dîner; et lorsque l'heure de la promenade approchait, sentant que ses forces ne répondaient pas à son courage, elle désirait que, du moins, ses parens allassent respirer l'air de la campagne avec Ladislas. Tantôt elle disait avoir besoin de sommeil, tantôt qu'un peu de solitude lui était

---

[145] *Ah Ladislas, je ne songe qu'à moi qu'après vous avoir vu tranquille.*
[146] *… funestes pensées …*

nécessaire. Elle les obligeait ainsi à quitter cette chambre de malade; car loin de se plaindre, c'était d'eux qu'elle était toujours occupée. Ils auraient mieux aimé rester près d'elle; mais tous lui obéissaient, de peur de l'effrayer.

Cependant elle permettait que l'on passât la matinée avec elle. Un jour qu'ils étaient réunis, monsieur Muller leur envoya une lettre d'Ernestine pour sa grand'mère. Quels cris de joie en la recevant! Pendant que madame de Couci la lisait, monsieur de Revel attendait avec impatience des détails sur la France, des renseignemens sur sa fortune. Mais madame de Couci replia sa lettre, sans leur apprendre ce qu'elle contenait.

'Ne me donnerez-vous point des nouvelles de ma fille?' dit monsieur de Revel. — 'Sa santé est bonne.' — 'Sa situation?' — 'Est tranquille.' — 'Ses biens?' — 'Sont vendus.'[147] — 'Comment a-t-elle pu nous envoyer des fonds?' — 'Vraisemblablement ils proviennent de votre fortune dont elle ne me parle pas.' répondit madame de Couci. 'Au surplus, elle vous en dira davantage, car elle m'annonce, qu'elle arrivera bientôt.' Monsieur de Revel eût désiré lire la lettre de madame de Sanzei, et juger, par chaque expression, de ce qu'elle n'osait écrire. Mais madame de Couci paraissait déterminée à garder un silence, qu'avec son caractère, on ne pouvait espérer de lui faire rompre.

Le dîner se passa dans la gêne, dans la tristesse.[148] Depuis long-temps cette famille, rapprochée par le malheur, ne se cachait rien; et tout-à-coup, l'un d'eux avait un secret, faisait mystère d'un événement qui devait les intéresser tous, puisqu'on le dissimulait.

Madame de Couci était accablée par ses réflexions. La lettre d'Ernestine la replongeait dans les inquiétudes du besoin. Non-seulement elle ne lui disait pas un mot des secours qu'ils croyaient avoir reçus d'elle, mais elle remerciait sa grand'mère d'avoir songé à lui faire parvenir de quoi subsister.

Après dîner, madame de Couci, trop souffrante, refusa de sortir; Ladislas ne voulait pas quitter Eugénie, car il craignait que sa grand'mère ne lui communiquât la peine dont il la voyait tourmentée: mais la même pensée porta Eugénie à insister pour qu'il suivît ses parens; elle espérait arracher à madame de Couci son secret.

---

[147] This refers to the fact that Monsieur de Revel's property, forfeit to the State under the émigré laws of 1793, had been sold off as one or more parcels of biens nationaux. Land sold in this way was almost impossible to get back as the subsequent governments (of Napoleon and of Louis XVIII) recognised the integrity of the sales that had already taken place. Only if lands were still awaiting sale were former émigrés successful at reacquiring their own land and they often had to pay for them. An indemnity was awarded in 1825 see Almut Franke, 'Le millard des émigrés: the Impact of the Indemnity Bill of 1825 on French Society' in Carpenter and Mansel eds, *The French Emigrés in Europe and the Struggle against Revolution*, op cit., pp. 138–50.
[148] ... *la contrainte.*

Dès que la famille fut sortie, Eugénie pria sa grand'mère de se rapprocher d'elle, et lui prenant la main de l'air le plus tendre, elle lui dit: 'Maman, depuis que le malheur nous poursuit, c'est à moi que vous avez toujours fait part[149] de vos peines; vous en avez aujourd'hui que votre cœur ne peut cacher au mien.' — Madame de Couci répondit qu'elle n'avait aucun chagrin, et des larmes tombaient de ses yeux! Eugénie la conjurait de lui accorder sa confiance. Sa grand'mère la regardait, comme pour s'assurer si elle avait encore assez de force pour l'entendre. Elle n'eût pas voulu l'affliger; et pourtant elle sentait que le sort de sa famille allait dépendre d'elle, et que si on n'avait pas le courage de lui parler avec sincérité, ses enfans, ses petits-enfans seraient réduits à subsister par d'humilians bienfaits.

Madame de Couci croyait bien qu'Eugénie ne pouvait guérir; mais elle se flattait que son état n'était pas assez avancé, pour qu'il ne lui restât pas le temps d'écrire au Nonce, et d'obtenir de l'Église sa liberté, si elle consentait à la demander.

Eugénie pressait sa grand'mère de lui ouvrir son cœur. Enfin madame de Couci lui dit : 'N'avez-vous pas été surprise qu'Ernestine, étant parvenue à nous envoyer des secours considérables, ne nous ait jamais écrit jusqu'à ce jour? — 'Il me semble,' répondit-elle, 'que monsieur Muller vous avait annoncé que son associé ne se chargerait d'aucune lettre, de crainte d'être compromis.' — 'Mais Ernestine aurait pu nous adresser une ligne, un cachet, son chiffre, enfin quelque chose qui nous dit: C'est elle !'[150] — Eugénie, effrayée, se souleva vivement, et dit à sa grand'mère: 'La lettre que vous avez reçue aujourd'hui est bien de l'écriture de ma sœur? Vous devez être tranquille sur sa santé?' — 'Ah! ma fille,' repartit madame de Couci, dans l'extrême infortune, la vie devient un malheur. C'est pour moi que je remercie le ciel qu'Ernestine ait échappé aux dangers qu'elle a voulu braver; car, pour elle, la mort eût peut-être été désirable.

Eugénie supplia sa grand'mère de lui tout dire, sans tarder davantage; elle ne pouvait supporter les palpitations de cœur que lui causait madame de Couci. 'Ma fille,' lui répondit-elle, 'tâchez de m'écouter avec calme; aussi-bien faut-il vous faire connaître notre situation, puisque le sort de tous va dépendre de vous. Je ne doute pas que ce ne soit Ladislas qui nous ait secourus, qui nous secoure encore....' — 'O pardonnez,' s'écria Eugénie, 'pardonnez-moi, Ladislas, de ne vous avoir pas deviné!' — 'Mon enfant,' reprit sa grand'mère, 'peux-tu écouter la raison, ou veux-tu que je prenne un autre moment pour te dire ma pensée?' — Eugénie lui fit signe qu'elle était prête à l'entendre. — 'Mon enfant, un jour votre père apprendra que Ladislas l'a comblé, malgré lui, de bienfaits... Sa fierté vous est connue.... Désespéré de ne pouvoir s'acquitter, de se voir obligé à refuser le bien-être de sa famille, il retombera plus malheureux[151] pour supporter la vie!'

---

[149] ... parlé de vos peines.
[150] ... quelque chose qui nous parlât d'elle.
[151] ... peut-être trop malheureux pour ...

— Eugénie leva des yeux supplians vers le ciel. — 'Ma fille, vous pouvez tous les sauver. Je ne vous demande point une aveugle déférence; mais je vous supplie de consulter au moins sur la force de vos engagemens. Tant d'exemples vous autorisent, et nos malheurs vous justifieraient … Le sort de vos sœurs, de votre mère, va dépendre de ce dernier effort que je fais près de vous. Interrogez les ministres de la religion; et, s'ils le permettent, admettez Ladislas dans la famille: rendez honorable notre misère et ses sœurs.

Eugénie sentait tout son sang se retirer vers son cœur. Elle ne doutait pas de sa fin prochaine, et se demandait s'il était vrai qu'elle dût laisser ses parens dans l'infortune. Elle ne pouvait étouffer les mouvemens de crainte, de joie, que lui faisait éprouver la seule pensée d'unir sa main à celle de Ladislas, ne fût-ce qu'à sa dernière heure: elle ne répondait que par ses larmes.

'Calmez-vous,' répétait sa grand'mère; ne prenez de mes paroles que ce qui peut vous amener à un avenir, consolant pour vous, heureux pour les vôtres.' — Eugénie demanda la lettre de sa sœur. Elle lut que tous les biens de sa famille étaient vendus; qu'il ne leur restait rien, absolument rien: elle ne vit plus pour les siens qu'un long avenir sans espérance, et que l'âge rendrait chaque jour plus affreux. 'Mon Dieu! inspirez-moi,' s'écriait-elle, en joignant les mains. 'J'ai trouvé dans la religion la force de sacrifier mon amour, de supporter mes peines; mais elle n'est pas suffisante pour me faire condamner mon père, ma mère, Mathilde, tous les miens à souffrir.

Madame de Couci, voyant Eugénie indécise, se mit à genoux près d'elle. Ce n'était plus cette femme hautaine, qui faisait servir la raison à de froids calculs; c'était une mère éplorée, tremblante pour une nombreuse famille. — 'Levez-vous, maman, levez-vous,' s'écria Eugénie; 'je ne puis vous voir suppliante à mes pieds.' — Madame de Couci sentait qu'il fallait profiter du trouble, et même de la faiblesse d'Eugénie pour la décider; elle lui dit : 'Mes genoux resteront attachés à la terre, jusqu'à ce que vous ayez condamné ou sauvé mes enfans.'[152] — 'Que faut-il faire?' — 'Consulter, sans vous abandonner à vos seules lumières. Je sais qu'il est, dans une ville voisine, un prêtre respectable; Français comme nous, et comme nous fugitif, il connait aussi le malheur: permettez-moi de le faire appeler. S'il s'oppose à nos désirs, vous serez plus tranquille; c'est lui qui aura prononcé sur notre sort.' — 'Je me soumets, répondit Eugénie; mais ne perdez pas un instant, car je me sens mourir.'

Madame de Couci prit sa petite-fille dans ses bras; elle cherchait, par les expressions les plus tendres, à ramener la paix dans son âme, et la nommait la Providence, l'appui des siens. Eugénie lui dit[153] tristement: 'Que ne vous est-il accordé, en me persuadant, de me délivrer aussi de mes remords! Croyez que mes derniers momens seraient trop doux, si je pouvais assurer le bien-être de ma

---

[152] … jusqu'à ce que vous les ayez tous condamnés ou sauvés.
[153] Eugénie répondit tristement.

famille? Faites promptement chercher un homme éclairé qui veuille me conduire
… jusque-là, je vous en conjure, laissez-moi éviter tous les regards … Ladislas
apercevait le trouble qui m'agite, et il vous en accuserait peut-être. Ah! s'il
m'est permis d'unir ma main à la sienne, je veux qu'il vous respecte comme un
fils….'

'Que ne puis-je vous exprimer,' disait madame de Couci, 'ce qu'il m'en a coûté
pour vous affliger!' — 'Vous avez rempli un devoir de mère …' répondit Eugénie
d'une voix tremblante, 'mais laissez-moi fuir Ladislas…. Lui! ne voit que moi,
tandis qu'à vos yeux je ne suis qu'un de ces enfans que vous devez tous
protéger.'[154] — Elle baisa tendrement la main de sa grand'mère, et se fit reporter
dans sa chambre.[155]

Chapitre LXXXI

Lorsqu'en revenant, Ladislas ne trouva pas Eugénie dans le salon, il fut saisi de la
plus vive inquiétude. Madame de Couci encore émue, s'applaudissait de sa
démarche, et cependant n'osait l'avouer à sa famille. Chacun l'accablait de
questions diverses sur l'état de Eugénie, sur les motifs qui l'avaient engagée à se
retirer de si bonne heure … Elle se contentait de répondre que, s'étant sentie plus
faible, elle avait désiré d'être seule.

Madame de Revel et Mathilde montèrent chez Eugénie, qui les éloigna, disant
aussi qu'elle voulait reposer. Elles revinrent tranquilles. Mais Ladislas examinait
avec trop d'attention madame de Couci, pour n'être pas certain qu'il s'était passé,
entre elle et sa petite-fille, quelque scène affligeante. Il ne doutait pas qu'Eugénie
ne souffrit, pendant que ses parens se flattaient qu'un sommeil bienfaisant la
soulageait.

En effet; Eugénie éprouvait une agitation dévorante. — Est-il donc vrai qu'elle
pourra être unie à Ladislas?…. Depuis qu'elle a promis de consulter, l'espérance
est entrée dans son âme, l'amour a repris son empire… elle ne peut supporter les
battements de son cœur … Elle se dit que, si Dieu lui-même daignait se
manifester, Dieu, dans sa bonté infinie, ne la condamnerait pas à laisser sa famille
dans la détresse … elle se confie en sa miséricorde;[156] quelquefois elle joint les
mains et pour toute prière, s'écrie: 'Si jeune encore, je vais bientôt mourir! …'
Son âme, en s'élevant vers le ciel, se rassure. Mais elle pense à ce ministre de
l'église qui va interpréter sa loi, et elle retombe dans la crainte et dans l'incertitude.
Ce prêtre, infortuné comme elle, sera-t-il sans pitié, ou voudra-t-il l'unir au
protecteur des siens? … S'il y consent, où trouvera-t-elle la force de prononcer

---

[154] … de ces enfans que vous devez protéger tous.
[155] … reporter chez elle.
[156] Se confiant en sa miséricorde, …

un serment?[157] … Glacée de terreur, elle se voit abjurant ses vœux, près de paraître devant Dieu, de toucher à une éternité de peines! … sa fièvre augmente; le délire s'empare d'elle.

Plusieurs fois pendant la soirée, Ladislas était allé écouter à la porte d'Eugénie, pour saisir le moindre bruit, pour s'assurer si son sommeil était paisible. Vers le milieu de la nuit, avant de se retirer, il vient encore à sa porte. Il entend sa voix, elle s'écrie: 'Qu'il paraisse, sans plus tarder, qu'il paraisse cet envoyé du Seigneur,[158] qui doit décider de mon sort.' — Ladislas appelle du secours; Mathilde est accourue: Eugénie ne s'aperçoit pas de sa présence … il s'élance dans cette chambre; Eugénie ne le connaît plus.[159] Les mains jointes, les yeux brillans de la fièvre qui la consume, elle n'adresse de regards et de prières qu'au ciel … Ladislas la voit passer, en un instant, de l'espoir d'être à lui à la crainte d'un Dieu vengeur. Sans le reconnaître, elle se réfugie dans ses bras, le prie de la sauver de la mort … Elle l'appelle, se plaint à lui-même qu'il l'abandonne, lui demande s'il ne retirera pas ses parens de l'abîme,[160] sans qu'elle lui sacrifie tous ses devoirs?

La famille entoure Eugénie, excepté sa grand'mère qui, désespérée, se cache derrière les rideaux de son lit, pour éviter tous les regards qui l'accusent; elle tremble que la malade ne l'aperçoive, et que, d'un mot, elle ne découvre qu'elle seule a bouleversé son âme … Monsieur Brown arrive. Il reconnaît qu'une circonstance nouvelle a mis Eugénie dans le plus grand danger. Il ne dissimule plus ses craintes, mais il cherche à la soulager, et lui donne un calmant qui la fait tomber dans un état de stupeur, presque aussi effrayante que le délire.

La nuit se passe dans l'anxiété.[161] Vers le matin Eugénie revient à elle; sa première pensée, ses premiers mots sont pour sa grand'mère. Elle l'appelle, et la prie d'envoyer chercher l'ecclésiastique dont elle lui a parlé. Ladislas, monsieur de Revel, Mathilde, s'avancent en même temps vers madame de Couci. Tous à la fois lui demandent pourquoi, sans leur avis, elle a parlé à Eugénie des secours de la religion? pourquoi? lorsque la veille encore, son état ne présentait aucun danger prochain. — 'J'ai fait ce que j'ai dû,' leur dit-elle; 'et, avant de me blâmer demandez-lui si elle se plaint de moi.' — Elle sort, sans ajouter ni reproches sur leur vivacité, ni justification sur sa conduite, et envoie à Lubeck prier l'ecclésiastique français qu'elle y savait réfugié, de venir les guider dans cette circonstance difficile.

La vénération publique l'avait fait autrefois nommer à l'une des premiers curés de Paris. Alors chaque famille de sa paroisse recourait à lui dans ses peines. Bon

---

[157] … un second serment?
[158] … cet envoyé de Dieu …
[159] Ladislas appelle du secours, s'élance dans cette chambre; Eugénie ne le connait plus. — Mathilde est accourue.
[160] … préservera pas ses parens de l'infortune, …
[161] … l'inquiétude.

par caractère, indulgent par expérience, il était le conseil du riche et le père du pauvre. Madame de Couci l'avait particulièrement connu, et se souvenait même que, plusieurs fois, il avait plaint devant elle les religieuses engagées par des vœux éternels, lorsque l'orgueil des parens les avait ordonnés; ou que, prononcés dans une trop grande jeunesse, et dictés par une ferveur passagère, ils ne laissaient plus qu'un long repentir. Elle lui avait entendu dire souvent qu'il serait désirable qu'on ne prît le voile qu'à l'âge où les lois fixent la majorité. Madame de Couci espérait donc qu'il trouverait, comme elle, que l'on pouvait relever Eugénie de vœux faits à seize ans. Cependant elle l'attendait avec inquiétude.... Elle ne pouvait se dissimuler que la révolution, en exaltant toutes les âmes, faisait entrer plus de sévérité dans toutes les décisions. Que de fois, elle-même, avant que le malheur de sa famille lui eût inspiré d'autres sentimens,[162] que de fois n'a-t-elle pas dit qu'il fallait que tous les liens fussent maintenus, resserrés, par ceux qui s'opposaient aux novateurs conjurés pour les détruire tous?[163] Alors eût-elle voulu que l'opinion tolérât des réclamations qu'elle désirait maintenant de voir admettre?[164]

Chapitre LXXXII

Jusqu'à ce jour la fièvre d'Eugénie avait eu des intervalles qui permettaient à monsieur Brown d'espérer qu'elle se rétablirait, ou que du moins sa maladie serait longue et peu douloureuse.

Depuis le moment où madame de Couci lui avait remis la lettre d'Ernestine, une fièvre ardente ne la quittait plus; un délire presque continuel laissait découvrir toute la force d'un sentiment si long-temps combattu. Ladislas, glacé d'effroi, dévoré d'inquiétude, les yeux attachés sur les siens, entendait pour la première fois ces expressions de l'amour le plus tendre et le plus pur.

Pâle, mourant lui-même, il la voit souhaiter[165] de vivre, seulement s'il lui est permis de l'aimer ... D'autres fois, s'en remettant à son cœur généreux, elle ne doute pas qu'il n'adopte l'enfant d'Edmond. C'est sur cet enfant qu'elle s'appuie pour obtenir le pardon du ciel ... Un reste de raison lui dit qu'elle n'a pas le droit de renoncer, pour son père, à des engagemens qu'il a prescrits; que les soins d'Ernestine suffiront à la vieillesse de madame de Couci, et que Mathilde si jeune, peut encore retrouver une destinée heureuse. Mais madame de Revel, étrangère à l'orgueil qui l'a condamnée à prendre le voile; mais cet enfant d'un père mort pour la défense des autels ... voilà ceux que la Divinité ordonne de protéger.

---

[162] *... d'autres sentimens plus modérés ...*
[163] *... novateurs qui vouloient tous les détruire!*
[164] *... des réclamations admises dans des temps plus doux?*
[165] *... desirer de vivre ...*

Elle appelle sans cesse le petit Victor. A sa vue, elle se calme, sa voix la fait sourire; la religion lui a enseigné que Dieu se plaît au milieu des enfans; et c'est à Ladislas qu'elle aime à confier le fils d'Edmond. Elle ne peut souffrir que d'autres en approchent; elle veut qu'ils restent ensemble près d'elle: alors, plus tranquille, elle se croit gardée par l'affection et par l'innocence.

Monsieur Brown avouait qu'une fièvre continue usait les forces d'Eugénie, et détruisait en elle tous les ressorts de la vie. Mathilde désespérée sortait[166] tous les jours à l'insu de sa famille, pour aller devant Dieu pleurer et prier. Dans le temps où[167] son âme alarmée ne savait plus s'il lui serait accordé de revoir Edmond, elle allait souvent se placer à la porte de l'église protestante. Là, elle regardait avec envie tout un peuple qui venait exposer aux pieds des autels ses peines, ses besoins, et sortait consolé. Aujourd'hui que la vie de sa sœur est en péril, Mathilde revient encore près de cette église. Une confiance involontaire l'attire; elle veut s'humilier dans le sanctuaire consacré au malheur et à la prière … Cependant la première fois qu'elle se voit près d'entrer dans un temple consacré à un culte différent du sien,[168] une sorte de terreur[169] la fait balancer … Mais, loin de son pays, privée des secours de sa religion, pénétrée de la présence infinie de Dieu, elle choisit le moment où le temple désert lui permet d'épancher sa douleur sans témoins. Prosternée contre terre, laissant parler ses larmes et ses cris, elle dit: 'Mon Dieu, n'accablez pas ceux que vous avez déjà frappés.' — Depuis, chaque jour, à la même heure, elle vient offrir à Dieu toutes les peines de sa vie, ces vêtemens de deuil qui la couvrent; et lorsque sa sœur est plus mal, elle demande seulement que le lendemain lui soit accordé.

Le septième jour, le curé de *** arriva. Eugénie était dans le délire: il put juger du trouble de son cœur par les touchantes expressions d'amour et de regret que, sans le savoir, elle adressait à Ladislas. Il attendait en silence qu'un retour de raison lui permit de se faire écouter. Pendant ce temps, chacun s'approchaient de lui, et cherchait à pressentir son avis. A voix basse, on lui racontait le commencement, les progrès d'une passion aussi vive que pure. Il entendait le cri de l'amour, le repentir d'un père, les craintes de Mathilde, les pleurs d'une mère, et concevait jusqu'aux calculs de madame de Couci, qui lui semblaient excusables, puisque le sort de sa famille entière allait en dépendre. Il recueillait les sentimens de tous, et ne laissait point pénétrer sa pensée. On ne croyait plus avoir le temps d'obtenir une réponse du Nonce; mais tous désiraient qu'Eugénie pût en conserver l'espérance, et que cette consolation rendît à sa jeunesse quelques momens de plus.

---

[166] *… s'échappoit …*
[167] *Elle se rappeloit que dans le temps où …*
[168] *… d'entrer dans un temple protestant …*
[169] *… crainte …*

Le huitième jour, elle reprit un peu de connaissance. Par intervalles, elle répondait à Ladislas, à Mathilde, qui toujours près d'elle épiaient ses regards, et s'efforçaient[170] de la rappeler à elle-même.

Madame de Couci profita d'un instant où elle paraissait plus tranquille, pour lui présenter l'ecclésiastique qu'elle avait demandé. — 'Ah!' dit-elle effrayée, 's'il ne peut consentir aux désirs des miens, qu'on me laisse mourir.' — Il ne parut pas la comprendre; et sans essayer de détruire Ladislas dans son cœur, il la rassura, en lui montrant un Dieu bon, indulgent, une récompense éternelle. Il lui rappela sa tante, l'abbesse de ***,[171] et la paix de ses derniers momens... Eugénie surprise, devint moins craintive, en voyant qu'aucune de ses paroles n'était contraire à Ladislas, et qu'il ne prononçait pas son nom. Lorsqu'il fut parvenu à la calmer, il déclara qu'il voulait la voir seule.

Avant de lui parler, il se met à genoux, et dit à Eugénie de s'unir à sa prière. Après avoir demandé à l'Esprit Saint de rendre ses paroles consolantes, sa voix persuasive, il dit: 'Ecoutez-moi, ma fille, et répondez avec sincérité. Vos vœux ont-ils été volontaires?' — Interdite, elle ne peut répondre. Ladislas errait devant ses yeux égarés ; elle ne voyait que sa douleur ... Il n'insiste pas, interprète son silence, et remet à lui parler de Dieu, au moment où il aura détruit les motifs humains qui l'entraînait. — 'Si l'on vous promettait de revenir à la vie, auriez-vous le courage, avec la piété qui a honoré votre jeunesse, de soutenir les regards des âmes fidèles, après avoir abjuré vos vœux? — Non, dit-elle : mais je vais mourir. — 'Si le malheur n'avait pas frappé tous les vôtres, oseriez-vous croire qu'il vous serait permis d'écouter l'amour? — 'Non,' répond encore Eugénie en tremblant: 'mais considérez leur détresse.' — 'La pitié vous aveugle, et la bonté de votre cœur me touche; cependant je dois remplir mon ministère, et vous faire entendre la parole de vérité. Leur situation que je plains ne change rien à vos sermens.' Il répète: 'Eugénie vos vœux ont-ils été volontaires?' — 'Oui,' lui dit-elle éplorée, 'oui; car du moins je ne tromperai ni le ciel ni moi-même. Mais je ne me connaissais pas; je ne connaissais pas Ladislas!' — 'Ah! ma fille, triomphez d'une passion si long-temps combattue. L'immensité va s'ouvrir à vos yeux . . attachez-y toutes vos espérances, et confiez-vous en la bonté paternelle de Dieu ... Il sait que vous n'avez connu de ce monde que les malheurs. Et, si ce jour a été marqué pour vous de toute éternité, songez, ma fille, que ces longs chagrins, que ces cruelles inquiétudes iront vous défendre.[172] Toutes vos peines veillent autour de ce lit de douleur; elles vous attendent, pour paraître avec vous devant Dieu '

'Ah!' dit Eugénie, je le sens, il faut renoncer à Ladislas, et je ne désire plus de vivre; mais il ne me reste pas la force de l'affliger.' — 'Eh bien,' reprit-il, 'c'est pour lui que je vous conjure de déclarer à tous que vous respectez vos sermens. Vous

---

[170] ... *cherchoient*...

[171] *P****

[172] *Plaideront pour vous défendre*

reviendrez à la vie, je l'espère. Mias si vous succombez, quelle puissance invoquerez-vous pour sauver Ladislas du désespoir qui est déjà dans son cœur? Quelle barrière mettrez-vous entre lui et la mort? Car j'ai pénétré ses desseins et j'ai frémi ... Ma fille, remportez une victoire qui soit la leçon du monde; méritez de parler à Ladislas d'un Dieu que vous n'aurez point trahi, d'un Dieu près de qui vous irez l'attendre.'

Eugénie l'écoutait en tremblant. Elle craignait, plus que lui, le désespoir de Ladislas, et reçut comme un bienfait la promesse que la religion pourrait commander à ses regrets.[173] Cependant elle essaya d'obtenir une dernière grâce. 'Je me soumets,' lui dit-elle; 'et je vous remercie de m'avoir rappelée à mes devoirs. Mais que Ladislas ignore, qu'avant de mourir, j'ai pu de nouveau renoncer à lui! Il me reste peu d'instans à vivre; et, je vous en supplie, du moins laissez-lui croire que j'aurais pu céder à sa prière!' — 'Dieu me préserve d'encourager cette faiblesse, dernier refuge de votre amour! C'est à Ladislas surtout, qu'il importe de faire connaître l'empire de la religion. C'est au monde qu'il faut apprendre son triomphe; car je ne vous dissimulerai pas que déjà la calomnie vous accusait de vouloir former des nœuds que l'Église vous a interdits!' — Cependant, il s'empressa d'ajouter que bientôt ces bruits injurieux tomberaient d'eux-mêmes; d'autant plus, qu'au loin, il régnait une sorte de vague, d'incertitude, sur l'amour de Ladislas; et que plusieurs, sachant Mathilde libre depuis long-temps, la supposaient l'objet de ses soins ... Il veut la rassurer, et achève de briser son cœur. — 'Oui ! reprit-elle, 'ma sœur eût mérité de fixer cette âme généreuse! ... Mais connaissez l'excès de mon égarement. Je vais mourir, et tout mon être se révolte à la seule pensée qu'il serait possible, qu'un jour une autre obtint l'affection de Ladislas! ...'

De nouveau le délire s'empare d'elle: le curé va chercher sa famille. Eugénie poursuivie par une seule crainte, dominée par une seule idée, n'aperçoit que Ladislas; elle lui demande de ne jamais l'effacer de son souvenir! ... Égarée,[174] elle le suit des yeux, l'appelle lorsqu'il s'éloigne, l'appelle encore lorsqu'il est près d'elle ... Dans d'autres instans, plus tranquille, elle dit qu'il n'oubliera pas celle qui meurt pour lui ... Malheureuse Eugénie! le secret de ta jalouse inquiétude se dévoile: chacune de tes paroles effraie la conscience du pieux ecclésiastique; il sait que le sacrifice, fait à l'heure de la mort, n'est suffisant que lorsqu'il est complet. Prosterné, il demande à Dieu de la soutenir, de l'éclairer, et de lui rendre un instant où elle puisse encore se reconnaître.

La famille désolée ne comprend rien aux nouveaux tourmens qui déchirent le cœur d'Eugénie. Déjà le passé est effacé de sa mémoire; et elle ne songe qu'à cet avenir qui lui échappe, à cet avenir, dont peut-être il ne lui sera pas accordé de voir un seul jour.

---

[173] ... à sa douleur.
[174] Inquiète, elle ...

Mathilde entend sonner l'heure où elle a coutume de se rendre à l'église; plus que jamais elle a besoin de prier. Elle y arrive; et pour la première fois, elle trouve les portes fermées. Frappée de terreur, elle ne fait un présage, croit que sa sœur va mourir, et que Dieu rejette une prière qu'il ne veut pas exaucer.…. Elle tombe à genoux sur les degrés du temple, et reste anéantie devant le ciel.

Ladislas ne la voyant pas revenir, accourt la chercher. Dès qu'il le voit, elle s'élance vers lui: 'Ma sœur est perdue pour nous,' s'écrie-t-elle ; 'je n'ai pu prier' — Il partage son effroi, et cependant essaie de la rassurer. 'Venez avec moi,' lui dit-il, 'venez; je ferai ouvrir cette porte, et nous prierons ensemble.'

Chapitre LXXXIII

Le treizième jour, Eugénie affaiblie retrouva sa connaissance. Ses yeux erraient autour de sa chambre; une seule lumière éclairait l'ecclésiastique, qui récitait près d'elle un pieux office.

Ladislas s'aperçoit le premier qu'elle cherche quelqu'un des siens, et il vient se jeter à genoux près de son lit. Eugénie lui demande s'il s'est écoulé bien des jours depuis qu'elle n'a été à elle-même? … Il ne répond point. Elle reste long-temps en silence, paraissant se pénétrer de la sombre pensée de la mort.

Elle avance sa tête, et regarde sa famille navrée de douleur. — 'Ah! pourquoi ce temps a-t-il été perdu pour moi,[175] leur dit-elle, ce temps où j'aurais pu encore vous voir!' — Ils s'approchent; elle presse leurs mains de ses mains défaillantes, et leur dit un dernier adieu …[176] Elle entend leurs sanglots; elle ne peut retenir ses larmes. 'Je devrais vous cacher mes regrets, s'écrie-t-elle; mais comment vous quitter tous, sans vous dire encore combien je vous aimais!' — Ses yeux se portent sur Ladislas dont les cris s'échappent malgré lui: 'C'est moi, mon Dieu, dit Mathilde, qui vous avais demandé de mourir!' — On les entraîne, et le regard d'Eugénie les suit.

Elle fait signe à sa famille de s'éloigner, et reste avec le curé. Il n'a plus le courage de répéter des vérités sévères; sa jeunesse, cette mort prématurée, cette passion insurmontable, ont attendri son cœur … Il la plaint, la console; cherche tour à tour à lui rendre, ou l'espoir de vivre, ou une pleine confiance en un Dieu bon et indulgent…. Elle l'écoute, et croit entendre les pieuses exhortations de sa tante, lorsque, dans ses premières années, elle lui faisait entrevoir une éternelle félicité: ce sont les mêmes paroles; c'est presque la même voix, remplie de douceur et d'onction. — 'Parlez encore, lui dit-elle; parlez-moi, tant que je pourrai vous entendre; car chacune de vos paroles suspend dans mon âme l'effroi de l'avenir, et le regret de la vie.' Elle voit des larmes tomber de ses yeux;[177] elle lui dit 'Mon

---

[175] *'Que je regrette ce temps perdu pour moi, …*
[176] *Ils s'approchent et à chacun d'eux, elle dit de cœur un dernier adieux.*
[177] *Il ne peut retenir ses larmes; …*

sacrifice est fait; mais le malheur de ma famille, le désespoir de Ladislas, m'ont pénétrée d'une terreur que je redoute pour mes dernier instans.'

Il croit devoir profiter de ce mouvement, pour porter sa sollicitude sur les infortunés qu'elle va laisser après elle. C'est avec la tendresse d'un père pour une fille chérie qu'il lui rappelle, peu à peu et en tremblant, qu'il y a bientôt une année que Mathilde est libre … Il s'arrête … cherche avec timidité s'il doit poursuivre, ou s'il faut attendre qu'Eugénie l'interroge … Elle n'a pas la force de lui répondre, mais recueille, elle paraît tranquille.

Après un long intervalle, que l'état faible d'Eugénie rendait nécessaire, il ose ajouter: 'Si Ladislas n'est pas lié par des engagemens sacrés, nul n'aura le droit de s'opposer à son désespoir; nul ne pourra le retenir.' — 'Je vous entends,' lui dit-elle; 'mais, l'âme remplie d'une affection que ma mort rendra plus vive, pensez-vous qu'il puisse s'engager par d'autres liens?' — 'Oui,' répondit-il: 'Ladislas et Mathilde ont, l'un pour l'autre, une amitié éprouvée, une parfaite estime; c'est assez pour qu'il soit permis de les unir: et, après de longs malheurs, ces sentimens sont peut-être les seuls que leurs cœurs soient capables de recevoir.'

Eugénie, loin de l'interrompre, l'écoute attentivement … Il s'arrête de nouveau. — 'Parlez-moi avec sincérité,' lui dit-elle: cette journée sera-t-il la dernière de ma vie? Il veut la rassurer, par les vagues espérances qu'on donne aux mourans. Elle les dédaigne et répète: 'Mon sacrifice est fait, je vous l'ai dit. Je demandais seulement, si ce jour ne sera suivi d'aucun autre? car je veux voir, je verrai leur union; mais mon cœur saigne encore … Je frémis à la seule pensée d'annoncer à Ladislas cette mort que j'attends, et qu'il croit peut-être éloignée … Ne pouvez-vous accorder à ma faiblesse de différer jusqu'à ma dernière heure? Ah! qu'il ne me reste pas le temps de jeter un regard ni sur lui ni sur moi-même.

Il n'ose lui répondre; il ne peut prononcer ni un arrêt funeste, ni une promesse trompeuse. — 'Votre silence achève de m'éclairer,' reprend Eugénie; 'Dieu sait que ce n'est pas pour mourir qu'il me fait du courage!.. mais guidez-moi; m'est-il permis de parler seule à Ladislas?' — Il y consent; et cependant tarde à le faire appeler, pour qu'elle puisse reprendre des forces: ce n'est que lorsqu'il la voit plus calme, qu'il va lui-même le chercher.

Ladislas vient, et se met à genoux près du lit d'Eugénie. — 'Je vous ai aimé,' lui dit-elle, 'avec une passion qui m'impose de grands sacrifices. Ne m'aiderez-vous pas à me réconcilier avec moi-même? à obtenir le pardon du ciel?' — Il penche sa tête sur son lit, et s'efforce d'étouffer ses sanglots. — 'Ne m'aiderez-vous pas à mourir tranquille?' — 'Vous vivrez,' s'écrie-t-il, cherchant à éloigner d'elle cette horrible pensée. — 'Non,' répond Eugénie; 'et vous le savez … Donnez-moi votre main, Ladislas,' dit-elle en lui tendant la sienne. — Il lui donne sa main, sans relever sa tête qu'il cachait pour ne pas laisser voir ses larmes. — 'J'ai une dernière grâce à vous demander.' — 'Vous pouvez tout ordonner.' — 'Eh bien! promettez qu'après moi vous aurez soin de mes parens.' — 'Vous n'en doutez pas.' — 'Aussi, n'est-ce pas là toute ma prière.' — 'Ordonnez donc,' lui dit-il.

Elle reprend d'une voix faible, incertaine; car sa poitrine oppressée l'obligeait souvent de s'interrompre: 'La fierté de mon père vous est connue… il ne consentira jamais à recevoir des secours d'une personne étrangère… et pourtant, sans vous, Ladislas, mes derniers regards laisseraient ma famille dans l'infortune…….. Vous m'avez souvent dit qu'une tendre amitié vous rendait Mathilde bien chère….. Je désirerais qu'en adoptant l'enfant d'Edmond, vous devinssiez l'appui de ma sœur, et qu'unis par les liens sacrés …' — 'Que dites-vous?' s'écria-t-il; 'moi ! unir ma vie à une autre! O! vous ne connaissez pas le cœur de Ladislas! la même heure, le même instant nous verra finir.' — 'Non, non,' lui dit-elle, en retrouvant une force que l'amour et la crainte[178] ranimaient, 'non, promettez-moi de vivre, ou je mourrai désespérée….' — Ses prières, ses angoisses ne peuvent obtenir de Ladislas une promesse qu'il est résolu de ne pas garder.[179] Lui! survivre à celle qui eût vécu heureuse et paisible, si elle ne l'avait pas connu!

Eugénie épouvantée[180] le voit déjà victime d'une mort violente et volontaire; saisie de terreur, elle s'écrie: 'Mon Dieu! il l'emporte sur mes devoirs! pardonnez-moi, et ne le punissez pas.' Sa raison l'abandonne; elle lève vers le ciel des yeux supplians, invoque Dieu[181] qu'elle offense; et une éternité de peines ne l'effraie plus, pour sauver Ladislas. 'Si à cette dernière heure,' lui dit-elle, 'ma famille obtient que l'on consente à unir ma main à la vôtre, me promettez-vous de conserver vos jours?'

Il la regarde, ne sait pas s'il a bien entendu … Eugénie pieuse, croyant à une vie future, éternelle récompense de ses sacrifices, ou punition éternelle de ses fautes, Eugénie est prête à tout oublier pour lui! Oh! comme alors Ladislas renouvelle le serment de mourir avec elle![182] — 'Soyez contente,' lui dit-il ; 'vous avez pénétré mon cœur d'une dernière félicité qui vaut plus que ma vie entière … Oui, vous m'avez aimé, et nulle autre n'aimera comme vous m'avez aimé!'

Mais aussitôt, pensant avec effroi que le remords, le repentir pourraient troubler ses derniers momens, il s'attache à lui persuader qu'il n'a pas tant d'empire sur son âme, que la seule pitié l'entraînait, et que son cœur eût bientôt désavoué un instant de faiblesse. 'Jamais,' lui dit-il, 'vous n'auriez consenti à être à moi; et vous n'aviez rien à craindre, sous la garde de vos vœux et de mon amour.'

Pour la distraire, et l'empêcher de descendre dans sa conscience agitée, il lui parle de sa famille, l'engage à obtenir de Mathilde qu'elle confie à sa foi, à sa tendresse l'enfant d'Edmond. Alors, reportant sa pensée sur le sort des siens, elle

---

[178] … *l'inquiétude* …
[179] … *de ne pas respecter.*
[180] … *égarée…*
[181] … *invoque le ciel* …
[182] … *renouvelle le serment de ne pas lui survivre!*

ne voit plus que ses parens malheureux, et Ladislas livré seul à la douleur....[183]
Elle se ranime, retrouve des forces surnaturelles. Il semble que sa vie près de
s'éteindre, s'est réfugiée tout entière dans son cœur. Ses yeux brillent d'un feu
presque divin; ses affections profondes, sa croyance passionnée donnent à sa voix,
à ses paroles un ton solennel qui laisse Ladislas soumis et tremblant. — 'Il faut
que j'obtienne votre aveu,' s'écrie-t-elle. 'J'ai besoin, à ma dernière heure, de tenir
la main de ma sœur et la vôtre unies; et s'il est pour vous des années plus
tranquilles, vous penserez à moi, Ladislas, et vous invoquerez le ciel.' — Eperdu,
il lui dit encore: 'Vous vivrez.' — 'Ah !' répond-elle égarée, 'si je n'étais pas sûre
de mourir, aurais-je le courage de disposer de vous?'

L'âme de Ladislas est brisée de douleur;[184] il veut fuir; car il ne peut ni résister,
ni céder à sa prière. Eugénie le fixe près d'elle, en lui disant: 'Ne me quittez point,
Ladislas; cette heure où je vous parle, demain je ne la verrai pas revenir....'[185] —
Elle le regarde, elle l'implore, et dans des angoisses inexprimables, attend de lui
une consolation dernière. — 'Faites,' lui dit-elle, 'que mes yeux, en se fermant,
voient tous les miens protégés par vous.' Ladislas, déterminé à ne pas exister un
seul instant après qu'elle ne sera plus,[186] lui dit: 'Je me soumets à votre volonté.
Si Mathilde y consent, décidez de mon sort.'[187] — Aussitôt elle le prie d'appeler
son père, sa mère, madame de Couci, et leur montrant Ladislas: 'Voilà, dit-elle,
un fils que Dieu vous envoie, pour me remplacer près de vous.' — Puis s'adressant
particulièrement à sa grand'mère, elle lui demande de faire lire à Mathilde la lettre
d'Ernestine. 'Allez,' lui dit-elle, 'parlez à ma sœur; et s'il le faut, comme vous le
disiez quand vous m'avez éclairée, que vos genoux restent attachés à la terre,
jusqu'à ce que vous l'ayez décidée à obéir aux vœux des siens.'[188]

Pendant que madame de Couci est avec Mathilde, Eugénie garde près d'elle
son père, sa mère et Ladislas. Sa faiblesse rend ses souffrances moins vives; et les
approches de la mort donnent à ses pensées, à ses sentimens une puissance
irrésistible, une élévation sublime. Ce n'est plus cette timide Eugénie; c'est une
âme céleste, qui ne tient encore à ce monde, que pour assurer la destinée de celui
qu'elle a tant aimé.

Madame de Couci et le curé apprennent à Mathilde la véritable situation de sa
famille. Après avoir détruit jusqu'à sa dernière espérance, ils la conjurent, au nom
de la religion et de l'amour maternel, de ne pas refuser à son fils l'appui
qu'Edmond mourant lui a laissé. La lettre d'Ernestine, cette ruine entière, cette
misère à venir, ne sont rien pour Mathilde. Elle répond par des cris, par des

---

[183] This sentence reads: *Ses pensées ramenées sur le sort des siens, elle ne voit plus que ses parens malheureux, et Ladislas livré seul à la douleur.*
[184] *Son ame est brisée de douleur, ...*
[185] *... demain je ne la verrai pas.*
[186] *Ladislas determiné à ne pas lui survivre, et dans son cœur jurant de mourir avec elle, lui dit:*
[187] *... disposez de moi.*
[188] *... aux vœux de tous.*

larmes, et demande seulement de ne pas renoncer à l'espoir de conserver sa sœur.

Eugénie, inquiète de ne pas voir sa grand'mère revenir, la fait prier de lui amener Mathilde. Mais la malheureuse Mathilde, ne pouvant surmonter sa douleur, supplie madame de Couci d'aller sans elle, ou d'attendre encore. Cependant Eugénie sentant sa fin approcher, les fait appeler une seconde fois.

Mathilde entre dans la chambre de sa sœur, conduite par sa grand'mère; elle s'avance en tremblant, se met à genoux, et ne peut que pleurer. — 'Tu sais,' dit Eugénie, 'que bientôt nous ne nous verrons plus…' — Mathilde garde un morne silence.[189] — 'C'est à toi que je confie Ladislas; mais à lui, je laisse ton enfant et ma mère.' — Mathilde veut s'écrier. — Eugénie l'interrompt: 'Ecoute-moi, lui dit-elle, et ne dispute rien à mes derniers momens … Te souviens-tu du jour où tu voulais, me sacrifiant ta jeunesse, prendre le voile, et te lier par les mêmes vœux que j'avais prononcés?…. Dans cet instant où tout disparaît à mes yeux, le souvenir d'une amitié si généreuse vient ranimer[190] mon cœur … Je fais moins pour toi; car il me faut tout abandonner[191]…. Mais enfin, je te confie Ladislas …' — 'Non, non,' s'écrie encore Mathilde épouvantée; et elle cherche à s'éloigner. — 'Ma sœur,' dit Eugénie, en se soulevant avec peine, 'tu prendras pitié de ton enfant; tu ne condamneras pas ma mère à souffrir comme elle a déjà souffert!' — 'O!' répond Mathilde avec effroi, 'regarde ce crêpe dont je suis couverte!'

Eugénie pense à la mort dont elle sent déjà les atteintes … 'Mathilde,' lui dit-elle, 'ma chère Mathilde,' lui dit-elle, 'ma chère Mathilde, tu ne quitteras pas le deuil.' — Elle se jette dans les bras de sa sœur. Mathilde la serre contre son cœur, la tient embrassée, comme si elle pouvait ainsi l'arracher à cette mort qui va les séparer pour toujours.

Eugénie, épuisée par tant d'efforts, sent une première faiblesse, annonce d'une fin prochaine … Ses parens l'entourent; monsieur Brown la rappelle encore à la vie, et ses premières paroles sont pour Mathilde. 'Ah!' lui dit-elle, 'je t'en conjure, ne refuse pas ma dernière prière!' — Elle prie madame de Couci de lui apporter l'enfant. Sa grand'mère à genoux le lui présente; et voulant seconder les désirs d'Eugénie, elle s'adresse à Mathilde, et lui dit: 'Sauve-le du malheur, ma fille, ou prie toi-même pour sa mort; car la mort est préférable à l'abaissement.'

Mathilde détourne ses yeux effrayés. Elle voit derrière elle sa mère, qui eût donné sa vie[192] pour la savoir heureuse, sa mère, dont la vieillesse sera abreuvée amertume, et qui n'ose pas même joindre sa voix au cri de sa famille … Mathilde ne peut supporter ses regards, et ne sait où se réfugier … Elle n'a plus de recours

---

[189] *Mathilde ne répond que par ses larmes.*
[190] *… échauffe encore …*
[191] *… tout quitter …*
[192] *… son sang et sa vie …*

qu'en Ladislas; elle élève vers lui des mains suppliantes, en disant: 'Mon frère!'
— Ladislas, sûr de mourir, répond: 'Ma sœur, éternellement ma sœur!'

Eugénie veut vaincre Mathilde. 'Je t'en conjure,' lui dit-elle, 'ne laisse pas mes yeux se fermer, en sachant Ladislas abandonné à lui-même … aie pitié de moi, toi, qui m'as toujours été une si fidèle amie.' Ladislas voyant Eugénie se consumer en de vains efforts, s'avance vers Mathilde. Il prend sa main avec autorité que donne, même à notre insu, la certitude de sacrifier sa vie: 'Obéissons,' lui dit-il, 'à cet ange du ciel.' Et pour la rassurer, plus bas il répète encore: 'Ma sœur, éternellement ma sœur!' — Eugénie, pénétrant ses funestes desseins, dit qu'elle veut parler à son père et au curé. On se retire. Elle les supplie[193] de ne pas quitter Ladislas lorsqu'elle ne sera plus; et voulant lui épargner les approches de sa fin, elle reçoit loin de lui les secours de l'Eglise.

Suivant l'usage des religieuses, au moment de mourir, Eugénie prononce de nouveau ses vœux; heureuse du moins que Ladislas ne puisse les entendre!.. Aussitôt, car aucune des peines de sa famille n'échappe à son cœur, elle s'adresse à son père, à qui elle veut laisser un souvenir moins douloureux; elle le prie de la bénir. Monsieur de Revel désespéré se prosterne, s'humilie devant sa fille; il s'accuse, il implore un pardon qui va combler, et ses regrets, et ses remords. — Eugénie, faisant un triste retour sur cette passion qui l'a tant fait souffrir, lui dit: 'Mon père, vous aviez bien jugé pour moi. Toutes les années que j'ai passées dans le cloître, ont été douces et heureuses.'

Cependant, toujours inquiète, toujours occupée de Ladislas et de Mathilde, elle les rappelle, saisit leurs mains tremblantes, les presse dans les siennes, et prie le ministre de Dieu de les unir. Il s'avance à la voix d'Eugénie. Ladislas, Mathilde se voient à l'instant d'être liés par des nœuds que leurs cœurs désavouent … Lorsqu'il les interroge,[194] leur demande s'ils consentent à être unis, ils frémissent, et ne peuvent répondre..... Eugénie, la mourante Eugénie, sollicite leurs sermens. Mais c'est en vain qu'elle voudrait les offrir au ciel: le froid de la mort glace ses sens; elle ne les distingue plus, et tend vers eux des bras qui cherchent encore à s'attacher… Eugénie n'a plus qu'un moment; et tout entière à celui qu'elle craint de laisser à lui-même, elle dit: 'Mon père, Mathilde ; … mon Dieu, veillez sur lui;' et ses yeux se ferment pour toujours.

Fin d'*Eugénie et Mathilde*

---

[193] *… conjure de ne pas….*
[194] *Lorsque le cure les interroge, …*

MHRA Critical Texts

This series aims to provide affordable critical editions of lesser-known literary texts that are not in print or are difficult to obtain. The texts will be taken from the following languages: English, French, German, Italian, Portuguese, Russian, and Spanish. Titles will be selected by members of the distinguished Editorial Board and edited by leading academics. The aim is to produce scholarly editions rather than teaching texts, but the potential for crossover to undergraduate reading lists is recognized. The books will appeal both to academic libraries and individual scholars.

Malcolm Cook
Chairman, Editorial Board

Editorial Board

www.criticaltexts.mhra.org.uk

www.ingramcontent.com/pod-product-compliance
Lightning Source LLC
Chambersburg PA
CBHW070223030726
47505CB00006B/1801